Das Buch
Die alleinerziehende Ärztin Wiebke hat mit ihrer Tochter Maxi auf der kleinen Nordseeinsel Pellworm ein neues Zuhause und in Schwimmmeister Tamme die große Liebe gefunden. Auch außerhalb der Praxis hilft Wiebke, wem sie kann: Oma Mommsen zum Beispiel, die ein Modelabel für Senioren gegründet hat und ihre erste Modenschau plant. Oder Renate Fuchs, die um den Erhalt ihrer kleinen Buchhandlung kämpft. Andere Probleme bereiten Wiebke jedoch viel größere Sorgen: Auf den Halligen greift eine mysteriöse Epidemie um sich. Zu allem Überfluss kommt es im Schwimmbad auch noch zu einem Unfall, für den Tamme verantwortlich gemacht wird. Doch Wiebke setzt alles daran, Tamme zu entlasten und die Halligbewohner zu kurieren.

Die Autorin
Lena Johannson war ein Jahr lang Halligschreiberin auf Hooge im Wattenmeer vor der Westküste Schleswig-Holsteins. Sie lebt mit ihrem Mann an der Ostsee in der Nähe von Lübeck. Ihr Mann versorgt sie mit Kraft und Energie, die Ostsee und ein stattlicher Garten geben ihr Ruhe und Inspiration.

LENA JOHANNSON

DIE LIEBE DER HALLIGÄRZTIN

Roman

Ullstein

Besuchen Sie uns im Internet:
www.ullstein-buchverlage.de

Originalausgabe im Ullstein Taschenbuch
1. Auflage März 2019
© Ullstein Buchverlage GmbH, Berlin 2019
Umschlaggestaltung: zero-media.net, München
Titelabbildung: © FinePic®, München (Himmel, Möwen, Frau);
© Sabine Lubenow / LOOK-foto / getty images (Dorf mit
Schafen); © ljubaphoto / getty images (Gummistiefel); © Klaus
Rein / mauritius images (Brücke über Priel)
Innengestaltung: deblik Berlin
Gesetzt aus der Quadraat Pro powered by pepyrus.com
Druck und Bindearbeiten: CPI books GmbH, Leck
ISBN 978-3-548-29106-2

Den besten Nachbarn der Welt gewidmet.

Und der *Bücherliebe*, einer zauberhaften Buchhandlung vor den Toren Lübecks, die für den *Bücherfuchs* Pate stand.

Kapitel 1

»Ich bin der König der Welt!«

»Du bist eher das Klo der Vogelwelt. Siehst ganz schön beschissen aus.« Der blonde Junge mit dem Kapuzen-Sweatshirt und den gegelten Haaren grinste breit. »Voll der fette Möwenschiss!« Jetzt lachte er und zeigte mit dem Finger auf die neue Jeansjacke seines dunkelhaarigen Schulkumpels, der mit ausgebreiteten Armen am Bug der *Hilligenlei* stand. Der ließ die Arme hängen wie eine flügellahme Ringelgans und drückte das Kinn auf die Brust, um sich die Bescherung ansehen zu können. Sein blonder Kumpel hatte erreicht, was er wollte, stupste ihm von unten an die Nase und brach in schallendes Gelächter aus. »Reingefallen!«

Auch die anderen Kinder der Klasse 8b aus Hamburg-Harburg amüsierten sich.

»Jetzt siehst du nicht nur beschissen aus, sondern guckst auch noch wie ein Vollpfosten.«

»Ey, wie kann man nur so doof sein, du Opfer? Voll der alte Trick!«

Eine ziemlich hohe Welle hatte die kleine Autofähre angehoben und ließ sie jetzt leicht wie ein Spielzeugboot wieder in die Tiefe fallen.

»Lieber beschissen als besoffen«, rief der Dunkelhaarige und hielt sich am weißen Metallgeländer fest. »Ihr seht voll betrunken aus, so wie ihr torkelt.«

»Witzig!«, blaffte der Blonde. »Du bist doch schon hackevoll, wenn du bloß an 'ner Bierflasche riechst. Ich wette, du warst noch nie so richtig besoffen.«

»Ja und? Außerdem was jetzt?« Der Dunkelhaarige reckte das Kinn. »Bin ich schon vom Riechen betrunken, oder war ich noch nie voll? Beides geht ja wohl schlecht.« Sein Triumph hielt nicht lange an.

»Bei dir schon.« Der Blonde schlug sich übertrieben auf die Schenkel, damit auch jeder wusste, dass an dieser Stelle wieder mitgelacht werden musste. »Der is so doof«, sagte er japsend, blickte in die Runde und klopfte zur Krönung auf die Kühlerhaube des Porsche, der dicht an der Reling stand, um als erstes Fahrzeug auf die Hallig rollen zu können. Ein schrilles Piepen ertönte, dazu leuchteten alle Blinker gleichzeitig auf, gingen kurz aus, leuchteten dann erneut.

Die Jungs und Mädchen sprangen zurück, bloß weg von dem Fahrzeug, so weit es eben ging. Nur war zwischen dem Porsche, dem Trecker daneben, der die Gepäckanhänger zog, einem Ford und dem Geländer kaum noch Platz.

»Mann, Scheiße!«, rief einer und lachte.

»Ihr seid so hohl wie Eimer«, kommentierte ein Mädchen mit Rastazöpfen.

»Gott, das sind echt Kinder«, stimmte ihre blonde Freundin ihr zu, deren Wimperntusche sich gerade gleichmäßig über ihre Wangen verteilte und deren bauchfreies Top jede Menge Gänsehaut frei ließ.

»Herrschaftszeiten, wos is denn hier los? Seid's ihr noch zu retten?« Der Fahrkartenkontrolleur, die Geldtasche umgehängt, die dunkelblaue Windjacke bis oben zugezurrt, hatte sich unbemerkt irgendwie zwischen Autos, Fahrrädern und Passagieren durchgeschlängelt.

»Ich war das nicht«, beteuerte der Blonde sofort, »hab nix gemacht!«

»Ja, logisch! Erst vor den Damen einen auf dicke Hose machen, und dann so klein mit Hut.«

Die Mädchen kicherten.

»Echt, ich weiß nicht, wieso die Karre so 'n Lärm macht.«

»Ja, is fei recht, James Blond. Ich schmeiß dich schon nicht gleich von Bord. Bloß wenn der Meister kimmt, dem die Karre g'hört, dann musst ihm das hübsch selbst erklären.« Er griente in die Runde. »Hast mi? Grüß Gott, die Herrschaften!«

»Wieso sprechen Sie denn so komisch?«, wollte das Mädchen mit den Rastazöpfen wissen. »Ich dachte, auf den Inseln sprechen alle Platt.«

»Halligen.«

»He?«, machten einige.

»Hooge is eine Hallig, keine Insel.«

»Und wo ist da der Unterschied«, fragte das blonde Mädchen und versuchte, das Schlagen ihrer Zähne zu unterdrücken.

»Na, das findet mal schön selber raus. Ihr seid's doch auf

Klassenfahrt, oder?« Mehrköpfiges Nicken. »Dann habt's ja Zeit. Ist ja sonst nicht viel zu tun auf der Hallig.« Er wandte sich an das Rastamädchen: »Hast scho recht, Platt ist hier Nationalsprache. Sprechen auch alle. Nur nicht die Zugezogenen. So wie ich und die andern sechzig oder siebzig Prozent der hundertsieben Bewohner. Also, rechnet mal schön. Pfiat eich!«, damit schlängelte er sich wieder davon.

Hubert griente noch immer, als er vom Autodeck die Stufen zum Salon hinunterging. Er musste sich festhalten, das schaukelte heute wirklich ordentlich. Seit vier Monaten war er nun hier, hatte dem seiner Meinung nach viel zu warmen Bayern den Rücken gekehrt. Gute Entscheidung. Er betrat den Salon, holte sich beim Wirt einen Kirschlolli und beobachtete, wie das Wasser an die hohen Bullaugen klatschte und wirbelte wie an der Luke einer Waschmaschine. Dann sah er, wie die Gesichter der Fahrgäste immer blasser wurden. Einige hatten schon einen leichten Grünstich. Kein besonders guter Tag für den Wirt aus Österreich. Wer wollte schon Sachertorte mit großem Braunen oder Käsekrainer mit Senf, wenn der Magen sich gerade einmal um sich selbst drehte? Die Tische waren leer, die gepolsterten Bänke gut besetzt, ungewöhnlich für einen Juni, da saßen die meisten am liebsten oben an Deck an der frischen Luft. Aber dort fühlten sich das Hin und Her und Auf und Ab gerade noch heftiger an als hier unten. Außerdem war es empfindlich kühl.

»Na, ist's Ihnen nicht gut?« Ein Mann, dessen schwarzes Haar und dunkle Haut seine Herkunft fern von Nordfriesland verrieten und der in seinem adretten Anzug irgendwie fehl am Platz wirkte, hatte Schweiß auf der Stirn. An seinem Hals entdeckte Hubert rote Flecken, die eigentlich nichts mit dem Seegang zu tun haben konnten. Gerade dachte er noch darüber nach, was dem Fahrgast mit der kräftigen Statur fehlen könnte, da erhob dieser sich schwerfällig, wankte auf Hubert zu, rempelte ihn an.

»Sorry«, murmelte er und zog sich dann am Geländer die Treppe hoch.

»Nicht seetüchtig, der Herr«, erklärte der Wirt mit seinem Wiener Akzent.

»Ist aber auch graislig heut. I schau mal, ob er was braucht.« Hubert hatte es nicht eilig, seinen Kontrollgang fortzusetzen. Er wusste, dass ihm kein Schwarzfahrer entkam, falls es überhaupt einen geben sollte. Ohne Ticket rauf auf die Hallig war kein Kunststück, aber es musste jeder auch irgendwann wieder runter ...

Der vermutlich Seekranke wankte gerade auf den Porsche zu, vor dessen blank polierter Schnauze sich noch immer die Halbwüchsigen tummelten. Als der Mann, offenbar der Besitzer des Schlittens, sich dem Wagen näherte, jaulte die Alarmanlage wieder los, und die Lichter begannen wieder zu blinken.

»Weg von dem Auto, Boys!«, schimpfte er und klang dabei so kraftlos, dass die Jungs nicht gerade beeindruckt waren.

»Wir haben nix gemacht«, sagte der Blonde gelangweilt. »Können wir doch nix dazu, wenn Ihre Angeberkarre spinnt.«

»Dafür«, korrigierte Hubert, der zu dem angeschlagenen Fahrgast aufgeschlossen hatte, »ihr könnt nichts *dafür*. Wenn's denn stimmt.«

Der Porschefahrer keuchte, schien das Gleichgewicht zu verlieren. Hubert wollte ihm helfen, doch der Mann half sich selbst, indem er den Arm des Jungen ergriff, der gerade auf den als Angeberkarre bezeichneten Wagen zeigte.

»Ey, fass mich nicht an!«

Im nächsten Augenblick schrien die Kinder auf, der Blonde sagte gar nichts mehr, denn der Mann in dem feinen Zwirn kippte ihm in die Arme. Nur weil es zwischen den Fahrzeugen und der Reling so eng war, gingen die beiden nicht gemeinsam zu Boden.

Hubert schob sich seitlich zwischen Trecker und Fahrrädern hindurch und holte gleichzeitig sein Funkgerät hervor.

»Fried, sagst gschwind dem Sani Bescheid. I hab hier 'n Kranken an Bord. Sieht graislig aus.«

Kapitel 2

Inselärztin Wiebke Klaus saß noch in ihrer Praxis und würde gleich Feierabend machen. Da es ungewöhnlich kühl für die Jahreszeit war, saßen die meisten Urlauber mit einem Buch in ihrer Ferienwohnung oder mit reichlich gutem Essen, Kaffee und Friesenwaffeln im Schipperhus, im Strandcafé oder einem anderen Lokal. Also waren Fahrradunfälle ebenso wenig zu erwarten wie Schnittverletzungen bei Wattwanderern. Einige Unverwüstliche waren sicher unterwegs, aber die Zahl blieb vermutlich überschaubar. Ruhige Tage wie diesen sollte man nutzen, schließlich fing die Saison gerade erst so richtig an.

Wiebke musste schmunzeln. War wirklich erst gut ein Jahr vergangen, seit sie und Tochter Maxi den Lärm und die schlechte Luft Berlins hinter sich gelassen und auf Pellworm neu angefangen hatten? Maxi war hier eingeschult worden, hatte mehr Freunde gefunden, als sie in der Großstadt je gehabt hatte. Sogar einen Ersatz für ihre ehemalige beste Freundin Claudia, die in der Nachbarschaft von Wiebkes Eltern im Teutoburger Wald lebte, gab es bereits. Hilke wohnte ganz in der Nähe von Wiebke und Maxi, nur einmal über die große Straße, die in Berlin glatt als Schleichweg durchgehen würde. Und Hilke war gesund. Maxi konnte mit ihr per Fahrrad die gesamte Insel erkunden, konnte mit ihr schwimmen gehen und herumtoben, alles tun, was Kinder im Erstklässleralter eben taten. Claudia dagegen hatte sie bei ihrer letzten Begegnung im Rollstuhl schieben müssen. Jedes Mal, wenn Wiebke daran dachte, krampfte sich ihr Herz zusammen, und sie bekam Schuldgefühle. Also lieber nicht darüber nachdenken.

Es war die richtige Entscheidung gewesen hierherzukommen, nicht nur wegen Claudia. Maxis Asthma war so gut wie weg, die Nordseeluft wirkte besser als jedes Medikament. Wiebke hatte im Feldweg, einem kleinen Neubaugebiet, in dem Praxis und Wohnung sehr praktisch in einem Doppelhaus untergebracht waren, viel mehr als nur neue Nachbarn gefunden. Es waren Freunde. In Berlin hatte man sich, wenn's hoch kam, gegrüßt. Manchmal hatte sie erst nach Wochen bemerkt, wenn in einer Wohnung die Mieter gewechselt hatten. Hier aber war man füreinander da, achtete auf den anderen. Wie zum Beispiel Corinna. Sie war gelernte Arzthelferin und hatte in Wiebkes Praxis als zweite Kraft angefangen. Nicht nur, dass sie sich selbstständig um Blutabnahmen, das Wechseln von Verbänden oder das Versorgen kleiner Wunden kümmerte, als echtes Inselkind, wie sie sich selbst gerne nannte, hatte sie sich auch ausgiebig mit der gesundheitsfördernden Wirkung von Nordseeluft und Schlick beschäftigt. Und so bot die Praxis Klaus seit Neuestem Atemschulung und Schlickpackungen an, für die Corinna zuständig war. Die Vermietung ihrer zwei Ferienwohnungen hatte Ehemann Christian übernehmen müssen. Nach anfänglichem Protest, immerhin war er als Tischler gut ausgelastet, hatte er den Plänen seiner Frau zugestimmt. Der Bau eines großen Hauses inklusive Appartements war ein ziemlicher Kraftakt gewesen. Jeder zusätzliche Euro war also äußerst willkommen. Und mit einem Lehrling und einer Halbtagskraft funktionierte die Tischlerei ohne Probleme. Anfänglich hatte er sich allerdings mit dem Vorbereiten des Frühstücks und dem Putzen der Ferienunterkünfte schwergetan, doch nun ließ er jeden wissen, dass es keinen besseren Start in den Tag gebe als mit Frühstücksflocken nach Hildegard von Bingen. Auch über die besten Geräte für richtiges Feudeln, Saugen und streifenfreies Fensterputzen gab er liebend gern Auskunft. Christian besaß einfach alles, was einen Stecker hatte und satte Geräusche verursachte. Corinna und er hatten keine eigenen Kinder, obwohl sie perfekte Eltern wären. Wiebke war nicht sicher, ob es eine bewusste Entscheidung war.

Jedenfalls meinte Corinna immer: »Maxi ist unser Leihkind. Wir haben zusammen Spaß, verwöhnen sie, und wenn sie anstrengend wird, geben wir sie wieder ab. Das kannst du mit eigenen nicht machen.« Und dann lachte sie ihr helles Glöckchenlachen.

Zu der kleinen eingeschworenen Nachbargemeinschaft gehörte außerdem die quirlige Luise, genannt Lulu oder auch Lulu, der Luchs, weil sie ihre Augen und Ohren überall hatte. Zwar gab es auf Pellworm mehr Arbeit als genug, doch an Ganzjahresstellen, die man noch dazu als Mutter eines Kleinkindes ausfüllen konnte, herrschte nicht gerade eine große Auswahl. Aber es gab mehrere Teilzeitjobs, die erledigt werden mussten. Viele Insulaner, darunter auch Lulus Mann Jochen, hatten gleich mehrere davon. Dennoch war für Lulu nichts dabei gewesen. Also hatte sie sich Ende letzten Jahres selbstständig gemacht. SDL – Senioren-Dienst Lulu –, diese Aufschrift prangte seit ein paar Monaten in knallig violetten Großbuchstaben auf ihrem geräumigen Auto mit extra niedrigem Einstieg. Sie fuhr die alten Herrschaften zum Seniorennachmittag, erledigte Einkäufe für sie, brachte sie zum Hafen und holte sie dort wieder ab, las ihnen auf Wunsch auch einfach mal vor oder spielte mit ihnen Karten. Söhnchen Tom konnte sie meistens mitnehmen, die alten Leute waren hingerissen von ihm. Ehemann Jochen hatte seinen Job als Assistent des Hafenmeisters aufgeben müssen, denn Lulu spannte ihn ganz selbstverständlich mit ein, wenn es darum ging, im Haus oder Garten ihrer betagten Kunden etwas zu reparieren.

»Du bist jetzt mein Assi«, hatte sie ihn wissen lassen, »der Hafenmeister muss sich einen anderen suchen.« Widerspruch war zwecklos gewesen.

Wiebke war mehr als glücklich über diesen Service für Senioren. Obwohl sie erst gut ein Jahr hier oben lebte zwischen Norder- und Süderoogstrand, den anderen Halligen und dem Kontinent, wie Einheimische das Festland nannten, lagen ihr die Insel-Lüüd schon sehr am Herzen. Sie mochte ihre ebenso kantige wie herzliche Art und konnte sich schon jetzt vorstellen, wie schwer es für einen Menschen sein musste, aufs Festland zu ziehen, der Jahrzehnte auf Pellworm gelebt hatte. Alles war drüben anders, lauter, voller, schneller. Lulu sorgte mit sehr viel Seele und Engagement dafür, dass ihren Inselsenis, wie sie die alten Herrschaften nannte, das erspart blieb und sie in ihrer vertrauten Umgebung bleiben konnten.

Wiebke legte die Krankenakte von Bauer Jensen beiseite. Auch so ein Fall für Lulu, dachte sie, denn der alte Landwirt könnte gut und gerne mal Hilfe brauchen, gestand sich das aber nicht ein und schon gar nicht seinen Mitmenschen. Wenigstens heilten seine Prellungen gut, die er sich beim Sturz von der Leiter zugezogen hatte.

Ihr Telefon klingelte, auf dem Display erschien Lulus Name.

»Wenn man an den Teufel denkt«, sagte Wiebke.

»Ist ja 'ne nette Begrüßung.« Lulu klang ungewohnt angespannt.

»Alles in Ordnung?«

»Nee! Du musst sofort kommen. Ich bin bei Oma Mommsen. Sie ist gestürzt.«

»Oh nein, bin sofort da.« Wiebke legte auf und war im nächsten Moment aus der Tür.

Oma Mommsen war eine zauberhafte alte Dame mit mehr Falten im Gesicht, als es Straßen auf der Insel gab, und von geradezu winziger Statur. Sie lebte in einem kleinen Haus mit umso größerem Bauerngarten nahe der Bushaltestelle Tüterland und war Wiebke besonders ans Herz gewachsen. Nicht nur, weil sie trotz ihrer zweiundachtzig Jahre noch immer unglaublich lebendig und an allem interessiert war – sei es nun Politik oder Mode. Nein, Oma Mommsen hatte nicht unerheblich dazu beigetragen, dass Wiebke überhaupt noch auf Pellworm war und nicht schon nach den ersten Monaten das Handtuch geworfen hatte. Ihr Einstieg als Nachfolgerin des ebenso beliebten wie gefürchteten Inselarztes war nämlich alles andere als unproblematisch über die Bühne gegangen. Ausgerechnet Sprechstundenhilfe Sandra, eine im Grunde freundliche Person, die einen lebenslangen Kampf gegen ihr leichtes Übergewicht führte, hatte, unter dem Einfluss ihrer Mutter, Stimmung gegen die Neue gemacht und dafür gesorgt, dass Patienten sich nicht von ihr behandeln lassen wollten. Noch schlimmer war, dass Maxi zunächst keinen Anschluss gefunden hatte und von Vereinen, wie etwa einem Pony-Reitclub, abgelehnt worden war, nur weil sie Wiebkes Tochter war. Wiebke hatte nämlich den tödlichen Fehler begangen, eine andere Meinung zu haben als Sandras Mutter, die einmal Hebamme gewesen war. Und sie hatte diese Meinung auch noch laut ausgesprochen. Damit hatte sie im Grunde, ohne es zu wissen, ihre Verbannung unterschrieben. Neben Tamme, dem Schwimmmeister, der Wiebke gleich bei ihrer ersten Begegnung das Herz geraubt hatte, war die alte Frau Mommsen zur Stelle gewesen und hatte Wiebke beigestanden. Sie hatte Maxi sogar eine alte Pellwormer Tracht vermacht, die auf ihrem Dachboden sonst ohnehin nur zum Mottenschmaus geworden wäre, wie sie damals meinte. Für Maxi war diese Tracht ein Prinzessinnenkleid und ihr ganzer Stolz. Für Wiebke war es so viel mehr. Diese Tracht wurde traditionell nicht verkauft, sondern lediglich vererbt oder an sehr gute Freunde weitergegeben. Wer eins dieser schmucken Kleider besaß, zeigte, dass er akzeptiert war und dazugehörte.

Wiebke klopfte und betrat sofort das Haus. Auf der Insel wurde nicht abgeschlossen, es war üblich, dass Postbote oder Arzt einfach hereinmarschieren konnten. So auch bei Oma Mommsen.

»Moin, Oma Mommsen«, rief sie laut, denn natürlich wollte die kleine Frau mal wieder die Batterie ihrer Hörgeräte schonen und ließ die praktischen Helfer deshalb auf dem Nachttisch liegen, wo sie bereits mit einer beträchtlichen Staubschicht bedeckt waren. »Was machst du denn für Sachen?«

»Daran is man nur meine Tochter schuld«, schimpfte Oma Mommsen los. Ihre sonst so fröhlichen Augen verrieten, dass sie ordentliche Schmerzen und wahrscheinlich noch mehr Angst hatte.

Lulu schnitt eine Grimasse. »Moin«, sagte sie leise. »Ich weiß nicht, ob ihr Kopf auch was abbekommen hat, aber sie redet schon die ganze Zeit so 'n wirres Zeug.«

»Nee, nee, mein Kopp is ganz in Ordnung«, protestierte Oma Mommsen. Wiebke hatte nicht zum ersten Mal den Verdacht, dass sie nur an selektiver Schwerhörigkeit litt.

»Und wieso soll deine Tochter wohl daran schuld sein, dass du gestürzt bist? Sie ist doch gar nicht da. Was ist überhaupt genau passiert?« Wiebke hatte ihre Tasche neben dem braunen Sofa abgestellt, dessen Polster schon ganz blank gesessen war, und sah sich die Beine der alten Dame gründlich an.

»Na, sie hat doch gesagt, ich soll unbedingt zur Friseursche hin.«

»Aha«, machte Wiebke verständnislos, Lulu zuckte mit den Schultern. »Das kann jetzt ziemlich wehtun«, kündigte Wiebke an und versuchte das rechte Bein, mit dem Oma Mommsen nicht mehr auftreten konnte, leicht nach außen zu drehen. Weit kam sie nicht.

»Au!«, schrie die kleine Frau jämmerlich. »Willst mich um die Ecke bringen?«

»Entschuldigung. Nein, ganz im Gegenteil, ich würde alles tun, damit du mindestens hundertelf wirst. Trotzdem muss ich dich noch mal piesacken, fürchte ich.«

»Och nö, bitte nich!« Oma Mommsens Augen glänzten verräterisch.

Es tat Wiebke schrecklich leid, doch sie musste eine Fehldiagnose ausschließen. Sie klopfte leicht gegen die Ferse des betroffenen Beins. »Aua!«, kam es erneut von Oma Mommsen.

»Das hatte ich befürchtet.« Wiebke sah ihre Patientin ernst an.

»Was denn? Dat Bein muss nich gleich ab, oder?«

»Das nicht, dein Bein bleibt dran, aber ein Ersatzteil wird sich unter Umständen nicht vermeiden lassen.« Oma Mommsen riss die Augen auf. »Ich fürchte, du hast ganze Arbeit geleistet und das Hüftgelenk möglicherweise angeknackst. Ich möchte dich natürlich noch röntgen, aber ich bin mir ziemlich sicher.«

»Denn muss ich nach'm Kontinent hin?«

Wiebke nickte. »Ja, in der Klinik bekommst du ein schickes Hüftgelenk aus Metall.« Um die alte Dame, die jetzt wirklich verzweifelt aus der Wäsche guckte, abzulenken, wollte Wiebke wissen, was der Friseur denn nun mit dem Sturz zu tun gehabt hatte.

»Nix. Ich war ja nich da, ich wollte man erst. Darum hab ich Lulu angerufen. Und denn hatte ich den Termin und musste mich im Garten abhetzen.«

Damit war für Wiebke alles klar. Typische Oma-Mommsen-Logik: Sie war nicht etwa gestürzt, weil sie vor ihrem Termin mit Lulu, die sie zum Friseur bringen wollte, noch unbedingt in ihrem Garten wühlen und sich danach abhetzen musste, sondern weil sie überhaupt den Termin hatte machen müssen.

»Das kommt davon, wenn man mit über achtzig noch im Garten buddeln muss wie ein Maulwurf«, meinte Lulu. »Ich hab dir schon hundertmal gesagt, das kann Jochen dir abnehmen. Wenigstens das Grobe.«

»Nix! Dat is mein Garten, denn is dat auch meine Arbeit. Dat Grobe …« Sie schnaubte. »Dat Unkruut kannst nich grob wegreißen.«

»Das hast du nun davon«, fügte Lulu ungerührt hinzu. »In Zukunft wird immer jemand anders deine Gartenarbeit erledigen und das Unkraut ausreißen müssen. Damit ist jetzt ja wohl endgültig Schluss.«

Wiebke warf ihr einen warnenden Blick zu. Zu spät.

»Meenst dat?« Oma Mommsens Lippen begannen zu zittern, eine Träne kullerte ihr über die Wange und verlor sich irgendwo im Gewirr der tiefen Falten. »Denn könnt ihr mich gleich unter die Erde bringen«, sagte sie leise.

Es brach Wiebke das Herz, so traurig hatte sie die kleine Frau noch nie gesehen.

»Na, na, Oma Mommsen, daran wollen wir noch gar nicht denken.«

»Ich schon. Wenn ich nich mehr meine Kartoffeln pflanzen und betüdeln darf, keinen Kohl mehr ernten und am Ende womöglich nich mal mehr Pflaumenmus für 'ne ordentliche Friesentorte kochen darf, denn will ich nich mehr sein.«

Lulu und Wiebke sahen sich an. Was konnte man dazu nur sagen? Sie hatten keine Gelegenheit, lange darüber nachzudenken.

»Ich bin doch man nur so 'n dünner Hering«, fuhr Oma Mommsen leise fort. »Meine Gräten haben doch gar nichts auszuhalten.«

»Leider haben Menschen, die nicht sehr viel auf den Rippen mit sich herumtragen, ein höheres Risiko, weil sie nämlich meistens nicht genug Kalzium in den Knochen haben«, erklärte Wiebke, froh, sich an ihrem fachlichen Wissen festhalten zu können.

»Auch das noch. Och, das is aber gemein. Hätte ich mehr Waffeln und Eis genascht, hätte das nu gehalten, oder was?« Sie machte ein Gesicht, als trauere sie gerade sämtlichen Kuchen und anderen Köstlichkeiten hinterher, die sie sich ein Leben lang versagt hatte.

»Aber nein, so ist das nun auch wieder nicht. Ich wollte damit nur sagen, dass wenig Körpergewicht keine Garantie für stabile Knochen ist.« Wiebke lächelte sie an, in der Hoffnung, ihr wieder ein wenig Mut zu machen. »Grundsätzlich ist Zucker sehr ungesund. Wärst du nicht so oft schlau genug gewesen, darauf zu verzichten, hättest du vielleicht schon seit Jahren Diabetes oder irgendeinen anderen Mist.«

»Oder du wärst schwer wie eine Tonne und könntest dich nicht mehr bücken, um deine Karotten zu ziehen«, sagte Lulu, blähte die Wangen und hielt die ausgestreckten Arme vor sich, als müssten die einen gigantischen Bauch umspannen.

Wiebke musste schmunzeln. Lulus Versuch, die bedröppelte Patientin aufzuheitern, war zwar durchschaubar, aber auch sehr lustig. Selbst Oma Mommsen verzog die Lippen. Es sah jedoch nur kurz nach einem Lächeln aus.

»Darf ich nu ja auch nich mehr«, piepste sie, schluchzte und begann dann bitterlich zu weinen.

»Ach, Oma Mommsen!« Die beiden Frauen drückten sie abwechselnd an sich, wobei sie gründlich darauf achteten, das verletzte Bein nicht zu berühren oder zu bewegen.

Wiebke schielte zu Lulu hinüber, die sich eine Träne wegwischen musste. So hart, wie sie nach außen manchmal wirkte oder wirken wollte, so weich war sie innerlich. Wiebke schluckte, ihr ging es nicht besser.

»Nun mal eins nach dem anderen«, schlug sie sanft vor. »Mit einem neuen Hüftgelenk kannst du ziemlich schnell wieder gehen. Am Anfang natürlich mit Krücken, aber das wird schon. Du könntest dir von Jochen wenigstens das Mähen abnehmen lassen. Vielleicht könnte er dir sogar ein Hochbeet bauen.«

»Genau«, stimmte Lulu betont fröhlich zu. »Oder du

suchst dir einfach eine andere Beschäftigung, eine altersgerechte, die du im Sitzen machen kannst.«

Oma Mommsen hatte ein Stofftaschentuch aus der Brusttasche ihrer Bluse genestelt und schniefte.

»Meint ihr denn, dass ich in meinem Haus bleiben kann? In so 'n Altersheim will ich nich, schon gar nich auf'm Kontinent. Denn guck ich mir lieber die Radieschen von unten an.«

»Eine Weile wirst du schon im Krankenhaus und in der Reha zubringen. Wenn es keine Komplikationen gibt, spricht aber nichts dagegen, dass du anschließend zurück nach Hause kommst«, versuchte Wiebke sie zu beruhigen. »Wie gesagt, eins nach dem anderen. Jetzt schaffe ich dich erst mal rüber in die Praxis zum Röntgen.«

Da Sandra und Corinna bereits Feierabend hatten, fand Lulu es völlig unsinnig, eine von ihnen aufzuscheuchen, nur um das Fliegengewicht Oma Mommsen in die Praxis zu transportieren.

»Ich helfe dir. So schwer kann das ja wohl nicht sein.« Wiebke holte die Krankentrage aus ihrem Fahrzeug, mit dem sie wohlweislich die paar Meter gefahren war. Wenn alte Menschen stürzten, kam man selten ohne Krankentransportwagen, von Wiebke liebevoll Kati genannt, zurecht. Diese Erfahrung hatte sie schon in Berlin machen müssen.

»Den Friseurtermin kann ich dann wohl absagen, was, Oma Mommsen?«, meinte Lulu, während sie die Patientin vorsichtig auf die Trage legten und in den KTW verfrachteten. »Echt jetzt, das hättest du auch einfacher haben können. Nächstes Mal sagst du einfach, dass du keinen Bock auf Friseur hast, anstatt dir das Bein oder die Ohren oder sonst was zu brechen. Abgemacht?«

Oma Mommsen nickte schwach und schaffte es sogar, ein ganz kleines bisschen zu lächeln.

Das Röntgenbild zeigte, was Wiebke vermutet hatte. Die Hüftgelenkpfanne war gebrochen. Glücklicherweise schien es nur ein einfacher Bruch zu sein und keine mehrfache Fraktur. Auch waren keinerlei Lähmungen oder Empfindungsstörungen zu beobachten. Nerven schienen also nicht verletzt worden zu sein. Immerhin.

Wiebke organisierte ihr telefonisch ein Bett in einer Husumer Klinik.

Als die alte Dame endlich versorgt und abtransportiert worden war, standen die beiden Nachbarinnen im Feldweg noch eine Weile beisammen.

»Ach Mensch, die Oma Mommsen!« Wiebke seufzte. »Ausgerechnet.«

»Wieso, wen hätte es denn lieber treffen sollen?« Lulu zog die Augenbrauen hoch.

»Du weißt schon, wie ich das meine. Sie ist so agil und immer voller Tatendrang. Sie wird besonders unter der Einschränkung leiden. Jemand, der den lieben langen Tag nur auf seinen vier Buchstaben sitzt, käme leichter damit klar.«

»Und würde wahrscheinlich trotzdem mehr jammern«, sagte Lulu. »Von meinen Inselsenis hockt übrigens keiner einfach nur rum. Ich habe denen eingetrichtert, dass sie eine Beschäftigung brauchen. Irgendetwas, das ihnen Spaß macht. Ich sag dir, ich nerve die so lange, bis die irgendein Hobby oder was Ehrenamtliches ausprobieren. Märchenonkel oder -tante kannst du auch sein, wenn du nicht mehr laufen kannst. Und wenn's eher die Augen sind, dann machst du eben Malen nach Zahlen XXL.«

»Aha, und was ist, wenn beides nicht mehr so gut funktioniert?«

Lulu kicherte. »Dann suchst du dir so 'n Hobby wie Konrad.«

»Der Maulwurf, der bei Hinnerk Boll im Haus wohnt?«

»Genau der. Bisher war sein einziges Hobby seine Frau. Nachdem ich ständig rumgequakt habe, er müsse sich eine Beschäftigung suchen, hat er sich was ziemlich Spezielles ausgedacht.« Sie warf Wiebke einen vielsagenden Blick zu.

»Du machst es ja spannend.«

Obwohl es bereits spät war, leuchteten die hübschen Vorgärten noch in der Sonne, denn der längste Tag des Jahres ließ nicht mehr lange auf sich warten.

»Der hat sich vorgenommen, sämtliche Geschäftemacher mal ein bisschen gegen den Strich zu bürsten, die an den Silver Surfern und Best Agern verdienen wollen.«

»Was?« Wiebke verstand kein Wort. Das war doch keine Freizeitbeschäftigung. Für Konrad anscheinend schon.

»Er sagt, die machen Versprechungen, dass einem die letzten paar Haare zu Berge stehen. Deswegen will er die jetzt mal alle ordentlich auf die Probe stellen. Find ich gut.«

»Finde ich schräg«, konterte Wiebke.

»Dachte ich auch erst, bis er mir ein paar Beispiele aufgezählt hat, wie die Anzeige eines Gartenhaus-Anbieters, die er in einer Fernsehzeitschrift entdeckt hat. Die versprechen, ihre Schuppen in ganz Deutschland kostenfrei anzuliefern und zu montieren. Das probiert er jetzt aus.«

»Hm, das hat erstens nichts mit alten Leuten zu tun, sondern betrifft jeden, und ist zweitens ein ziemlich kostspieliges Hobby, wenn er alles bestellt, nur um zu testen, ob die ihre Versprechen einhalten.«

»Konrad meint, er guckt erst mal nach Waren, die er sowieso gerne hätte, und in Hinnerks Garten fehlt definitiv eine Hütte. Ansonsten will er auf ein vierzehntägiges Rückgaberecht achten, der Fuchs. Ich nenne das aktiven Verbraucherschutz.« Lulu griente breit.

Wiebke schloss kurz die Augen. Sie nannte das verrückt. Der vermeintliche Fuchs wohnte mit seiner Frau Roswitha seit letztem Jahr bei Tammes Onkel Hinnerk Boll, der aufgrund fortschreitender Demenz nicht mehr allein leben konnte. So wenig wie Konrad sehen konnte, war seine Frau in der Lage, sich zu bewegen. Glücklicherweise hatten sie ja noch die an Parkinson erkrankte Elvira im Haus, die die chaotische Versehrten-WG um Hinnerk vervollständigte. Eigentlich brauchten alle vier Hilfe, aber dank Lulus Einsatz kamen sie irgendwie zurecht. Noch. Wiebke wollte nicht weiter darüber nachdenken. Sie hatte gelernt, dass es klüger war, ein Problem erst dann anzugehen, wenn es unmittelbar vor der Tür stand. Sich schon vorzeitig Sorgen zu machen bedeutete, Zinsen für einen Kredit zu zahlen, den man eventuell nie aufnahm. Sie sah auf ihre Uhr. Gleich acht. Es wurde höchste Zeit, Maxi abzuholen. Sie war beim Schwimmtraining und bei Tamme auch anschließend bestens aufgehoben. Nur musste der sich um alle Badegäste kümmern und den Laden irgendwann dichtmachen. Wiebke wollte seine Geduld nicht überstrapazieren.

»Hoffentlich übertreibt er es nicht. Ich muss dann mal los, Maxi ist noch bei Tamme.«

Lulu machte keine Anstalten, sich in Bewegung zu setzen, sie war in Plauderstimmung. »Wie geht's denn unserem griechischen Sahneschnittchen? Wir könnten alle mal wieder grillen oder so. Haben wir ewig nicht gemacht.«

»Das Sahneschnittchen ist nur halb griechisch. Lass ihn bloß nichts anderes hören. Er ist sowohl auf seine griechischen als auch auf seine friesischen Wurzeln stolz. Grillen ist eine gute Idee. Haben wir wirklich noch kaum gemacht.«

»Dass du dir unseren Sweety Tammolos gleich unter den Nagel gerissen hast …« Lulu zog eine Schnute. »Man könnte glatt neidisch sein.«

»Und das lässt du Jochen lieber nicht hören. Ehrlich, Lulu, du hast einen tollen Ehemann. Dir steht es überhaupt nicht zu, neidisch zu sein.«

»Wieso? Das eine schließt das andere doch wohl nicht aus.« Sie kam einen Schritt näher, sodass Wiebke zwangsläufig einen unverstellten Blick in ihr Dekolleté hatte. »Jost hat mit Saskia ja wohl auch eine tolle Frau«, flüsterte sie und ließ den Satz wirken.

»Was willst du mir sagen, Lulu?« Wiebke verlor die Geduld, sie konnte Klatsch und Tratsch nicht gut leiden. Gerüchte wurden ausgeschmückt und verwandelten sich viel zu leicht in handfeste Behauptungen, die wie Schneckenschleim an einem haften blieben. Auf einer kleinen Insel wie

Pellworm, wo sich alles in Windeseile herumsprach, noch mehr als in einer Großstadt. »Meinst du etwa, Jost schielt nach anderen Mädels?«

»Ich hab da was mitgekriegt. Mit den beiden stimmt was nicht in letzter Zeit. Irgendwas ist da faul im Staate Dänemark.«

»Wie gut, dass wir ein paar Kilometer südlich leben.«

»Witzig, echt!«

»Gute Nacht, Lulu!« Wiebke ließ sie stehen und wollte gerade in ihren Kati steigen, um Maxi abzuholen, als ein Mini um die Ecke bog. Tamme!

Wiebke atmete auf, als sie ihre Tochter aus dem Wagen hüpfen sah. Nun brauchte sie sich nicht extra auf den Weg zu machen.

»Hallo, Mami, ich hatte Trimmschwaiming.« Sie flog in Wiebkes Arme.

»Hallo, Krümel!« Wiebke erntete ein Augenrollen. »Entschuldigung. Hallo, Maxi! Was hattest du?«

»Trimmschwaiming!« Sie kicherte.

Auch Tamme war ausgestiegen, kam zu ihr herüber und gab ihr einen Kuss. »Buchstabendreher. Ist die neueste Masche«, erklärte er schmunzelnd.

»Genau, Schwimmtraining – Trimmschwaiming. Ist doch klar«, rief Maxi und lief zur Tür. »Hunger!«

»Hunger, Durst, Pipi«, kommentierte Tamme und folgte Wiebke ins Haus.

Wiebke verzog das Gesicht. »Ich dachte, aus dem Alter ist sie raus.«

Während sie das Abendbrot auf den Tisch stellte, erklärte Tamme ihr, wie die Buchstabendreherei angefangen hatte. »Eins der Kinder hat Wellporm statt Pellworm gesagt, damit ging's los.«

»Wie gut, dass es nicht Pellworn heißt«, sagte Wiebke grinsend.

»Woran du wieder denkst ...«

»Wieso, was ist denn an Wellporn lustiger als an Wellporm?«, wollte Maxi wissen, die gerade vom Händewaschen zurückkam.

»Ist beides lustig«, antworteten Wiebke und Tamme wie aus einem Mund.

Wie immer nach dem Schwimmen schaffte Maxi es gerade noch, eine Scheibe Brot, eine Tomate und ein bisschen Gurke zu essen, ehe ihr schon am Tisch beinahe die Augen zufielen. Niemand brauchte sie ins Bett zu schicken, sie ging gerne freiwillig.

»Nute Gacht«, murmelte sie, kicherte noch einmal und verschwand.

Kapitel 3

Wiebke und Tamme gingen auf die Terrasse. Man brauchte zwar eine Jacke, aber die Luft war herrlich, voller Meergeruch und von einer Klarheit, die Körper und Seele erfrischte. Tamme ließ sich ächzend auf einen Gartenstuhl sinken und fuhr sich stöhnend durch das gewellte schwarze Haar, das er von seiner Mutter geerbt hatte. Sie stammte aus der Stadt mit dem schönen Namen Drama im Norden Griechenlands, ungefähr in der Mitte zwischen Bulgarien und der Ägäis gelegen. Auch die Hautfarbe, die Wiebke an köstlichen Milchkaffee erinnerte, hatte er von ihr.

»Na, alter Mann, wird's gehen, oder brauchst du Hilfe?« Wiebke legte ihm die Hände auf die Schultern und biss ihm sanft ins Ohrläppchen.

»Ich werde dir gleich, von wegen alter Mann …«

»Wieso, steht da doch«, flötete sie und deutete auf sein Shirt. *Ich bin so alt, ich habe als Kind noch draußen gespielt*, prangte in gelben Lettern auf schwarzem Stoff. Wiebke konnte Sprüche-Shirts nicht ausstehen, Tamme liebte sie. In diesem Fall kam ihr der Aufdruck sehr gelegen, um ihn aufzuziehen. Er lachte nicht und zog sie auch nicht auf seinen Schoß. Er schien wirklich richtig schlechte Laune zu haben.

»Haben die Kinder dir den letzten Nerv geraubt?«, fragte sie ihn.

»Ach was, die können zwar anstrengend sein, versauen einem aber nicht gleich den ganzen Tag«, entgegnete er düster.

»Oha, hat das jemand getan? Na komm, erzähl, was ist dir über die Leber gelaufen?«

»Wie kommst du denn darauf? Mir geht's bestens!« Die Ironie tropfte geradezu von seinen Lippen. »Ich bin doch ein echter Glückskeks. Hansen aus der Verwaltung setzt mir einen Werksleiter vor die Nase, einen vom Festland auch noch. Dann kann ich das Denken ab sofort einstellen. Der muss ab jetzt sagen, wie der Hase hoppelt.«

»Einen was? Ich dachte, du bist Schwimmmeister und Badleiter und basta.«

»Dachte ich auch. Bisher. Bloß dass Hansen anscheinend Verwaltungsleiter werden will. Deshalb dreht er mal eben das gesamte Rathaus mit allem, was dazugehört, auf links. Dieser Werkstyp hat studiert, ist irgend so ein Bachelor oder Master oder wie das heute heißt. Mit anderen Worten: keine Ahnung von nix.«

»Wie gut, dass du keine Vorurteile hast«, neckte sie ihn. Aber es war einfach nichts zu machen, ihm war nicht nach Scherzen zumute. Und das sollte etwas heißen.

»Von Schwimmbadtechnik hat der doch nicht den kleinsten Schimmer. Der hat Ahnung von BWL und vielleicht auch von Technik allgemein, aber Filteranlagen und

Wasseraufbereitung sind für den mit Sicherheit Fremdwörter.«

»Wieso hat Hansen ihn dann ausgesucht?«

»Weil er die Verwaltungsleitung haben will, sag ich doch«, brummte Tamme ungeduldig. »Der will schon mal sein Revier markieren, allem seinen Stempel aufdrücken. Ob's dadurch besser wird oder nicht, spielt dabei keine Rolle.«

Wiebke versuchte ihn zu beruhigen. Sie massierte seine Schultern. »Ich kann ja verstehen, dass du skeptisch bist«, fing sie an, kam aber nicht weiter.

»Skeptisch ist gut.« Er stöhnte. »Apropos gut, hm, das ist echt gut. Nicht aufhören!«

Sie spürte, wie er sich unter ihren Händen ein wenig entspannte. »Hatte ich nicht vor.«

»Wenn jemand schon Penkwitz heißt, den kannst du doch nicht ernst nehmen. Und dann kommt er auch noch vom Kontinent, aus Duisburg, glaube ich. Der hat vom Leben auf einer Nordsee-Insel doch nicht mal ansatzweise eine realistische Vorstellung.«

»Was soll der denn genau machen?«, wollte Wiebke wissen, während sie Tammes verhärtete Muskeln knetete. »Ich meine, steht der auch am Becken und kümmert sich um die Wasserqualität, oder wie?«

Er lachte auf. »Nein, wo denkst du hin? Der Herr ist ein Schreibtischhengst. In feuchter Luft und bei Chlorgeruch kannst du ihn nicht artgerecht halten.« Sie musste grinsen. »Außerdem ist der ja nicht nur für uns zuständig, sondern für den gesamten Bäderbetrieb Nordfriesische Inseln, also von Sylt bis Nordstrand.«

»Dann hat Hansen ihn wohl kaum alleine ausgesucht und dir vor die Nase gesetzt«, gab sie zu bedenken.

»Nee, nicht alleine, aber maßgeblich.« Er wollte sich zu ihr umdrehen, hielt in der Bewegung inne und sog hörbar die Luft zwischen den Zähnen ein. »Mann, ich hab mich aber auch verrissen!«

»Wohl eher verhoben, nehme ich an. Wahrscheinlich hast du wieder eine Schrankwand alleine durch die Gegend getragen oder die Kinder aus dem Schwimmkurs alle schön durch die Luft geschleudert.«

»Wir haben nur Pilot gespielt. Ganz kurz«, gab er kleinlaut zu.

»Ganz kurz.« Sie schnaufte. »Du meinst, jedes der vierzehn Kinder durfte ganz kurz Pilot sein, und du hast sie alle an Hand und Fuß durch die Luft gleiten lassen, während du dich um dich selbst gedreht hast.«

»Sehr gut erklärt, Frau Doktor. Das finden sie super«, sagte er, und sie hörte ihn lächeln.

»Deine Schultern nicht.«

»Ich wette, dieser Witz ist eingestellt worden, um Sparpotenziale aufzudecken. Und woran kann man am besten sparen? Am Personal.«

»Aber nicht bei euch. Du schlägst dich mit einer Teilzeitkollegin und einer Handvoll Rettungsschwimmern herum. Wenn ihr im Januar und Februar nicht wegen Wartungsarbeiten geschlossen hättet, könntest du nie Urlaub machen. Sehr attraktive Jahreszeit übrigens«, sagte sie.

»Für Leute, die Wintersport mögen, schon«, knurrte er. »Ich bin bloß froh, dass Nele bald kommt. Das ist ein echter Lichtblick.«

»Danke schön, sehr charmant«, sagte Wiebke betont beleidigt, gab ihm einen Klaps in den Nacken und beendete ihre Massage.

»Ein weiterer Lichtblick neben dir natürlich. Und neben dem Törtchen. Wenn ich meine drei Frauen nicht hätte, würde ich diesem Lachwitz was erzählen.«

»Ich befürchte, das wirst du trotz aller diplomatischen Bemühungen deiner zweieinhalb Frauen trotzdem tun.«

»Wer ist denn die Halbe? Nele bestimmt nicht.«

»Na, wer wohl, Krümel oder ich?« Sie warf ihm einen drohenden Blick zu.

»Krümel? Ich kenne niemanden, der so genannt wird. Oder meinst du etwa Törtchen?«

Eigentlich hätte Wiebke gleich bei ihrer ersten Begegnung merken müssen, dass Tamme Tedsen praktische Erfahrungen mit Kindern hatte, die weit über Schwimmkurse hinausgingen. Aber irgendwie hatte sie einfach nicht damit gerechnet. Bis zu dem Moment, als sie von Nele erfuhr, Tammes Tochter. Das Mädchen war der Grund dafür, dass Wiebke ein zweites Mal kurz davorgestanden hatte, einen Umzugswagen zu bestellen und die Insel für immer zu verlassen. Nicht Nele an sich oder die Tatsache, dass er aus einer früheren Beziehung ein Kind hatte, war ihr auf den Magen geschlagen. Wiebkes Tochter Maxi war schließlich auch nicht vom Himmel gefallen, da hätte sie das sehr muntere Ergebnis seines Liebeslebens kaum kritisieren können. Der

Knackpunkt war die unbedeutende Kleinigkeit, dass er ihr nichts davon erzählt hatte. Wiebke hatte von einer Patientin erfahren müssen, dass Tamme Vater war. Ein Vertrauensbruch, mit dem sie sehr schlecht hatte leben können. Um ein Haar wäre es zwischen ihr und Tamme zu Ende gewesen, ehe es überhaupt so richtig beginnen konnte, doch dann musste Wiebke sich eingestehen, dass sie nicht ganz unschuldig an seinem Schweigen gewesen war. Mehr als einmal hatte sie ihm klargemacht, dass sie genug eigene Probleme hatte und nicht noch die eines Mannes zusätzlich haben wollte. Sie hatte von ihrer verkrachten Beziehung zu Maxis Vater Nick noch gründlich die Nase voll gehabt. Kein Wunder, dass Tamme, nachdem es sich anfangs nicht ergeben hatte, später nicht mehr den Mut gehabt hatte, ihr die Wahrheit zu sagen. Wie gut, dass er nicht der Typ war, der sich schmollend zurückzog und sie einfach gehen ließ. Er hatte ihr ganz schön den Kopf gewaschen, sich außerdem entschuldigt, dass er nicht offen zu ihr gewesen war, sondern die Existenz seiner Tochter verschwiegen hatte. Mit dieser Kombination hatte er sie schließlich gekriegt. Inzwischen dachten sie darüber nach zusammenzuziehen. Tamme bewohnte ein hübsches Haus ganz in der Nähe des Feldwegs. Bis zur Praxis wären es nur wenige Minuten Fußweg, und der Abstand zur Arbeit war womöglich sogar sinnvoll. Andererseits war es nicht dumm, sein eigenes Reich zu behalten. Wiebke war alles andere als scharf auf eine neue Beziehung gewesen, als sie auf die Insel gekommen war. Und nun schon gemeinsamer Tisch, gemeinsames Bett, gemeinsames Leben? Besser nicht.

»Moin, Renate!«, riefen Maxi und Wiebke wie aus einem Mund, als sie am nächsten Tag den kleinen Laden mit dem schönen Namen *Bücherfuchs* betraten.

Renate Fuchs, besser bekannt als Füchslein, strahlte die beiden an. »Moin, ihr zwei! Na, geht's euch gut?«

»Klar, gupersut!«, krähte Maxi und lachte sich kaputt.

»Ich hoffe, diese Buchstabendreherei geht bald wieder vorbei«, meinte Wiebke und lächelte gequält.

Füchslein hatte dunkle Schatten unter den Augen. Der Stress der Existenzgründung hatte den Erholungseffekt ihrer Reha offenbar schon wieder aufgefressen. Das gefiel Wiebke ganz und gar nicht. Füchslein gehörte zu ihren ersten Patienten. Als sie sich kennenlernten, hatte sie, wie so viele auf der Insel, mehrere Jobs gleichzeitig. Als wäre das nicht schon zu viel, musste sie sich auch noch um ihren Vater kümmern, der ein Pflegefall war. Dabei hatte sie noch längst nicht den Verlust ihres Mannes verarbeitet, der bei einem Unfall ums Leben gekommen war. Manche Menschen bekommen es aber auch knüppeldick, dachte Wiebke. Füchslein war so ein Mensch. Es war, als machte sich das Schicksal einen üblen Scherz daraus, ihr immer wieder noch ein Päckchen aufzuladen und zu warten, wann sie unter der Last zusammenbrechen würde. Mit dem *Bücherfuchs* hatte Renate sich einen Traum erfüllt und wirkte endlich glücklich. Der Laden war klein, aber zauberhaft eingerichtet. Neben Büchern, Postkarten und anderen schönen Dingen aus Papier gab es bei Renate eine Handarbeitsecke mit Wolle, kleinen Perlen und Schnüren und Strick- und Häkelnadeln. Sie hatte die passenden Bücher – von Anleitungen für Anfänger oder Fortgeschrittene bis zu Romanen, die etwas mit Handarbeit oder Wolle und Stoffen zu tun hatten – geschmackvoll zwischen die Knäuel und Nadeln dekoriert. Nicht zuletzt hatte sie ein Plätzchen geschaffen, an dem ihre Kunden immer ein Tässchen Tee oder eine Kaffeespezialität bekamen und in Ruhe lesen konnten.

»Was kann ich denn für euch tun?« Renate holte tief Luft und baute sich erwartungsvoll vor Wiebke auf. Sie hatte abgenommen. Das war im Grunde nicht schlecht, denn sie hatte in der Reha zugelegt und schon vorher das eine oder andere Kilo zu viel mit sich herumgetragen. Leider untermauerte der Gewichtsverlust Wiebkes Verdacht, dass Füchslein schon wieder auf den nächsten Zusammenbruch zusteuerte.

»Die junge Dame hier sucht ein Geburtstagsgeschenk«, erklärte Wiebke.

»Genau, Hilke hat nämlich Geburtstag, und ich bin eingeladen.«

»Das ist aber nett. Da finden wir bestimmt etwas.«

Gemeinsam schoben sie sich zwischen anderen Kunden hindurch zu der Ecke mit den Kinder- und Jugendbüchern.

»Das ist toll, das kenne ich«, rief Maxi und zog ein Buch aus dem Regal. Eine Dame ging an die Kasse. Touristin, das sah man von Weitem.

»Wir gucken einfach mal«, sagte Wiebke zu Füchslein. »Geh du ruhig erst mal kassieren.«

»Ja danke. Wenn ihr mich braucht …«

Während Maxi ein Buch nach dem anderen zur Hand nahm und jedes für das richtige Geschenk hielt, schaute

Wiebke sich um. Es herrschte wirklich Hochbetrieb. Zwei Frauen fachsimpelten über die Qualität von Garnen, ein Mann hatte sich in eine Biografie vertieft und zapfte sich gerade eine Tasse Cappuccino aus der Hightech-Kaffeemaschine, die so aussah, als könnte man damit auch Kopien anfertigen oder sich an einen anderen Ort beamen. Überall standen Leute und schmökerten. Nur an der Kasse war nichts los, nachdem die Dame ihre beiden Postkarten bezahlt hatte.

»Der Laden brummt«, stellte Wiebke fest, als Renate wieder zu ihnen kam. »Für dich darf das Wetter so bleiben, oder?«

»Ja, das kann man wohl sagen.« Ihr Lachen überstrahlte die dunklen Schatten in ihrem Gesicht. »Ich bin so froh, dass ich den Schritt gemacht habe. Mein *Bücherfuchs* ist für die Pellwormer jetzt schon so was wie ein Anlaufpunkt, eine Institution. Hätte ich nie gedacht.«

In dem Moment betrat eine Mutter mit ihrem Sohn den Laden.

»Moin«, rief der Knirps laut und sehr fröhlich. Zielstrebig marschierte er in die Kinderbuchecke und baute sich neben Maxi auf. »Moin«, sagte er noch einmal und schenkte ihr ein Lächeln, das ihr in bummelig zehn Jahren das Herz rauben würde.

»Ich bin Emil.« Dann wandte er sich dem Regal zu, studierte höchst konzentriert das Angebot und betrachtete schon bald einen Titel eingehend. »Das gefällt mir irgendwie ganz doll«, ließ er seine Mutter ernsthaft wissen. Sie nickte nur und stöberte weiter in den Gartenratgebern.

Nach einer Weile blickte der Knirps zu seiner Mutter auf und fragte: »Darf ich das haben?«

Diese Augen! Ich hätte schon verloren, dachte Wiebke schmunzelnd. Sie sah zu Renate hinüber, die auch gerade dahinschmolz.

»Natürlich«, gab seine Mutter ruhig zurück, »wenn du das von deinem Taschengeld bezahlst.«

Emil setzte eine zerknirschte Miene auf. »Doof, das habe ich grade nicht dabei.«

»Dann strecke ich dir das vor, und du gibst es mir zu Hause zurück.« Pädagogisch gesehen absolute Oberklasse. Sie schaffte das bestimmt nur, weil sie ihren Sprössling nicht eines Blickes würdigte, sondern sich literarisch gerade auf Biogemüse konzentrierte.

»Nein, das möchte ich eigentlich nicht«, sagte der Knirps jetzt nachdenklich und blickte von dem Kästner-Buch zu seiner Mutter und wieder zurück.

»Deine Entscheidung, Emil.« Jetzt lächelte seine Mutter ihn an. »Dann bleibt das Buch hier.«

»Aber ich hätte das so gerne. Und es passt so gut zu mir.«

»Ich hätte auch viele Dinge gerne und muss mir genau überlegen, wofür ich mein Geld ausgebe. Es geht immer nur eins, entweder kaufen oder sparen.«

Da stand dieser Junge, ein Buch in der Hand, das er auf keinen Fall aufgeben wollte, und sah so enttäuscht aus, dass man die Mutter auf der Stelle wegen seelischer Grausamkeit vor den Richter schleppen wollte.

Renate beugte sich zu ihm herunter und flüsterte: »Du hast aber auch ein Glück. Heute ist nämlich Erich-Kästner-

Tag. Alle Jungs, die Emil heißen, dürfen sich heute ein Buch aussuchen.« Er sah sie skeptisch an. »Wegen *Emil und die Detektive.*« Sie deutete auf den Buchdeckel. Jetzt leuchteten seine Augen auf wie zwei Sternschnuppen, ehe sie verglühten. »Ich schenke es dir. Und nächstes Mal erzählst du mir, wie es dir gefallen hat.«

»Danke schön!« Wiebke hätte wetten können, dass Emil Füchslein um den Hals fiel. Tat er aber nicht.

»Danke, das ist aber nett«, sagte seine Mutter und sah ziemlich angesäuert aus. Wahrscheinlich fürchtete sie um den pädagogischen Effekt ihrer Standhaftigkeit. »Können wir denn auch eine Tüte haben?« Sie sah durch das Schaufenster nach draußen. »Es wird bestimmt gleich wieder regnen.«

»Natürlich.« Füchslein holte eine stabile Papiertüte, was ihr einen weiteren missbilligenden Blick der Mutter einbrachte. Die hatte offenbar die gewünschten Informationen über den Anbau von Zucchini und Tomaten gefunden und gelesen und verabschiedete sich, ohne etwas zu kaufen.

»Wenn man jemandem den kleinen Finger gibt«, sagte Wiebke leise, nachdem die beiden gegangen waren. »So, Maxi, wie sieht's aus? Meine Mittagspause ist gleich zu Ende.«

»Ich nehme das hier!«

Wiebke ließ das Buch einpacken und bezahlte. Sie begann zu ahnen, wo Füchsleins Problem liegen könnte.

Zurück in der Praxis, vertiefte Wiebke sich in Füchsleins Krankenakte. Sie musste einen Aufhänger finden, mit dem sie Renate überzeugen konnte, sich noch einmal durchchecken zu lassen. Die Frau litt unter Fibromyalgie, einer Erkrankung, die ihr nicht nur fast permanent Schmerzen einbrachte, sondern sie unter Schlafstörungen und Erschöpfung leiden ließ. Sie musste noch besser auf sich aufpassen als gesunde Menschen. Wenn die Belastung, die ein eigenes Geschäft bedeutete, zu groß für sie war, brauchte sie Unterstützung. Nur warf der Laden am Anfang mit Sicherheit noch nicht genug ab, um jemanden einstellen zu können. Schon gar nicht, wenn Füchslein Bücher verschenkte und ihr Laden als kostenfreie Leihbücherei missbraucht wurde. Wiebke seufzte. Sie musste mit ihr sprechen. Wenn Füchslein mal wieder meinte, alles alleine bewältigen zu müssen, konnte sie ihren Laden früher oder später nicht mehr halten. Das wäre eine Katastrophe. In dem Moment klopfte es, und Corinna steckte den Kopf zur Tür herein.

»Kann ich den nächsten Patienten reinschicken?«

»Ja klar.« Wiebke legte die Akte beiseite. »Ist Sandra nicht da?« Normalerweise war Sandra diejenige, die Wiebke zuarbeitete, Corinna kümmerte sich ziemlich selbstständig um ihre Aufgabengebiete.

»Doch.« Sie zwinkerte Wiebke zu. »Aber ich wollte dir doch schnell Bescheid sagen, dass heute Abend GaBi bei Saskia und Jost ist. Achtzehn Uhr. Bist du dabei?«

»Ach, nicht bei Lulu und Jochen?«

Corinna schüttelte den Kopf, ihre kinnlangen gesträhnten Haare wippten. »Okay.«

Corinna klatschte in die Hände. »Ich freu mich!«

Hinter GaBi verbarg sich Garagen-Bier, ein lockeres Zusammentreffen, ein Klönschnack mit Bier, Sekt und ohne Essen. Die Nachbarn trafen sich in einer Garage – klar –, im Sommer auch mal auf einer Einfahrt davor. Meist fand das Ganze bei Lulu und Jochen statt, die keine Gelegenheit für eine Einladung ausließen. Während man es sich beim Grillen oder größeren Feiern gern in den Gärten, auf einer Terrasse oder im Winter natürlich drinnen gemütlich machte, war es ein ungeschriebenes Gesetz, dass ein GaBi eine Stehparty war, die mehr oder weniger zwischen Tür und Angel abgehalten wurde. Als hätte man sich zufällig getroffen und wollte auch nicht lange bleiben. Das hieß allerdings nicht, dass solche Treffen nicht Stunden dauern und feuchtfröhlich enden konnten.

Kaum hatte die Patientin das Behandlungszimmer verlassen, klingelte Wiebkes Telefon. Interner Anruf. Sandra.

»Ich habe hier Lutz von Hooge in der Leitung. Darf ich durchstellen?«

»Natürlich. Danke.«

»Moin, Wilma, na, alles fit?«

»Moin, Lars«, begrüßte sie ihn.

Er stutzte, dann lachte er. »Ach so, nee, du heißt ja gar nich Wilma. Oh, ich bin aber auch einer.«

Lutz arbeitete auf der Hallig im Gemeindebüro. Er war ein helles Köpfchen mit einem großen Herzen und einer ganzen Reihe von Talenten. Sich Namen zu merken gehörte eindeutig nicht dazu.

»Ich gebe dir noch neun Jahre, dann solltest du wissen, dass die Halligärztin Wiebke heißt.« Sie schmunzelte.

»Geil, das schaff ich.«

»Kann ich etwas für dich tun?«

»Jo! Du bist nächste Woche dran mit deiner Visite, ne?«

»Stimmt.«

»Könntest du die vielleicht vorziehen? Dem Hubert geht's gar nich gut.«

Der Name sagte ihr nichts. »Bist du sicher, dass dein Hubert wirklich Hubert heißt? Oder meinst du vielleicht Hinrich oder Hein?«

Er lachte. »Nee, dieses Mal vertüdel ich nix. Hubert, der Fahrkartenkontrolleur von der Hilligenlei, weißt Bescheid?«

Jetzt dämmerte es ihr, der Bayer war noch nicht lange im Norden. Er kassierte die Gäste an Bord ab, die sich vor der Fahrt nach Hooge kein Ticket gekauft hatten.

»Der Sani meint, das is vielleicht 'ne Sommergrippe«, erklärte Lutz ernst. Wiebke konnte förmlich hören, wie er zögerte und nachdachte. »Heißt die eigentlich nur so, weil man die im Sommer hat, oder gibt's da noch einen Unterschied zu der im Winter?«, wollte er dann wissen.

»Erst mal ist beides ein grippaler Infekt, insofern sind die Symptome und Behandlungen gleich. Verschwitzte Körper, die Zugluft ausgesetzt werden, dann trinken viele zu wenig ...«

»Da sorgst schon für, dass das im Feldweg nich passiert, ne? Dass bei dir in der Nachbarschaft jemand zu wenig trinkt, meine ich.« Er lachte. Der Ruf bezüglich einer ziemlich ausgeprägten Feierlust in der kleinen Neubausiedlung war in weiten Teilen der Nordsee-Inselwelt und auf dem Festland legendär.

»Ausgetrocknete Schleimhäute durch Klimaanlagen«, fuhr sie fort.

»Ja, is gut, so genau will ich das gar nich wissen.«

Sie sah ihn vor sich, wie er vermutlich angewidert das Gesicht verzog. Schon das Wort Schleimhaut war zu viel für ihn. Sie würde nie verstehen, wie jemand, der so überempfindlich war, wenn es um Körperflüssigkeiten, winzige Wunden oder eben Schleimhäute ging, eine kleine Schafherde besitzen und versorgen konnte.

»Das zwingt das Immunsystem in die Knie und macht dich anfälliger für Infekte«, brachte sie ihre Erklärung zu Ende. Dann fiel ihr wieder ein, warum Lutz überhaupt angerufen hatte. »Schafft der Sani das nicht? Ich meine, ein Grippepatient …«

»Einer? Du bist gut. Mit Hubert sind's jetzt schon drei, die mit Fieber im Bett liegen.«

»Fieber, Kopfschmerzen, schmerzende Knochen?«, wollte sie wissen.

»Jo, gerne auch in Kombination mit Kotzerei. 'tschuldigung, mit Erbrechen, meine ich natürlich. Und dazu schicke Hautausschläge. Eklig, sag ich dir.«

Wiebke stutzte. »Hautausschläge?«

»Weißt Bescheid?«

»Alle drei?«

»Na, ich hab mir nich alle ganz genau angeguckt. Das eine ist die alte Hansen, die willst lieber nich aus der Nähe sehen.«

»Pass auf, Lutz, ich schaue gleich mal in meinen Kalender. Wenn ich's irgendwie einrichten kann, komme ich früher.«

»Jo, passt. Danke dir, *Wiebke*. Erst mol.«

Kurz darauf ging Wiebke aus der Praxistür heraus und zehn Schritte weiter durch die Tür zur anderen Haushälfte wieder hinein. »Na, Hausaufgaben fertig?«, fragte sie ihre Tochter.

»Ja, alles erledigt!«

»Prima. Hast du großen Hunger?«

»Nö, ich habe schon einen Apfel gegessen.«

»Dann schlage ich vor, wir gehen schnell rüber zu Saskia und Jost und essen hinterher, einverstanden?«

»Ist GaBi angesagt?« Wiebke nickte. »Toll, dann kann ich mit Tom, Katja und Kai spielen«, jubelte Maxi.

Als die beiden eintrafen, waren die anderen schon da. Sogar Margit und Pit waren gekommen. Eine echte Überraschung! Pit arbeitete in Hamburg, woher die beiden auch stammten. Er hatte dort noch eine Einzimmerwohnung, in der er die Woche über schlief. Eigentlich war er nur am Wochenende zu Hause. Margit arbeitete nicht mehr, jedenfalls nicht mit Lohnsteuernummer oder Gewerbeschein. Dafür hatte sie sich, als sie vor einigen Jahren nach Pellworm gezogen waren, auf der Stelle ehrenamtliche Beschäftigungen gesucht. Sie hatte eine Theatergruppe gegründet. Schon als Kind hatte sie unbedingt Theater spielen wollen. Jetzt führte sie zwar in erster Linie Regie und ärgerte sich darüber, dass keiner aus der Truppe seinen Text lernte, kümmerte sich um alles alleine, wie sie gern betonte, vom Bühnenbau bis zur Kostümschneiderei, und stand eigentlich nur auf der

Bühne, um die Zuschauer zu begrüßen und sie zu bitten, ihre Handys auszuschalten. Neben diesem Hobby, über das sie schimpfen konnte wie eine Möwe im Angriffsmodus, kümmerte sie sich um den Erhalt des alten Kirchturms. Auch dafür hatte sie einen Verein gegründet, über den sie sich ebenso trefflich aufregen konnte. Niemand auf dem Eiland dachte ernsthaft daran, dem Wahrzeichen auf die Pelle zu rücken, aber natürlich waren Investitionen, die für den Erhalt nötig waren, oder etwaige Veränderungen ein Dauerthema. Dessen nahm sich Margit mit ihren Mitstreitern an. War sie mal zu Hause, führte sie einen aussichtslosen Kampf gegen Nacktschnecken, Ackerschachtelhalm und Wühlmaus. Mit anderen Worten, sie hatte immer etwas um die Ohren und meist mehr Stress, als sie während ihres Berufslebens je gehabt hatte.

»Hallo, ihr zwei!« Saskia begrüßte Wiebke und Maxi. Sie trug eine an den Knöcheln hochgekrempelte Jeans und einen Strickpullover mit Seestern-Applikation. Wiebke hatte noch nicht ergründet, wie ihre Nachbarin es schaffte, immer gut auszusehen und gleichzeitig den Eindruck zu erwecken, als würde sie sich um kaum etwas weniger kümmern als um ihre Optik. »Ein Sektchen oder lieber ein Bier?«

»Bier«, brüllte Maxi, »sonst müsste es ja GaSe heißen.«

»Stimmt irgendwie«, meinte Wiebke. »Also dann trinke ich heute mal ein Bier.«

»Ich auch!« Maxi grinste breit.

»Ja, klar, bei dir hackt's wohl«, mischte sich Lulu ein. »Das dauert noch ein paar Jahre. Aber für euch gibt's heute

Cola«, verkündete sie. »Guck mal, Tom und die anderen sind da hinten.« Sofort sauste Maxi davon.

»Cola?« Wiebke verzog missbilligend das Gesicht und sah von einer zur anderen. »Finde ich eigentlich nicht so gut.«

»Ich auch nicht.« Saskia seufzte und verdrehte die Augen. »Jost meinte, das muss auch mal sein.«

Lulu warf Wiebke einen vielsagenden Blick zu, dann sagte sie: »Alkohol ist auch nicht gesund, und wir trinken ihn trotzdem. Insofern, wer im Glashaus sitzt ...« Sie hob ihr Sektglas. »Prost!«

»Na, alles gut?« Jost kam zu ihnen herüber. Er begrüßte Wiebke mit einem Kuss auf die Wange. »Mh, du duftest gut.« Er blieb bei ihr stehen, den Arm locker um ihre Taille gelegt.

»Wahrscheinlich mein Shampoo«, antwortete Wiebke. Saskia drehte sich um und ging zu den anderen. Wieder ein bedeutungsvoller Blick von Lulu.

»Wie läuft's in der Praxis? Ich habe gehört, Oma Mommsen hat sich was gebrochen.« Jost machte keine Anstalten, Wiebke loszulassen. Nicht ungewöhnlich. Jost war Eventmanager, ein ebenso erfolgreicher wie lässiger Typ. Die hellblauen Augen und das fast weißblonde Haar bildeten einen höchst interessanten Gegensatz zu der sonnengebräunten Haut. Der Mann war einfach attraktiv und wusste das. So viel zu Wiebkes erstem Eindruck. Inzwischen wusste sie, dass er noch viel mehr ein bodenständiger Kerl war, der seine Scholle auf seiner Heimatinsel liebte und alles für seine Kinder und seine Frau tun würde.

»Das Hüftgelenk.« Sie löste sich von ihm, bevor Lulu sie am Ende noch mit ihren Blicken niederstreckte. »Sie ist nach Husum transportiert worden. Vermutlich kriegt sie ein neues Gelenk. Ich hoffe, es gibt keine Komplikationen, ist in dem Alter keine ganz so einfache Sache.«

Corinna kam zu ihnen herüber. »Hallo, Lieblingschefin«, flötete sie und drückte Wiebke schmatzend einen Kuss auf die Wange.

»Hey, wir haben Feierabend. Jetzt bin ich nur noch Nachbarin. Wo steckt denn dein Mann?« Wiebke sah sich um.

»Sprengmeister Christian muss noch den Mähroboter einpacken. Den will er zurückschicken.«

Wiebke schmunzelte. »Wieso, ist er ihm zu leise?«

Corinna bemerkte die Ironie nicht oder ignorierte sie. »Nein, der Akku ist zu schnell leer oder so. Keine Ahnung.«

Christians Rasen war sein Fetisch. Er sprengte ihn noch, wenn schon Regenwolken aufzogen, und vertikutierte mindestens zweimal im Jahr. Immer, wenn das Grün gerade so richtig schön war und im Saft stand. Nach der Prozedur sah der Garten jedes Mal aus, als wäre ein Panzer im Manöver darübergefahren. Niemand verstand das System dahinter, geschweige denn den Sinn. Aber wie sagte Lulu immer? Jeder ist so komisch, wie er kann. Vielleicht war das das Geheimnis dieser ungewöhnlich guten Nachbarschaft. Jeder akzeptierte den anderen mit seinen Macken und war sich bewusst, dass er selbst auch genug davon hatte.

Die zwei Stunden vergingen wie im Flug, jeder war wieder auf dem neuesten Stand, und die Kinder bekam Wiebke kaum zu sehen.

»Na denn, mol erst«, rief der kleine Tom, als Lulu und Jochen sich mit ihm auf den Heimweg machen wollten.

»Hä?« Lulu sah ihren Sohn verständnislos an.

»Er versteht's einfach nicht«, sagte Maxi angestrengt. »Du musst die Buchstaben verdrehen. Die Stuchbaben, kapiert?«

»Ja, hihi.« Tom hielt sich die kleine Hand vor den Mund. »Ich hab Hungerbären, hihihi.«

Maxi tat, als würde sie zusammenbrechen. »Du musst sagen: Härenbunger.« Da sie nur verständnislose Blicke erntete, gab sie auf. »Hunger hab ich auch«, rief sie, und sie verabschiedeten sich ebenfalls. Auf dem Weg zum Haus dachte Wiebke, dass wirklich eine komische Stimmung zwischen Saskia und Jost geherrscht hatte. Also hatte Lulu doch nicht nur die Flöhe husten hören. Hoffentlich war es nichts Ernstes.

Mit ihrem Buch für Hilke hatte Maxi die richtige Wahl getroffen. Immer wieder erzählte Maxi, wie sehr ihre Freundin sich gefreut hatte und wie toll die Geburtstagsfeier gewesen war.

»Mein Buch, die Zopfbänder und die Süßigkeiten waren ihr zweitliebstes Geschenk, glaube ich«, erzählte sie zum wiederholten Mal.

»Hast du schon gesagt, Törtchen. Kann es sein, dass du mir unbedingt mitteilen willst, welches ihr Lieblingsgeschenk war?«

»Ein Meerschweinchen«, brüllte Maxi, die anscheinend

in der nächsten Minute geplatzt wäre, wenn sie es nicht hätte herausposaunen dürfen. »Das ist voll niedlich!«

»Lass mich raten: Und jetzt möchtest du auch eins haben.«

»Nö.« Wiebke sah ihre Tochter erstaunt an. »Ich will lieber einen Hund.«

»Ganze Sätze, Schatz. Ich will lieber einen Hund haben. Oder willst du ihn anmalen oder ertränken?«

»Mama!«

»Entschuldige, schlechtes Beispiel.«

Maxi schüttelte entrüstet den Kopf, dann sagte sie: »Ich möchte bitte einen Hund haben.«

»Ach, Schätzchen ...« Weiter kam Wiebke nicht.

»Du hast es versprochen. Letztes Jahr schon.« Dummerweise stimmte das.

»Ich weiß, Krümel, aber es war immer so viel los.«

»Du sollst mich nicht Krümel nennen.«

»Okay, Törtchen. Besser?« Maxi zog es vor zu schmollen. »Guck mal, für ein Tier braucht man Zeit, gerade am Anfang. Wenn wir uns einen Hund anschaffen und ihn nicht gleich gut erziehen, tanzt er uns nachher nur auf der Nase herum, und wir können ihn nirgendwohin mitnehmen.«

»Hunde können gar nicht tanzen. Außerdem, wann haben wir denn Zeit? In den Sommerferien?« Das war eine wirklich gute Frage, auf die Wiebke keine kluge Antwort hatte.

»Nein, Spatz, in den Sommerferien ganz sicher nicht. Du weißt, dass da besonders viel los ist. Ganz viele Urlauber kommen und verletzen sich, oder holen sich einen Sonnenstich. Und die, die gesund sind, gehen baden. Darum haben Tamme und ich viel zu tun.«

»Aber ich habe doch Zeit«, beharrte sie.

»Ja, Maxi, aber du bist noch zu jung. Du kannst keinen Hund alleine erziehen.«

»Kann ich wohl!«

»Ach, Maxi, wir gucken nach den Sommerferien, in Ordnung? Im Herbst wird es ruhiger.«

»Nö, wird's nicht. Dann kommen wieder alle Pellwormer zu dir, die gewartet haben, bis die meisten Gäste abgereist sind. Das war letztes Jahr auch so.«

Da hatte sie recht. Die meisten Einheimischen hatten auf die eine oder andere Art mit Urlaubern zu tun. Wer nicht unbedingt zum Arzt musste, wartete damit, bis die Touristenflut verebbt war, er wieder Zeit hatte und die Inselärztin wieder ihm allein gehörte. Für Wiebke bedeutete das, dass auf den Urlauber-Ansturm die Insulaner-Böe folgte. Das Dumme war, dass sie ihrer Tochter, die sich schon so lange einen Hund wünschte, tatsächlich ein Versprechen gegeben hatte. Und was man versprach, das musste man auf jeden Fall halten.

Wiebke schluckte und atmete einmal kräftig durch. »Also gut, du kleiner Quälgeist, wir sehen uns auf jeden Fall noch in diesem Jahr nach einem Hund um, der zu uns passt. Einverstanden?«

»Au ja!« Maxi fiel ihr um den Hals.

Kapitel 4

Zwei Tage später kehrte der Sommer mit voller Kraft zurück. Das Thermometer kletterte über die Fünfundzwanzig-Grad-Marke. Der heftige Temperaturunterschied innerhalb weniger Stunden gepaart mit schwüler Gewitterluft machte den Menschen zu schaffen.

Wiebke war zu einem Mädchen im Bupheverweg gerufen worden. Die junge Dame war zu dünn, das war Wiebke auf den ersten Blick klar. Dazu trank sie zu wenig und steckte anscheinend gerade in einer Wachstumsphase. Die Kombination reichte, um sie niederzustrecken. Der Kreislauf war komplett im Keller, aber es gab keinen Grund zu ernsthafter Sorge.

Wiebke legte dem Mädchen noch einmal ans Herz, viel Wasser oder Schorle zu trinken, dann verabschiedete sie sich. Als sie gerade in ihrem Kati saß, klingelte ihr Handy.

»Moin, Wiebke, hier ist Max.«

»Moin, Max, was gibt's?«

»Ich habe hier einen älteren Badegast, dem geht's nicht gut. Kein richtiger Notfall, glaube ich«, druckste er herum.

Max war aktives DLRG-Mitglied und unterstützte

Tamme oft bei der Aufsicht an den Badestellen. Im Hallenbad war er früher nur anzutreffen gewesen, wenn er selbst Schwimmtraining hatte oder kleinere Kinder trainierte. Der Student der Biophysik verstand sich mit Tamme allerdings ausgesprochen gut, man konnte sagen, die beiden waren befreundet. Darum half Max, der ganz nebenbei auch noch als Wattführer tätig war, immer häufiger in der Halle aus, wenn Not am Mann war. Und das war oft der Fall, weil Badleiter Tamme Tedsen nämlich die einzige Vollzeitkraft war. Unterstützt wurde er von mehreren Rettungsschwimmern, wie Max oder Arne. Nicht gerade üppig.

»Und wie sieht der falsche Notfall aus?«, wollte Wiebke wissen, während sie schon den Wagen startete. Das Schwimmbad in der Uthlandestraße lag quasi auf ihrem Weg.

»Dem Herrn ist schwindelig und ein bisschen übel.«

»Bin sowieso gerade unterwegs. Ich sehe ihn mir mal an.«

»Super, danke!«

Wiebke kannte Max inzwischen gut genug, um zu wissen, dass er nicht anrief, wenn es nicht einen triftigen Grund dafür gab. Entweder machte ihm irgendetwas am Zustand des Badegastes wirklich Sorgen, oder er hatte etwas anderes auf dem Herzen. Kennengelernt hatte sie den vielseitigen Studenten bei einer Wattwanderung. Maxi und er hatten sofort Freundschaft geschlossen, nicht nur, weil beide ihre Namensgleichheit lustig fanden. Max war ein Pfundskerl, wie man im Süden wohl gesagt hätte, der immer für verrückte

Ideen und spontane Unternehmungen zu haben, aber eben auch für ernsthafte Dinge zu gebrauchen war.

Nach wenigen Minuten fuhr Wiebke auf den Parkplatz an der Schwimmhalle, schnappte sich ihre Einsatztasche und betrat das Bad, als würde sie hier bereits seit Jahren ein und aus gehen. Tamme war nirgends zu sehen, vielleicht hatte er gerade Mittagspause. Schade. Dafür kam Max ihr gleich entgegen.

»Moin, das ging ja schnell. Ich glaube, dem Herrn geht's schon wieder besser, aber vielleicht sprichst du trotzdem mal mit ihm.« Max' offenes sommersprossiges Gesicht verriet ihr sofort, dass der Badegast nicht der wirkliche Grund für seinen Anruf war.

»Alles klar«, sagte sie und lächelte. »Und danach unterhalten wir uns kurz, okay?«

Er schmunzelte und nickte. »Jo.«

Wie erwartet litt der Herr, ein Urlauber aus Niedersachsen, lediglich unter dem heftigen Wetterumschwung. Er versicherte Wiebke, er würde sich ein wenig ausruhen und dann langsam zurück in seine Ferienwohnung marschieren.

»Das ist wirklich sehr freundlich, dass Sie sich extra nach mir erkundigen. Dabei habe ich doch keinen Arzt angefordert. Dass der junge Mann Ihnen gleich Bescheid gegeben hat ... Ich bin ganz gerührt.« Er konnte gar nicht mehr aufhören, die Freundlichkeit der Menschen auf der Insel zu loben. Alle wären so nett, er habe noch nicht eine einzige Begegnung mit einem schlecht gelaunten oder unhöflichen Einheimischen gehabt. »Bemerkenswert, das ist wirklich bemerkenswert!«

Beschwingt machte sich Wiebke auf die Suche nach Max. Sie freute sich über das Kompliment. Auch wenn sie noch nicht lange auf Pellworm lebte, identifizierte sie sich doch schon sehr mit ihrem neuen Zuhause und legte als Teil dieser kleinen Gastgebergemeinschaft großen Wert darauf, einen guten Eindruck zu machen.

Max kam ihr entgegen, die Tür zu Tammes Büro fest im Blick.

»Alles klar mit dem Mann?«

»Ja, ja, es war nur die Hitze. Der ruht sich etwas aus, und dann ist er wieder fit. Und was hast du nun auf dem Herzen?«

»Ich mach mir Sorgen um den Chef. Echt, so habe ich Tamme noch nie erlebt.« Er verzog bedeutungsvoll das Gesicht. »Dieser Penkwitz ist da, der neue Werksleiter. Der fordert, dass heute Nachmittag sämtliche Rettungsschwimmer hier antanzen und einen Rettungsfähigkeitstest machen. Wer seine Fähigkeit nicht nachweisen kann, darf ab sofort nicht mehr eingesetzt werden.«

»Wie, und so einen Test muss man nicht mit etwas Vorlauf ankündigen? Muss man sich darauf nicht vorbereiten?«

»Normal schon. Aber Penkwitz meint, das wäre wie bei einer Hygienekontrolle oder so, als wollte man Schwarzarbeit aufdecken. Das kündigt man auch nicht vorher an.«

»Merkwürdiger Vergleich«, murmelte sie. »Es geht doch nicht darum, euch zu überführen.«

»Oha, Werksleiter im Anmarsch«, flüsterte Max ihr zu.

Ein Mann, den Wiebke auf etwa Ende vierzig schätzte, kam

hereinspaziert, als ginge er über einen Laufsteg. Er trug eine dunkelblaue Leinenhose und ein weißes kurzärmeliges Hemd und blickte sich um, als würde ihm das Schwimmbad gehören. Im Gefolge hatte er einen jungen Schlaks, der sein Klon sein könnte. Statt einer Leinenhose trug der Jeans, auch in Dunkelblau, auch mit weißem Hemd dazu.

Wiebke hatte den Anblick des Duos noch gar nicht verdaut, da flog auch schon die Tür zu Tammes Büro auf, und er rauschte heran. Er trug ein T-Shirt mit der Aufschrift *Einen Scheiß muss ich!*

Diplomatie ging irgendwie anders.

»Das ist Kevin, er wird uns ein bisschen über die Schulter schauen«, hörte Wiebke Penkwitz sagen. »Er nimmt an einem Verwaltungsprogramm teil. Ich bin sein Mentor, er ist mein Mentee.«

»Super, dann bin ich der Dementi«, knurrte Tamme. Wiebke musste sich ein Grinsen verkneifen.

»Moin!«, rief sie fröhlich.

»Moin!« Tamme lächelte matt. »Das ist Horst Penkwitz, Werksleiter Bäderbetriebe Nordfriesische Inseln.« Er deutete auf den Mann, dann auf den Jüngling neben ihm. »Sein Anhängsel Kevin. Und das ist unsere Inselärztin Wiebke Klaus.«

Penkwitz reichte ihr die Hand. »Freut mich, Sie kennenzulernen. Ich würde Ihnen gerne das Du anbieten, das scheint hier auf der Insel üblich zu sein, aber bei meinem Vornamen ...« Er verdrehte die Augen. »Ich weiß auch nicht, was sich meine Eltern dabei gedacht haben.« Beim Lächeln zeigte er alle Zähne, die er hatte. Sollte sie ihn nun duzen oder lieber nicht? Wiebke kam nicht dazu, darüber nachzudenken. »Sie sind nur zu Besuch, oder gab es einen Notfall?« Er sah sie konzentriert an.

»Nein, kein Notfall. Max hat mich sicherheitshalber angerufen, weil es einem Badegast nicht gut ging.«

»Darum kümmert man sich hier nicht selbst? Sie werden doch wohl nicht für jede Lappalie hier antanzen, oder?« Er schenkte ihr wieder sein gewinnendes Lächeln, das ihr jetzt schon auf die Nerven ging. Dabei kannte sie ihn erst wenige Minuten.

»Die üblichen medizinischen Kleinigkeiten werden selbstverständlich direkt behandelt«, erwiderte sie zuckersüß und verhinderte, dass Tamme sich zu Wort meldete. »Glücklicherweise ist das Personal hier im Bad und draußen an der Badestelle sehr kompetent. Die erkennen sofort, wenn aus leichtem Unwohlsein ein größeres Problem werden könnte.« Penkwitz holte Luft, doch sie sprach schnell weiter: »Sie stimmen mir sicher zu, dass bei diesem Kreislaufwetter mit Übelkeit, Kopfschmerzen und vor allem Schwindel nicht zu spaßen ist, gerade wenn es sich um einen älteren Patienten handelt.« Er nickte irritiert. »Eben. Darum war es richtig, mich zu rufen. Ich war ohnehin gerade auf dem Weg, und jetzt muss ich mich auch schon wieder verabschieden. Wie gesagt: Kreislaufwetter.«

Sie nickte den drei Männern zu, Tammes Augen blitzten belustigt.

»So ein Vollhorst!«, schimpfte Tamme. Er war gleich nach dem Dienst zu ihr gekommen, und sie hatten mit Maxi zu

Abend gegessen, die jetzt hingebungsvoll ihr kleines Kräuterbeet wässerte. »Der Rettungsfähigkeitstest an sich ist ja in Ordnung. Aber normal bespricht man gemeinsam einen Termin. Außerdem hast du immer die Chance, dich noch mal prüfen zu lassen, wenn du eine Disziplin nicht schaffst. Nix da, von wegen: Durchgefallen, ab sofort kein Einsatz mehr.«

»Dieser Penkwitz hat tatsächlich alle von jetzt auf gleich antreten lassen?«

»Sag ich doch.« Er fuhr sich durch die dunklen Locken und schnaufte, als hätte er einen Marathonlauf hinter sich. »Ist ein Wunder, dass so spontan alle kommen konnten.«

»Es wäre vielleicht besser gewesen, einige hätten sich gedrückt. Dann hätten sie sich vorbereiten können und hätten die Prüfung möglicherweise geschafft.«

»Hätte, hätte … Mann, die sind fast alle gnadenlos durchgerasselt.«

»Ist so ein Test denn wirklich so schwer? Was muss man da überhaupt machen?«

»Das sind zehn Übungen plus Theorie«, erklärte er. »Noch schwerer ist nur das Rettungsabzeichen in Gold, aber das hat kaum einer. Silber reicht, um Aufsicht machen zu dürfen.« Sie sah ihn erwartungsvoll an. »Genau genommen musst du nicht mal das Abzeichen machen, sondern eben nur den Teil, der die Rettungsfähigkeit beweist. Doch das hat Meister Denkwitz gleich mal geändert und verlangt den vollen Umfang des Rettungsabzeichens in Silber. Das ist ab sofort die Mindestanforderung, ohne die du nicht in den Einsatz darfst.«

»Wenn du seinen Namen weiter verhohnepipelst, sprichst du ihn irgendwann noch falsch an«, gab sie vorsichtig zu bedenken. »Könnte er sehr unlustig finden.«

»Mir doch egal! Was hat er so einen blödsinnigen Namen? Ich hätte meinen Leuten jedenfalls eine zweite Chance gegeben. Dieser Dummwitz findet sich schon total großzügig, weil er den Sprung aus drei Metern Höhe nicht sofort verlangt hat. Das dürfen diejenigen, die den Rest geschafft haben, in Husum nachholen. Sehr edelmütig, oder?« Er stand kurz vor einer Explosion. »Dabei hätte ich doch leicht das Dach der Halle öffnen und einen Kran anstellen können, damit jeder einmal von oben ins Wasser hüpft.«

»Woran sind deine Leute denn eigentlich gescheitert?« So richtig konnte sich Wiebke noch immer nicht vorstellen, was in dieser berüchtigten Prüfung alles verlangt wurde.

»An der kombinierten Übung. Abschleppen mit Klamotten ist auch richtig schwer, aber das haben fast alle hingekriegt. Befreien aus einer Umklammerung und Herz-Lungen-Wiederbelebung sowieso, das können die. Aber bei der kombinierten Übung musst du alles ohne Pause hintereinander schaffen: anschwimmen, dann tauchen und einen Fünf-Kilo-Gegenstand hochholen. Sobald du den wieder loslässt, wirst du gewürgt, als würde ein Ertrinkender sich an dir festklammern. Du musst dich aus dem Griff lösen, den Betreffenden sofort fünfundzwanzig Meter schleppen und an Land bringen. Und zum Schluss darfst du noch drei Minuten lang die Herz-Lungen-Wiederbelebung vorführen. Du weißt, wie schnell man dabei aus der Puste kommt, schon wenn man vorher nix gemacht hat.«

»Das stimmt allerdings. Ist ganz schön viel verlangt. Andererseits ganz gut, finde ich. Im Ernstfall könnt ihr auch nicht erst mal verschnaufen. Alle denken immer, ihr guckt den Leuten gemütlich beim Baden zu, aber ihr tragt nun mal eine große Verantwortung und müsst jederzeit fit sein, auch ohne Vorankündigung.«

»Ich finde das ja auch richtig. Bloß kriegst du doch so schon keine Leute, die für die paar Kröten in der Halle stehen, wenn draußen auch noch tolles Wetter ist. Und von der Stadt wird mir sowieso kein Rettungsschwimmer bezahlt, der würde ja Tariflohn kriegen«, schimpfte er. »Ich kann immer schön bei der DLRG betteln, aber die können sich doch auch niemanden backen. Gott sei Dank haben Arne und Max bestanden.«

»Ganz schön kompliziert«, gab Wiebke ihm recht.

»Es kommt leider noch blöder.« Er sah sie an. »Ich darf nicht mehr raus an die Badestelle. Das ist ab jetzt ausschließlich Sache der DLRG.«

»Hat mich schon immer gewundert, dass das in einen Topf geschmissen wird.«

»Das war auch nie so ganz offiziell«, gab er zerknirscht zu. »Wir hatten eine Abmachung: Wenn draußen sehr viel los ist, aber nur unerfahrene Neulinge Dienst haben, unterstütze ich die DLRG draußen, dafür kriege ich für die Halle auch mal eine Aushilfe mehr, damit ich meinen Bürokram schaffe. So ungefähr. Mir reicht's schon, den ganzen Winter in der warmen, feuchten Luft der Halle zu stehen. Und dann die Chlorausdünstungen, das ist nun wirklich nicht gesund.

Ich bin über jeden Tag froh, an dem ich im Sommer an der Badestelle sein kann.«

Das Argument war nicht von der Hand zu weisen. Gerade kürzlich hatte Wiebke gelesen, dass Lungenerkrankungen bei Schwimmmeistern als Berufskrankheit anerkannt werden konnten. Ein ziemlich schwacher Trost, eine gesunde Lunge wäre die bessere Variante.

»Penkwitz bleibt doch nicht ewig auf Pellworm. Vielleicht kannst du, wenn er wieder weg ist, weiterhin ab und zu draußen arbeiten. Und wegen der Prüfungen solltest du noch mal mit ihm sprechen. Er kennt die Situation hier doch noch gar nicht. Er kann nicht einschätzen, welche Folgen es für dich und den Dienstplan hat, wenn dir von heute auf morgen mehrere Rettungsschwimmer fehlen.«

»Als Werksleiter sollte er das aber können. Außerdem habe ich es ihm schon gesagt.« Ohne Luft zu holen, polterte er weiter: »Um den Dienstplan will er sich als Nächstes kümmern, hat er gesagt. Er glaubt, man könne mit einer zweiten Vollzeitkraft besser agieren.«

»Das wäre doch nicht schlecht. Klingt nach Entlastung.«

»Daran glaube ich erst, wenn's so weit ist. Weißt du, was mich richtig skeptisch macht?« Er wartete ihre Antwort nicht ab. »Diese zweite Vollzeitkraft gibt's schon. Also, Herr Werksleiter hat bereits eine in petto. Ein Schwimmmeister, der innerhalb weniger Stunden hier anfangen kann, wird 'ne schöne Flachpfeife sein. Der Personalmarkt ist leer gefegt«, ereiferte er sich weiter, ehe sie etwas dazu sagen konnte. »Du kriegst keine Leute. Keine guten.« Tamme rieb sich das Gesicht, als wollte er das lästige Thema wegwischen. »Und jetzt Schluss mit diesem Blödwitz. Der hat mir schon den ganzen Tag versaut, der soll mir nicht auch noch meinen Feierabend madig machen.« Er nahm Wiebkes Hand. »Wir sind neulich gar nicht mit den Umzugsplänen fertig geworden. Wollten wir nicht mal ein bisschen ausmessen und gucken, ob ihr zwei mit eurem Hausstand bei mir unterkommen könntet?«

Wiebke spürte einen unangenehmen Druck im Bauch und einen Kloß im Hals, der ihr das Atmen schwer machte. Wieso eigentlich? Maxi, Tamme und sie lebten jetzt schon wie eine kleine Familie. Daran gab es nichts auszusetzen, im Gegenteil, Wiebke fühlte sich sehr wohl damit. Aber der Gedanke daran, das eigene Reich aufzugeben, versetzte sie dennoch in Panik. Es war immer gut, ein Netz oder einen doppelten Boden oder am besten beides zu haben. Damals hatte sie sich vollkommen auf Nick verlassen, darauf, dass die Beziehung mit ihm eine sichere Bank war. Sie hatte keine Rücktrittsversicherung gehabt, keinen Plan B. Als sie schwanger geworden war, fühlte sich alles richtig an, als fügte sich ein Teil nach dem anderen in ein Puzzle, das am Ende ein wunderschönes Lebensbild ergeben würde. Nur hatte Nick offenbar andere Vorstellungen von Kunst oder Wanddekorationen gehabt. Ein Kind, ja klar, das war schon schön, aber doch nicht so früh. Da war er Mitte dreißig! Na ja, wenn sie wollte, dann würde er sie natürlich auch heiraten, hatte er gedruckst. Zur Not. Okay, wortwörtlich hatte er das so vielleicht nicht gesagt, aber ganz sicher exakt so gemeint. Wiebke war der Boden unter den Füßen flöten gegangen.

Und dann die Sache mit ihrem Vater. Das hatte sich ganz ähnlich angefühlt. Ihr Vater, Held ihrer Kindertage. Jahrelang hatte für sie festgestanden, dass sie in seine Fußstapfen treten und die kleine Spedition übernehmen würde. Sie hatte sogar ihren Lkw-Führerschein gemacht. Ihr Vater war ein Macher, ein Mann, der anpackte und zur Stelle war, wenn es etwas zu tun gab. Zuverlässigkeit war sein zweiter Vorname gewesen, sein Spitzname Pflichtgefühl. Oder auch Verantwortungsbewusstsein. Jedenfalls war Wiebke sich dessen vollkommen sicher gewesen. Bis der Unfall passierte. Ausgerechnet Maxis beste Freundin Claudia war damals unter die Räder des Lkw gekommen. Am Steuer hatte Wiebkes Vater gesessen. Mit ihm 0,9 Promille. Er hatte riesiges Glück gehabt, dass er nicht ins Gefängnis musste. Dafür war die Geldstrafe saftig gewesen, hinzu kam der Verlust des Führerscheins. Das Wesen eines Unfalls ist, dass er einfach geschieht, obwohl niemand ihn will. Wiebke wusste das als Medizinerin nur zu gut. Ihr war völlig klar, dass es ein Unglück gewesen war, Claudia war einfach zur falschen Zeit am falschen Ort gewesen, nämlich genau im toten Winkel des Brummis. Womit Wiebke überhaupt nicht zurechtkam, war das Verhalten ihres Vaters. Er stürzte nicht nur von seinem Sockel, er zerbröselte zu einem hilflosen Wicht, der kaum noch in der Lage war, seiner Enkelin zu begegnen. Wiebke hatte ihre Lektion gelernt: Der einzige Mensch, auf den du dich immer verlassen kannst, bist du selbst. Nur, wie sollte man ein gemeinsames Leben mit jemandem aufbauen, wenn man sich nicht zu hundert Prozent auf ihn verlassen konnte?

»Morgen ist Ruhetag. Vielleicht kannst du in der Praxis auch früh Schluss machen, und wir könnten mal konkret überlegen, wann ihr zu mir ziehen wollt«, sagte Tamme und riss sie damit aus ihren Gedanken.

»Das geht nicht. Morgen geht's nicht«, erklärte sie. »Ich habe Lutz versprochen, dass ich nach Hooge komme zur Sprechstunde.«

Tamme runzelte die Stirn.

»Am Dienstag, meinem freien Tag?« Weil Tamme an fast jedem Wochenende arbeiten musste, hatten sie den Dienstag, an dem das Bad geschlossen war, zu ihrem freien Tag bestimmt. Wann immer es möglich war, überließ Wiebke ihre Praxis dann Corinna und Sandra oder arbeitete wenigstens nur einen halben Tag. Handy und Pieper hatte sie ohnehin immer bei sich, sodass sie im Notfall zu erreichen war.

»Ja, es ging nicht anders. Das wollte ich dir gestern schon sagen, hab's aber vergessen. Tut mir leid.«

Er sah noch immer ziemlich skeptisch aus. »Ich dachte, deine Tour ist erst nächste Woche dran.«

»Eigentlich schon, aber die haben da drüben anscheinend ein größeres Problem. Lutz meinte, es hätte einige erwischt. Er orakelt schon, dass irgendeine exotische Seuche eingeschleppt wurde und nun die gesamte Halligwelt ausrottet.« Sie schnitt eine Grimasse. »Du kennst ihn ja, er kann kein Blut sehen, erzählt aber liebend gerne Horrorgeschichten. Ich sehe mir das trotzdem mal an. Wahrscheinlich ist es nur eine Sommergrippe, aber die können sie jetzt in der Saison auch nicht brauchen.«

Wiebke war froh, dem Thema Zusammenziehen erst einmal entkommen zu sein, gleichzeitig tat Tamme ihr leid. Er machte ein enttäuschtes Gesicht.

»Ich kann ja das Schiff um halb drei nehmen. Das müsste für die Sprechstunde reichen und ist obendrein viel günstiger als das Taxiboot.« Sie zwinkerte ihm zu. »Und wir können wenigstens gemütlich frühstücken, wenn der kleine Quälgeist in der Schule ist.«

Mit dem höchsten Lichtschutzfaktor auf der Haut, den Wiebke hatte kriegen können, saßen sie und Maxi am Heck des Schiffes und wandten ihre Gesichter der Sonne zu. An Bord waren noch gut zwanzig Urlauber, die einen Tagesausflug nach Hooge unternahmen oder nach einer Wattwanderung dorthin zurückgebracht wurden. Erstere würden in wenigen Minuten zum ersten Mal eine Hallig betreten. Wiebke war alle zwei Wochen auf dem winzigen Stück Land inmitten der Nordsee. Nach einigen bürokratischen Hürden versorgte sie nun ganz offiziell die knapp hundertzehn Einwohner medizinisch. Ihre Sprechstunde fand regelmäßig in einem kleinen Raum im Gemeindehaus auf Hanswarft statt. Der Vorraum des Gemeinde- und Tourismus-Büros wurde dann zum Wartezimmer. Hatte jemand zwischendurch etwas, brauchte jemand etwa einen Verband oder Medikamente gegen Husten, Schnupfen oder Übelkeit, wurde er vom dauerhaft auf Hooge lebenden Krankenpfleger versorgt. Im Grunde war das eine sehr gute Lösung. Trotzdem, Wiebke bewunderte es immer wieder, dass sich Menschen für ein Leben entschieden, das derartige Bedingungen an sie stellte. Schon auf Pellworm war es für alte oder körperlich eingeschränkte Menschen nicht ganz einfach. Wer nicht gerade am Tammensiel wohnte, musste mobil sein. Genauer gesagt, musste Auto fahren, denn Fahrradwege waren Mangelware auf der Insel, und die Straßen waren größtenteils eine Ansammlung von Schlaglöchern. Für jemanden, der nicht mehr so gut gucken konnte und womöglich ein wenig unsicher auf zwei Rädern war, nicht gerade günstig. Immerhin gab es auf Pellworm mehrere Geschäfte, eine Bankfiliale und eben eine Ärztin, und nicht zu vergessen Lulus Senioren-Service. Auf Hooge gab es all das nicht. Ein kleiner Laden, eine Bank, die werktäglich eine Stunde am Esstisch eines Privathaushalts entstand, ein Krankenpfleger, das war's. Von den kleineren Halligen gar nicht zu reden, sie hatten nicht einmal das. Ein Notfall, der unter normalen Umständen leicht in den Griff zu kriegen war, konnte dort schnell zu einem lebensbedrohlichen Drama werden.

Hoffentlich stand Wiebke kein solches bevor. Als sie Lutz angerufen und gebeten hatte, die Sprechstunde außer der Reihe bekannt zu geben, hatte er wirklich besorgt geklungen.

»Du, dem Hubert geht's echt nicht gut. Der sieht übel aus und kann nix bei sich behalten. Insgesamt sind jetzt schon fünf Leute krank. Nicht alle so doll natürlich, aber du könntest echt denken, die haben alle das Gleiche. Hoffentlich ist das keine Seuche. Ich lauf schon mit Mundschutz rum.«

»Ist nicht dein Ernst!«

»Doch, das kannst aber glauben.«

»Wir sind da!«, rief Maxi fröhlich.

Das Schiff legte an Landsende an. Gemeinsam mit den Touristen machten Wiebke und ihre Tochter sich auf den Weg zum Herzen der Hallig, zur Hanswarft.

»Was machst du, während ich Sprechstunde habe?«

»Zuerst besuche ich Lutz. Der ist voll cool! Dann laufe ich vielleicht zum Hafen, die Kerdepfutschen besuchen.« Maxi bekam einen Lachanfall.

»Da werden sich die Pferde aber freuen, wenn du die Kutschen besuchst«, meinte Wiebke lächelnd. Hoffentlich war das kichernde Kind neben ihr das einzig Ansteckende weit und breit. Der Kran, der in den letzten Monaten den idyllischen Eindruck des Eilands ein wenig verschandelt hatte, war verschwunden, der Neubau neben dem Gemeindehaus fertiggestellt. Auch dieses Projekt war so viel aufwendiger gewesen, als ein Hausbau auf dem Festland ohnehin schon war. Nicht nur, dass zunächst Pfähle in den weichen Boden hatten gerammt werden müssen, ehe man mit dem Fundament hatte beginnen können, nein, jeder Stein, jedes Gramm Estrich, jede Lage Dämmwolle musste per Fähre herangeschafft werden. Für den anstehenden Innenausbau galt das Gleiche. Fehlte hier mal eine Kartusche Silikon oder dort ein Eimer Farbe, konnte man nicht mal eben zum Baumarkt um die Ecke sausen. Wiebke freute sich schon jetzt auf die Einweihung. Sobald nämlich die Innenarbeiten erledigt waren, bekam der Krankenpfleger in dem Neubau eine eigene kleine Praxis. Na ja, so was in der Art. Dort würde Wiebke in Zukunft die Leute versorgen, wenn sie nach Hooge kam. Wurde wirklich Zeit, das Kabuff neben dem Gemeindebüro war ein beengtes Provisorium, das sie nur zu gerne hinter sich lassen würde.

»Loin, Mutz«, rief Maxi schon vom Eingang des Gemeindehauses aus.

»Moin, junge Dame«, rief Lutz zurück, sprang auf und riss sich mit dem Headset, das er zum freihändigen Telefonieren stets auf dem Kopf trug, gleich den Mundschutz ab. Den hatte er, vermutlich ebenfalls zum Telefonieren, auf die Stirn geschoben. Sehr sinnvoll.

»Moin, Hallig-Doc«, begrüßte er Wiebke und drückte sich damit darum, ihren Namen wissen zu müssen. »Weißt du, was ich gerade verstanden habe?«, fragte er kichernd, während er das Headset am Kabel aufsammelte, an dem sein Mundschutz baumelte.

»Hab ich auch gesagt«, antwortete Maxi sofort. »Loin, Mutz! Ich verdrehe die Buchstaben. Das findest du stebimmt lustig, oder?«

»Moin«, meldete sich Lutz' Kollegin Gabi zu Wort, die gerade ihren Schreibtisch räumte. Feierabend im Büro, Arbeitsbeginn in der eigenen Zimmervermietung. »Na, du bist ja gut gelaunt.« Sie strahlte Maxi an. »Ist wirklich lustig, das mit den Buchstaben. Dann gehe ich jetzt mal nach Hause, Buchen ka ...« Sie hüstelte und sagte leise: »Kuchen backen.«

Maxi quietschte los, auch Lutz und Wiebke mussten kichern.

Wiebke hatte sich als Erste wieder im Griff. »Im Wartezimmer ist gar nicht so viel los. Ich dachte, hier wäre eine Seuche ausgebrochen.«

Lutz wurde ernst. »Jan und Rieke sind mit den Symptomen da, die Hubert auch hatte. Bei den andern musst du Hausbesuche machen. Die hätten's nich hierhergeschafft.«

»Ich gehe zu den Pferden«, verkündete Maxi und lief los.

»Einverstanden«, rief Wiebke ihr nach. »Da bleibst du, oder du kommst wieder hierher. Du treibst dich nicht irgendwo auf der Hallig rum, okay?«

Maxis Antwort ging in einem lauten Niesen unter, das aus dem Wartezimmer kam.

»Na schön, dann fange ich hier an und fahre hinterher zu den Patienten raus«, sagte Wiebke. »Hoffentlich schaffe ich das alles, bevor das Schiff geht.«

»Sonst musst das Taxiboot bestellen. Ich verstehe sowieso nich, wieso du mit den Touris auf so 'n Ausflugsschiff steigst.« Er verdrehte die Augen. »So, geiht los«, verkündete er den Wartenden, ehe er sich wieder hinter seinen Schreibtisch verkrümelte und den weißen Papierstreifen vor den Mund klemmte.

Jan, ein kräftiges Mannsbild, und die eher zarte Rieke, Mitarbeiterin im Wattenmeerhaus, beschrieben nacheinander exakt die gleichen Beschwerden. Als hätten sie sich abgesprochen. Kopfschmerzen, die Gelenke taten weh, keinen Appetit, was besonders bei Jan ein Warnsignal war, der sonst reinhauen konnte, als gäbe es morgen nichts mehr. Ein bisschen schlecht sei ihnen auch.

Wiebke stellte fest, dass beide erhöhte Temperatur hatten, und schickte sie auf direktem Weg ins Bett. Normalerweise verabreichte sie gern biologische oder homöopathische Arzneimittel. In diesem Fall entschied sie sich für ein konservatives Präparat, das grippale Infekte erfahrungsgemäß rasch auskurierte. Sie wollte unbedingt verhindern, dass sich Urlauber oder noch mehr Halligbewohner ansteckten. Seit der *Seehund* dichtgemacht hatte, gab es nur noch drei Cafés und Restaurants und einen Imbiss. Nicht gerade viel, um bis zu tausend Tagesgäste plus Urlauber, die länger blieben, zu versorgen. Da waren die Mitarbeiter der Gastronomie schnell am Limit, Ausfälle konnte man sich nicht leisten.

Für die Hausbesuche durfte Wiebke das kleine Auto von Lutz benutzen. Die alte Hansen war so geschwächt, dass es einem Angst machen konnte. Als Wiebke sie untersuchte, musste sie niesen. Anschließend war ihr Taschentuch rot.

»Denn auch noch Nasenbluten. Hatte ich noch nie mit zu tun«, brachte Frau Hansen kaum hörbar hervor.

»Haben Sie das in letzter Zeit denn öfter?«

Die Antwort war ein Nicken.

»Bestimmt, seit Sie sich so viel die Nase putzen müssen? Schnauben Sie sehr kräftig?«

»Na klar, soll doch raus der Mist!«

»Probieren Sie es mal mit Dampfbädern, die den Mist lösen, dann brauchen Sie nicht so heftig zu schnauben. Wahrscheinlich hört das mit dem Nasenbluten dann schon auf.«

»Is gut.«

»Ich möchte, dass Ihr Mann mich ab jetzt jeden Tag anruft und mir berichtet, wie die Medikamente anschlagen.«

»Ich muss so 'n Gift schlucken?«

»Wenn Sie wieder gesund werden wollen, ja. Es ist kein Gift. Nicht alle Medikamente sind chemische Bomben mit schrecklichen Nebenwirkungen. Wir können froh sein, dass so gute Präparate entwickelt wurden und wir in unserem Land Zugriff darauf haben. Denken Sie nicht?« Mehr als ein undefinierbares Murmeln war nicht aus ihr herauszukriegen.

Ehe sie ging, legte Wiebke Herrn Hansen ans Herz, ein bisschen vorsichtig zu sein. Auch er war schließlich nicht mehr jugendlich-frisch. Er sollte nicht auch noch flachliegen.

»Ihre Frau braucht Sie«, sagte sie eindringlich, als sie sich verabschiedete. Falls sich herausstellen sollte, dass es eine echte Grippe oder womöglich ein bakterieller Auslöser war, wovon Wiebke nicht ausging, konnte das für die alten Leutchen riskant sein.

Der letzte Patient des Tages war Graham Pogita, dessen Porsche auf Ockenswarft wirkte wie ein Raumschiff auf einem Supermarkt-Parkplatz. Ihm war es schon auf der Fähre nach Hooge schlecht gegangen, erzählte er und zeigte ihr seinen Hals.

Wiebke zog Einweg-Handschuhe über und betrachtete seine Hautausschläge. Die sahen genau aus wie die von Hubert. Es war ziemlich wahrscheinlich, dass die beiden Männer sich während der Überfahrt begegnet waren, beinahe sicher. Ob Hubert sich bei ihm angesteckt hatte?

»Diese Ausschläge haben Sie schon länger?«

»Nein. Die sind gekommen, als die Kopfschmerzen anfingen.«

»Und Sie hatten vorher nie Hautprobleme, Ekzeme?«

»Nein!«

»Hm, kann ein Zufall sein.« Pogita, ein ungewöhnlicher Name. Dazu das schwarze Haar, die dunkle Haut und ein weicher Akzent. »Woher kommen Sie?«

»Aus Hamburg.« Entweder lebte er schon so lange in Deutschland, dass ihm seine ursprüngliche Herkunft gar nicht mehr bewusst war, oder er war es leid, ständig nach seinen Wurzeln gefragt zu werden, die ihm möglicherweise nicht viel bedeuteten. Tamme konnte gut damit umgehen, wenn Urlauber wissen wollten, woher er stamme. Der griechische Einschlag war zu offensichtlich, dazu der typisch friesische Name, das machte einfach neugierig.

Wiebke hakte nicht nach.

»Ich hatte viel Geschäftliches zu erledigen. Eigentlich wollte ich übermorgen weiter nach Pellworm. Ich habe Freunde dort.« Er musste husten und griff sich an den Hals. »So ein Mist«, sagte er keuchend, »ich bin sonst nie krank, aber ausgerechnet jetzt hat es mich richtig erwischt.«

Wiebke nutzte die Gelegenheit, ihm rasch am Ohr Fieber zu messen. 38,1 Grad.

»Nicht besorgniserregend. Sie sollten das aber im Blick behalten. Falls Ihre Temperatur steigt, sollte Ihnen jemand Wadenwickel machen. Aber erst ab 38,5 Grad. In Ordnung?«

»Ja, ich denke, die Vermieterin wird mir helfen.«

»Gut. Natürlich gebe ich Ihnen auch Medikamente gegen den Reizhusten, damit Sie gut schlafen können. Erholsamer Schlaf ist die halbe Miete.« Sie lächelte ihn an und sah auf die Uhr. Wenn nichts dazwischenkam, konnten sie das Schiff noch erwischen. »Dann erholen Sie sich mal, damit Sie übermorgen wirklich zu uns nach Pellworm kommen können. Ihre Freunde wären sonst sicher enttäuscht.«

»Das wäre wirklich dumm.« Erneut schüttelte ihn ein heftiger Hustenanfall, sein Atem rasselte.

»Umso wichtiger, dass Sie schnell gesund werden.« Wiebke wiederholte die Einnahmevorschriften. »Wenn Sie auf Pellworm sind, kommen Sie doch bitte in meine Praxis. Ich möchte Sie mir auf jeden Fall noch einmal ansehen«, sagte sie und verabschiedete sich.

Dann fuhr sie langsam zurück zur Hanswarft, Spaziergänger, die sie wegen des pfeifenden Winds oft erst spät hörten, immer im Blick. Austernfischer sausten durch die Lüfte und erfüllten sie mit ihrem schrillen Piepen. Wie immer stellte Wiebke den Wagen einfach ab und ließ den Schlüssel stecken.

Maxi stand mit zwei Teenagerinnen an der Treppe am Eingang von Uns Hallig Hus. Prima, musste sie ihr Fräulein Tochter nicht noch suchen, sondern konnte gleich mit ihr zum Anleger am Landsende gehen.

»Und nur weil Sie groß sind und vor allem eins können, nämlich alles kaputt machen, müssen wir nicht automatisch Respekt vor Ihnen haben!«, hörte Wiebke sie gerade zu einer Frau sagen, die daraufhin nach Luft schnappte.

»Maxi!« Wiebke warf ihrer Tochter einen strengen Blick zu.

»Ist doch wahr!«, ereiferte Maxi sich.

Die Frau hatte von Wiebke zu den Kindern geblickt, wieder zurück und war in Richtung Sturmflut-Kino davongestapft.

»Die beiden machen ein ganz tolles Projekt«, erklärte Maxi, die Wangen vor Aufregung gerötet, und deutete auf die Mädchen von vielleicht fünfzehn oder sechzehn Jahren. »Die untersuchen nämlich mit dem Chef vom Wattenmeerhaus Plastikmüll in der Nordsee und im Watt und so. Stimmt doch, oder?« Die Mädchen nickten. »Siehste! Der Frau da eben ist die Verpackung von ihrem Müsliriegel runtergefallen.« Sie sagte das in einem Ton, der ahnen ließ, dass Maxi eher von mutwilligem Hinschmeißen ausging. »Die beiden haben ihr gesagt, was für ein Problem dieses Mirkoplastik ist oder wie das heißt.«

»Mikroplastik«, kam es aus drei Mündern gleichzeitig.

»Ja, genau. Jedenfalls hat die gleich losgeschimpft. Wir brauchen nicht zu denken, dass sie Kinder automatisch niedlich findet, nur weil die klein sind und nichts können, hat sie gesagt.«

Wiebke zog fragend die Augenbrauen hoch, die Projekt-Teenagerinnen nickten eifrig. Das war ein dicker Hund. Wiebke bedauerte, dass sie der Dame nicht auch noch ein paar passende Worte hatte sagen können. »Dabei waren die beiden voll höflich.«

»Dann hast du absolut richtig reagiert, Maxi. Ich bin sehr stolz auf dich.«

»Ja, voll cool. Echt fett gekontert.« Die Mädels grinsten breit.

»Und nun machen wir uns fett auf den Heimweg«, meinte Wiebke schmunzelnd, »sonst verpassen wir noch das Schiff.«

Auf dem Weg an Ockenswarft vorbei zum Anleger und

während der gesamten Fahrt zurück nach Pellworm wurde Wiebke bestens unterhalten und erstaunlich gut informiert.

»Wenn ihr Erwachsenen nicht aufhört, so viel Dreck zu machen, dann muss mein Generator das ausbaden, sagt Arne.«

»Deine Generation.«

»Oder so, ist doch egal, es geht um Inhalte.« Wiebke verschluckte sich beinahe, verkniff sich aber ein Lachen. Es war ihrer Tochter wirklich ernst. »Dieses blöde Plastik ist schon überall. Sogar die Fische sind voll davon. Wenn wir nicht aufpassen, schwimmen nur noch Plastikschollen rum. Und dann ist das Klima nämlich auch im Eimer. Arne sagt, da passt jetzt schon nichts mehr. Letztes Jahr sind wir abgesoffen, und jetzt diese Dürre!« Sie seufzte wie eine gestandene Bäuerin, die um ihre Ernte fürchtete. Wenn Maxi auch einiges in einen Topf geworfen hatte, musste Wiebke ihr doch recht geben. Vielleicht sollten sie mal einen Ausflug zum Solarfeld unternehmen. Das hatte sich Wiebke schon länger mal ansehen wollen, hatte es aber immer wieder aufgeschoben. Immerhin war man vor Jahren, als die Anlage eröffnet worden war, aus aller Welt auf die kleine Insel Pellworm gepilgert, um sich das damals noch spektakuläre neue Verfahren der Stromgewinnung erklären zu lassen. Es konnte nicht schaden, ihrer Tochter zu zeigen, dass die Erwachsenen nicht nur alles kaputt machten, sondern auch ein paar ganz gute neue Technologien entwickelten.

Schon als sie in den Feldweg einbogen, hörten sie den ohrenbetäubenden Lärm von Christians gutem, altem Rasenmäher. Hatte er den Mähroboter also tatsächlich zurückgeschickt.

»Moin, ihr zwei!«, brüllte er.

»Moin!«, schrie Maxi, während sie sich die Ohren zuhielt.

Zwei Häuser weiter stand Lulu und wässerte ihren farblich perfekt abgestimmten Vorgarten. Es fing links mit rosafarbenen Hortensien an und steigerte sich über Lavendel bis hin zu dunkelvioletten Stockrosen. Lulu winkte ihnen zu. Nein, genau genommen wedelte sie hektisch mit der Hand.

»Ich glaube, die will was«, brüllte Maxi.

»Die heißt Lulu.«

»Hä?«

»Geh du bitte schon mal rein, ich komme gleich nach«, sagte Wiebke und unterstrich ihre Worte mit Gesten.

»Okay!«, schrie Maxi ihr ins Ohr, als Christian den Mäher gerade ausstellte.

Wiebke ging die wenigen Schritte zu Lulu hinüber und fragte sich zum x-ten Mal, warum man für Gartenarbeit volles Make-up auflegte und hochhackige Schuhe wählte. Wenn sich Lulu nur einmal im Schlauch verhedderte, war sie nach Oma Mommsen die Nächste, die ein Ersatzteil brauchte.

»Hast du schon gehört? Oma Mommsen kommt morgen zurück auf die Insel.«

»Wie bitte? So schnell? Sie ist doch gerade erst operiert.«

Lulu zuckte die Achseln. »Sie weigert sich, auf'm Kontinent mit der Reha anzufangen. Sie sagt, das Krankenhaus ist das Letzte, sie bleibt da keinen Tag länger.«

Wiebke runzelte die Stirn. »Was passt ihr denn nicht? Ich war mehr als einmal in Husum in der Klinik. Die haben da wirklich fähige Ärzte. Ich habe einen ziemlich guten Eindruck von dem Betrieb.«

»Das fragst du sie am besten selbst.« Lulu trat einen Schritt näher und setzte eine höchst irritierte Miene auf. »Du, ich hatte ja gleich das Gefühl, ihr Kopp hat bei dem Sturz auch was abgekriegt. Und jetzt wird sie echt komisch.« Wiebke hob nur fragend die Augenbrauen. »Sie will wissen, wer aus unserem Club der Blauen Kappen nähen kann.«

Damit hatte Wiebke nicht gerechnet. Wenn sie ehrlich war, hatte sie lange nicht an den Club gedacht, den die Frauen aus dem Feldweg in einer Sektlaune gegründet hatten. Sie hatten sich blaue Schirmmützen zugelegt und sich ziemlich verwegen gefühlt. Viel war nicht daraus geworden. Schon vorher hatten die Mädels der Siedlung, jedenfalls der harte Kern, jede Menge Spaß zusammen gehabt und zusammengehalten, wenn es darauf ankam. Zum Beispiel, als sich damals die Front gegen Wiebke gebildet hatte. Einige Insulaner hatten absolut nicht damit umgehen können, dass Wiebke sich ausgerechnet mit Ex-Hebamme Jessen angelegt hatte. Die dürfte die Fakten ihres dummen Streits dem einen oder anderen Pellwormer gegenüber mit hübschen Märchen ausgeschmückt haben, sodass wirklich einige darum bemüht gewesen waren, Wiebke in die Flucht zu schlagen. Glücklicherweise gab es auch eine Gegenbewegung, der sich ihre Nachbarinnen selbstverständlich anschlossen. Mehr noch. Sie legten sich unglaublich ins Zeug, um jeden von Wiebkes Fähigkeiten zu überzeugen und von den Vorteilen, die ihre Anwesenheit der Insel brachte. So flunkerte die eine etwa, Wiebke habe ihr vollkommen schmerzfrei eine ausgekugelte Schulter wieder eingerenkt, die Nächste ließ verbreiten, dass Wiebke die spektakuläre Dekoration des Hafenfestes zu verdanken war. Der Club der Blauen Kappen hielt eben zusammen.

»Erde an Wiebke? Wo warst du denn gerade mit deinen Gedanken?«

Wiebke sah in von dick getuschten Wimpern eingerahmte Kulleraugen. »Oh, entschuldige, ich habe mich irgendwie gerade zu den Gründungszeiten unseres Clubs zurückgeträumt.«

»Das war cool. Könnten wir übrigens mal wieder machen, so einen kleinen Shoppingausflug.« Wiebke nickte. »Aber erst mal müssen wir uns wohl um Oma Mommsen kümmern. Sie wollte nicht nur wissen, wer nähen kann, sondern sie hat auch nach Zeichenblock und Stiften verlangt, die gefälligst parat zu liegen haben, wenn sie in die Reha kommt. Kannst du damit was anfangen? Die hat doch einen mitgekriegt, oder?« Sie hob den Zeigefinger an die Schläfe und ließ ihn kreisen.

»Ich rufe sie mal an. Mir scheint, ich habe einiges mit ihr zu besprechen.«

Am nächsten Morgen erreichte Wiebke Oma Mommsen. Sie war glücklicherweise nicht getürmt, sondern lag noch immer brav in der Klinik in Husum.

»Eine Nacht noch und keine länger«, legte sie sofort los. »Ich mach das nich länger mit.«

»So, liebe Oma Mommsen, nun beruhigst du dich erst mal. Was ist denn so schlimm im Krankenhaus, hm?«

»Alles!«, kam es einsilbig zurück. Wiebke seufzte laut und deutlich. »Das Essen zum Beispiel«, fuhr Oma Mommsen fort. »Stell dir vor, ich durfte ankreuzen, was ich zum Abendbrot haben will. Graubrot oder Weißbrot, mit Körnern oder ohne, lieber Käse oder Wurst oder vielleicht beides. Joghurt, oder 'n büschen Obst. Salate standen auch auf dem schlauen Zettel, Fleischsalat oder was mit Farmern, Eiersalat ...«

»Ich glaube, ich habe das Prinzip verstanden«, unterbrach Wiebke sie.

»Auch die Menge konnte ich angeben, die ich haben will. Eine Scheibe oder zwei oder drei, nur einen Joghurt oder mehr, zwei Scheiben Käse ...«

»Ja, Oma Mommsen, ist klar. Und was kann einem daran nicht gefallen? Klingt doch ziemlich gut.« Wiebke hätte die kleine alte Frau eigentlich nicht als besonders anspruchsvoll eingeschätzt. Wollte sie Krabbensalat haben, oder wie?

»Püh, du kennst dich hier ja wohl nich so doll aus«, erwiderte sie beleidigt. »Meine Zimmernachbarin hat was völlig anderes bestellt als ich.«

»Kann passieren, wenn man so viel Auswahl hat.«

»Jo, bloß gekriegt haben wir beide das Gleiche. Ganz genau das Gleiche, verstehst du? Und wenig war das, viel weniger, als ich bestellt hatte. Der Teller stand in so 'nem Dings, so 'ner Schale mit Deckel. Ich mach den Deckel hoch und denk: Aha, Teil eins. Bloß wo is der Rest? Du, ich hab unter den Teller geguckt, ich dachte, da is vielleicht noch 'ne

Etage. Nix! Mönsch, war dat übersichtlich. Wozu schreib ich denn, dass ich zwei Scheiben Graubrot und zwei Weißbrot haben will mit jeweils vier Scheiben Wurst und Käse?«

Wiebke musste schmunzeln. »Wahrscheinlich hat niemand gedacht, dass du tatsächlich solchen Appetit hast.«

»Du hast doch gesagt, ich muss viel essen, für meine Knochen und dieses Kalziumzeug.«

»So ungefähr, ja.«

»Auf jeden Fall komme ich nu morgen zurück nach Hause. Ich habe denen gesagt, ich mache diese Reha auf meiner Insel und sonst nirgends. Die werden doch wohl ein Plätzchen für mich haben, zur Not in der Mutter-Kind-Klinik, is mir egal. Und dass du dich um dieses Physikdings kümmerst, habe ich ihnen auch gesagt.«

»Physiotherapie.«

»Jo, sach ich doch.«

Kapitel 5

Wiebke war schon halb auf der Treppe, um das Hallenbad zu verlassen, als sie eine Frau in einem blauen Kittel und mit Eimer und Feudel in der Hand kommen sah.

»Renate, was machst du denn hier?«

Renate setzte eine zerknirschte Miene auf. »Putzen. Wie früher.«

»Früher hattest du keinen eigenen Laden. Okay, du hattest diverse andere Jobs, aber jetzt ...« Weiter kam sie nicht.

»Ist doch nur vorübergehend, bis das Finanzielle ein bisschen stabiler ist«, sagte sie und blickte auf ihre lilafarbenen Gummi-Crocs. »Außerdem kann Tamme jemanden brauchen, der zuverlässig ist. Das war doch kein Zustand mit den wechselnden Aushilfen, die sich haben breitschlagen lassen, auch mal Schwamm und Besen in die Hand zu nehmen.«

Wiebke baute sich vor ihr auf. »Renate, du weißt genau, dass du dir nicht zu viel zumuten darfst. Du stehst von morgens bis abends im Geschäft, nach Feierabend musst du die Regale auffüllen, Rechnungen schreiben, Fachzeitschriften lesen. Vom Lesen der Neuerscheinungen ganz zu schweigen. Zweimal in der Woche bist du mindestens bei deinen Eltern, um sie zu unterstützen. Das ist zu viel.« Füchslein knabberte an ihrer Unterlippe. »Ich dachte, der *Bücherfuchs* wird so gut angenommen. Es ist immer voll, jedenfalls wenn ich mal da bin. Das ist natürlich nicht so oft, vielleicht täuscht mich mein Eindruck.«

»Nein, nein, das ist schon so. Der Laden ist meistens voll. Hast du ja neulich gesehen. Ich bin schon so was wie 'ne feste Einrichtung, und das nach so kurzer Zeit.« Ihre Stimme wurde immer leiser. »Nur leider kann ich nicht davon leben, wenn jeder nur blättert, aber nichts kauft. Meine Sitzecke ist dauernd belegt, und die gute Ostfriesenmischung ist ständig leer. Genau wie der Kaffee. Ich schütte alle naselang frische Bohnen in die Maschine.« Jetzt hob sie den Blick und sah Wiebke verzweifelt an. »Das bringt mir nur alles nix außer Kosten, wenn die Kunden dann doch mit leeren Händen gehen.«

Hatte Wiebke also recht gehabt, Füchsleins Laden war voll, die Kasse leer. Wenn sie dann auch noch Bücher verschenkte, weil ein Knirps mit einem Blick ihr Herz im Sturm eroberte, konnte das Konzept finanziell nicht aufgehen. Aber das behielt Wiebke lieber für sich.

»Wie wäre es, wenn du einen kleinen Beitrag für die Getränke verlangst?«, schlug sie stattdessen vor. »Einen Euro zahlt bestimmt jeder gerne für einen hochwertigen Tee oder Kaffee. Damit wärst du noch immer billig, bist aber die reinen Schnorrer los. Und echte Kunden, die auch für Umsatz sorgen, kannst du doch trotzdem einladen.«

»Damit bringe ich aber noch niemanden dazu, bei mir

auch Bücher oder Wolle oder sonst was zu kaufen.« Sie seufzte. »Außerdem ist das nicht so einfach. Ich brauche dann so 'ne Schankgenehmigung, glaube ich. Und 'ne Toilette müsste ich auch anbieten.« Ein Lächeln trat auf ihr Gesicht. »Ach was, das wird schon alles. Mir macht das jedenfalls richtig viel Spaß mit dem Laden. Und wenn die Kasse erst mehr klingelt, höre ich hier wieder auf.« Das Lächeln wich einer betretenen Miene. »Im Moment bin ich ganz froh, wenn ich nicht so viel Zeit zu Hause verbringe.«

»Warum das denn?«

»Du hast doch gesagt, ich soll auf Entspannung und Bewegung achten. Ich habe in so einem Ratgeber gelesen, der beste Weg zu beidem ist ein Hund.« Wiebke starrte sie an. Sie hatte sich nicht ernsthaft obendrein noch einen Vierbeiner zugelegt. Doch, sie hatte. »Ich dachte, das ist eine gute Idee, dann fühle ich mich auch nicht so alleine.«

»Klingt aber nicht, als wärst du noch immer sehr begeistert von dem Einfall.«

Füchslein schüttelte den Kopf. »Ist leider ein Designerhund.«

»Aha, na ja, wenn man's mag. Ich meine, du hast ihn dir doch ausgesucht, oder?« Wiebke hielt inne und holte tief Luft. »Um ehrlich zu sein, habe ich überhaupt keine Ahnung, was das für ein Tier sein soll, so ein Designerhund.«

»Sobald du ihm den Rücken zudrehst, designt er dein Wohnzimmer um.« Füchslein lächelte gequält. Wiebke musste schmunzeln, aber nicht lange. »Janosch ist total aufgedreht und jagt liebend gerne den Austernfischern hinterher, die ihm hinkend oder mit abgespreiztem Flügel über den Weg laufen, um von ihren Nestern abzulenken. Janosch fällt voll drauf rein. Und kaum ist ein Vogel außer Reichweite, hat er sofort das nächste Objekt gefunden, dem man hinterherrennen kann. Ich hänge am anderen Ende der Leine und fliege nur so über die Insel. Tja, und drinnen ist eben auch nichts vor ihm sicher. Er zerrt die Sitzkissen von den Stühlen, zerlegt meine Schuhe, beißt in die Vorhänge und Teppiche. Ich habe schon einen Stapel Erziehungsbücher zu Hause, aber wann soll ich die denn lesen? Eins davon hat er sowieso schon zerfetzt.«

»Wenn er obendrein den ganzen Tag alleine ist und manchmal auch noch abends, hat er beste Gelegenheit, deine Wohnung auf links zu drehen. Vielleicht können Maxi und ich ab und zu mit ihm Gassi gehen«, schlug Wiebke vor. »Maxi wünscht sich schon lange einen Hund ...«

Eigentlich hatte sie nur laut gedacht und bereute es in der nächsten Sekunde. Janosch klang nicht nach einem Hund für Anfänger. Und das waren Maxi und Wiebke. Zu spät.

Füchslein strahlte sie an. »Das wäre wirklich toll. Maxi wird ihn lieben, Janosch ist so süß!« Sie merkte wohl, dass ihre Euphorie nach den ersten Beschreibungen des Vierbeiners wenig glaubhaft war und eher an ein ungeschicktes Verkaufsgespräch erinnerte. »Um ehrlich zu sein, mag ich Katzen eigentlich viel lieber. Ich dachte nur wegen der Bewegung und der Spaziergänge ...«

Sie verabredeten, dass Wiebke sich das Tier mal ansah. Vielleicht hatten sie einen Draht zueinander, und Janosch benahm sich bei ihr besser. Sie musste Renate irgendwie helfen, und sie hatte Maxi einen Hund versprochen. Manchmal legte einem das Universum eine Lösung direkt vor die Nase, dann musste man sie auch ergreifen.

Gleich am nächsten Abend wollte Wiebke ihr Versprechen einhalten und Hund Janosch kennenlernen. Auf dem Weg zu Füchslein machte sie einen Abstecher zum DRK-Zentrum, wo Oma Mommsen ihre Reha angetreten hatte.

»Moin, liebe Oma Mommsen«, begrüßte Wiebke sie und stellte fest, wie sehr sie sich freute, die Gute wieder auf der Insel zu haben. »Was machen die Beine?«

»Moin, Deern! Is ja nur eins neu. Die hätten mir auch gleich mal beide aus Metall machen können, wo ich schon mal auf'm Kontinent war. Denn wär ich bestimmt länger haltbar gewesen.« Sie kicherte vergnügt.

»Sei lieber froh über alle Originalteile, die noch bei dir verbaut sind«, entgegnete Wiebke schmunzelnd. »Die sind doch immer noch am besten.«

»Jo, da hast recht. Guck mal, das mit dem Laufen geht schon wieder ganz gut.« Sie schwang die Beine aus dem Bett, schnappte sich die beiden Krücken und humpelte so schnell los, dass Wiebke nicht einmal eine Chance hatte, Einspruch zu erheben.

»Langsam, langsam«, rief sie, womit sie natürlich nichts bewirkte.

»Für langsam bin ich zu alt, da hab ich keine Zeit mehr für«, erklärte Oma Mommsen ernst. Irgendwie logisch. Nach zwei Runden durch ihr Zimmer ließ sie sich wieder auf das Bett sinken. »Außerdem will ich nach Hause. Und zwar fix.«

»Deinem Garten geht es gut, falls du dir um den Sorgen machst. Jochen hat den Rasen im Griff und kümmert sich auch um dein Gemüse.«

»Jochen! Nix für ungut, Deern, aber der hat doch genug zu tun.« Sie druckste herum. »Und denn weiß der ja auch 'n paar Sachen nich.«

»Zum Beispiel?«

»Na, meine Petersilie zum Beispiel. Die wächst am allerbesten, wenn du da morgens den Nachttopf ...«

»Ist gut, Oma Mommsen, ich denke, ich weiß, was du meinst.« Wiebke fiel ein dickes Bund Petersilie ein, das sie mal von der alten Dame bekommen hatte. Sie musste sich dringend ablenken. Ihr Blick fiel auf das Tischchen, das am Fenster des kleinen hellen Zimmers stand. »Eigentlich müsste ich längst weg sein, aber jetzt will ich endlich wissen, was du mit den ganzen Stiften anfängst, die du bestellt hast. Und warum brauchst du Leute, die nähen können?«

»Na hör mal, du bist doch nich auf'n Kopp gefallen. Wenn ich zeichne und Frauen brauch, die nähen, was werd ich denn wohl vorhaben?«

Wiebke fand, die Antwort schien so einfach zu sein wie in diesen dummen Preisrätseln. Welchen Gegenstand haben wir hier abgebildet, einen Toaster oder ein Gummiboot? Haha! Aber in diesem Fall war es doch völlig unmöglich ...

»Willst du einen Bezug für Krückstöcke entwerfen und nähen lassen?«

Oma Mommsen brach in krächzendes Gelächter aus. Sie

neigte den Oberkörper dabei so weit zurück, dass ihre Beine schon bedrohlich hoch in die Luft schnellten und sie beinahe komplett das Gleichgewicht verloren hätte.

»Aua!«, rief sie und setzte sich wieder auf die Bettkante. Im nächsten Moment packte sie ihre Gehhilfen und war auch schon am Tisch. »Is keine schlechte Idee, dat mit den Bezügen. Nu, komm mal her!«, kommandierte sie. »Denn zeig ich dir, was ich wirklich entwerfe.« Sie begann, Seite für Seite des Skizzenblocks umzublättern.

Wiebke kam aus dem Staunen nicht mehr heraus.

»Das hast du gemalt?«

»Siehst hier sonst noch jemanden?« Nein, sie hatte ein Einzelzimmer. Wenn es keine Heinzelmännchen gab, musste es Oma Mommsen selbst gewesen sein. Die alte Dame steckte voller Überraschungen. Wie Coco Chanel von Pellworm hatte sie Frauen in Kleidern und Blusen gezeichnet, die sie sich selbst ausgedacht hatte. »Fällt dir was auf?«

»Deine unglaubliche künstlerische Begabung?«

Oma Mommsen strahlte. »Danke schön«, sagte sie wie ein scheues junges Mädchen. Doch schon in der nächsten Sekunde verwandelte sie sich wieder in die resolute alte Dame. »Sonst nix?«

Wiebke überlegte kurz und sagte dann vorsichtig: »Deine Modelle sehen aus, als würden sie Kindergröße tragen, scheinen mir aber nicht nur erwachsen zu sein, sondern auch schon ein bisschen älter.« Sie erntete ein zustimmendes Nicken. »Die Proportionen werden gut kaschiert, und du arbeitest viel mit luftigen Schals und Fransen, wenn ich das richtig sehe.«

»Sehr gut, Deern«, lobte Oma Mommsen. Dann verkündete sie feierlich: »Ich mach mich selbstständig. Ich entwickle eine Modelinie für extrem kleine, schrumpelige Menschen. So was gibt's noch nich. Das muss ich ja wohl wissen, hab ich lange genuch nach gesucht. Is 'ne echte Marktlücke.« Wiebke war sprachlos. »Ja, nu mach den Mund man wieder zu, ehe da Fliegen reinkommen. Lulu hat doch gesagt, ich soll mir 'n altersgerechtes Hobby suchen, dem ich im Sitzen nachgehen kann. Hat mich schon immer geärgert, dass du als sehr kleiner und denn noch zerknitterter Mensch nix findest, womit du noch so richtig schick bist. Wenn ich nu nich mehr so viel im Beet wühlen darf, denn kann ich mich da ja man um kümmern.«

Lag es an der ganz besonderen Stimmung, in die Oma Mommsens ebenso überraschende wie beeindruckende Pläne Wiebke versetzt hatten, dass sie sich keine zwanzig Minuten später bis über beide Ohren verliebte, oder war es einfach nur dieser Blick aus treuen braunen Augen mit einer Fellfalte dazwischen, die weich aussah wie Samt? Fest stand, dass Wiebke Mischling Janosch nichts entgegenzusetzen hatte. Der kleine Kerl, dessen Pranken verrieten, dass er einmal ein stattlicher Hund mit beeindruckender Schulterhöhe werden dürfte, sprang zur Begrüßung an ihr hoch, als hätte er sein noch kurzes Hundeleben nur auf sie gewartet.

»Ach, wie süß, er mag dich«, meinte Füchslein überflüssigerweise. Wahrscheinlich schlabberte Janosch jedem Fremden, der ihn nicht gerade trat und sich nicht rechtzeitig in Sicherheit brachte, hingebungsvoll Hände und Gesicht ab, vermutete Wiebke. Trotzdem, irgendwie hatte sie auch das Gefühl, dass es zwischen ihr und dem Tier stimmte.

»Weißt du etwas über die Eltern, also, welche Rassen sich da verewigt haben?«, wollte sie wissen, während sie Janosch die Schlappohren kraulte.

»Die Mutter war angeblich eine Bracke.«

»Eine was?« Wiebke kannte sich nicht sonderlich gut mit Hunden aus. Dackel und Doggen, Pudel und Boxer und dann vielleicht noch der Schäferhund, da war schon ziemlich Schluss mit ihrem Wissen.

»Ist ein Jagdhund«, erklärte Renate. Ehe Wiebke ihre Bedenken äußern konnte, die ihr bei dem Wort sofort in den Kopf schossen, sprach Renate auch schon weiter: »Bracken sind total gut führbar und gehorsam. Und der Vater ist ein Rhodesian Ridgeback. Der perfekte Aufpasser. Mit so einem Tier bist du absolut sicher vor ungebetenen Gästen.«

Wiebke erinnerte sich noch zu gut an das Erlebnis im letzten Jahr, als sie von einem Ausflug nach Hause gekommen war und die Terrassentür offen vorgefunden hatte. Es war zwar weder etwas gestohlen noch zerstört worden, doch die Beklemmung hatte Wiebke eine ganze Weile nicht losgelassen. Irgendjemand war ohne ihr Wissen und in ihrer Abwesenheit im Haus gewesen. Keine schöne Vorstellung.

»Du würdest auf uns aufpassen, stimmt's?« Wiebke hockte sich hin und streichelte Janoschs weiches hellbraunes Fell. »Ja, das würdest du bestimmt. Bist ein braver Kerl.«

Der brave Kerl schnappte sich eins der Bänder, die vom Kragen ihres Shirts baumelten. »Hey! Das lässt du sofort wieder los!« Das tat er nicht, sprang stattdessen hoch und bekam beide Bänder zu fassen. Wiebke musste sich auf dem Boden abstützen, sonst hätte er sie umgeschmissen. »So werden wir keine Freunde, Janosch. Wenn du uns besuchen willst, musst du dich benehmen.« Sie zerrte an den feinen Kordeln. »Aus! Loslassen! Sitz!« Ha, das Kommando kannte er anscheinend. Er setzte sich, die nass gesabberten Schleifchen rutschten ihm aus dem Maul. »Brav!«, lobte Wiebke sofort.

»Wieso denn besuchen?«, fragte Renate zaghaft. »Ich dachte, Maxi will einen Hund haben. Also für immer, meine ich.«

»Ja, schon, aber im Moment habe ich eigentlich gar keine Zeit, mich um die Erziehung von Janosch zu kümmern«, setzte Wiebke an.

»Kein Problem!« Renates Gesicht leuchtete geradezu auf, und sie verschwand.

»Wo geht sie denn hin? Hm, was machen wir zwei denn nun? Meinst du, du ziehst zu uns?« Wiebke sprach leise mit Janosch. Der stellte die Ohren auf, soweit das mit Schlappohren möglich war, und legte den Kopf schief. Die Falten zwischen seinen Augen verstärkten sich und glänzten samtig. Wiebke konnte ihn unmöglich bei Füchslein lassen. Die war mit ihm hoffnungslos überfordert und würde ihn früher oder später ins Tierheim oder bestenfalls zurück zum Züchter bringen. Wahrscheinlich eher früher.

»Hier, die schenke ich dir.« Renate war mit einem Stapel Bücher zurück, einem davon fehlten einige Ecken, und der Umschlag war durchlöchert. *Hundeerziehung für Einsteiger. Le-*

ben mit einem aufgeweckten Hund. Mein Hund macht, was er will, was nun? »Da stehen ganz tolle Tipps drin.« Renates Begeisterung fiel in sich zusammen, sie wirkte nur noch erschöpft. »Bitte, Wiebke, du musst ihn nehmen. Er tanzt mir komplett auf der Nase herum. Er ist wirklich niedlich, aber ich bin nun mal kein Hundetyp. Ich glaube, das merkt der.«

Wiebke blickte zu ihr auf und dann zurück in das Paar brauner Hundeaugen. Hätte sie Renates Flehen noch widerstehen können, hätte sie in diesem Moment jede Chance vertan, dieses Haus ohne ein neues Familienmitglied zu verlassen.

Die Fahrt mit dem Kati nach Hause in den Feldweg war zwar kurz, aber sehr anstrengend. Wiebke war vollauf damit beschäftigt, Janosch davon abzuhalten, auf dem Schaltknüppel herumzukauen. Nachdem sie einmal sehr laut »Aus!« gerufen hatte, war der Hebel für das Tier tabu. Jedenfalls redete sich Wiebke das ein und freute sich sehr über ihre Durchsetzungskraft. Die Freude dauerte nicht lange, denn auf dem Beifahrersitz, vor dem Janosch seinen Platz hatte, lag sämtliches Zubehör, das Füchslein mit dem Hund gleichzeitig angeschafft hatte: eine lange und eine kurze Leine, ein Geschirr, Spielzeuge, die fast alle an Kordeln hingen und quäkende Geräusche machten, wenn man sie nur anfasste. Wie sollte man diesem Welpen beibringen, dass ein Auto kein Spielplatz war, wenn er direkt vor der Nase all die Dinge hatte, mit denen Füchslein ihn bisher von Stromkabeln, Schuhen und anderen Gegenständen abgelenkt hatte?

Endlich zu Hause, stieg Wiebke aus und klemmte sich

das riesige Hundekissen unter den Arm, das an die Sitzfläche eines Sofas erinnerte.

»Moin, Wiebke. Na, willst du campen?« Christian stand gerade im Vorgarten und flutete seinen Rasen, den einzigen weit und breit, der trotz der Trockenheit noch einem Golfplatz alle Ehre gemacht hätte.

»Nein, das ist Janoschs Schlafplatz«, rief sie ihm zu und hob ein wenig hilflos die Schultern, wobei ihr das Kissen beinahe weggerutscht wäre.

»Janosch? Wer ist …?«

Wiebke hatte die Beifahrertür geöffnet und kam nun mit Hund an kurzer Leine um das Auto herum.

In Christians Gesicht schien die Sonne aufzugehen.

»Nee, ist der cool. Oh, voll niedlich! Na, komm mal her!«, lockte er, schmiss den Gartenschlauch achtlos zur Seite und hockte sich hin.

Keine gute Idee. Janosch rannte los, das Ende der Leine fiel Wiebke aus der Hand, das Kissen auf die Straße.

»Na super!«, murmelte sie. Janosch galoppierte bereits über Christians heiligen Rasen und biss herzhaft in den Gartenschlauch, der ab sofort auch seitwärts wässern konnte.

»Aus, Janosch, nein!«, riefen Wiebke und Christian gleichzeitig, aber trotzdem zu spät, denn perforiert war der Schlauch ja bereits.

»Oh Mann, tut mir leid. Ich besorge dir einen neuen«, sagte Wiebke. »War vielleicht doch keine so gute Idee, mir einen Hund anzuschaffen. Noch dazu einen so temperamentvollen. Solange Maxi ihn noch nicht gesehen hat …«

In dem Augenblick flog die Tür der Haushälfte auf, und

Maxi stürzte nach draußen. »Ist das meiner, Mami? Mein eigener Hund?«

Christian hatte sich die Leine geschnappt und hielt Janosch daran fest, sodass der Maxi nicht sofort umrennen konnte. Das würde noch früh genug passieren, es war nur eine Frage der Zeit, vermutete Wiebke.

»Das ist Janosch, und er ist UNSER Hund«, korrigierte sie ihre Tochter. »Jedenfalls, wenn wir mit ihm klarkommen. Sonst muss er wieder weg.«

»Der ist doch total lieb«, meinte Christian. »Wenn ihr ihn nicht wollt, nehmen wir ihn. Ich wollte schon immer einen Hund haben.«

»Aber der hat doch gar keinen Stecker«, rief Maxi und hing auch schon an Janoschs Hals, was der sich erstaunlich gut gefallen ließ.

»Nee, aber laut kann er sein«, konterte Christian und grinste. »Woher hast du den eigentlich?«

Während Wiebke ihm die Geschichte erzählte, beobachtete sie staunend, wie Maxi sämtliche Kommandos ausprobierte, die ihr einfielen, und Janosch sie befolgte, als hätte er nie etwas anderes getan. Er setzte sich, legte sich hin, stand wieder auf, um sich gleich darauf wieder zu setzen. Janosch gab sogar Pfötchen. Entweder war er ein Naturtalent, oder Füchslein hatte ihm doch einiges beibringen können. Die ganze Zeit behielt der Hund Maxi im Blick, wobei sein Kopf mal zu der einen, dann zur anderen Seite geneigt war.

»Du kannst aber gut mit Hunden umgehen«, lobte Christian.

Maxi strahlte noch ein bisschen mehr, ihre Wangen waren knallrot vor Aufregung.

»Könntest du bitte trotzdem kurz aufpassen?«, raunte Wiebke Christian zu. »Wenn Janosch losrennt, hält Maxi ihn nicht, das steht fest. Ich würde aber gerne seine ganzen Sachen ins Haus bringen und drinnen alles sichern, was er möglichst nicht zerlegen soll. So lieb, wie er gerade wirkt, ist er nämlich nicht immer. Das hast du ja eben gesehen. Apropos, soll ich dir gleich meinen Gartenschlauch rüberbringen? Dann kannst du noch zu Ende wässern.«

»Quatsch, das war der alte. Ich habe noch einen längeren. Außerdem wollte ich mir sowieso noch einen kaufen, einen, der sich auf Knopfdruck aufrollt, elektrisch, weißt du?« Er zwinkerte fröhlich.

»Der geht dann auf mich.«

»Quatsch!«, protestierte er noch mal.

»Doch, auf jeden Fall. Ich ziehe das einfach Janosch von den Leckerlis ab.«

»Haben wir überhaupt schon welche?«, wollte Maxi wissen. »Darf ich ihm welche geben?«

»Nachher, wenn wir im Haus sind.«

Nachdem Wiebke alles weggeräumt und das Haus wenigstens grob hundesicher gemacht hatte, war fast die gesamte Nachbarschaft draußen versammelt. Christian und Jochen warfen einen von Toms Bällen hin und her, Janosch jagte ihn mit wehenden Ohren und rannte Tom um, der seinen Ball selbst fangen wollte. Statt Geschrei ertönte erst ein schrilles Quietschen, dann ein fröhliches Lachen, weil der Hund das liegende Kind sofort von oben bis unten abschleckte. Die Männer fanden das ziemlich witzig, Lulu verdrehte die Augen, und Corinna erklärte so ausgiebig, wie viele und vor allem welche Keime und Erreger so ein Vierbeiner übertragen konnte und wo er seine Schnauze überall hineinsteckte, dass plötzlich alle den Mischling ansahen, als wäre er die Pest auf vier Beinen.

»Ich wollte damit nur sagen, dass ihr Tom nachher gründlich waschen müsst, ehe er sich die vollgesabberten Finger in den Mund steckt. Eigentlich sind so ein paar Keime aber sogar gut für das Immunsystem. Das muss schließlich ordentlich trainieren, damit es leistungsfähig ist. Das ist genau wie mit deinen Muskeln.« Sie knuffte ihren Mann und gab ihm einen Kuss.

Wiebke musste lächeln. Die beiden wirkten verliebt wie am ersten Tag, dabei waren sie nun schon einige Jahre verheiratet.

»Ich find's jedenfalls traumschön, dass wir nun einen Hund in der Siedlung haben. Die Kinder lieben ihn, und eigentlich hat hier so ein süßer Kerl doch noch gefehlt. Oh, der ist so drollig«, rief Corinna verzückt und formte aus den aneinandergelegten Daumen und darübergewölbten Fingern ein Herz.

Als Wiebke am Abend allein im Wohnzimmer saß, betrachtete sie still das Tier, das friedlich auf seinem Kissen schlief. Ab und zu zuckten die Pfötchen, und Janosch gab ein leises Schnaufjaulen von sich. Er verarbeitete den Umzug und alle anderen neuen Eindrücke im Traum. Sie musste lächeln. Es war komplett unvernünftig gewesen, ihn vom Fleck weg zu adoptieren. Glücklicherweise waren es mal wieder ihre wunderbaren Nachbarn, die ihre Sorge zerstreut hatten. Sie konnte sicher sein, dass Janosch überall willkommen war und ihn immer jemand betreuen würde, wenn sie mal einen ganzen Tag oder sogar länger irgendwo sein musste, wohin sie ihn nicht mitnehmen konnte. Wenn sie an Maxis glückliches Lächeln dachte, das selbst vor fünf Minuten noch da gewesen war, als Wiebke noch einmal im Kinderzimmer gewesen war und ihre schlafende Tochter angesehen hatte, war sie sicher, alles richtig gemacht zu haben.

Das ging ja gut los! Maxi radelte viel zu spät zur Schule, weil sie ständig mit Janosch beschäftigt gewesen war. Während sie sich anzog, beim Frühstück, einfach immer.

»Wenn du seinetwegen zu spät zur Schule kommst, muss der Hund wieder weg!«, erklärte Wiebke streng.

Augenblicklich verzog sich Maxis Gesicht, Tränen traten ihr in die Augen. Einen Heulanfall konnte Wiebke nicht auch noch brauchen.

»Ich möchte ihn auch gern behalten«, sagte sie darum schnell. »Und mir fällt es auch nicht leicht, aber wir dürfen uns von ihm nicht ablenken lassen, okay?«

»Okay.« Maxi kicherte. »Und ablecken lassen sollen wir uns auch nicht.« Sie schnitt eine Grimasse.

»Stimmt.«

Obwohl Wiebke für eine große Gassi-Runde extra früh aufgestanden war, kam sie in letzter Minute in die Praxis.

Dort saßen schon zwei Patienten, und Sandra begrüßte sie mit sorgenvoller Miene. »Können Sie gleich mal in die

Liebesallee fahren? Der Hinrich ist heute Morgen mit Fieber zusammengeklappt.«

»Okay, sehe ich mir gleich mal an.« Sie deutete mit dem Kopf zum Wartezimmer. »Was haben wir hier?«

»Eine Schnittverletzung. Die verarztet Corinna gleich. Und das Mädchen mit den Rastazöpfen klagt über Übelkeit, Husten und Kopfschmerzen. Die war auf Klassenfahrt drüben auf Hooge und hat gleich noch Urlaub angehängt. In Hamburg sind ja sowieso schon Ferien.«

»So früh?«

»Oder die Eltern haben sie eher aus der Schule genommen oder so. Jedenfalls ist sie noch ein paar Tage hier.«

»Ganz alleine?« Wiebke sah verstohlen zu dem Mädchen, das ziemlich blass um die Nase war.

»Ist die Nichte von der Sommer-Lucht.« Wenn sie die Nichte der Lehrerin war, ging sie hier vielleicht für einige Zeit in die Schule, vermutete Wiebke. Das ergab einen Sinn.

»Sie ist also von Hooge hier herübergekommen?«

»Genau.« Sandra nickte eifrig.

»Hoffentlich hat sie sich da nicht mit dieser Sommergrippe angesteckt. Das Virus scheint sich leicht zu verbreiten. Das können wir hier auf der Insel nicht brauchen.«

Auch Malermeister Hinrich zeigte Grippesymptome. Da war anscheinend wirklich etwas unterwegs. Was Wiebke Sorgen machte, war, dass er über Hautausschlag klagte.

»Hatte ich noch nie mit zu tun. Ich komm in meinem Beruf immer mal mit Chemikalien in Berührung. Hat mir nie was gemacht. Und jetzt diese Flecken am Hals. Das juckt wie Sau!«

»Ich weiß, das sagt sich leichter, als es in der Praxis ist, aber kratzen Sie bitte nicht.« Er hatte gerade die Hand gehoben und ließ sie ertappt wieder auf die Bettdecke sinken. »Der Schmerz, den Sie dabei auslösen, überdeckt den Juckreiz zwar für einen Moment, hilft aber nicht lange. Und wenn Sie ständig weiterkratzen, verletzen Sie sich nur und riskieren eine Entzündung. Dann haben Sie erst richtig lange mit den Beschwerden zu tun. Das wollen Sie sicher vermeiden.«

»Ja, aber ich will auch, dass das aufhört zu jucken.« Er stöhnte.

»Ich schreibe Ihnen eine Salbe auf, die Ihre Beschwerden ein wenig lindern wird. Sie enthält unter anderem Kortison. Keine Angst, es ist ganz niedrig dosiert. Kleinste Risse in der Haut heilen schnell, und Sie werden das Präparat als angenehm kühlend empfinden. Ehe wir nicht wissen, was der Auslöser für Ihren Ausschlag ist, werde ich Ihnen keinen Histamin-Blocker oder Ähnliches verschreiben.«

Wiebke fragte alles ab, was ihr einen Hinweis geben konnte. Wann waren die Beschwerden zuerst aufgetreten? Nahm Hinrich Medikamente, hatte er ein neues Kleidungsstück oder etwas in seiner Ernährung verändert? Dummerweise deutete alles darauf hin, dass die Hautprobleme im Zusammenhang mit den anderen Symptomen standen. Genau wie bei Graham Pogita und Hubert. Wiebke beschlich ein beklemmendes Gefühl. Sie hatte Lutz' Satz im Ohr: Nicht, dass jemand eine Seuche eingeschleppt hat, die die

Hallig- und Inselwelt ausrottet. Das klang einfach zu absurd und eher nach einem reißerischen Roman als nach der Realität. Aber womöglich war Lutz clever, wenn er einen Mundschutz trug. Jedes Influenza-Virus war anders. Nicht auszuschließen, dass sie es hier mit einem zu tun hatten, das neben den klassischen Erkältungsanzeichen auch noch Ausschlag im Gepäck hatte. Nicht sehr wahrscheinlich, aber denkbar. Oder der Auslöser hatte mit Influenza nichts zu tun.

Nachdem sie sich verabschiedet hatte, beschloss Wiebke, in ihrer Mittagspause kurz bei Tamme vorbeizuschauen. Bei dem schönen Wetter war bei ihm zwar nicht allzu viel Betrieb, andererseits kamen die Frauen aus der Mutter-Kind-Klinik häufig trotz Wärme und Sonnenschein, um ein paar Runden zu drehen. Sie hatten freien Zutritt zum Schwimmbad und sogar einen eigenen Zugang, durch den sie gleich in Badebekleidung gehen konnten. Sehr praktisch. Für die ungefähr hundert Kinder, die rund ums Jahr mit ihren Müttern kurten, war das ein Segen. Sie konnten ausgiebig rutschen und toben, während die Mamas sich ausruhten. Ganz ohne die steife Brise, die auf Pellworm meistens dafür sorgte, dass Baden in der Nordsee, wenn die denn mal da war, zwangsläufig Gänsehaut erzeugte. Auf jeden Fall wollte Wiebke, dass Tamme besonders wachsam war. Falls er bei seinen Gästen rote Flecken sehen oder leichte Krankheitssymptome feststellen sollte, wollte sie darüber informiert werden.

Sie verließ das reetgedeckte Haus von Maler Hinrich und ging ein paar Schritte. Dann blieb sie abrupt stehen. Wiebke war zum ersten Mal in der Liebesallee, der Gasse zwischen Junkersmitteldeich und dem Deich, der Pellworm umrahmte. Am Ende der winzigen Straße stand das berühmte Liebesschlössergitter. Sie entschied, wenigstens einmal einen Blick darauf zu werfen, wo sie schon einmal hier war. Du meine Güte, welch ein Kitsch! Aber immerhin besser, als wenn man die Dinger wild in der Gegend montierte und damit ganze Brücken statisch an ihre Grenzen brachte, fand sie. Und irgendwie war das auch ganz nett gemacht. Man hatte nicht einfach nur ein Gitter im massiven Metallrahmen aufgestellt, sondern in der Mitte prangte ein Loch in Herzform, das wiederum von der Form der Insel umgeben war. Hier hatte sich jemand Gedanken gemacht, das war keine Frage. Wiebke betrachtete die Aufschriften. Nicht nur Paare hatten sich verewigt, sondern auch ganze Familien. Es gab Vorhängeschlösser in Herzform, bunt oder auch ganz klassisch. Einige hatten ihre Namen selbst mit Filzstift aufgeschrieben oder mit einem spitzen Gegenstand mühsam in das Eisen gekratzt, die meisten hatten sich jedoch für eine professionelle Gravur entschieden. Wiebke ließ den Blick über die vielen kleinen Zeugnisse großer Gefühle gleiten. Hier war ein Schloss schon völlig verrostet, dort glänzte eins, als hätte es eben noch jemand poliert. Herzen waren natürlich häufig graviert worden, aber auch der Leuchtturm tauchte immer wieder auf. Wiebke und Tamme, dachte sie lächelnd, was würde dazu passen? Eine Welle oder ein Schwimmring und eine Spritze. Sie musste lachen. Das wäre wirklich komplett albern. Sie ließ das Gitter und die Liebesallee hinter sich. Eine clevere Marketingidee, dachte sie schmunzelnd. Von Allee konnte bei dieser Gasse ja wohl keine Rede sein. Aber hübsch war sie mit ihren malerischen Häuschen auf der einen und idyllischen Gärten auf der anderen Seite, das musste man zugeben.

Ehe sie mit Maxi ihre Mittagspause verbrachte, huschte Wiebke wie geplant kurz bei Tamme im Schwimmbad vorbei. Sie sah Bauer Jensen, einen Landwirt von Waldhusen, der zu den Stammgästen gehörte und immer kurz vor Mittag seine Runden drehte. Gerade wollte er ins Wasser steigen, als Penkwitz, neu ernannter Werksleiter Bäderbetriebe Nordfriesische Inseln, am Beckenrand auftauchte.

»Guter Mann, Sie wollen aber nicht gerade oben ohne das Becken betreten«, sagte Penkwitz streng.

Jensen sah ihn an, als hätte er Japanisch gesprochen. »Ich heiße Jensen und schwimme hier. Dreimal die Woche. Mindestens.« Damit war für ihn alles geklärt.

»Das ist sehr schön. Aber wohl kaum immer ohne Badekappe«, erwiderte Penkwitz in für Wiebkes Geschmack übertrieben strengem Ton. Und überhaupt, wo brauchte man denn heutzutage noch eine Badekappe?

»Doch, allerdings!«, gab Jensen ebenfalls nicht gerade sanft zurück. »Und Herr Tedsen hat sich noch nie nich dran gestört.«

Penkwitz setzte ein überhebliches Grinsen auf. »Tja, Herr Jensen. Sie kennen das Prinzip bestimmt.« Er deutete erst auf Tamme, der ein Stück weiter mit einer Dame diskutierte. »Good Cop.« Dann deutete er auf sich selbst: »Bad Cop.«

»Wat?« Jensen zog die Augenbrauen hoch und blickte ihm dann fest in die Augen. »Ich seh hier nur Döskopp.«

Eins zu null für Bauer Jensen. Penkwitz murmelte unverständliches Zeug und eilte davon, während Jensen – ohne Badekappe – ins Wasser kletterte.

Wie es aussah, hatte Tamme ebenfalls einen Sieg erzielt. Zumindest ließ er die Frau, mit der er gerade noch über irgendetwas debattiert hatte, stehen und kam zu Wiebke herüber.

»Manchmal wünsche ich mir, ich hätte mich doch für einen anderen Beruf entschieden«, sagte er und seufzte. Dann küsste er sie zur Begrüßung auf die Wange. »Hallo!«

»Hallo! Und was wäre die Alternative?« Wiebke wusste, dass er seinen Job liebte. Er hatte mit Menschen zu tun, für die er ein guter Gastgeber sein konnte, sorgte für ihre Sicherheit und kümmerte sich obendrein um die Technik. Tamme verhandelte mit Vertretern, um die besten Preise für Reinigungschemie oder Toilettenpapier zu ergattern, und fand Wege, wie er Wasser und Energie einsparen konnte. Genau diese Kombination, dieser Abwechslungsreichtum machten ihm großen Spaß.

»Was weiß ich. Zur Not könnte ich ein griechisches Restaurant aufmachen. Bifteki und Tzatziki gehen immer.«

Wiebke lächelte ihn an. »Das wäre jetzt nicht schlecht, ich habe nämlich Hunger. Allerdings ist dein Labskaus besser als dein Gyros. Du solltest dich dann doch lieber für norddeutsche Spezialitäten entscheiden, falls du mit dem Restaurant Ernst machst.«

Er schnaufte. »Ich merk's mir. Kann sein, dass es schneller so weit ist, als du denkst.« Er machte doch hoffentlich Scherze, oder? »Penkwitz bringt alles dermaßen durcheinander.« Er schüttelte matt den Kopf. »Er hat den Dienstplan komplett auf links gedreht. Nächste Woche fängt schon der neue Schwimmmeister an. Vollzeit.«

»Das ist doch nicht schlecht. Vielleicht hast du dann sogar zwei freie Tage in der Woche.«

»Der Neue soll sämtliche Rettungsschwimmer ersetzen.« Tamme schnaubte, die Muskeln in seinem Gesicht waren angespannt. »Ich habe vor allem mit Max und Arne extrem gerne und gut zusammengearbeitet. Ich weiß, was ich an denen habe. Die sind flexibel, das brauche ich hier. Die Jungs und Mädels der DLRG sind ab sofort nur noch draußen an der Badestelle, und ich kann sehen, wie ich mit dem neuen Kollegen klarkomme. Ich kenne den nicht mal oder habe wenigstens die Bewerbungsunterlagen gesehen. Denk an meine Worte: Ein Meister, der von jetzt auf gleich zu haben ist, hat entweder irgendwo einen riesigen Bockmist gebaut, oder er ist zu doof, die Badelatschen richtig herum anzuziehen.« Er redete sich in Rage. »Von wegen mehr freie Tage pro Woche. Bei zwei Vollzeitmitarbeitern werden natürlich die Öffnungszeiten erweitert. Die sind nicht mehr zeitgemäß«, sagte er in einem Penkwitz-Ton. »Als ob ich nicht genug Ärger hätte. Dann musst du auch noch stundenlang mit so einer Tussi diskutieren.« Er sah zu der Liege, auf der sich die Dame ausstreckte, mit der er vor wenigen Minuten noch gesprochen hatte. »Die geht mir schon seit Tagen auf den Keks. Macht eine Mutter-Kind-Kur, bei der beide ein bisschen ausruhen und abspecken sollen. Über die Gepräche beim Erziehungscoaching meckert sie ständig. Das Einzige, was sie noch häufiger macht, ist essen. Stellt ihr Kind dauernd mit Pommes und Schokoriegeln ruhig. Ach nee«, korrigierte er ironisch, »mit Müsliriegeln. Die sind natürlich total gesund.« Er prustete. »Bloß nicht der zehnte Riegel am Tag.«

Wiebke sah zu der Frau herüber. Sie kam ihr bekannt vor. Gerade im Zusammenhang mit Müsliriegeln klingelte da etwas bei ihr. Um Tamme von seinem Ärger abzulenken, fragte sie ihn nach Badegästen mit Erkältungssymptomen.

»Ist dir etwas aufgefallen? Haben Husten und Niesen zugenommen?«

»Nö, hab nichts bemerkt. Hab aber auch nicht sonderlich drauf geachtet.«

»Und sonst? Übelkeit, Hautausschläge?«

»Nix, wieso?«

»Wahrscheinlich ist nichts. Wie sagst du immer? Ich höre wohl die Fische husten.« Sie sah auf die Uhr. »Ich will dich auch nicht länger aufhalten.«

»Gib's zu, du willst nur etwas zwischen die Zähne kriegen.«

Sie lachte. »Das auch. Genau wie meine gefräßige Tochter. Nicht, dass sie vor lauter Verzweiflung das Hundefutter probiert.« Tamme runzelte die Stirn. »Das ist einer der Gründe, warum ich hier bin. Ich wollte dich fragen, ob du heute Abend kommst. Ich würde dir nämlich gerne jemanden vorstellen.«

»Aha?«

»Tja, wir haben jetzt einen Hund.« Sie hob kurz entschuldigend die Schultern. »Janosch heißt er und ist ziemlich temperamentvoll. Das ist noch vorsichtig formuliert.«

Sie sah ihn an. Da war kein Anzeichen von Freude. Komisch, wo er sonst doch immer in Maxis Horn getutet hatte, wenn es darum ging, ob oder wann nun endlich ein Vierbeiner angeschafft wurde. Nein, Wiebke war nicht blöd, sie wusste genau, warum er nicht in einen Begeisterungstaumel ausbrach. Sie ahnte, welche Diskussion ihr bevorstand, und wollte sie unbedingt vermeiden. Also nahm sie ihm den Wind aus den Segeln. »Ich wollte natürlich zuerst mit dir darüber sprechen. Immerhin sind wir so was wie eine Familie.« Seine Wangen zuckten. »Aber das ging alles so schnell, und Janosch hat mir keine Chance gelassen. Er hat mich einfach um sein Pfötchen gewickelt.« Sie versuchte ein schuldbewusstes Lächeln.

»Tja, schade. Ich hätte es richtig gefunden, das gemeinsam zu entscheiden«, sagte er kühl.

»Ich ja auch, aber manchmal muss man eben schnell eine Entscheidung treffen.«

»Einen halben Tag kann man eigentlich immer rausschlagen, wenn es nicht gerade um Leben und Tod geht. Ich hätte das wichtig gefunden. Gerade wenn wir alle unter einem Dach wohnen wollen.«

Wiebke merkte, wie sie die Geduld verlor. Sie wollte nicht zu spät nach Hause kommen, um wenigstens noch in Ruhe mit Maxi essen zu können. Außerdem fand sie, dass Tamme doch ein wenig überreagierte. Immerhin hatte er immer für einen Hund gestimmt, und er wollte schon lange mit ihr und Maxi zusammenziehen. Wo genau lag also das Problem?

»Wir können uns damit ja Zeit lassen«, schlug sie vor. »Ich verstehe, dass du Janosch erst mal kennenlernen möchtest.«

»Kann es sein, dass du den Hund genau dafür angeschafft hast, als Verzögerungstaktik, damit du nicht so bald zu mir ziehen musst?«

»Wie bitte? Nein, das ist doch Blödsinn.« Sie war wirklich nicht hergekommen, um sich Vorwürfe anzuhören. Wiebke hatte ganz andere Probleme. Tamme auch, dachte sie und beruhigte sich wieder. »Meinst du, du schaffst es heute Abend? Dann erkläre ich dir, warum Janosch Hals über Kopf bei uns gelandet ist. In Ordnung?«

Er nickte. »Einverstanden.«

Am Wochenende kam Nele, Tammes Tochter, auf die Insel. Zur Feier des Tages lud Tamme am Samstag zum Grillen ein.

»Penkwitz ist am Wochenende auf dem Festland«, verkündete er fröhlich. »Und Max hat zugesagt, die letzten beiden Stunden meinen Dienst zu übernehmen.«

Guter Plan. Samstagmorgens gingen Wiebke und Maxi mit Janosch eine große Runde spazieren. Sie wollten Kommandos trainieren und hofften, das ganz große Chaos würde ausbleiben, wenn Herr Schlappohr sich schon ein wenig ausgetobt hatte. Wirklich bedauerlich, dass der Tilli-Bäcker den Laden dichtgemacht hatte, sonst hätten sie auf dem Weg gleich frische Brötchen mitbringen können. Wiebke hoffte, dass sich ein neuer Betreiber finden würde.

Es wäre mehr als ärgerlich, wenn es nur im Osten der Insel Einkaufsmöglichkeiten gab.

Die Spaziergänge mit Janosch waren Herausforderung und Vergnügen gleichermaßen. Mal trödelte er, weil er an jedem Blümchen und jedem Zaun schnuppern musste, dann wieder rannte er ohne jede Vorwarnung los. Manchmal sahen Wiebke oder Maxi gerade noch eine Katze im hohen Gras verschwinden, die seinen Jagdtrieb offenbar angeheizt hatte, aber oft genug gab es keinen ersichtlichen Grund für sein plötzliches Davonrasen. Gut möglich, dass es einfach nur die pure Lebensfreude war. Wenn Hunde lächeln konnten, dann grinste Janosch einmal rundherum. So leid es Wiebke auch für Füchslein tat, aber der Mischling hatte sein erstes Frauchen nicht eine Sekunde vermisst. Es war, als wäre er dort angekommen, wo er schon immer hingehört hatte. Wiebke übte jeden Tag mit ihm, bei Fuß zu gehen und auch sonst auf sämtliche Kommandos zu hören. Das klappte mal mehr, mal weniger. Insgesamt, das sagte ihr zumindest ihr Gefühl, klappte es immer besser. Man musste eben Geduld mit ihm haben. Auch die Tage, an denen er irgendetwas in seine Einzelteile zerlegte, sein letztes Opfer war eine Familienpackung Taschentücher gewesen, wurden weniger. Das ließ hoffen.

»Platz, Janosch! Ach nee, sitz, meine ich«, rief Maxi, bevor sie die Straße überqueren wollten.

»Du musst dich besser konzentrieren, Schatz«, tadelte Wiebke. »Sonst bringst du Janosch ganz durcheinander, und er lernt es nie.«

»Hab ich ja nicht mit Absicht gemacht.«

»Das weiß ich. Ich möchte nur, dass du verstehst, welche Verantwortung wir haben. Janosch kann zwölf Jahre alt werden oder sogar älter.«

»Nur?« Maxi riss die Augen auf.

»Hunde werden nicht so alt wie Menschen, das weißt du doch.«

»Ja, schon, aber zwölf ist voll wenig.«

»Wenn wir gut auf ihn aufpassen und uns um ihn kümmern, wird er vielleicht ein paar Jahre älter.« Das hoffte Wiebke sehr, denn sie konnte sich schon jetzt kaum noch vorstellen, ohne ihn zu sein.

Am Abend schien Janosch alles wieder vergessen zu haben, was er bereits gekonnt hatte. Er ließ sich kaum aus der Küche vertreiben und wich später dem Grill nicht von der Seite. Nur einmal interessierten ihn die verlockenden Düfte nicht, sondern er stibitzte sich Lulus Sitzkissen. Die jagte es ihm mit lautem Gebrüll wieder ab, ließ sich darauffallen und verkündete, dass sie ihren Hintern den ganzen Abend nicht mehr vom Stuhl bewegen würde, solange das vierbeinige Monster in der Nähe sei. Ehe sich Wiebke zum wiederholten Mal entschuldigen konnte, fragte Margit: »Wo steckt Jochen eigentlich?« Sie sah kurz von der Schüssel mit dem Dip auf, den sie beigesteuert hatte und in dem sie seit ihrer Ankunft pausenlos rührte.

Lulu prustete los. »Der kommt gleich nach.«

Sie hatte kaum ausgesprochen, als Jochens Auto in die kleine Parkbucht vor der Praxis fuhr. Wiebke, Corinna und

Margit sahen fragend zu Lulu, die noch immer gackerte wie ein Huhn.

»Da ist er schon«, brachte sie japsend hervor.

»Mit dem Auto?« Die drei verstanden kein Wort. Von Jochen und Lulus Haus am Ende der kleinen Einbahnstraße bis hierher zu Wiebkes Doppelhaushälfte waren es vielleicht fünfzig Meter, höchstens sechzig! Ehe Lulu das äußerst merkwürdige Verhalten ihres Mannes erklären konnte, kam er auch schon um die Ecke. Alle starrten ihn an.

»Was?« Er sah irritiert von einer zur anderen. »Was guckt ihr denn so?« Alle Augenpaare wanderten in Richtung Parkbucht. »Ach so, das Auto.« Wurde er etwa rot? »Mann, Doreen hat mich vorhin angesprochen. Die hat mitgekriegt, dass heute großes Nachbartreffen bei Wiebke ist. Sie hat mich gefragt, ob du vergessen hast, sie einzuladen«, sagte er zu Wiebke.

»Wieso sollte ich? Erstens habe ich kaum Kontakt zu ihr, zweitens ist das eine Willkommensfeier für Nele, und die kennt Doreen nicht einmal.«

»Brauchst du mir nicht zu sagen. Aber ich fand's voll unangenehm. Ich habe gesagt, ich weiß nicht, wer alles kommt. Und als ich eben loswollte, war sie wieder draußen. Da bin ich ins Auto gestiegen, um nicht noch mal ins Verhör zu geraten.«

Doreen und ihr Mann Arndt gehörten nicht zum festen Kern der Nachbarschaft. Es war nahezu mysteriös. Nicht genug, dass Doreen alle mit ihren Dessous-Partys nervte, bei denen sie als Vertreterin für Höschen, BHs & Co. gerne ordentlichen Umsatz machen wollte und sich immer wieder an den bodentiefen Fenstern ihres Hauses splitterfasernackt präsentierte – bei Beleuchtung! Vor allem ihr Mann gab allen Rätsel auf. Er ließ sich kaum blicken. Falls er einer Arbeit nachging, worüber Doreen nie sprach, so musste er irgendetwas Freiberufliches machen, bei dem man weder Kunden besuchte noch Besuch bekam. Er kümmerte sich nicht um den Garten, ging nicht einkaufen oder joggen. Niemandem war etwas über eine mögliche Mitgliedschaft in einem Verein bekannt. Nicht einmal beim Hafenfest, beim Biikebrennen oder dem alljährlich stattfindenden Bootskorso ließ er sich blicken. Lulu spekulierte, er sei ein perverser Massenmörder, der auf Pellworm untergetaucht war, Corinna hielt ihn eher für extrem scheu. Ungewöhnlich war sein Verhalten allemal.

»Doreen kann einem leidtun«, sagte Margit in das allgemeine Gelächter. Die Damen konnten sich einfach nicht beruhigen, dass Jochen bummelig fünfzig Meter gefahren war, nur um der nicht eingeladenen Nachbarin nicht noch mal Rede und Antwort stehen zu müssen.

»Das scheint echt 'ne komische Ehe zu sein. Ich meine, wenn sie total glücklich mit ihrer Situation wäre, würde sie doch nicht so dringend versuchen, Anschluss zu finden und in den Club der Blauen Kappen aufgenommen zu werden«, fügte Margit hinzu.

»Ach was, das eine muss das andere gar nicht ausschließen«, fand Wiebke. »Vielleicht ist sie mit ihrer Beziehung glücklich, hätte aber trotzdem gerne mehr Kontakt mit anderen Frauen. Kann doch sein.«

»Ich weiß nicht. Wenn dein Mann dich nie begleitet,

sondern sich immer zu Hause verkriecht, kannst du doch gleich Single bleiben, oder? Ich sehne jedenfalls den Tag von Pits Renteneintritt herbei. Dass er immer nur am Wochenende und im Urlaub hier ist, ist ganz schön belastend«, gab Margit zurück.

Die Frauen saßen mit ihren Sekt- und Weingläsern am großen Tisch und sahen zum Grill hinüber, wo die Männer standen und gerade mit ihren Bierflaschen anstießen. Tamme und Nele knieten am Ende des Gartens auf dem Rasen, Maxi, Tom und Kai rannten um sie herum und warfen sämtliche Hundespielzeuge in alle Richtungen. Janosch interessierte sich für kein einziges, sondern wälzte sich genüsslich auf dem Rücken herum und ließ sich von Vater und Tochter den Bauch kraulen.

»Ich finde es traumschön, verheiratet zu sein«, sagte Corinna in das Kinderrufen, Klirren der Gläser, Zirpen der Grillen und Knacken und Zischen der Kohle, in die das Fett tropfte. »Wir haben nächstes Jahr zehnten Hochzeitstag. Da will ich unbedingt noch mal heiraten. Mit allem Drum und Dran.«

Saskia kam gerade angeschlendert. Da Kais Zwillingsschwester Katja mit erhöhter Temperatur im Bett lag, wollten Saskia und Jost abwechselnd nach ihrer Tochter sehen. Das hatten sie schon vorher angekündigt.

»Und wen?«, fragte Saskia, die gerade noch Corinnas Hochzeitswunsch aufgeschnappt hatte.

»Sehr witzig, meinen Crischi natürlich.«

»Aber ihr seid doch schon verheiratet.« Saskia stöhnte.

»Sag nicht, ihr wollt so ein Ehegelöbniserneuerungsding feiern. Oh Gott, ich finde das so was von Panne.«

»Also ich würde total gerne«, gab Corinna zu.

Saskia sah sie an, als hätte sie sich gerade eine Geschlechtskrankheit gewünscht. »Im Ernst?« Sie schenkte sich Sekt nach. »Nee, ich weiß ja nicht mal, ob ich noch mal heiraten würde, wenn man das erneuern müsste oder wenn sich rausstellen würde, dass unsere Trauung ungültig war.« Saskia leerte das Glas in einem Zug und griff gleich wieder nach der Flasche.

»Na, du hast aber 'ne ordentliche Schlagzahl. Da komme ja nicht mal ich mit«, meinte Lulu grinsend und hielt ihr ihr Glas hin.

»Ich muss mich beeilen. Ich wette, Jost ist nachher wieder hackevoll, und ich kann nach Hause gehen und das kranke Kind betreuen.«

Wiebke wollte gerade fragen, was Katja fehlte. Auf erhöhte Temperatur reagierte sie gerade ziemlich empfindlich. Doch sie kam nicht dazu. »Übrigens würde ich Christian rechtzeitig fragen, ob er das mit dem Doppelt-hält-besser-Heiraten auch so traumschön findet«, gab Saskia in ziemlich patzigem Ton zu bedenken. »Als ich eben an der Herrenrunde vorbeigegangen bin, haben die sich gerade darüber unterhalten, wie man am besten neuen Schwung in eine alte Beziehung bringt.«

»Die Liebe ist wie ein Vollbad«, säuselte Corinna, die anscheinend schon einen Schwips hatte. »Du musst dich auf sie einlassen und sie immer schön warm halten, dann kannst du darin ganz runzelig werden. Oder so.« Sie sah sich Hilfe suchend um.

Saskia verdrehte die Augen. »Du mit deinen Kalendersprüchen. Echt, das ist nicht das Leben, Corinna! Liebe ist wie ein Vollbad«, äffte sie sie nach. »Das sehen die Männer aber ganz anders. Ich meine, gegen einen Whirlpool mit hübschen Damen drin hätten die bestimmt auch nichts. Die diskutieren nämlich gerade über Partnertausch und flotte Dreier.«

»Wir sind auch ein flotter Dreier«, rief Maxi, die gerade mit Tom und Kai Cowboy und Indianer spielte, weil Janosch sich so gar nicht für sie interessierte.

»Das lass mal keinen Erwachsenen hören. Also außer uns«, riet Lulu ihr. »Sonst kriegt deine Mutter noch Besuch vom Jugendamt.«

Glücklicherweise fragte Maxi nicht weiter nach, weil sie gerade an den Marterpfahl gefesselt wurde, der eigentlich eine Wäschespinne war.

»Vielleicht gar keine so dumme Idee«, sagte Saskia laut und sah herausfordernd zu Jost hinüber. »Crischi würde ich nicht von der Bettkante schubsen.«

Corinna schnappte nach Luft. Man konnte über alles mit ihr reden, aber Christian war Privateigentum. Das war nicht verhandelbar.

»Ein bisschen Abwechslung würde ihm vielleicht mal ganz gut gefallen. Dann kommt wieder Leben in die Bude«, rief Saskia nun. »Bei uns und bei euch auch gleich.« Sie lächelte Corinna zu.

Doch der ging der Spaß deutlich zu weit.

»Was bildest du dir eigentlich ein? Glaubst du, nur weil du immer aussiehst wie aus dem Modemagazin entschlüpft, will jeder mit dir ins Bett hüpfen?«

Wiebke versuchte, die beiden Freundinnen zu beschwichtigen: »So, nun ist mal wieder gut. Könnt ihr das bitte unter euch ausmachen, wenn die Kinder schlafen?«

»Also echt, mit welchem Fuß seid ihr denn heute Morgen losgestiefelt?« Lulu schüttelte den Kopf.

»Ist doch wahr. Ich kann dieses Romantikgesäusel nicht mehr ertragen«, erklärte Saskia barsch.

»Und ich kann es nicht mehr aushalten, dass du dich so unglaublich toll findest, nur weil du gut aussiehst«, meinte Corinna.

»Ich sehe nicht gut aus, ich sehe perfekt aus.« Saskia lächelte süffisant. »Aber lass gut sein. Ich mag mich nicht mit jemandem geistig duellieren, der unbewaffnet ist.«

»Weißt du was, du Barbie-Puppe? Perfekt aussehen muss nur jemand, der sonst nichts kann!«, gab Corinna zurück.

Was war denn nur los? Wiebke hatte es die Sprache verschlagen, so hatte sie ihre Nachbarinnen noch nicht erlebt. Sonst herrschte immer beste Laune und unerschütterlicher Zusammenhalt. Und jetzt? Selbst Lulu brachte kein Wort heraus. Und das sollte etwas heißen.

Ganz anders Margit. »Sag mal, habt ihr Bauschutt geraucht, oder was?« Die sonst so sachliche und bedachte Margit war laut geworden. Alle starrten sie an. Selbst die Männer unterbrachen ihr Gespräch mitten im Satz. Die Stille wurde nur durch das Jaulen von Janosch unterbrochen, der Tamme und Nele aufforderte, sich weiter mit ihm zu beschäftigen. Auch die beiden hatten ihn nämlich völlig verdattert für einen kurzen Moment vergessen.

»Ihr geht jetzt beide rein und kommt erst wieder raus, wenn ihr den schwachsinnigen Streit geklärt habt«, kommandierte Margit.

Wiebke traute ihren Augen nicht, Saskia und Corinna folgten doch tatsächlich der Anweisung und gingen mit hängenden Schultern und gesenkten Köpfen ins Haus.

Pit war der Erste, der aus der Erstarrung erwachte. »Mensch, Maggie, so kenne ich dich ja gar nicht.«

»Ist doch wahr!«, meinte sie nur und nahm einen kräftigen Schluck Weinschorle. »Einer musste denen doch mal sagen, wo der Frosch die Locken hat.«

Die Männer steckten die Köpfe zusammen. Sah aus, als würden sie Jost ein bisschen auf den Zahn fühlen. Allmählich kamen die Gespräche überall wieder in Gang.

Wiebke atmete auf. »Gut gemacht, Margit. Ehedramen brauchen wir hier heute Abend wirklich nicht.«

»Apropos Ehe, was ist eigentlich mit euch?« Lulu sah Wiebke von der Seite an.

»Wie, mit uns?«

»Na, mit dir und Tamme.«

»Was soll sein, mit uns ist gar nichts. Wir sind noch nicht besonders lange zusammen, wie du weißt. Rechne also lieber nicht damit, demnächst zu einer Hochzeit eingeladen zu werden. Erstens stehen wir beide nicht so auf dieses Romantikgedöns, außerdem könnten wir uns ja wohl noch Zeit lassen.«

»Na ja, so jung bist du auch nicht mehr.« Wiebke wollte

Einspruch erheben. Die paar Jahre, die Lulu jünger war. Doch die fuhr unbeeindruckt fort: »Und wenn ihr hier im Leuchtturm heiraten wollt, musst du sowieso schon mal einen Termin reservieren. Sonst bist du alt und schrumpelig, ehe ihr euch da oben das Jawort geben könnt.«

»Erst mal musst du einen neuen Standesbeamten nach Pellworm kriegen«, warf Margit nüchtern ein. »Es gibt nämlich noch immer keinen neuen.«

»Apropos schrumpelig«, begann Wiebke, froh, endlich einen kompletten Themenwechsel hinzukriegen. »Habt ihr schon von Oma Mommsens Plänen gehört?« Sie sah triumphierend in die Runde. »Sie macht jetzt Mode.«

»Was? Was meinst du damit? Wie, sie macht Mode?« Lulu und Margit schnatterten durcheinander. Unglaublich, eine Neuigkeit, die sich nicht innerhalb von Sekunden herumgesprochen hatte. Sie waren völlig begeistert. Margit war die Erste, die der Mode-Oma, wie sie sie sofort tauften, ihre volle Unterstützung zusagte.

»Wird dir das nicht zu viel?«, fragte Wiebke vorsichtig. »Ich meine, Oma Mommsen würde sich bestimmt sehr freuen, aber du hast doch wirklich schon genug um die Ohren.« Sie dachte an das angefangene Hochbeet, das vermutlich Pit irgendwann würde fertigstellen müssen, und an die neuen Flyer, die Margit für die Theatergruppe entwerfen wollte.

»Auf meine Inselsenis!« Lulu hob ihr Glas. »Die sind echt mega!«

»Du hörst dich an, als wärst du vierzehn.« Margit zog die Nase kraus.

»Ich höre mich vielleicht so an, benehme mich aber nicht so. Unsere Verhaltens-Teenies sind drinnen«, gab Lulu zurück. »Hoffentlich schlagen die sich nicht die Köppe ein.«

»Meint ihr, ich sollte mal nachsehen?« Margit sprang auf.

»Die Koteletts sind fertig«, rief Christian in dem Moment. Gleichzeitig ertönte ein hohes, schnelles Piepen.

»Mist, Notfall, das ist kein gutes Timing.« Wiebke stand auf. »Ich muss los. Habt Spaß, esst, trinkt, und lasst mir was übrig.« Sie zwinkerte. »Ich hoffe, es dauert nicht lange.« Eilig ging sie zu Tamme und Nele hinüber. »Tut mir leid, ich habe einen Einsatz. Ich hoffe, ich bin schnell zurück, und dann klönen wir endlich mal. Wir haben ja noch kaum ein Wort gewechselt.«

»Kein Problem«, sagte Nele, die die dunklen Haare ihres Vaters und die hellblauen Augen ihrer Mutter geerbt hatte, eine äußerst attraktive Kombination. »Ich bleibe zwei Wochen, da hast du mich noch genug an der Backe.«

»Ich nehme an, du wirst die meiste Zeit alleine losziehen. Du bist immerhin eine junge Dame.«

»Du doch auch. Deswegen verstehen wir uns doch so gut.« Sehr charmante Antwort. »Außerdem hast du Janosch.« Sie grinste schelmisch.

»Verstehe. Und ich wollte mich schon geschmeichelt fühlen.« Wiebke setzte eine zerknirschte Miene auf. »Okay, bis später dann.« Sie gab Tamme einen Kuss. »Bringst du bitte die kleine Madame ins Bett?« Wenn Tamme da war, hatte ohnehin niemand anders die Chance, Maxi zu Bett zu bringen, das wusste sie. Und sie wusste, wie gern er diese Aufgabe übernahm.

»Klar.« Er küsste sie zart auf die Wange und flüsterte: »Darf ich Maxis Mama nachher auch ins Bett bringen?«

»Abgemacht!«

Der Nichte von Frau Sommer-Lucht ging es schlechter. Sehr viel schlechter. Wiebke bekam einen Schreck, als sie das Mädchen mit den Rastazöpfen sah. Ihre Augen waren blutunterlaufen, ihre Haut war bleich. Als sie hustete, perlten einzelne hellrote Tröpfchen über ihre rissigen Lippen.

»Das ist doch keine normale Grippe«, sagte Frau Sommer-Lucht gepresst und drehte der Patientin im Bett den Rücken zu. Leise sprach sie weiter: »Konni hatte vorhin auch schon Blut in der Nase. Sie isst nichts mehr, und das Fieber steigt immer weiter. Als ich vorhin gemessen habe, waren es fast 39 Grad. Ich mache mir solche Sorgen.«

»Sie heißt Konni?«

»Eigentlich Konstanze, aber sie ist mit ihrem Namen nicht besonders glücklich. Sie meint, sie muss da erst reinwachsen.«

Wiebke streifte die Handschuhe über. »Hallo, Konni, ich bin Wiebke. Wir haben uns ja schon kennengelernt, und hier auf Pellworm duzen sich die meisten. Also lassen wir das förmliche Frau Dr. Klaus weg, okay?« Das Mädchen nickte schwach. Sie zitterte am ganzen Körper. »Deine Tante hat zwar schon Fieber gemessen, aber ich möchte sehen, wie hoch deine Temperatur jetzt ist. Tut nicht weh, weißt du ja.«

Während sie das Gerät ansetzte, fragte sie nach Hooge.

Sie wusste, dass Schulklassen meist eine Rallye veranstalteten und häufig die Hallig vermaßen. Ob auch Konnis Klasse auf diese Weise etwas Zeit herumgebracht hatte, war nicht aus dem Mädchen herauszukriegen. Sie antwortete nicht, stöhnte nur, hielt sich ab und zu den Bauch und warf im nächsten Moment den Kopf zur Seite. Die Rastazöpfe klebten ihr am Gesicht. Frau Sommer-Lucht schob das Haar sanft zur Seite.

Wiebke sah auf das Fieberthermometer. 39,4!

»Ich habe schon versucht, ihr Lindenblütentee einzuflößen«, flüsterte Frau Sommer-Lucht, die Wiebkes Blick gesehen hatte. »Leider behält sie kaum etwas bei sich. Genauer gesagt, nimmt sie erst gar nicht etwas zu sich.«

»Sie hat also eher wenig getrunken?«

»So gut wie nichts.«

Das waren schlechte Nachrichten. Konnis Körper krampfte sich plötzlich zusammen, das Mädchen rollte sich keuchend zur Seite. Da sah Wiebke rote Flecken in ihrem Nacken.

»Seit wann hat sie die?«

Frau Sommer-Lucht trat näher. »Keine Ahnung, die sind mir noch gar nicht aufgefallen.«

»Sie wissen aber, dass sie nicht schon immer mit Hautausschlägen zu tun hat?«

»Nein, nicht genau. Kann sein, dass da mal etwas war«, erwiderte die Lehrerin beklommen.

Wiebke spürte, wie ihr Herz pochte. Sie war kritische Situationen von ihrer Stelle in Berlin gewohnt. Dort hatte sie in der Notaufnahme einiges zu sehen bekommen und auch miterlebt, wie Patienten um ihr Leben kämpften. Nicht immer mit Erfolg. Aber das hier? Eine Seuche, die die Halligleute ausrottet. Lutz' blöder Witz wollte ihr nicht mehr aus dem Kopf gehen. Was, wenn es keine übliche Sommergrippe war, wenn sie es hier mit einer hoch ansteckenden Erkrankung zu tun hatte, die unter anderem Hautausschläge verursachte? Nur, welches Virus konnte dahinterstecken? Bisher hatte sie noch bei keinem Patienten Blut abgenommen. Warum auch? Nun waren einige Tage vergangen, seit sie auf Hooge war und die ersten Kranken behandelt hatte. Wiebke nahm sich vor, mit ihnen allen zu telefonieren, um zu hören, wie die Medikamente angeschlagen hatten. Bisher wusste sie nur von der alten Hansen, dass ihr Zustand unverändert war. Das musste nichts heißen, das Immunsystem der alten Dame konnte einfach länger brauchen. Bei einem Patienten hatte sie einen Abstrich der Nasenschleimhaut gemacht und ihn einem Schnelltest unterzogen. Dabei hatte sie keine Influenza-Antigene des Typs A oder B entdeckt. Also keine echte Grippe. Vielleicht etwas Bakterielles, dann konnte sie zu einem Antibiotikum greifen und bekam damit ihre Patienten wieder auf die Beine.

Wiebke kontrollierte den Herzschlag des Mädchens. Viel zu schnell. Die trockenen Lippen, die tief liegenden Augen. Konni schwitzte stark, trank aber nicht. Wiebke schob die Haut auf dem Handrücken des Mädchens zusammen. Die entstandene Falte blieb stehen, ehe sie sich langsam wieder glättete. Kein Zweifel, Konni war stark dehydriert. Wenn sie weiter Flüssigkeit verlor, ohne welche aufzunehmen, würde ihr Kreislauf innerhalb kürzester Zeit versagen. Sie konnte einen Schock erleiden und im schlimmsten Fall sogar ins Koma fallen.

»Versuchen Sie doch noch einmal, ihr etwas Tee einzuflößen«, bat Wiebke. Da sie sich kaum Hoffnungen machte, dass Frau Sommer-Lucht dieses Mal mehr Erfolg hatte, legte Wiebke ihrer Patientin einen Zugang und bereitete eine Infusion vor.

»Um Gottes willen, ist es so schlimm?« Frau Sommer-Lucht starrte auf die Nadel im Unterarm ihrer Nichte.

Wiebke stand auf und schnappte sich ihr Handy. »Das sieht erst mal dramatischer aus, als es ist. Ich will nur sichergehen, dass der Flüssigkeitsverlust nicht noch größer wird.«

»Das Mädchen ist aber auch ein Pechvogel. Erst bricht sie sich das Bein so kompliziert und muss wochenlang diesen blöden Gips tragen, dann die Thrombose und jetzt das.«

Wiebke horchte auf. »Thrombose? Dann hat sie Blutverdünner bekommen?«

»Ja, Heparin, soviel ich weiß.«

»Dann können die Blutungen daher rühren. Vielleicht hat Konni eine heparininduzierte Thrombozytopenie entwickelt.« Frau Sommer-Lucht starrte sie an. »Entschuldigung. Eine Reaktion des Körpers auf Heparin, bei der die Zahl der Blutplättchen deutlich abfällt«, erklärte Wiebke, »könnte der Grund für die erhöhte Blutungsneigung sein.« Frau Sommer-Lucht sah sie noch immer erwartungsvoll an. Wiebke atmete einmal durch und senkte die Stimme: »Ihre Nichte hat vorhin ein bisschen Blut gehustet, das hat mir Sorgen gemacht. Die Thrombose und damit einhergehende Heparingabe kann eine ganz einfache Erklärung dafür sein.

Ich möchte, dass das abgeklärt und Konni gründlich untersucht wird. Das ist kein Grund zur Panik. Nur wenn es ihr trotz der Medikamente nach einem Tag so viel schlechter geht, könnte es sich um eine bakterielle Infektion handeln. Dann müssen wir völlig anders therapieren. Ein vollständiges Blutbild wird sicher Aufschluss geben. Ich rufe jetzt den Rettungskreuzer, damit sie ins Krankenhaus gebracht wird.«

»Sie denken doch nicht, dass ihre Situation lebensbedrohlich ist, oder?« Frau Sommer-Lucht war blass geworden. »Ich muss meine Schwester anrufen«, murmelte sie. »Ihre Eltern haben mir das Mädchen anvertraut.«

»Nun beruhigen Sie sich erst mal. Es ist nicht Ihre Schuld. Ich glaube, wir haben es mit einem Virus zu tun, das sich Konni auf Hooge eingefangen haben dürfte. Vermutlich ein besonders heftiger Influenza-Typ. Oder ein Bakterium. Womöglich kommen bei Ihrer Nichte auch zwei Dinge zusammen. Ich möchte einfach auf Nummer sicher gehen und vor allem wissen, was hinter der Erkrankung steckt. Dann kann ich sie zielgerichtet behandeln.« Sie lächelte die Lehrerin aufmunternd an. »Kümmern Sie sich bitte um den Tee?«

Wiebke brachte Konni zum Anleger und übergab sie dem Vormann der Seenotretter. Es war fast Mitternacht, ehe sie wieder zu Hause war. Eigentlich keine Uhrzeit für ihre feierwütigen Nachbarn, trotzdem war es schon ruhig in dem kleinen Garten. Tamme räumte gerade das Geschirr in die Küche.

»Schon Feierabend?«, fragte Wiebke erstaunt.

»Die dicke Luft zwischen Corinna und Saskia, das heißt

eigentlich zwischen Jost und Saskia, ist den meisten wohl nicht so gut bekommen. Margit ist wie immer früh gegangen, und Lulu hat dann auch ziemlich schnell Tom ins Bett gebracht. Die Männer haben ein bisschen länger ausgehalten, sind ungefähr vor einer halben Stunde weg.« Er schmunzelte. »Jochen hat das Auto mal lieber stehen gelassen.«

»Er ist die gesamten fünfzig Meter zu Fuß gegangen?«, fragte Wiebke, als wäre er noch mal eben einen Marathon gelaufen.

»Jost hat ihn heimgebracht.«

»Ich weiß nicht, ob mich das beruhigt.«

»Nehmen wir noch einen Schlummertrunk?«

Da am Wochenende das Schwimmbad erst um vierzehn Uhr öffnete, hatten sie wenigstens an den Abenden ein wenig Zeit füreinander, wenn nicht gerade ein Urlauber mit dem Elektrorad in einem Priel landete oder einer von den Jugendlichen mit dem Mofa einen unfreiwilligen Salto vollführte.

»Gerne.« Als Wiebke im Gartenstuhl saß und gerade mal an ihrer Weinschorle genippt hatte, fiel die Anspannung von ihr ab wie ein nasser Sack. Postwendend kam die Müdigkeit.

Tamme legte den Arm um sie, und sie kuschelte sich gerne an seine Brust. Sie musste schmunzeln. Bei ihrer zweiten Begegnung hatte Wiebke Tamme beim Training gesehen. Er war gerade Delfin geschwommen, ein Anblick, der ihr noch heute den Atem raubte. Schon damals hatte sie sich gewünscht, diesem attraktiven Körper näher zu kommen.

Grillen zirpten, Gänse ließen vereinzelt ihren knatternden Ruf hören, das Ganze wurde vom Rascheln des Windes in den Blättern untermalt. Wiebke seufzte.

»War dein Notfall sehr schlimm?«, wollte Tamme wissen.

Wiebke erzählte ihm, in welchem Zustand das Mädchen gewesen war. »Sie ist auf dem Festland im Moment besser aufgehoben. Ich könnte mir vorstellen, dass ihre Eltern sie von dort nach Hause holen, sobald es ihr besser geht. Und sobald feststeht, was genau ihr fehlt«, setzte sie düster hinzu. »Sei nicht böse, aber ich glaube, ich nehme mir mal ein bisschen Fachliteratur vor. Vielleicht habe ich irgendetwas übersehen oder nicht bedacht. Die Leute stecken sich ziemlich schnell an. Bei Konni ist es vermutlich so eskaliert, weil sie gerade mit zwei Erkrankungen zu kämpfen hat. Aber wer weiß, wenn sich noch mehr Fälle zuspitzen, dann gute Nacht.«

»Gutes Stichwort«, sagte er und küsste sie sanft auf die Schläfe. »Deine Fachliteratur wird sich kaum unauffällig aus dem Staub machen. Die kannst du dir morgen zu Gemüte führen, wenn ich auch wieder fleißig bin. Für heute hast du genug getan, Frau Doktor. Jetzt sitzen wir hier noch ein bisschen, genießen die laue Nacht, trinken aus, und dann bringe ich dich ins Bett. Wenn du darauf bestehst, lasse ich dich sogar schlafen.« Wieder küsste er sie.

»Wenn deine Hand weitermacht, was sie da gerade macht, und wenn deine Lippen nicht aufhören, an mir herumzuknabbern, dann bestehe ich garantiert nicht darauf.«

»Ich kann noch stundenlang so weitermachen«, raunte er ihr zu.

Wiebke musste lachen. »Ich glaube, dann brauche ich eine Jacke. So lau ist diese Nacht nun auch wieder nicht.«

»Du bist die unromantischste Frau, die ich je kennengelernt habe.«

»Das nehme ich mal als Kompliment«, gab sie fröhlich zurück.

»Übrigens möchte ich mit dir über Janosch reden.« Das klang sehr ernst. Wiebke wandte ihm überrascht das Gesicht zu. »Ich hätte ihn auch auf der Stelle mitgenommen«, sagte er und lächelte. »Er ist große Klasse. Nicht ansatzweise artig, aber großartig.« Tamme sah sie an und machte Kulleraugen. »Wusstest du, dass er sprechen kann?«

»Was?« Sie musste lachen.

»Unglaublich, oder? Vorhin hat er zum Beispiel gesagt, er würde es ganz toll finden, wenn wir alle unter einem Dach leben könnten.« Wiebke spürte, wie ihre Entspannung schwand. »Bei euch findet er es ganz nett, aber ich fehle ihm natürlich sehr, wenn ich nicht hier bin.«

»Soso, ganz nett. Hast du ihm erklärt, dass du selbst dann nicht immer da bist, wenn wir in einem Haus wohnen, weil dein zweites Zuhause nämlich das Schwimmbad ist?«

»Okay, war keine gute Idee, Janosch vorzuschieben. Da bin ich mit meinen Argumenten zu schnell am Ende.«

»Bist du dir ganz sicher, dass du uns drei bei dir im Haus haben willst, Tamme?« Wiebke wusste, dass sie dieser Diskussion nicht ständig aus dem Weg gehen konnte. Und sie freute sich ja auch, dass er so schnell bereit war, diesen Schritt zu gehen. Nur was, wenn er zu schnell bereit war? »Es ist eine weitreichende Entscheidung. Wenn es nämlich nicht mit uns klappt, müsste sich die Frau Doktor ganz schnell etwas Neues suchen. Ich kann die Doppelhaushälfte nicht weiterbezahlen und dabei leer stehen lassen. Du weißt selbst am besten, wie auf dieser wunderschönen Insel getratscht wird. Wenn wir also scheitern, wenn ich nach kurzer Zeit wieder …«

Er schob sie ein Stückchen weg, um ihr in die Augen sehen zu können. »Genau das ist meine Strategie. Du bist ein Fluchttier. Ich weiß, wie schnell du die Hacken in den Teer haust. Also muss ich es dir besonders schwer machen.«

»Ach so ist das.«

»Im Ernst, Wiebke, ich habe bei uns ein sehr gutes Gefühl. Wir sind keine Teenager mehr und haben Maxi gegenüber eine Verantwortung. Ich finde, sie sollte in einer richtigen Familie aufwachsen. Natürlich bin ich nicht ihr leiblicher Vater, aber wir kommen sehr gut klar. Worauf wollen wir warten?«

Wiebke wusste nicht, was sie sagen sollte. Der leibliche Vater hatte seine Tochter nicht ein einziges Mal gesehen. Tamme war die sehr viel bessere Wahl. Und sie erinnerte sich noch zu gut an den Streit, den sie und Tamme vor Monaten gehabt hatten. Maxi hatte das dummerweise mitbekommen und war in Tränen ausgebrochen. Mehr noch: Zum ersten Mal hatte sie Wiebke an den Kopf geworfen, wie sehr sie einen Vater vermisste. Alle anderen Kinder hatten mindestens einen Papa, und sie hatte keinen, hatte sie gejammert. Sie hing an Tamme, wie ein Kind nur an einem Vater hängen konnte. Ihr konnte nichts Besseres passieren. Und

Wiebke konnte sich keinen humorvolleren, verantwortungsvolleren und attraktiveren Lebensgefährten vorstellen.

»Ich liebe dich«, sagte sie leise und küsste ihn zärtlich.

»Ich liebe dich auch.« Er zog sie in die Arme, seine Hände glitten über ihren Körper, seine Lippen öffneten sich, und er begann mit ihrer Zunge zu spielen. Wiebke seufzte. »Du wirst das jetzt nicht glauben«, murmelte er zwischen unzähligen Küssen, »aber in der Liebesallee ist ein Haus frei geworden. Passt das nicht perfekt zu uns?«

»Findest du das nicht kitschig?«, fragte sie. Eigentlich hatte sie keine Lust mehr, länger darüber zu reden. Tamme sorgte dafür, dass sie auf etwas ganz anderes Lust hatte.

»Es ist deutlich größer als meins. Außerdem ist die Lage ideal.« Er rückte ein wenig ab. »Maxi hätte es zur Schule ungefähr so weit wie jetzt, hätte aber einen viel ruhigeren Schulweg, wenn sie am Solarfeld vorbeiradeln würde.«

»Hey«, protestierte Wiebke, »erst heißmachen und dann die kalte Schulter zeigen, das zählt nicht.«

»Wer hat hier wohl wen heißgemacht?« Er fuhr spielerisch über ihre Brüste und küsste sie wieder.

»Ich will in die Liebesallee, und zwar auf der Stelle«, flüsterte sie. »Komm, lass uns nach oben gehen.« Sie standen auf, ohne sich loszulassen, stolperten gegen den Gartentisch und mussten kichern wie zwei Teenager.

»Wir sollten es uns ansehen«, schlug Tamme beharrlich vor. »Ich könnte zu Fuß zur Arbeit gehen, und wir hätten alles, was man so braucht, ganz in der Nähe. Am Tammensiel schlägt einfach das Herz von Pellworm. Gleich um die Ecke zu wohnen wäre toll, denkst du nicht? Ich finde den Straßennamen ja auch ein bisschen kitschig, aber ist das ein Grund, auf einen Sechser im Lotto zu verzichten?«

»Ich halte nicht viel von Glücksspiel«, antwortete sie trocken. »Du hast recht, ansehen können wir es uns ja mal.«

Kapitel 6

Am Sonntagnachmittag unternahmen Wiebke, Maxi und Janosch einen Ausflug zu den Solarfeldern. Der Weg war eigentlich nicht weit, sondern mit den Fahrrädern gut zu schaffen. Allerdings hatte Wiebke die dumme Idee gehabt, dem Hund das Laufen am Rad beibringen zu wollen.

»Du fährst langsam vor«, wies Wiebke ihre Tochter an. Sie wollte die Gelegenheit nutzen, Maxi im Straßenverkehr zu beobachten. Zwar ging sie davon aus, dass es mit dem Anhalten und dem Links-rechts-Blick gut klappte, aber ein bisschen Kontrolle konnte nicht schaden. »Wir sind hinter dir. Sollte es mit Janosch ein Problem geben, rufe ich.«

»Okidoki!« Schon schwang sich Maxi auf den Sattel und strampelte los. Für den Hund das eindeutige Signal, hinter ihr herzugaloppieren. Wiebke, die auch gerade aufsteigen wollte, stolperte vorwärts und landete mit dem Bauch auf dem Lenker.

»Sitz, Janosch!« Beim dritten Versuch setzte er sich tatsächlich, allerdings nur unter sehr lautem Protest, denn Maxi entfernte sich schnell, und das gefiel ihm gar nicht. Eilig stieg Wiebke auf.

»Bei Fuß!« Sie hoffte, dass dieses Kommando für einen Vierbeiner nur bedeutete, dass er neben Frauchen zu bleiben hatte. Wenn er sich wirklich an ihren Füßen orientierte, hatte sie ein Problem. Das hatte sie auch so, denn Janosch blieb nicht an ihrer Seite. Er wollte Maxi einholen. Und zwar sofort. Gar nicht schlecht. Wiebke brauchte nicht zu strampeln, er zog sie mühelos hinter sich her. Doch schlecht. Das Tier schaffte es nämlich trotz seines beeindruckenden Tempos, hier oder da zu schnüffeln. Mal an dem Grünstreifen rechts von Wiebke, dann wieder an einem platt gefahrenen Frosch links vom Fahrrad. Sein Zickzackkurs war atemberaubend. Dummerweise hielt Wiebke die Leine in der rechten Hand, die samt Schlaufe auf dem Lenker ruhte. Der machte also jeden Haken mit, den Janosch schlug. Und mit dem Lenker auch Wiebke auf ihrem Rad. Es half nichts, sie musste einhändig fahren. Nicht nur der Hund hatte seine Lektionen zu lernen. Sie überquerten den Kaydeich und ließen Tilli hinter sich. Am Junkersmitteldeich, also nach etwa einem Kilometer Luftlinie, war Wiebke nass geschwitzt und mit den Nerven am Ende. Sie hatte so ziemlich jedes Kommando gebrüllt, das ihr auch nur ansatzweise passend erschien. Zu allem Überfluss hatte sie sich von ihrer Tochter auch noch anhören müssen, sie solle sich gefälligst konzentrieren. Sie würde Janosch ja ganz wuschig machen mit ihren ständig wechselnden Befehlen. Wie sollte er denn so etwas lernen? Am ärgerlichsten an der Sache war: Maxi hatte recht. Sie bogen links in die Straße In de See ein, die direkt zum Solarfeld mit seinem berühmten Café führte.

Das Ambiente kann es nicht sein, das für den exzellenten Ruf sorgt, dachte Wiebke, als sie das Gebäude betraten. Maxi dagegen war sofort begeistert, denn in einem Vorraum standen in einem Regal die unterschiedlichsten Spielzeuge, die alle durch Sonnenlicht angetrieben wurden: ein Leuchtturm, dessen Feuer sich drehte, eine Windmühle und eine Frau im Bikini, die mit den Hüften wackelte.

»Guck mal, Mami, lustig!«

»Stimmt. Und das Tolle ist, dass du keine Batterie dafür brauchst. Die Sonne scheint, und schon bewegen sich die Figuren.« Maxi nickte eifrig. »Siehst du, die Erwachsenen machen die Umwelt nicht nur kaputt. Sie lassen sich auch etwas einfallen, um sie wieder in Ordnung zu bringen.«

Vielleicht hätte sie ihre pädagogische Botschaft des Tages nicht ganz so dick auftragen sollen, aber Wiebke wollte unbedingt, dass ihre Tochter wegen der Umweltverschmutzung und der Klimaveränderung nicht frustriert oder gar resigniert war. Sie würde immer häufiger damit konfrontiert werden und beinahe täglich irgendetwas darüber hören. Sie sollte die Nachrichten einordnen können und trotzdem zuversichtlich bleiben, soweit dieser Spagat möglich war. Wiebke sah zufrieden zu ihr herunter und blickte geradewegs in eine äußerst kritische Miene.

»Na ja, ihr gebt euch wenigstens Mühe«, sagte Maxi schließlich mit einem tiefen Seufzer. »Ich weiß zwar nicht, wie ausgerechnet Plastikfiguren die Umwelt wieder in Ordnung bringen sollen, aber immerhin verschwenden sie nicht auch noch Batterien.« Ihre Begeisterung für die Spielsachen war offenbar verflogen. »Wenn die wenigstens eine Bällchen-Wurfanlage von der Sonne antreiben lassen würden, stimmt's, Janosch? Oder eine Leckerli-Spendiermaschine. Plastikfiguren«, murmelte sie abfällig und betrat das Café, das mehr Ausstellungsraum als kuschelige Gastronomie war. Der von der Betreiberin gebackene Kuchen sah allerdings erstklassig aus und duftete so gut, dass Wiebke, die eigentlich überhaupt keinen Hunger hatte, nicht widerstehen konnte.

Maxi futterte ihre Donauwelle und erklärte Janosch immer wieder, dass das nun wirklich nichts für ihn sei, weil ihm Schokolade und Kirschen nicht schmeckten und er von Zucker Bauchschmerzen bekäme. Wahrscheinlich konnte sie sich weder das eine noch das andere vorstellen und hätte ihm liebend gern ein Häppchen zum Probieren gegeben, wenn Wiebke ihr nicht eingebläut hätte, dass er erstens nichts am Tisch bekam, nicht einmal ein Hunde-Leckerli, und zweitens unter gar keinen Umständen jemals Süßigkeiten fressen durfte. Dass er sich kürzlich eine komplette Tüte Schokonüsse stibitzt und einverleibt hatte, verschwieg sie ihrer Tochter.

Wiebke blätterte in einem Prospekt, der über das Forschungsprojekt Smartregion Pellworm informierte.

»Guck mal.« Sie zeigte Maxi eine Zeichnung der Insel mit sämtlichen Bestandteilen des Projekts, »die hatten hier schon Anfang des letzten Jahrhunderts eine Solaranlage.«

»Ist die dann älter als du?«

Wiebke wollte gerade ihrer Tochter den Marsch blasen, als die zu kichern anfing und die Hand vor den Mund presste. »Na, warte, du Früchtchen!«

»Törtchen«, korrigierte Maxi. »Tamme sagt, ich bin ein Törtchen.«

»Na ja, ein Krümel bist du jedenfalls nicht mehr, so wie du gewachsen bist.« Sie tippte wieder auf die Karte. »Irgendwann kam ein Windrad dazu, und zuletzt haben die hier gerade verschiedene Batterietypen ausprobiert, um den Strom, den Sonne und Wind uns schenken, aufbewahren zu können. Toll, oder? Pellworm hat von beidem jede Menge, da kommt ganz schön viel Energie zusammen.«

»Und was macht man damit?«

»Keine Sorge, es werden keine überdimensionalen Plastikfiguren bewegt.« Wiebke schmunzelte. »Siehst du, hier und hier und hier sind überall Häuser, die den Strom bekommen. Die haben verschiedene Speicher, sogar Speicherheizungen. Gut, oder? Die können sogar mit der Sonnenenergie heizen.«

»Aber es ist doch so warm«, wandte Maxi ein und pustete sich eine Strähne aus dem Gesicht.

»Abends wird es ganz schön kühl. Dann können die ihre Heizung anmachen, und die Sonne, die schon weg ist, macht es kuschelig warm.«

Maxi dachte einen Augenblick nach. »Ja, das ist ziemlich gut.«

»Mindestens so gut wie dieser Kuchen.« Wiebke verputzte das letzte Stückchen ihres Rhabarber-Streusels.

Die Betreiberin des Cafés und begnadete Kuchenbäckerin kam an ihren Tisch. »Freut mich, wenn's geschmeckt hat.«

»Das hat es«, bekräftigte Wiebke.

»Ja, loll vecker«, meinte Maxi und prustete los.

»Sind Sie nicht Frau Dr. Klaus?«

Wiebke stutzte. Woran hatte die Kuchenfee sie erkannt? So etwas passierte ihr nicht zum ersten Mal. Das war eins der Phänomene dieser Insel, die sie eben hinnehmen musste. »Wiebke Klaus.« Sie streckte ihr die Hand hin.

»Die Halligärztin.« Die Bäckerin strahlte sie freundlich an. »Ich habe schon viel von Ihnen gehört. Kennenlernen brauchten wir uns ja Gott sei Dank noch nicht.«

»Die meisten sind froh, wenn ihnen das erspart bleibt«, scherzte Wiebke.

»Find ich prima, dass Sie die Halligen medizinisch versorgen. Sie machen Ihrem Spitznamen wirklich alle Ehre.«

»Na ja.« Wiebke winkte ab. »Ich bin nur alle vierzehn Tage drüben. Wenn zwischendurch was ist, müssen die Hooger trotzdem auf den Kontinent. Die anderen Halligen schaffe ich gar nicht regelmäßig, nur auf Zuruf.«

»Sie haben hier bestimmt genug zu tun als einzige Hausärztin. Ist doch 'ne Wucht, dass Sie überhaupt noch auf den Halligen unterwegs sind. Und wenn's nur Hooge ist.« Sie wollte schon zurück hinter ihren Tresen verschwinden, blieb dann aber doch noch. »Sagen Sie, was ist denn da drüben gerade los?«

»Was meinen Sie?«

»Ich hab gehört, da soll eine schlimme Seuche grassieren, stimmt das?«

Wiebke hätte sich denken können, dass das Gerücht irgendwann die Runde machte. »Das kann ich nicht bestätigen. Ich habe jedenfalls nichts Derartiges diagnostiziert.«

»Es heißt, es sollen sich schon ganz viele angesteckt haben. Ein Mädchen schwebt angeblich sogar in Lebensgefahr und ist vom Rettungskreuzer aufs Festland gebracht worden.«

»Rettungskreuzer stimmt, Lebensgefahr stimmt nicht«, gab Wiebke knapp zurück.

»Hm, na ... Die Martensens, die das Café hier früher betrieben haben, die sollten nämlich Besuch bekommen, aber den soll es auch erwischt haben.«

»Anscheinend geht gerade ein hartnäckiger grippaler Infekt um«, sagte Wiebke zögernd. Hoffentlich hörte das Aushorchen damit auf. »Der kann einen schon mal ziemlich aus den Schuhen hauen.« Und um die Frau vom Thema abzubringen, fragte sie: »Sind Sie denn noch nicht lange hier? Im Café, meine ich.«

Die Kuchenfee schüttelte den Kopf. »Nein, mein Mann und ich haben es erst vor drei Jahren übernommen. Wir haben der Großstadt den Rücken gekehrt. Sie auch, stimmt's?«

»Ja, zuletzt habe ich in Berlin gearbeitet.«

»Da können wir uns die Hand reichen.« Sie lachte.

»Mami, darf ich mit Janosch rausgehen?«

»Nein, Schatz, lieber nicht. Du kannst rausgehen, aber den Hund lässt du mal lieber bei mir.«

»Och Manno, wieso?«

Wiebke überlegte. Wieso eigentlich? Ein langer Trampelpfad trennte das Solar-Testgelände von der Straße. Draußen war keiner der Tische besetzt, vermutlich, weil der Wind heute besonders kräftig blies.

»Na gut, aber du lässt ihn nicht von der Leine und hältst ihn gut fest. Vor allem wenn Leute kommen.«

»Okidoki!« Maxi hüpfte vom Stuhl.

»Wenn irgendetwas ist, rufst du mich, ja?«

»Oh Mann, Mami, ich bin kein Baby mehr. Komm, Janosch, wir gehen raus.« Weg waren sie.

»Tüchtige Leute werden auf Pellworm gebraucht«, fuhr die Kuchenfee fort. »Wir hätten in mehreren Restaurants gleich anfangen können. Obwohl wir beide nicht in der Gastronomie gelernt haben. Die geben dir einen Sack Kartoffeln, gucken, wie gründlich und schnell du den geschält hast, und schon hast du einen Job.« Sie lachte. »Aber wir wollten gerne selbstständig sein. Für das Café wurde gerade ein Nachfolger gesucht. Das hat gepasst.«

»Und die vorigen Betreiber?«

»Sind in Rente. Die hatten sich schon so auf Herrn Pogita gefreut. Die kennen sich noch von früher.« Sie knetete ein Geschirrtuch, das sie die ganze Zeit in der Hand gehalten hatte.

Graham Pogita, das war also der Bekannte, den es erwischt hatte. Wiebke wollte gerade fragen, aus welchem Land er stammte, doch da betraten vier Damen das Café. Sie sah auf die Uhr. Gleich fünf, dann war hier Feierabend. Eine der Frauen trat an den Tresen. Ihre Haare standen in alle Himmelsrichtungen zu Berge, es war aber auch wirklich sehr stürmisch heute.

Sie setzte einen herzzerreißenden Blick auf. »Ich weiß, Sie schließen eigentlich gleich, aber kriegen wir noch Kaffee und Kuchen?« Eine Minute vor Ende der Öffnungszeit? Ein bisschen dreist, fand Wiebke.

Die Kuchenfee nahm es gelassen. »Klar, Sie haben ja noch sechzig Sekunden.« Sie griente breit. »Na, denn setzen Sie sich man hin.« Das nannte man wohl kundenfreundlich.

Auf dem Heimweg zeigte sich Janosch von seiner besten Seite. Er lief neben Wiebkes Rad, als hätte er sein junges Hundeleben lang nichts anderes gemacht. Nicht einmal ein Entenküken, das gefährlich nah vor ihnen über den Fahrradweg watschelte, konnte ihn aus dem Takt bringen. So kam es, dass sie noch vor halb sechs zu Hause waren.

Crischi grüßte schon von Weitem. Er stand neben seinem Auto und sah etwas unglücklich aus. Vermutlich, weil Sonntag war. Nicht sein Tag, denn er durfte keins seiner geliebten Gartengeräte benutzen, die einen Stecker hatten und ordentlich Lärm erzeugten. Bei aller Liebe zu seinen Spielzeugen respektierte er doch die sonntägliche Ruhe, wenn es ihm manches Mal auch noch so schwerfiel.

»Na, habt ihr einen Ausflug unternommen?«

Maxi ließ achtlos ihr Rad fallen und stürmte auf ihn zu. Die beiden klatschten sich ab. »Wir waren bei dem Solarfeld. Das habt ihr Erwachsenen richtig gut hingekriegt«, erklärte sie altklug. »Keine dumme Sache.«

»Oh, danke für das Kompliment!«

»Was machst du denn da?«

»Irgendetwas in meinem Auto müffelt ganz furchtbar.«

»Stimmt, das stinkt!« Maxi schnitt eine Grimasse und hielt sich die Nase zu.

»Riecht wirklich komisch. Moin, Crischi.« Wiebke hatte die Räder in den Schuppen gebracht und Janosch im Garten gelassen. Sie hoffte inständig, dass er sich nicht wieder als Erntehelfer an Maxis Kräuterbeet versuchte.

»Pit hatte das neulich auch«, sagte Christian nachdenklich und betrachtete eingehend den Motorraum. »Dem hatte ein Marder reingesch... einen Haufen reingemacht«, brachte er den Satz zu Ende.

»Igittpfui«, brüllte Maxi.

»Jo, so kann man es auch sagen.« Er lachte und griff nach dem neuen Gartenschlauch. »Gesehen habe ich in meinem Wagen noch nichts, aber ich denk mal, da sind auch irgendwo Hinterlassenschaften.« Er zog den Hebel der Brause. Wasser marsch!

»Das hört sich ja lustig an«, rief Maxi.

Er stellte das Wasser ab. »Hast das auch gehört?« Wiebke wollte eigentlich gerade gehen, aber auch sie hatte ein eigenartiges Trippelgeräusch bemerkt und war nun neugierig. »Gibt's doch gar nicht. Wo ist das Vieh bloß?«

Pit gesellte sich zu ihnen. »Moin allerseits. Sag nicht, du hast jetzt auch den Marder.«

»Der muss hier irgendwo sein, aber ich seh nix.« Christian versuchte es noch mal mit Wasser. Er duschte den Motorraum von oben bis unten. Die drei Menschen hielten den Atem an. Tick, tick, tick – leises Trippeln.

Pit rieb sich das Kinn, Christian stützte die Hände in die Hüften.

Maxi zupfte ihn am Hosenbein. »Duu, Crischi, was ist denn da so puschelig?«

Pit und er starrten sich für den Bruchteil einer Sekunde an und folgten dann mit den Augen ihrem kleinen Finger. Der Marder!

Wiebke musste lachen. Die Männer fanden's nicht lustig, das flauschige braune Tier auch nicht. Es richtete seine Knopfaugen kurz auf Pit und Christian und entschied sich für einen sehr flotten Rückzug. Vermutlich nicht für lange, ging Wiebke durch den Kopf. Es war Juli und damit Paarungszeit. Das putzige Kerlchen mit dem buschigen Schwanz würde vermutlich demnächst gut geschützt unter einer Motorhaube seinem Nachwuchs zeigen, wie köstlich ein Kabelbaum schmeckte.

»Schönen Sonntag noch, und grüßt eure Frauen!« Wiebke ergriff Maxis Hand und machte mit ihr kehrt. In dem Moment ertönte ihr Pieper.

»Ach nein, bitte nicht!«, stöhnten Mutter und Tochter wie aus einem Mund.

»Willst du zu uns kommen?«, fragte Christian. »Janosch darfst du mitbringen.«

»Au ja«, jubelte Maxi.

Wiebke meldete sich in der Leitstelle.

»Notruf von Süderoog«, teilte eine männliche Stimme ihr mit. »Fenja Nicolaisen hat starken Husten und steigendes Fieber. Christoph ist im Einsatz, sonst hätten wir den ...« Na toll! Der Hubschrauber *Christoph Europa 5*, wie er in voller Länge hieß, konnte nicht übernehmen. Mit ihrem rostigen alten Fahrrad konnte Wiebke aber nun mal nicht auf die Hallig fliegen, die von nur zwei Menschen bewohnt wurde. Wenn Fenja ernsthaft erkrankt war, musste Ehemann Fiete alles alleine schaffen. Arbeit gab es schon für zwei mehr als genug. Auf der winzigen Hallig lebten außer den beiden Betreibern Schafe, Rinder, Schweine, Hühner, Gänse, weiteres Federvieh und zwei Bienenvölker, die ebenfalls Pflege und Aufmerksamkeit benötigten. Zudem war Hochsaison. Ständig kamen Besucher, die sich nach einer Wattwanderung ausruhen, Suppe oder Kuchen serviert bekommen wollten und vor allem tausend Fragen an das Paar hatten, das sich trotz der zahlreichen Tiere irgendwie doch für ein ziemlich einsames Dasein entschieden hatte – ohne Shopping, Auto, Kino und Nachbarn.

»Gibt's Probleme?«, wollte Pit wissen. Probleme schienen geradezu sein Lebenselixier zu sein.

»Allerdings.« Wiebke ging zu ihm. Musste ja nicht gleich die ganze Insel erfahren, dass es Fenja erwischt hatte. Okay, ein frommer Wunsch. »Fenja von Süderoog liegt flach. Der Rettungshubschrauber ist gerade im Einsatz. Tauchunfall. Und ihr Boot ist trockengefallen, sonst hätte Fiete mich abgeholt.« Dann hätte Fenja alleine zurückbleiben müssen, kam Wiebke in den Sinn. Kein schöner Gedanke.

»Ach du Scheiße!«

»Sagt man nicht!«, erklärte Maxi.

»Hast recht. Ist aber trotzdem ... blöd. Und jetzt?« Er sah Wiebke an. Wenn sie das nur wüsste.

»Geh du doch hin, Mami! Du kannst Fenja bestimmt helfen. Du kannst nämlich alle gesund machen.«

»Schön wär's.« Sie dachte kurz nach. Die Idee war ein bisschen verrückt, aber vielleicht die einzige Lösung. »Bist du schon mal zu Fuß nach Süderoog gelaufen?« Sie sah Pit an.

Der machte runde Augen. »Nee. Und das machst du auch nicht. Nicht alleine, das kommt überhaupt nicht infrage.«

»Nee, das ist nämlich voll gefährlich.«

»Ja, weiß ich ja. Aber was soll ich denn machen?« In Wiebkes Hirn ratterte es. Als sie sich vor einigen Monaten so sehr mit Tamme gestritten hatte, dass sie Pellworm schon wieder verlassen wollte, war Maxi ausgebüxt und alleine ins Watt gelaufen. Obwohl Max ihr vorher erklärt hatte, dass sie das niemals und unter keinen Umständen dürfe.

Wiebkes Anspannung wuchs. Sie konnte hier nicht länger herumstehen, Fenja brauchte Hilfe. Jetzt. Max. Das war überhaupt die Idee. Er war nicht nur Rettungsschwimmer, sondern auch Wattführer.

»Kann ich euch das zweibeinige und das vierbeinige Monster wirklich aufs Auge drücken?« Wiebke sah Christian flehend an, der ein wenig abseitsstand und die anderen still beobachtete.

»Logo!« Sofort war er zur Stelle. »Wir freuen uns tierisch.«

»Moment mal«, mischte sich Maxi ein, »wer soll hier denn bitte schön ein Monster sein?«

»Niemand«, entgegnete Wiebke. »Ich sehe hier nur ein zauberhaftes kleines Mädchen, das sich bei seinen Lieblingsnachbarn vorbildlich verhalten wird.« Sie lächelte zuckersüß. Maxi wusste nicht, ob sie stolz oder trotzdem noch beleidigt sein sollte. Glücklicherweise lenkten die Männer sie ab.

»Komm, wir gehen erst mal Janosch holen«, schlug Christian vor, während Pit verkündete: »Kai und Katja haben ein Trampolin bekommen, ein richtig großes. Willst du das mal ausprobieren?«

»Jaaa!«

»Oh Mann, Wiebke, ich bin gar nicht auf der Insel.« Max' Stimme klang zerknirscht. »Ich bin auf dem Kontinent bei meiner Cousine. Die wird heute achtzehn, und ich grille Burger für die ganze Mannschaft.«

»Hast du eine Idee, wen ich sonst fragen könnte? Es muss wirklich schnell gehen.«

Wiebke hatte im Tidekalender nachgesehen. Das Wasser fing jetzt an abzulaufen. Sie musste sich bald auf den Weg machen. Ach was, im schlimmsten Fall, falls sie es vor auflaufendem Wasser nicht mehr zurückschaffen würde, müsste sie eben auf Süderoog übernachten. Erst einmal musste sie allerdings hinkommen, das war am wichtigsten.

»Frag mal Boy.«

»Den Hafenmeister?«

»Jo!«

»Okay, danke. Sonst noch jemand?« Max nannte ihr noch den Namen einer Wattführerin, meinte aber gleich, dass sie wohl im Urlaub sei. Wiebke legte auf und wählte sofort Boys Nummer. Sie hatte gesehen, wie Pit und Maxi den Garten von Saskia und Jost angesteuert hatten und kurz darauf Christian folgte, einen wild hüpfenden und nach der

Leine schnappenden Janosch im Schlepptau. Wie oft hatte es jetzt schon getutet? Wiebke ging die Straße hoch und runter, das Handy am Ohr. Nichts, Boy war nicht zu erreichen. Sie hörte dem Freizeichen zu, bis die Mailbox ansprang. Mist! Also versuchte Wiebke es bei der Wattführerin. »Könntest du bitte zu Hause sein und mich einfach schnell nach Süderoog führen?«, flehte Wiebke leise.

»Das kann ich auch machen.« Wiebke wirbelte herum. Beinahe wäre ihr Telefon im hohen Bogen davongeflogen. Arndt. Doreens Mann, den Wiebke, seit sie hier wohnte, exakt zweimal gesehen hatte. Immer abends, immer als sie gerade das Licht in der Küche gelöscht hatte und ihr ein Wagen aufgefallen war, der bei Doreen und Arndt auf den Hof fuhr. Beide Male war er von der Rückbank geklettert und sofort ins Haus gegangen. Doreen war diejenige gewesen, die einmal einen Koffer, beim zweiten Mal eine überdimensionale Einkaufstasche aus dem Auto gehievt und ins Haus getragen hatte.

»Entschuldigung.« Er hatte eine tiefe Stimme, die nach Kettenraucher oder Whisky-Liebhaber klang. Oder nach einer Mischung aus beidem. »Ich wollte nicht lauschen. War im Garten und hab zwangsläufig gehört, dass es einen Notfall gibt.« Zwangsläufig. Aha! »Ich weiß, wie man nach Süderoog kommt.«

Er stellte sich nicht einmal vor. Sie lebten jetzt ungefähr ein Jahr in direkter Nachbarschaft, hatten sich bis zum heutigen Tag nicht einmal gegrüßt, und jetzt das?

»Ich weiß nicht. Bist ... Sind Sie denn Wattführer?«, stammelte Wiebke.

»Nein.«

»Ähm, na ja, dann ...«

Meine Güte, hatte der einen stechenden Blick. Sie hatte irgendwo mal gelesen, dass nur drei Prozent aller Menschen grüne Augen hatten. Arndt gehörte dazu. Wahrscheinlich auch zu den anderthalb Promille der Weltbevölkerung, die Lurche lebend verspeiste oder untot war und nur alle hundert Jahre mal aus dem Grab gekrochen kam.

»War nur ein Angebot«, sagte er mit dieser heiseren Stimme, die aus der Tiefe seiner Seele zu kommen schien, und wandte sich zum Gehen.

»Wir haben ablaufendes Wasser, jetzt wäre es günstig«, sprudelte sie los. Er blieb stehen und drehte sich wieder zu ihr um. »Sind ja nur sechs Kilometer. Luftlinie. Das kann man in anderthalb Stunden schaffen, habe ich gehört.«

Er nickte. »Dann los.«

Ach herrje, sollte sie wirklich? Sie traute diesem Kerl keinen Millimeter über den Weg. Was sagte Lulu immer? Das ist bestimmt ein Massenmörder und Frauenschänder, der hier untergetaucht ist. Ach was, Fenja brauchte Hilfe. Dummerweise sah Wiebke keine andere Möglichkeit, zu ihr zu gelangen. Er würde schon nicht über sie herfallen oder sie mitten im Watt aufschlitzen.

»Okay, ich hole mir schnell meine Neoprenschuhe.« Er nickte. Im Haus wählte sie rasch Saskias Nummer. »Gott sei Dank, du bist da.«

»Äh, ja. Deine Tochter spielt gerade mit meinen Kindern. Wo sollte ich da sein, wenn die nicht alle bei dir sind?

Du, die haben gerade Janosch auf dem Trampolin, das musst du dir ...«

»Ich habe jetzt überhaupt keine Zeit. Ich muss rüber nach Süderoog. Arndt bringt mich hin.«

Stille. »Oh Gott!«

»Eben. Geht leider nicht anders. Könntest du bitte einen der Männer herschicken, damit ich dem sagen kann, dass ich mich mit Arndt auf den Weg mache?«

»Wieso, das hast du mir doch gerade gesagt. Ich kann ihnen das doch ausrichten.«

»Ich hätte gerne, dass Arndt weiß, dass alle wissen ...« Sie stockte. »Das ist vielleicht total bescheuert, aber der Typ ist so unheimlich. Ich würde mich besser fühlen, wenn er denken würde ...« Mehr brauchte sie nicht zu sagen.

»Kapiert«, fiel Saskia ihr ins Wort. »Ich schicke gleich jemanden los.« Nach einem kurzen Zögern fügte sie hinzu: »Pass bloß auf dich auf! Hast du Pfefferspray oder so was?«

»Saskia, du bist 'ne Wucht. Tschüs!« Wiebke hatte sich tatsächlich Pfefferspray besorgt, nachdem Hebamme Astrid damals den Einbruch in ihr Haus inszeniert hatte. Sie holte die Gummischuhe, stopfte sich das Spray in die Hosentasche und griff ihren Notfallkoffer.

Als sie wieder auf die Straße trat, stand Arndt schon da. Pit und Christian kamen gerade um die Ecke, als wollten sie den geheimnisvollen Nachbarn unbedingt mal aus der Nähe sehen.

»Ach, Jungs, seid doch so lieb, und sagt meiner Tochter Bescheid, dass es spät wird. Ich hoffe, wir sind zurück, ehe das Hochwasser kommt. Hängt davon ab, wie lange ich bei

Fenja brauche«, sagte sie mit ängstlichem Blick auf Arndt. Wusste der überhaupt, worauf er sich einließ? Er verzog jedenfalls keine Miene. »Arndt ist so nett und bringt mich nach Süderoog.«

»Bist du da schon mal alleine hingelaufen?«, wollte Pit wissen. Sein Gesicht wirkte streng wie das eines Lehrers, der seinen Schüler in die Mangel nahm.

»Ja, genau, kannst du das überhaupt?« Christian stemmte die Hände in die Hüften, sodass seine Brust gleich noch ein wenig breiter wirkte.

»Ja«, sagte Arndt. »Wollen wir los?« Er trat an sein Auto.

Fast hätte Wiebke gefragt, ob er einen Führerschein besaß. Aber dieses Mal nickte sie nur und stieg ein.

Sie fuhren den Westerweg herunter und dann am Deich entlang Richtung Westen. Ein gutes Stück vor der Badestelle Schütting ließen sie den Wagen stehen, liefen die Treppe auf den Deich hinauf. Ein paar Schafe lagen im Gras, Lämmer sprangen zur Seite. Vor ihnen glitzerte das Watt. Dreckiger Schlamm, sagten die einen, der nackte Meeresboden, sagten die anderen.

Arndt trug eine kurze Hose über den kalkweißen, behaarten Beinen. Dass er nicht gerade viel Sonne abbekam, war eigentlich keine Überraschung. Aus den fest geschnürten Wanderschuhen, die ziemlich ramponiert aussahen, lugten weiße Socken. Wiebke musste immer wieder hinsehen. Am Bündchen stand etwas. Keine Werbung, kein Logo, ein kurzes Wort, ziemlich klein geschrieben. Ob er womöglich Namenssocken trug? War ihm zuzutrauen, ein komischer Vogel war er ja. Wiebke kniff die Augen zusammen.

»Horst«, sagte er plötzlich.

»Bitte?«

»Auf meinen Socken steht Horst. Das versuchen Sie doch herauszukriegen.«

»Sie sind ein ziemlich guter Beobachter.« Wie peinlich. Was sollte man von jemandem halten, der Strümpfe mit Namen drauf trug? Aber was erst von einer, die Strümpfe las?

»Ist berufsbedingt.«

»Aha, was machen Sie denn beruflich, wenn ich fragen darf.«

»Dürfen Sie.«

Na, das konnten ja spannende anderthalb Stunden werden. Arndt machte selbst Melf Harrsen Konkurrenz, was die Gesprächigkeit anging, und gegen den war eine Auster eine Plaudertasche.

»Ich war ein paar Tage drüben auf Hooge. Hat ununterbrochen geregnet. Ich brauchte trockene Socken. Gab nur welche mit Namen. Finden Sie mal Arndt-Socken.« Mit diesem Redeschwall hatte er sich verausgabt.

Auf eine Auskunft zu seinem Beruf wartete Wiebke vergeblich. Irgendwie verständlich. Es konnte ein wenig beunruhigend wirken, wenn jemand auf die Frage danach »Auftragskiller« antwortete.

Arndt legte ein beachtliches Tempo vor. Wiebke sollte es recht sein. Das erhöhte ihre Chance, auf dem gleichen Weg zurückzukommen. Mehr als eine Stunde sollte sie bei ihrer Patientin hoffentlich nicht brauchen. Sie hatten sich zunächst südlich gehalten und waren dann westwärts marschiert. Es schien wirklich so, als wüsste dieser dubiose Kerl genau, wo der Weg entlangführte.

Der Schlick unter ihren Sohlen fühlte sich angenehm fest an. Sie mussten kaum Muschelbänke bewältigen. Nur ein Priel lag auf der Strecke, der noch reichlich Wasser führte. Der kalte Nordseerest leckte an ihren Oberschenkeln, und Wiebke hoffte inständig, dass sie nicht mit jedem Schritt tiefer hineinmusste. Das blieb ihr erspart. Nur selten gab der Untergrund nach, sodass die Füße bis zu den Knöcheln versanken. Die Horst-Socken blieben jedenfalls sauber. Hätte Wiebke jetzt Max und Tamme an ihrer Seite und wüsste, dass sie nach einem Plauderstündchen mit Imbiss entspannt zurückgehen konnte, wäre diese Wanderung ein Genuss. Es gluckste hier und da, Austernfischer piepsten in höchsten Tönen, ein Schwarm Ringelgänse flog rauschend über ihre Köpfe hinweg. Ihr Gefieder leuchtete beinahe orangefarben in der Abendsonne. Und die Hitze des Tages, die ohne den starken Wind gar nicht auszuhalten gewesen wäre, wich einer angenehm milden Temperatur. Dummerweise war Wiebke mit Arndt unterwegs. Der lief im Stechschritt meist eine Armlänge vor ihr und sagte kein Wort.

»Postbote Knud Knudsen läuft zweimal die Woche diese Strecke«, sagte sie, um das Schweigen zu durchbrechen. »Muss komisch sein, an nur zwei Tagen Post zu bekommen.«

Keine Antwort. Dann eben nicht. Sie mussten keine dicken Freunde werden, er sollte sie nur heil nach Süderoog bringen. Wie es aussah, tat er das.

Nach etwa achtzig Minuten hatten sie ihr Ziel erreicht. Zuletzt waren sie eine ganze Weile parallel zur Hallig gelaufen, hatten sie ein Stück umrundet, um zur Anlegestelle zu gelangen, über die sie wieder festen und trockenen Boden betraten.

Fiete kam ihnen schon entgegen. Zu Wiebkes Überraschung kannten er und Arndt sich. Wiebke war zum ersten Mal hier. Zum Gesundheitscheck kamen Fenja und Fiete zu ihr auf die Insel. Einer von ihnen lief die Strecke öfter mal, zum Beispiel um Pakete mit Wurst, Wolle oder einem Schaffell zur Post nach Pellworm zu bringen. Meist nahmen sie dafür ihr eigenes kleines Schiff, es sei denn, es war mal wieder trockengefallen, so wie heute.

Wiebke stapfte hinter den Männern her, vorbei an einem riesigen Müllberg, der zu guten Teilen aus alten Schuhen, Stücken von Fischernetzen, Handschuhen und allen Arten von Plastikflaschen bestand. Sie musste an Maxi denken. Wenn sie die Masse Abfall sehen würde, die Jahr für Jahr auf Süderoog angespült wurde, hätte sie guten Grund, über die Erwachsenen zu schimpfen. Unter den gelangweilten Blicken von Fuchsschafen und Hochlandrindern mit beeindruckenden spitzen Hörnern und verwegenen Hippie-Frisuren gingen sie zum Haus. Über dem Eingang des Friesenbaus aus rotem Backstein hingen zwei hölzerne Damen in hellblauen Gewändern, die ein Wappen hielten.

»Die stammen von der spanischen Bark Ulpiano«, sagte Fiete ganz automatisch. »Die ist Heiligabend 1870 bei schwerem Eis bei Süderoogsand gekentert.«

Vermutlich erklärte er das mindestens zweimal pro Woche den Besuchergruppen. Das machte achtmal im Monat und sechsundneunzigmal im Jahr. Mindestens. Wahrscheinlich purzelten die Worte auch aus seinem Mund, wenn er allein das Haus betrat.

Am Tisch in der Döns, der guten Stube, saß Praktikant Wolfgang. Gott sei Dank, dann war Fiete doch nicht alleine.

Fenja richtete sich mühsam auf, als Wiebke das Schlafzimmer betrat. »Oh Mann, du musst mich ganz schnell wieder hinkriegen, Hallig-Doc«, krächzte sie. »Ich fühle mich echt elend. Aber Fiete kommt doch nicht klar ohne mich.«

»Moin, Fenja! Muss er wohl. Wenn du zu früh wieder an die Arbeit gehst und die Erkältung verschleppst, tust du niemandem einen Gefallen.«

»Ich fürchte, das ist eine ausgewachsene Grippe.« Erschöpft ließ sie sich wieder gegen das dicke Kissen sinken. Ihre beinahe türkisfarbenen Augen wirkten ungewohnt matt, die rotbraune Lockenmähne umrahmte strähnig das Gesicht, das noch kantiger wirkte als sonst.

»Seit wann liegst du denn auf der Nase?«

»Ich bin heute Morgen im Bett geblieben. Nix ging mehr. Aber angefangen hat das schon vor drei Tagen. Mit Halskratzen, verstopften Atemwegen. Das volle Programm.«

»'ne Idee, bei wem du dich angesteckt haben könntest?«, wollte Wiebke beiläufig wissen, während sie das Fieberthermometer auspackte.

»Wir hatten neulich eine Schulklasse hier. Vom Jugendhaus auf Hooge. Da haben einige gehustet.«

Wiebke war alarmiert. Konnis Klasse war längst wieder zu Hause. Wenn sich allerdings Frerk, der Leiter der Jugendherberge, angesteckt hatte, dann konnte er eine Klasse nach der anderen infizieren. War das tatsächlich der Fall, hieß das, der Erreger breitete sich mühelos aus. Allmählich wurde es Wiebke wirklich mulmig.

»Du hast erhöhte Temperatur, das Fieber ist also nicht weiter gestiegen, im Gegenteil. Sonstige Beschwerden? Hast du irgendwo Schmerzen?«

»Die Muskeln und Gelenke fühlen sich nicht gut an. Aber von Schmerzen würde ich nicht reden.« Sie keuchte. »Es ist eher der Hals, und die Augen jucken schrecklich.«

»Hast du eine verstärkte Blutungsneigung oder Hautausschläge beobachtet, die du sonst nicht hattest?«

»Nein. Hat man so was bei Grippe?«, fragte Fenja skeptisch.

»Wir wissen ja noch gar nicht, ob es eine ist.« Vermutlich verlief die Erkrankung bei Fenja schwächer als bei anderen. Sie war ein sportlicher Typ, hielt sich fit und achtete sehr auf eine gesunde Lebensweise. Ihr Immunsystem kam wahrscheinlich besser mit dem Angriff klar als das der meisten Patienten.

»Wo du das mit dem Ausschlag erwähnst ... Ich habe da gestern tatsächlich etwas entdeckt.« Sie schlug die Decke zur Seite, sodass Wiebke ihre Beine sehen konnte. Rot gefleckt und an einigen Stellen schuppig.

»Alles klar, da fackeln wir gar nicht lange. Ich rufe den Rettungshubschrauber. Der wird mit dem Tauchunfall inzwischen ja wohl durch sein. Ich möchte, dass du heute noch aufs Festland gebracht wirst.«

»Das geht nicht«, protestierte Fenja wie erwartet.

»Das geht sogar ganz hervorragend. Ich sage Fiete Bescheid, der wird dich schon davon überzeugen.«

Wiebke ließ die schimpfende Patientin zurück und erklärte ihrem Mann in knappen Worten die Lage.

»Schöner Schiet! Tja, wat mutt, dat mutt. Ich komme mit Wolfgang schon zurecht, is 'n guter Mann. Hauptsache, Fenja wird wieder ganz gesund.«

»Daran habe ich keinen Zweifel. Ich möchte einfach nur sichergehen«, beruhigte Wiebke ihn. Dann rief sie in Niebüll an.

»Den Rückweg schaffen wir locker«, verkündete Arndt zuversichtlich und ging auch schon los. Wiebke hatte Mühe, mit ihm Schritt zu halten. Sie spürte ihre Beine. Die Wanderung nach Süderoog war ganz schön anstrengend gewesen, ihre Muskeln hätten gegen eine längere Pause nichts einzuwenden, aber daran war nicht zu denken. Es wurde bereits dunkel. Moment, das konnte doch gar nicht sein. Wiebke schaute zum Himmel. Gleich halb neun, bis Sonnenuntergang hatten sie noch etwa eine Stunde. Das reichte nicht, um Pellworm bei Tageslicht zu erreichen. Zu allem Unglück sah das da oben nach einer Schlechtwetterfront aus. Wiebke musste schlucken und ging automatisch schneller. Sie hatte weder eine Regenjacke mitgenommen, geschweige denn einen warmen Pullover, noch an eine Taschenlampe gedacht. Dabei konnte das Wetter in der Nordsee von jetzt auf gleich umschlagen. Wie konnte man nur so sorglos sein? Dämlich, das richtige Wort war dämlich. Ob Arndt einen Kompass dabeihatte? Wiebke hatte immerhin ihr Handy. Erste Nebelschwaden strichen ihnen um die Beine. Sie bildeten erschreckend schnell dichte Felder.

»Seenebel«, flüsterte Arndt, »verflucht!«

»Wenn das so weitergeht, sehen wir in ein paar Minuten die Hand nicht mehr vor Augen«, meinte Wiebke beklommen. Sie überlegte fieberhaft, wen sie anrufen könnte. Und was wollte sie sagen? Wir sind irgendwo zwischen Süderoog und Pellworm, kann uns bitte jemand retten? »Haben Sie einen Kompass bei sich?«

»Der nützt nichts. Ich kann damit nur die Richtung bestimmen, aber nicht sehen, wo der Priel ist, durch den wir müssen. Viel schlimmer: Wenn die Orientierung hinfällig ist, weiß ich nicht, wo die Priele sind, denen wir aus dem Weg gehen sollten.«

»Und jetzt? Ich bin davon ausgegangen, dass Sie wissen, was Sie tun.« Wiebke war sich bewusst, dass sie mindestens genauso viel Schuld traf wie ihn, aber sie wollte unbedingt jemanden verantwortlich machen. Sie wollte, dass er eine Lösung hatte.

»Ich weiß nicht, was in mich gefahren ist«, sagte er leise. Die Stimme kratzte irgendwo in seinem Inneren, nur wenig davon drang nach draußen. Er schüttelte den Kopf, als könnte er es selbst nicht glauben. Und dann begann er zu erzählen: »Ich bin die Strecke bestimmt dreißigmal gelaufen, vielleicht auch mehr. Zuerst natürlich immer in Begleitung eines Naturführers. Bis ich jede Muschel und jedes Schlickloch kannte. Dann konnte ich endlich alleine los. Nachdenken. Für mich sein. Ohne jemanden um mich, der dauernd reden will. Ich hatte eine schwierige Phase. Schaffenskrise.

Alle reden immer von Schreibblockaden.« Er lachte bitter. »Damit könnte ich leben. Aber wenn Sie nach zwei Jahren und fast tausend Seiten das Gefühl haben, das taugt alles nichts, dann haben Sie ein echtes Problem. Ich bin kein Held, ich erfinde Helden.«

»Bitte?« Wiebke hatte keine Ahnung, wovon er sprach. Sie merkte, dass sie von Sekunde zu Sekunde unruhiger wurde. Kein Wunder, der Nebel entwickelte sich so schnell, dass man zusehen konnte. Noch. Nicht mehr lange, dann waren sie von einer dicken Suppe eingeschlossen, die ihnen jegliche Sicht nahm.

»Ich bin Schriftsteller«, antwortete er. »Theoretisch bestehe ich jedes Abenteuer, sei es auch noch so haarsträubend. Kunststück, wenn man sich die Gefahrensituation selbst ausgedacht hat. In der Realität meide ich Risiken. Und Menschen«, setzte er nach einer Weile hinzu. »Ich bin wohl eher ein Hasenfuß als ein Bärentöter. Tja, aber als ich vorhin gehört habe, welches Problem Sie zu lösen hatten, da bin ich in die Rolle eines meiner Helden geschlüpft und habe aus ihm gesprochen, ohne darüber nachzudenken.«

»Schriftsteller? Das klingt spannend. Deshalb sieht man Sie nie zur Arbeit gehen.« Sie biss sich auf die Zunge. Zu spät.

»War mir klar, dass sich alle das Maul darüber zerreißen. Wovon die wohl leben? Ob der Frührentner ist? Oder muss seine Frau Dessous verkaufen, damit die über die Runden kommen?« Er sah sie von der Seite an. »Stimmt's?«

Volltreffer, jede dieser Fragen war irgendwann gestellt worden. »Na ja, Sie leben lange genug auf Pellworm, um zu wissen, wie das ist. Es wird alles wahrgenommen und über jeden geredet.«

Wiebke registrierte, dass sie langsamer geworden waren. Nicht, weil sie ins Plaudern geraten waren, sondern weil sie immer weniger erkennen konnten.

»Es war so heiß heute. Der Boden und die unterste Luftschicht geben noch ordentlich Wärme ab. Darum der verdammte Seenebel.« Er legte den Kopf in den Nacken. »Und Regen gibt's auch gleich noch. Wenn wir Pech haben, sogar ein Gewitter.«

»Das nicht auch noch«, sagte sie leise. »Was machen wir denn jetzt?«

»Nichts. Wir können nichts machen, außer so lange weiterzugehen, bis das zu gefährlich wird.«

»Wir können doch nicht einfach mitten in der Botanik stehen bleiben. Womöglich bei Blitz und Donner.«

»Haben Sie eine bessere Idee? Zwischen Cuxhaven und Neuwerk gibt es Rettungsbaken, Faraday'sche Käfige auf einem stählernen Mast. Wenn Sie so einen Korb noch erreichen, sind Sie in Sicherheit. Die gibt's hier nur leider nicht.«

»Warum nicht? Das scheint doch eine gute Idee zu sein. Warum stehen die Dinger nicht in regelmäßigen Abständen überall in der Nordsee?« Allmählich machte sich wirklich Verzweiflung in ihr breit.

»Bei Süderoogsand steht eine Leucht- und Rettungsbake. Von uns aus gesehen ist das hinter Süderoog. So was flächendeckend zu installieren ist sicher zu teuer und aufgrund der Bodenbeschaffenheit vielleicht gar nicht möglich. Keine Ahnung, ich bin kein Techniker.«

»Nein, Sie sind Schriftsteller«, entgegnete sie resigniert. Bestimmt hielten ihn alle für schlau, weil er kluge Sätze schreiben konnte. In der Praxis war er leider nicht zu gebrauchen. Die ersten Tropfen fielen.

»Stimmt. Arndt Flebbe alias Alex Ziegler.« Er lachte kurz auf. »Nun ist es raus. Ich hoffe, ich kann trotzdem weiter in der sehr sorgfältig gewählten Abgeschiedenheit leben.«

Wiebke studierte seine Miene. Er machte keine Witze, er war es wirklich. Alex Ziegler. Unglaublich. Er war derzeit der erfolgreichste deutschsprachige Thriller-Autor. Aus Geldnot verkaufte Doreen bestimmt keine Dessous. Oder verdiente man mit Büchern nicht so viel, wie man landläufig dachte? Von Ärzten meinte auch jeder, die müssten steinreich sein.

Der Regen nahm zu. Und er tat weh.

»Ist das Hagel, oder was?«

»Ja.«

»Na toll!« In der Ferne hörte sie einen Hubschrauber. Das war Christoph, der Rettungshubschrauber, der Fenja abholte. Wiebke blieb stehen. »Ich funke die Leitstelle an. Vielleicht kann der Pilot uns von oben sehen und uns Hilfe schicken.« Sie holte ihr Mobiltelefon hervor. »Oder die sammeln uns gleich ein.«

»Kann ich mir nicht vorstellen, aber es ist einen Versuch wert.«

»Moin, Wiebke Klaus hier. Ich war gerade bei Fenja Nicolaisen auf Süderoog. Mein Begleiter und ich sind noch auf dem Rückweg. Hier herrscht dichter Nebel, ich dachte ...« Die Stimme am anderen Ende unterbrach sie. »Verstehe. Danke«, sagte Wiebke nach einer ganzen Weile matt.

»Klingt nicht so, als würden sie uns gleich mitnehmen.« Arndt sah sie an, das Wasser tropfte ihm aus den Haaren.

Sie schüttelte den Kopf. »Immerhin wissen die jetzt, wo wir ungefähr stecken. Die lassen sich bestimmt etwas einfallen.« Sie begann zu frösteln.

»Hoffentlich. Nicht mehr lange, bis es dunkel ist. Dann haben wir verloren.«

»Haben Sie noch so einen Motivationsspruch auf Lager? Mir geht es gleich viel besser.« Er stand mit hängenden Schultern vor ihr.

Wiebke fiel ihr Pfefferspray ein. Wenn sie bloß logisch nachgedacht hätte, ehe sie aufgebrochen waren. Einen warmen Pullover und eine Regenjacke könnte sie jetzt brauchen, dieses dumme Fläschchen in der Hosentasche nützte ihr gar nichts.

»Könnten Sie sich bitte etwas ausdenken? Ich meine, das ist es doch, was Schriftsteller tun, oder nicht? Schreibaufgabe: Zwei Menschen geraten im Watt zwischen Süderoog und Pellworm in Seenebel und Unwetter. Was unternehmen sie, um sich in letzter Sekunde zu retten?«

»Das ist eine harte Nuss.« Er strich sich das nasse Haar aus dem Gesicht. »Wären wir bloß auf Süderoog geblieben. Wir hätten oben im Schutzraum ein Lager aufschlagen und morgen bei ruhigem Wetter zurückgehen können. Oder Fiete hätte uns mit dem Boot gebracht.«

»Zurückspulen und überlegen, was wir hätten besser machen können, bringt nichts«, fuhr sie ihn an. »Wir müssen jetzt etwas tun. Sofort.« Wiebke schlang die Arme um ihren Körper. »Was würde Ihr Superheld jetzt tun?«

»Superhelden haben eine Super-Ausrüstung«, brummte er finster. »Eine Drohne oder ein anderes Hightech-Teil.«

Er dachte gar nicht wirklich nach, sondern hatte aufgegeben. Das durfte einfach nicht wahr sein! Wiebke atmete tief ein und aus. Moment mal, eine Drohne?

»Sie sind gut, ach was, Sie sind genial«, rief sie und tippte auch schon eine Kurzwahl auf ihrem Handy. »Johanna, wir haben ein Problem. Hier ist Wiebke. Du hast neulich gesagt, ihr wollt den Rettungscopter auch mal in einer schwierigen Situation testen. Könnt ihr haben. Nein, das ist kein Spaß«, sagte sie, nachdem sie der Kollegin vom Roten Kreuz zugehört hatte. »Es ist sehr ernst, wir sitzen in der Falle, und in weniger als einer Stunde wird es dunkel. Ich dachte, euer schwebendes Wunder kann doch viel tiefer fliegen als der Hubschrauber. Vielleicht kann er euch Bilder von uns funken, dann habt ihr unseren genauen Standort. Vor allem hatte ich gehofft, dass uns der Copter eine Schwimmhilfe mit Positionslicht abwerfen kann. Ich weiß, dass die sich erst bei Wasserkontakt entfaltet. Genau das soll sie ja tun, falls wir noch hier draußen sind, wenn das Wasser kommt.« Wiebke hörte konzentriert zu, dann sagte sie: »Alles klar, danke.«

»Wieder nichts?«

Wiebke zwang sich zu einem Lächeln. »Sie versuchen es. Johanna sagt, wir sollen uns keine allzu große Hoffnung machen. Aufgrund der relativ kurzen Laufzeit der Akkus ist die Reichweite eher begrenzt. Aber lieber eine kleine Hoffnung als gar keine, oder?«

»Auf jeden Fall. Tut mir leid, dass ich Sie in diese Lage gebracht habe, Wiebke. Ich habe mich überschätzt. Das hätte mir nicht passieren dürfen. Ich hätte darauf bestehen müssen, über Nacht auf der Hallig zu bleiben.«

»Machen Sie sich keine Vorwürfe. Ich bin sehr froh, dass Sie mich überhaupt nach Süderoog gebracht haben. Für alles andere hätte ich meinen eigenen Kopf bemühen müssen. Mir hätte auch klar sein können, dass es vor Einbruch der Dunkelheit knapp werden dürfte.« Sie zog automatisch die Schultern weiter nach oben, als würde das gegen die Kälte helfen.

»Ziemlich ungemütlich, was?« Er lächelte schief. Das erste Mal.

Wiebke holte zwei Rettungsdecken aus ihrem Koffer und reichte ihm eine. »Hier. Die wärmt zwar nicht, schützt aber ein bisschen vor noch mehr Temperaturverlust. Vor allem hält sie den Regen ab.«

»Danke!« Er packte die beschichtete Folie aus der kleinen Plastiktüte und legte sie sich wie ein Cape um.

»Steht Ihnen«, meinte Wiebke und schmunzelte. »Übrigens, wenn wir jetzt schon Partnerlook tragen, könnten wir uns auch duzen, oder? Ich meine, das ist auf der Insel doch üblich.« Hoffentlich dachte er nicht, sie bildete sich etwas darauf ein, mit dem berühmten Alex Ziegler per Du zu sein.

»Arndt. Sie haben ... du hast in deinem Köfferchen nicht zufällig etwas Hochprozentiges, um Bruderschaft zu trinken?«, fragte er.

»Bedaure. Es sei denn, du kannst dich für Franzbranntwein begeistern.«

»Nein danke.«

»Wir sollten in Bewegung bleiben«, schlug Wiebke vor. »Gibt's denn gar nichts, woran wir uns orientieren können?«

»Nein, nichts.« Also liefen sie auf der Stelle, zogen mal die Knie zur Brust, dann hüpften sie. Ab und zu spitzten sie die Ohren, doch es war nur das Rauschen des Regens und leider auch immer mal wieder das Klopfen von Hagelkörnern auf den Folien zu hören.

»Hörst du das?«, fragte er plötzlich. Tatsächlich. Da war ein Summen. Das war kein Regen und kein Hagel.

»Der Rettungscopter!« Wiebke breitete ihre Rettungsdecke aus. Sie wusste, dass die Drohne automatisch Fotos schoss und in die DRK-Leitstelle funkte. Sie musste sicherstellen, dass sie trotz Nebel und einsetzender Dunkelheit zu erkennen waren. Sekundenlang, eine gefühlte Ewigkeit, geschah nichts. Wenigstens war das Summen noch da. Dann ein leises Klicken, das beinahe im Rauschen von Wind und Wetter untergegangen wäre. Gleich darauf fiel etwas zu Boden.

»Sie haben uns erkannt.« Wiebke fiel geradezu ein Felsbrocken vom Herzen. Gerettet waren sie noch nicht, aber in dem Paket, das da vor ihr auf dem Nordseeboden lag, steckte eine Schwimmhilfe, das wusste sie. Schon spülten die ersten Wellen um ihre Füße. »Das heißt, sie haben unsere Koordinaten. Die überträgt der Copter automatisch an die Leitstelle«, erklärte sie. »Die geben das weiter, und der Hubschrauber kann uns aufsammeln.«

»Das klingt sehr gut.«

Das Surren entfernte sich, die Drohne musste vermutlich zurück zu ihrem Standort, ehe der Akku leer war und sie abstürzte. Dafür wurde das Plätschern immer lauter und das Prasseln. Wasser auf Wasser.

»Man hört immer wieder, wie schnell die auflaufende Flut sich ihr Revier zurückholt«, sagte Wiebke nachdenklich. »Trotzdem hätte ich nie gedacht, dass es so schnell geht.«

Ihre Knöchel waren nass, sein Sockenhorst würde sicher auch gleich absaufen.

»Wenn der Nebel nicht gewesen wäre, hätten wir es geschafft.«

»Tja, wenn ... Kannst du das wenigstens in deinen neuen Roman einbauen? Wenn man so eine Situation selbst erlebt hat, kann man sie bestimmt am besten beschreiben, oder?«

»Ich werde darüber nachdenken, könnte aber schwierig werden.« Er schwieg, dann sagte er: »Mein neuer Thriller spielt in Jordanien.«

»Verstehe.« Sie lächelte. Nur kurz, denn die ersten Wellen schlugen ihr bereits gegen die Knie. Es fühlte sich an wie eine Badewanne, die allmählich volllief, nur leider nicht so warm.

Plötzlich ein dumpfer Knall ganz in ihrer Nähe. Die Schwimmhilfe hatte sich durch den Kontakt mit dem Wasser entfaltet. Wiebke tastete nach einer daran befestigten Kordel.

»Ich hoffe, wir müssen das gute Stück nicht benutzen, aber ich werde es auf keinen Fall wegtreiben lassen.«

Auch das Notlicht war durch die Berührung mit der Nordsee aktiviert worden und blinkte in die Dunkelheit.

»Ist dein Mann nicht der Schwimmmeister?«

»Wir sind nicht verheiratet. Aber, ja, ich bin mit Tamme Tedsen zusammen.«

»Dann wirst du auf keinen Fall ertrinken. Das wäre doch zu blöd. Die Frau vom Schwimmmeister ertrinkt in der Nordsee. Wenn du so etwas schreibst, sagt dir jeder, das ist total übertrieben.«

»Ich lege keinen Wert auf Übertreibung, ich werde also nicht absaufen«, versprach sie. Ihre Oberschenkel waren längst nass, und die Wogen stiegen höher und höher. Wiebke hatte ihren Notfallkoffer auf die Schwimmhilfe bugsiert, damit nicht alles darin vom Salzwasser ruiniert wurde. Aus der Ferne näherte sich ein Geräusch. Schnell. Ein Motor und Rotorblätter, die durch die Luft schnitten. Der Rettungshubschrauber! Der wunderbare Klang wurde zu ohrenbetäubendem Lärm, das Meer wurde aufgewirbelt, Gischt spritzte ihnen in die Augen.

»Sie sind genau über uns«, brüllte Wiebke.

»Kommt jemand zu uns runter, oder lassen die uns einen Tragegurt herab?«, schrie er zurück.

»Keine Ahnung.« Die Antwort kam von oben. Weder noch. An einem Seil, das plötzlich im Nebel auftauchte, baumelte eine Kunststoffkapsel. Wiebke hatte Mühe, sie zu erwischen, so sehr wurde sie vom Wind hin und her geschlagen. Endlich bekam sie sie zu fassen und zog daran. »Eine Nachricht«, sagte sie irritiert. Sie öffnete die kleine Box, holte ein Stück Papier heraus und hielt es neben das Notlicht. »Wasserstand zu hoch, können nicht landen. Seenotretter sind informiert.« Sie schloss kurz die Augen.

»Die können doch nicht ohne uns wieder abhauen.« Arndt klang panisch. »Das können die doch nicht machen.« Seine auffallend tiefe Stimme überschlug sich.

»Die Leute von der Gesellschaft zur Rettung Schiffbrüchiger sind schnell und wissen, was sie tun«, beruhigte sie ihn und sich. Sie legte den Kopf in den Nacken, weil einige Wellen schon so hoch spritzten, dass sie fürchtete, eine Ladung Salzwasser schlucken zu müssen. Wie aufs Stichwort begann Arndt zu husten und zu würgen. »Hältst du dich an der Schwimmhilfe fest?«

»Nein!«, brachte er keuchend heraus.

»Das machst du bitte ab sofort. Und du lässt das Ding unter keinen Umständen los, hast du verstanden?«

»Was, wenn wir zu zweit zu schwer dafür sind?«

Den Gedanken hatte sie auch schon gehabt, ließ sich aber nichts anmerken.

»Quatsch. Wir sind zwei Leichtgewichte. Das Kissen ist mit Sicherheit auf Leute von ganz anderem Kaliber ausgelegt. Außerdem soll es ja nur eine Unterstützung sein, um sich ein wenig auszuruhen«, ermutigte sie ihn. Ihr Handy klingelte in ihrem Notfallkoffer. Kein guter Moment. Sie entschied sich, es zu ignorieren. »Ich verlasse mich darauf, dass du dich festhältst. Wenn du abtreibst und von den Rettern noch lange gesucht werden musst, dann riskierst du nicht nur dein Leben, sondern auch ihres.«

Das überzeugte ihn. Wiebke merkte, wie die Schwimmhilfe wackelte. Gerade noch zur rechten Zeit. Sie musste die Fußspitzen gerade vom Meeresgrund lösen, und bedeutend größer als sie war er auch nicht. Die nassen Klamotten zogen sie nach unten, und es war scheußlich kalt. Ihr fiel Tamme ein und was er vom Rettungsfähigkeitstest erzählt hatte. Er musste vollständig bekleidet eine Person abschleppen, die ebenfalls bekleidet war. Welche Herausforderung! Erst jetzt hatte sie eine Ahnung davon, was das bedeutete. Wieder drang ein Geräusch in ihr Bewusstsein, das eben noch nicht da gewesen war.

»Das ist ein Motor«, sagte sie zu sich selbst. Und dann lauter: »Das Boot, hörst du, Arndt? Jetzt haben wir es gleich geschafft.«

In der nächsten Sekunde musste sie die Augen zukneifen. Ein Lichtstrahl, der aus der gleichen Richtung kam, blendete sie. Gott sei Dank, es waren wirklich die Seenotretter!

Der Rest ging sehr schnell. Das Boot kam nah an sie heran, einer der Helfer öffnete eine seitliche Klappe, durch die Wiebke und Arndt leicht klettern konnten. Sofort brachte man sie in eine Kabine, in der es herrlich warm war. Trotzdem legte man ihnen zusätzlich Decken um die Schultern.

»Mann, Wiebke, wie konnte das denn passieren?« Thies von der DGzRS sah ziemlich sauer aus. Zu Recht, wie sie zugeben musste. Trotzdem wusste sie nicht, wen sie jetzt lieber gesehen hätte. »Und wer sind Sie?« Er wandte sich an Arndt, der wieder verschlossen wie eine Auster war. »Ich kenne Sie nicht, Sie sind kein Wattführer, so viel steht mal fest. Was sollte das werden, wollten Sie vor Frau Doktor den

Helden spielen? Wollten Sie als edler Retter in die Schlagzeilen kommen?«

»Lass gut sein«, sagte Wiebke sanft.

Am Anleger von Pellworm standen Tamme und Doreen und starrten mit verkniffenen Gesichtern in die Schwärze der Nacht. Die Neonlampen ließen ihre Mienen gespenstisch wirken. Hier war die Sicht klar, von einigen Tropfen, die noch fielen, abgesehen.

»Ich finde, du solltest mit deiner Frau demnächst mal zu uns zum Essen kommen. Wir wären heute fast gemeinsam gestorben, ich finde, das ist ein Grund, um die Nachbarschaft ein bisschen aufzupolieren. Was meinst du?« Ganz allmählich hörte Wiebke auf zu zittern.

»Gerne. Do wird durchdrehen vor Freude. Doreen, meine ich.« Er lächelte. »Apropos Spitzname oder so was …«, fügte er unsicher hinzu.

»Keine Sorge, ich habe schon völlig vergessen, wie du heißt. Ach nein, jetzt fällt's mir wieder ein: Arndt Flebbe, richtig?«

»Danke.«

Tamme nahm sie wortlos in den Arm und drückte sie so fest an sich, dass sie glaubte, ihre Knochen würden im nächsten Moment den Widerstand aufgeben und einfach brechen. Sie hatte sich auf eine Standpauke gefasst gemacht. Wie oft hatten er und Max über die Vollpfosten von Touristen gewettert, die ohne Sinn und Verstand im Watt herummarschierten und die Retter mit ihrer sträflichen Blödheit in Gefahr brachten? Doch Tamme sagte nichts. Er konnte nicht. Wiebke spürte, dass er bebte. Er weinte nicht, er war einfach nur so außer sich, dass er seinen Körper nicht mehr unter Kontrolle hatte. Das war zu viel für sie. Wiebke musste schlucken, Tränen liefen ihr über die Wangen.

»Bringst du mich bitte nach Hause?«, flüsterte sie.

Kapitel 7

Die Woche begann traditionell mit dem Mohntag. Wiebke fuhr morgens mit dem Rad zum Bäcker und besorgte Mohnschnecken für ihre beiden Mitarbeiterinnen und sich. Die verputzten sie zu dritt anstelle eines Frühstücks und hielten dabei ihre wöchentliche Dienstbesprechung ab. Ernährungsphysiologisch war das zwar überaus fragwürdig, dafür aber köstlich und ziemlich gemütlich.

Ehe Wiebke an diesem Morgen zu fachlichen Dingen kommen konnte, musste sie Corinnas und Sandras Fragen beantworten. Beide hatten verräterisch glänzende Augen. Sie hatten sich scheinbar wirklich große Sorgen um ihre Chefin gemacht. Von Corinna hatte Wiebke nichts anderes erwartet. Zum einen war sie nicht nur Gefühlsmensch durch und durch, zum anderen waren sie beide viel mehr als Arbeitgeberin und Angestellte, sie mochten sich von Herzen gern. Bei Sandra allerdings überraschte Wiebke der Überschwang an Emotionen. Nicht, dass sie sich nicht verstanden, aber Sandra Hoffmann war nun einmal die Tochter der ehemaligen Hebamme Astrid Jessen, die einen Kleinkrieg mit Wiebke ausgetragen hatte. Außerdem war sie viele Jahre bei Doktor Dethlefsen Sprechstundenhilfe gewesen. Ihre Loyalität war ziemlich ausgeprägt, doch musste sich Wiebke die erst verdienen. Dass Dethlefsen, kurz nachdem er seine Praxis widerwillig an Wiebke übergeben hatte, an Herzversagen gestorben war, machte es nicht besser. Sandra gab Wiebke nicht die Schuld. Sie hatte aber auch nie klar gesagt, dass sie ihr nicht doch einen leichten Vorwurf machte. Immerhin war es Wiebke gewesen, die mit dem alten Inselarzt, der von heute auf morgen jegliche Abmachung und sogar Übernahmeverträge ignoriert hatte und wenigstens stundenweise weiterarbeiten wollte, Klartext gesprochen hatte.

»Und wie seid ihr gerettet worden?«, fragte Corinna gerade.

Wiebke entschied sich für die Kurzversion. Sie hatten einiges zu besprechen, und die ersten Patienten bevölkerten schon das Wartezimmer.

»Müsst ihr den Einsatz eigentlich bezahlen?« Sandra hatte sich emotional anscheinend wieder im Griff und betrachtete die Sache von der wirtschaftlichen Seite. »Ich meine, das war doch irgendwie grob fahrlässig, oder?«

»Immerhin war Frau Doktor im Einsatz. Sie hat ihr eigenes Leben riskiert, um Fenja Nicolaisen zu versorgen«, nahm Corinna sie in Schutz und bekam schon wieder feuchte Augen.

»Schön wär's, wenn ich das vorschieben könnte. Aber das Unglück ist auf dem Rückweg passiert. Du hast schon recht, Sandra, es war einfach nur dämlich, dass wir so spät noch losgegangen sind. Bezahlen müssen wir trotzdem nichts. Wer in Seenot ist, bekommt kostenlos Hilfe«, erklärte sie. »Aber gut, dass du das ansprichst. Gegen eine anständige Spende haben die Herrschaften von der DGzRS sicher nichts einzuwenden. Die haben sie sich zweifellos verdient.« Sie räumte das Papptablett weg. »So, jetzt aber an die Arbeit. Irgendwelche besonderen Termine diese Woche?«

Sie gingen kurz den Kalender durch. »Machen wir uns darauf gefasst, dass ich viel unterwegs sein werde. Sieht nicht so aus, als ob diese Virusinfektion abklingt. Das bedeutet, ich muss vielleicht noch mal nach Hooge rüber und werde hier auch diverse Hausbesuche zu erledigen haben.« Wiebke dachte kurz nach. »Nach Hooge fahre ich auf jeden Fall. Ich bin zwar mit Krankenpfleger Volker und mit Lutz ständig in Kontakt, aber ich möchte mich doch gerne selbst vergewissern, wie es den Betroffenen geht.«

»Solange du nicht wieder zu Fuß durchs Watt latschst«, meinte Sandra und bezog Posten hinter dem Empfangstresen.

Corinna ging mit Wiebke ins Behandlungszimmer. »Soll ich die Termine für Atemschulungen und die Schlickpackungen absagen?«, schlug sie vor. »Vielleicht ist es besser, wenn ich dir den Rücken freihalte.«

»Sehr gute Idee. Mach das bei den Patienten, bei denen es auf eine Woche nicht ankommt, bei Einheimischen und Urlaubern, die noch länger bleiben.«

»Wird gemacht«, gab sie fröhlich zurück, dann raunte sie: »Wie ist Arndt denn nun so? Du hast mit dem jetzt mehr Zeit verbracht als alle Feldweg-Bewohner zusammen.« Sie senkte die Stimme noch etwas. »Der hat doch niemanden gekillt, oder?«

»Doch, um ehrlich zu sein, macht der das ständig.« In Gedanken fügte Wiebke hinzu: Wenn auch nur auf dem Papier. Sie schmunzelte, denn Corinna hatte die Augen aufgerissen. »Das war ein Scherz. Der ist im Grunde schwer in Ordnung, glaube ich. Und nun mal rein mit dem ersten Patienten!«

Den ganzen Vormittag ging es rund. Mittags huschte Wiebke nur kurz nach nebenan und versorgte Maxi, die aus der Schule zurück war. Wieder in der Praxis, rannte sie Corinna fast um, die sich auch nur rasch ein Brötchen besorgt hatte.

»Ach übrigens, ist eigentlich alles wieder in Ordnung zwischen dir und Saskia?«

»Ja, alles geklärt.« Corinna blickte auf ihre Schuhspitzen.

»Na los, raus mit der Sprache! Du hast doch etwas auf dem Herzen.«

»Nee, ich soll nicht ... Wir haben doch keine Zeit, oder? Außerdem möchte Saskia nicht, dass ich darüber ...« Sie hielt es nicht länger aus. »Na ja, dir kann ich's ja sagen. Du plapperst das nicht gleich jedem weiter.«

»Waren das Saskias Worte?«

Corinna nickte eifrig. »Ja, ja, schon. Aber du bist ja nicht jeder. Wenn ich dir das anvertraue, findet sie's bestimmt okay.« Wiebke war deutlich anderer Meinung, aber Corinna war nicht zu stoppen. »Saskia und Jost haben die totale Krise.« Sofort wurden ihre Augen feucht.

»Dann hat Lulu mit ihrer Vermutung recht gehabt. Sie meinte, die beiden würden sich komisch verhalten.«

»Ausgerechnet Lulu.« Corinna wedelte mit beiden Händen neben ihren Schläfen herum, eine Geste, die Wiebke noch nie verstanden hatte. Wollte sie etwa die Tränen wegwinken?

»Wieso, was hat die damit zu tun?«

»Irgendwie ganz schön viel, aber andererseits gar nichts.« Und dann erzählte Corinna die ganze Geschichte. Es hatte wohl damit angefangen, dass Saskia schon längst wieder arbeiten wollte. Ihr Traum war es, sich als Zuckerbäckerin selbstständig zu machen. Saskia konnte Torten machen, für die diese Bezeichnung eine Beleidigung war. Es waren regelrechte Kunstwerke. Aus Teig, Zucker und Fondant machte sie einfach alles: vom Fußballplatz mit zwei kompletten Mannschaften bis zum Diadem, das man nach dem Tragen vernaschen konnte, von der Karibikinsel mit Palme und Boot bis zur klassischen Hochzeitstorte mit essbaren Orchideen und einem niedlichen Brautpaar. Obendrein schmeckten ihre Kreationen auch noch unverschämt gut. Kein Wunder, dass immer mehr Anfragen kamen. Von Müttern, die zum Geburtstag ihres Kindes eine Motto-Party ausrichteten, von alten Herrschaften, die für ein besonderes Fest mal eine ganz besondere Torte wollten, von Geschäftsleuten, die zum Jubiläum ihr Logo zum Vernaschen bestellten, und nicht zuletzt von angehenden Eheleuten. Es gab zwei Hochzeitsagenturen auf Pellworm. Saskias Geschäft wäre ein Selbstläufer. Wäre.

»Du kennst ja Jost, der will nicht, dass sie arbeitet. Er findet, einer soll sich um die Zwillinge kümmern. Und er ist als

Eventmanager doch dauernd unterwegs.« Corinna verdrehte die Augen.

»Ich dachte immer, da wären Saskia und er sich einig. Dass einer bei den Kindern ist, meine ich.«

»Waren sie auch. Bloß dass es Saskia im Laufe der Jahre immer langweiliger wurde und sie es echt doof fand, ihn immer nach Kohle fragen zu müssen, wenn sie mal shoppen wollte.« Das konnte Wiebke sich gut vorstellen, denn Saskias Einkaufsorgien waren legendär. »Na ja, und Jost fing vor einigen Wochen an, ständig von Lulu zu schwärmen. Er würde das so toll finden, dass sie sich mit ihrem Senioren-Service selbstständig gemacht hat. Noch so eine Powerfrau in der Straße.« Corinna trat einen Schritt näher und flüsterte: »Von dir ist er ja schon lange begeistert. Weil du Ärztin bist und alleinerziehende Mutter. Das findet er total stark.«

»Den Job habe ich mir ausgesucht, das Kind eigentlich nicht und schon gar nicht, dass ich damit alleine klarkommen muss.«

»Musst du ja nicht mehr«, flötete sie. »Tamme ist doch besser, als jeder leibliche Papa sein könnte.«

Wiebke lächelte. »Da hast du allerdings recht.«

»Jedenfalls kriegst du die eigene Praxis und die eigene Tochter super auf die Reihe. Und das bewundert Jost.«

Wiebke seufzte. Das war eine ziemlich lange Geschichte, und draußen warteten Patienten. »Ich verstehe nicht so recht, wo das Problem bei den beiden liegt. Wenn er Frauen mit eigenem Geschäft so attraktiv findet, dann soll er Saskia doch ihren Tortenladen machen lassen. Die Zwillinge sind keine Babys mehr. Die sind vormittags im Kindergarten. Außerdem könnte Saskia zu Hause arbeiten. Bei der riesigen Küche.«

»Ich glaube, er wäre inzwischen auch gar nicht mehr so abgeneigt. Ich meine, ein bisschen mehr Geld kann jeder brauchen. Und die beiden mit ihrem Lebensstil ...« Corinna schnitt eine eindeutige Grimasse. »Das war wohl so: Jost hat wieder mal den Senioren-Service gelobt und von Lulu gesprochen wie von einer neuen Flamme. Daraufhin hat Saskia gemeint: ›Ach nee, aber wenn du mit Lulu verheiratet wärst, würdest du ihr bestimmt auch verbieten zu arbeiten.‹ Darauf er: ›Ich verbiete dir überhaupt nichts. Ich wäre nur ganz froh, wenn du auch was zu unserem Lebensunterhalt beitragen würdest.‹ Und jetzt kommt's! Saskia will gerade protestieren und einwenden, wie hoch die Kindererziehung zu bewerten ist und wie super sie Haushalt und Garten stemmt, da sagt er: ›Wenn ich mit Lulu verheiratet wäre, würde ich was ganz anderes machen.‹ Und dabei hat er total anzüglich gegrinst!« Corinna hatte das so entsetzt gesagt, als hätte ihr Christian sich diese Äußerung erlaubt.

»Ist ein starkes Stück«, räumte Wiebke ein. »Aber wahrscheinlich wollte er sie nur provozieren.«

»Saskia sagt, ihr ist erst mal gar nichts dazu eingefallen. Aber sie hat ihn natürlich ziemlich entgeistert angeguckt. Daraufhin meinte er nur: ›Nun krieg dich mal wieder ein. Ist doch kein Drama, dass ich Lulu nicht von der Bettkante schubsen würde. Wie sie aber auch immer rumläuft. Supersexy.‹ Tja, und dann hatten sie die schönste Diskussion, weil er das ernst meinte. Erst ging es um Lulu speziell, dann um Seitensprünge ganz allgemein. Jost hat behauptet, das müsste der Ehe nicht schaden, im Gegenteil. Als Saskia so getan hat, als habe er sie überzeugt und sie könne sich auch mal ein außereheliches Abenteuer vorstellen, war er komplett eingeschnappt. Das sei ja wohl etwas ganz anderes. Man wüsste schließlich, dass bei Frauen immer das Herz dabei ist, bei Männern eben nur der ... Körper«, beendete sie den Satz und kicherte.

Tamme lud Wiebke, Maxi und Nele am Abend zum Essen ein. Am Tammensiel hatte ein Lokal eröffnet. Der Koch war allerdings ein Altbekannter. Wo der am Herd stand, war es immer voll. Vor allem Einheimische pilgerten da hin, wo er Kelle und Löffel schwang.

»Wir haben nach der Aktion gestern einiges zu feiern«, fand Tamme.

Wiebke war mehr als froh. Erstens merkte sie, dass ihr Aufregung und Anstrengung noch ziemlich in den Knochen steckten. Wäre sie ihre Patientin gewesen, sie hätte sich einen Ruhetag empfohlen. Dummerweise hatte sie zweitens einen Krankheitsfall nach dem anderen versorgt. Ein Hobbytischler hatte sich den Daumen grün und blau gehauen, und wieder mal war eine Urlauberin mit dem Elektrorad von der Straße abgekommen. Wiebke hatte keine Idee, wie man es schaffte, sich so nachhaltig in einem Stacheldrahtzaun zu verheddern. Die Frau hatte Glück im Unglück gehabt. Sie hätte eigentlich übler zugerichtet sein müssen, hatte aber nur ein paar fiese Kratzer. Natürlich gab es auch wieder Fälle dieser Infektion, die Wiebke noch den Verstand rauben würde. Sonntagvormittags hatte sie ihre Fachbücher gewälzt, aber nichts gefunden, was zu den Symptomen passte. Wenn es bei den ersten Fällen nicht allmählich eine deutliche Verbesserung des Zustands gab, würde sie jetzt überall Blutproben nehmen und einschicken. Vielleicht brachten die Licht ins Dunkel. Am liebsten würde sie die Proben selbst auf alle noch so abwegigen Infektionen überprüfen. Sie hatte in ihrem ersten Jahr als Ärztin in einem Labor für Medizinische Diagnostik an einem Tagesseminar über multiresistente Erreger teilgenommen. Und schon vorher, noch während des Studiums, hatte sie in einer Blutspendeeinrichtung gejobbt. Von dem Hantieren mit Pipetten und Fotometer, wie man es damals noch praktizierte, war sie auf Anhieb begeistert gewesen. Was sie vor allem faszinierte, war das ungeheure Spektrum, das dort überprüft wurde. Bis zu ihrem Einsatz dort hatte sie geglaubt, man würde nur die Blutgruppen nachsehen und eine HIV-Infektion ausschließen, doch das war nur ein Bruchteil. In dieser Zeit hatte sie viel gelernt. Leider auch, dass man nicht einfach einen Rundumschlag starten konnte. Man brauchte immer ein Gegenstück, auf das gezielt untersucht wurde, einen Erreger, den man aufgrund der Symptome in Verdacht hatte. Lag ein Virus vor, konnte man darauf testen. Und genau das war aktuell dummerweise nicht der Fall.

Wiebke versuchte auf andere Gedanken zu kommen. Sie saßen in einer Nische, die mit ihrer großzügigen Fensterfront an einen Wintergarten erinnerte. Die Einrichtung war ebenso gemütlich wie ungewöhnlich. Jeder Stuhl war anders, im Herzen des Lokals gab es fast gar keine Stühle, dafür dicke Sitzkissen. Über leuchtend blauen Fliesen hing ein kugeliger Ofen von der Decke. Es musste schön sein, sich im Winter mit einem Pharisäer oder einer Toten Tante, heißem Kakao mit Rum und Sahne, vor den Feuerball zu kuscheln. Aber jetzt war Sommer.

»Ich hebe mein Glas auf die Seenotretter«, sagte Tamme feierlich, nachdem die Bestellung aufgegeben war und die Getränke auf dem Tisch standen. »Das war eine knappe Angelegenheit gestern.«

Wiebke warf ihm einen warnenden Blick zu. Maxi sollte nicht jedes Detail kennen. »Ja, auf die Jungs der DGzRS«, sagte sie und prostete in die Runde.

»Das ist vielleicht ein blöder Name«, beschwerte Maxi sich.

»Das ist doch nur die Abkürzung. Eigentlich heißen die ...«, setzte Nele zu einer Erklärung an.

»Weiß ich selbst, ich bin ja nicht doof.«

Wiebke bemerkte einmal mehr, dass Maxi Tammes Tochter gegenüber manchmal einen patzigen Ton anschlug. War Nele nicht auf der Insel, fragte Maxi nach ihr, und man konnte den Eindruck gewinnen, sie fehlte ihr. War sie aber da, musste Maxi Tamme teilen, und das gefiel ihr ganz und gar nicht. Dann siegte die Liebe zu Tamme hin und wieder über die Zuneigung zu Nele.

»Du hast mit diesem Nachbarn echt noch kein Wort gewechselt, und dann steht der plötzlich da, wie Kai aus der Kiste, und bietet dir an, dich nach Süderoog zu führen?«, wollte Nele wissen.

»Was soll Kai denn in einer Kiste?« Maxi zog die Stirn kraus.

»Nicht der Kai von Saskia und Jost. Ist so ein Spruch«, antwortete Nele freundlich.

»Komischer Spruch.« Maxi kroch unter den Tisch und begann Janosch zu kraulen.

Wiebke erzählte zum ersten Mal in aller Ruhe, was geschehen war. Am Abend zuvor hatte sie Tamme nur von dem Nebel berichtet und davon, wie dringend sie auf der kleinen Hallig gebraucht worden war. Unzusammenhängend und wahrscheinlich auch manchmal für ihn unverständlich. Als sie jetzt schilderte, wie das alles hatte passieren können, wühlte es sie erneut auf. Nele und Tamme hingen gebannt an ihren Lippen, selbst Maxi kam aus der Versenkung hervor und hörte zu, ohne sie zu unterbrechen.

»Es war bestimmt richtig, zu Fenja zu gehen. Aber es war definitiv falsch, noch unbedingt am gleichen Tag zurückzuwandern.« Ehe jemand anders es sagen konnte, ergänzte sie: »Vor allem war es bescheuert, sich jemandem anzuvertrauen, der keinen Nachweis über seine Fähigkeiten vorlegen kann, und dann auch noch ohne die nötige Ausrüstung loszuziehen.« Sie atmete einmal durch. »So, und jetzt ist es gut. Es gibt bestimmt Erfreulicheres, worüber wir uns unterhalten können«, meinte Wiebke und räusperte sich. »Nele, erzähl mal, wie ist es dir seit deinem letzten Besuch hier ergangen? Hast du dich inzwischen für ein Studium entschieden?«

Tammes Tochter hatte noch zwei Jahre bis zum Abitur. Trotzdem, sie gehörte zu den Menschen, die sich rechtzeitig um alles kümmerten, die gerne planten und dann wussten, was auf sie zukam, oder jedenfalls glaubten, das genau zu wissen. Als sie das letzte Mal bei ihrem Vater war, hatte sie ihm in den Ohren gelegen, sie nach dem Abi auf eine Sprachenschule gehen zu lassen. Eine private, die eine Stange Geld kostete. Da sie keine Ahnung hatte, was sie mit mehreren Fremdsprachen anfangen wollte, war es Tamme gelungen, sie schachmatt zu setzen.

»Überleg dir, in welche Richtung du gehen willst. Du kriegst die beste Ausbildung, aber irgendwas mit Sprachen ist mir zu wenig. Überleg dir, welche Inhalte dich interessieren, und dann sehen wir, welche Schule am besten dazu passt«, hatte er ihr erklärt.

»Papa hatte recht mit der Sprachenschule.« Nele lächelte und strich sich eine Strähne ihres langen schwarzen Haars hinter das Ohr. Unglaublich, dass sie noch keinen festen Freund hatte, an Interessenten konnte es unmöglich mangeln. »Die Sprachenschule wäre nicht das Richtige gewesen. Wenn ich nach Hause komme, fängt gleich ein Intensivkurs Italienisch an. Ein bisschen kann ich ja schon, aber das reicht nicht. Ich muss mich fließend verständigen können.« Sie machte eine Pause und sah Wiebke verschmitzt an. »Nächstes Jahr gehe ich nämlich in Verona zur Schule.«

»Kommst du uns dann gar nicht besuchen?« Maxi sah unpassend begeistert aus.

»Doch, klar. In Italien hat man schließlich auch Ferien.« Kein Kommentar von Maxi. »Ich mache da die zwölfte Klasse«, erläuterte Nele ihre Pläne. »Das ist ein Gymnasium mit Schwerpunkt auf Kunst und Sprache. Die unterrichten da Französisch und Spanisch. Wenn ich zurück bin, gehe ich hier in die Dreizehnte, mache mein Abitur und studiere dann Europäische Kunstgeschichte in Heidelberg. Wenn ich meinen Bachelor habe, will ich mich auf griechische Kunstgeschichte spezialisieren. Aber darum kümmere ich mich während des Studiums.« Sie sah sehr zufrieden aus. »Italienisch ist einfach die schönste Sprache der Welt«, fügte sie seufzend hinzu.

»Hä, ich denke, du lernst Griechisch.« Maxi kam bei der atemberaubenden Zukunftsplanung nicht mehr mit.

»Das auch. Aber erst mal ein Jahr Verona. Ich freue mich total.«

Janosch freute sich mindestens genauso, denn als das Essen serviert wurde, purzelte eine Fritte von Maxis Teller.

»Ich hab keine Schuld«, verteidigte die sich, ohne angegriffen worden zu sein. »Darfst sie trotzdem behalten«, rief sie unter den Tisch, wo das Kartoffelstäbchen längst Geschichte war.

Während des Essens fragte Nele nach Fenja. Nele hatte in den Herbstferien manches Mal auf Süderoog ausgeholfen. Um eine echte Praktikantenstelle zu übernehmen, war sie noch zu jung, aber sie und Fenja hatten gleich im ersten Jahr Freundschaft geschlossen, in dem Fenja und Fiete Pächter auf der kleinen Hallig geworden waren. Bei Neles erstem Besuch hatte sich gezeigt, dass sie nicht nur ein Händchen für Schafe und Rinder, sondern ein für ihr Alter auffällig gutes handwerkliches Geschick hatte. So hatte es sich ergeben, dass sie mal eine Woche, mal länger bei dem Paar wohnte und die Arbeiten erledigte, die ihr am meisten Spaß machten. In einem Jahr hatte sie von morgens bis abends Brut- und Zugvögel beobachtet und gezählt.

»Meinst du, Fiete kommt mit diesem Wolfgang klar?«, fragte Nele in Wiebkes Gedanken. »Sonst könnte ich doch auch für ein paar Tage rübergehen.« Ihre hellblauen Augen blickten ernst von einem zum anderen.

»Klar, lass deinen alten Vater ruhig allein. Wir sehen uns ja sowieso ständig.«

»Ach Mann, Papa!« Sie knuffte ihn liebevoll in die Seite.

»Nicht traurig sein, Tamme, du hast ja mich!« Maxi streichelte seinen Arm, er stupste ihre Nase.

»Wolfgang machte einen ganz soliden Eindruck, und Fiete hat nur gut von ihm gesprochen. Die zwei kommen zurecht.« Wiebke seufzte. »Wenn du deinen armen alten Vater schon schmählich verlassen solltest, dann höchstens, um ganz weit weg von der Nordsee zu sein. Die Erkrankung, die jetzt auch Fenja erwischt hat, greift erschreckend schnell um sich. Ich denke zumindest, dass es bei allen der gleiche Erreger ist.« Wiebke legte die Stirn in Falten.

»Ich dachte, die haben alle Grippe«, warf Tamme ein. »Oder etwas ähnlich Harmloses. Was macht dir solche Sorgen?«

»Erstens ist die echte Grippe nicht so harmlos, zweitens finde ich es beunruhigend, dass ich den Auslöser einfach nicht rauskriege.« Ihr Hirn fing augenblicklich an zu rattern, sie erwischte sich dabei, wie sie im Geist die Symptome und Werte durchging und nach Möglichkeiten suchte, dem Virus auf die Spur zu kommen. Schluss damit, es war Feierabend, der Pieper schwieg erfreulicherweise, und sie saß hier mit ihrer Familie. Nichts hatte sie sich gestern Abend um diese Zeit mehr gewünscht. Also wollte sie es auch genießen.

»Mal ganz was anderes, hat heute nicht dein neuer Kollege angefangen?«, fragte sie Tamme.

»Ja.« Mehr sagte er nicht, das war alles. Nele und Wiebke sahen ihn an. »Hat er. Und? Mehr kann ich nach sechs Stunden noch nicht sagen. Außerdem habe ich keine Lust, über die Arbeit zu sprechen.« Zustimmendes Gemurmel. Stille. Dann brach es plötzlich aus Tamme heraus: »Dem kannst du beim Gehen die Schuhe besohlen. Ich hoffe, das bleibt nicht so. Ich habe ihm gesagt, was er tun soll, wo er sich am besten positionieren kann, um die Gefahrenschwerpunkte im Blick zu haben, und was macht der? Stellt sich die ganze Zeit neben die Rutsche!«

»Rutschen kann doch auch gefährlich sein, wenn man nicht aufpasst«, meinte Maxi.

»Eigentlich nicht«, widersprach Tamme. »Klar, es kommt mal vor, dass so 'n übermütiger Halbstarker es lustig findet, die Rutsche von unten hochzulaufen. Findet er spätestens dann nicht mehr komisch, wenn einer von oben kommt, ihm die Füße weghaut und er sich einen Zahn ausschlägt.« Die drei Mädels verzogen die Gesichter. »Mehr passiert da aber meistens nicht.«

»Wie heißt der Neue überhaupt?«, wollte Wiebke wissen und hoffte, Tamme würde sich wieder beruhigen. Danach sah es aber ganz und gar nicht aus.

»Linus.«

»Voll süß!« Maxi quietschte vor Begeisterung. »Wie Petterson und Findus.« Ihr kleines Gesicht legte sich irritiert in Falten, als sie merkte, dass der Name zwar ähnlich, aber doch nicht gleich war.

»Der Süße hat sich heute jedenfalls an die Rutsche verkrümelt, wo er nichts zu tun hat. Ich bin kurz im Büro, komme wieder und sehe einen Kerl durchs Wasser pflügen, als würde er für den wichtigsten Wettkampf seines Lebens trainieren. Gerda von Ostertilli hat er die Haare nass gespritzt. Da war nix mehr übrig von frisch onduliert.« Eigentlich lästerte Tamme immer liebevoll über die alten Damen, die mit bläulich schimmernder Dauerwelle zum Schwimmen kamen und dann die Köpfe steif nach oben hielten, um bloß keinen Tropfen auf die adrett gelegten Locken zu bekommen. »Dem Holzi hat er beim Kraulen mit seiner Spannweite deftig ins Gesicht geklatscht. Der wird schön aussehen, wenn er morgen auf der Hilligenlei mitfährt, um die Tische auf Vordermann zu bringen. Da denken die Gäste ja gleich, wir Friesen sind Barbaren. Den rücksichtslosen Kerl habe ich mir erst mal zur Brust genommen. So ein Kleiderschrank, weißt du, aber nix in der Birne. Und Kollege Linus lässt ihn schön machen.«

Den vorsichtigen Einwand, er habe doch selbst gesagt, nach sechs Stunden könne man sich noch kein Urteil bilden, ignorierte Tamme komplett. Es war wohl nicht sein bester Tag gewesen, vermutete Wiebke. Zumal er die Geschehnisse des Vorabends noch verarbeiten musste. Einmal war sie wach geworden, da hatte er neben ihr gelegen und sie angesehen. Wahrscheinlich hatte er kaum geschlafen. Tamme mochte seine Badegäste, vor allem die Stammgäste, aber heute ließ er kein gutes Haar an ihnen.

»Und dann noch diese Tussi, die jeden Tag mit ihrer Tochter aus der Mutter-Kind-Klinik kommt«, schimpfte er gerade. »Neulich musste ich schon mit ihr diskutieren, heute lässt die einfach das Papier von ihren Müsliriegeln liegen. Linus sieht das und sagt keinen Ton.« Er schnaubte. »Ich sag: Haben Sie nicht was vergessen? Und sie: Nicht, dass ich wüsste. Ich: Machen Sie das zu Hause auch, dass Sie Ihren Abfall einfach liegen lassen? Da sagt sie: Ich bin hier in Behandlung. Wegen Burn-out. Ich soll mich vom Aufräumen erholen. Da schlägt's doch wohl dreizehn.«

Nele und Wiebke hoben gleichzeitig den Finger, fast wie in der Schule, und holten Luft, doch keine von beiden kam zu Wort, ehe Tamme seine Schimpftirade beendet hatte.

»Am Mittwoch haben wir auch noch verlängerte Öffnungszeiten. Jeden Tag von zehn bis zwanzig Uhr. Das ist jetzt während der gesamten Sommersaison angesagt. Serviceorientiert, nennt Penkwitz das. Bei zwei Vollzeitkräften sollte das ja wohl zu machen sein. Pah!« Tamme atmete tief durch.

Als Wiebke und Tamme später alleine waren, kam er auf das Haus zu sprechen, das in der Liebesallee zum Verkauf stand. »Morgen hätte ich ja eigentlich frei, aber ich werde trotzdem ins Bad gehen.«

»Am Ruhetag?« Wiebke war nicht unglücklich über diese Nachricht. Das nahm ihr den Druck, Zeit für ihn haben zu müssen. Sie wollte unbedingt die Patienten mit der rätselhaften Infektion abtelefonieren. Noch hoffte sie, von mehreren Seiten Entwarnung zu bekommen, sodass sie sich die Fahrt nach Hooge sparen konnte. Sollten die Medikamente aber nicht wirken, musste sich Wiebke um die weitere Strategie kümmern. Jede Arbeitsstunde war ihr darum willkommen.

»Eine bessere Gelegenheit gibt es nicht, Linus in Ruhe die Technik zu zeigen. In der Anlage, in der er vorher gearbeitet hat, gab es ein komplett anderes Chlorungssystem. Außerdem war er nicht für die Technik zuständig. Ein paar Stunden, mehr brauchen wir nicht. Was hältst du davon, wenn wir uns am Nachmittag das Haus ansehen?«

»Ja, warum nicht?« Wiebke horchte in sich hinein. Kein Widerstand. Es wäre schön, ein gemeinsames Zuhause zu haben. Sie sah das Strahlen in Tammes dunklen Augen und spürte Tränen in sich aufsteigen. Wiebke blinzelte. Sie war dünnhäutig, seit sie gestern im Watt den Tod vor Augen gehabt hatte. Der menschliche Geist war faszinierend. Bis zur letzten Konsequenz hatte er die Überzeugung, sie würde gemeinsam mit einem Mann ertrinken, mit dem sie bis kurz zuvor nie ein Wort gewechselt hatte, nicht zugelassen. Dennoch hatte es winzige Momente gegeben, in denen ihr die Hoffnung abhandengekommen war. Die Möglichkeit, alles könnte jetzt und hier vorbei sein, war für den Bruchteil einer Sekunde realistischer gewesen als die Rettung. Aber sie war gerettet worden. Manchmal geschahen Wunder, wo man trotz aller verzweifelten Hoffnungen nicht wirklich an sie glaubte. Wiebke hatte schon oft davon gehört, es aber am eigenen Leib zu erleben war etwas völlig anderes. Vielleicht hatte sie dieses Erlebnis gebraucht, um schwerstkranken Patienten davon zu erzählen.

»Alles in Ordnung?« Tamme hatte sie offenbar schon eine ganze Weile beobachtet.

»Liebesallee«, sagte sie ausweichend. »Das ist doch jedes Mal peinlich, wenn du deine Adresse nennst.« Sie griente spöttisch.

»Es gibt Schlimmeres. Motzallee zum Beispiel.«

»Stimmt. Oder Kloppestraße.« Sie kicherte.

»Panzerboulevard«

»Oder Aggro-Weg.«

»Du bist albern«, sagte er lachend.

»Du etwa nicht? Außerdem hast du angefangen.«

»Im Ernst, wieso soll Liebe eigentlich kitschig sein?« Seine Augen blitzten. »Wir müssen uns ja nicht so ein Schloss mit unseren Namen und Herzchen an die Tür hängen.«

»Nö, höchstens an das Gitter. Da gehören die schließlich hin.«

Der Besichtigungstermin war um fünf Uhr. Aus den paar Stunden am Vormittag war bei Tamme ein voller Arbeitstag geworden.

»Der Typ ist eine halbe Stunde zu spät gekommen. Heute sind doch sowieso keine Badegäste da, meinte er. Damit war das für ihn in Ordnung«, hatte Tamme am Telefon geschimpft. »Zuverlässig geht anders. Außerdem scheint er die Arbeit nicht gerade erfunden zu haben. Du musst dem alles sagen, der sieht Aufgaben nicht mal, wenn sie ihn schon anspringen.«

Die Liebesallee lag vom Hallenbad nur fünfhundert Meter entfernt, also holte Wiebke Tamme im Bad ab. Die typische feuchtwarme Luft mit dem leichten Chlorgeruch schlug ihr entgegen. Nicht gerade angenehm, wenn draußen schon schwüle sechsundzwanzig Grad herrschten.

Linus stieg gerade aus dem Wasser. Sollte es ihn nicht irritieren, dass am Ruhetag plötzlich jemand vollständig bekleidet in der Halle stand? Er bemerkte sie nicht einmal. Tiefenentspannt schlurfte er zur Dusche, baute sich darunter auf und bewegte sich nicht mehr. Was sollte das denn werden, Trockenduschen? Tamme war nicht zu sehen, wahrscheinlich war er im Büro oder in der Technik. Wiebke verschränkte die Arme und beobachtete das Schauspiel, das jetzt begann. Linus hob beide Hände und fuchtelte damit herum wie ein Schlangenbeschwörer, so geheimnisvoll und so langsam. Ob er nebenberuflich als Pantomime auftrat? Aber was sollte das darstellen? Oder bat er gerade das Universum um Hilfe, weil ihm im Laufe des Tages klar geworden war, dass er Tammes Ansprüchen niemals gerecht werden konnte?

Aha, Auftritt Tamme. Er kam aus dem Büro und machte ein Gesicht, als hätte er schon den ganzen Tag einen Stein im Schuh. Linus vollführte weiter Beschwörungstänze und bewegte die Hände unter dem trockenen Duschkopf und vor dessen Aufhängung hin und her.

»Was wird das, wenn's fertig ist?«, knurrte Tamme.

»Ich finde den Sensor nicht.«

Tamme schlug wortlos auf einen an der Dusche angebrachten Knopf. Sofort prasselte Wasser auf Linus herab.

»Das is vielleicht ein Pomuchelskopp«, sagte Tamme und stöhnte.

Das Haus in der Liebesallee war zauberhaft, ein gelungener Mix aus modernen, fast mediterran anmutenden Fliesen und alten friesischen Kacheln, aus mehreren kleinen Räumen mit kleinen Fenstern, vom tief herabreichenden Reetdach beschattet, und einer großzügigen Wohnküche, die vom Kochbereich und dem Esszimmer gleich in ein geräumiges Wohnzimmer überging und über eine breite Glasfront verfügte, die für Helligkeit und einen hübschen Blick auf Wiese und Deich sorgte. Das Beste war die Größe. Die Immobilie bot mit ihrem stilsicheren Anbau deutlich mehr Fläche als Tammes Häuschen. Natürlich bekäme Maxi ein eigenes Zimmer, und auch ein Gästezimmer stand zur Verfügung, das Nele so oft nutzen konnte, wie sie mochte.

»Guck mal, hier könnte ich mir einen Hobbyraum einrichten.« Tamme betrat einen der Räume unter der Dachschräge.

»Für welches Hobby noch mal?« Wiebke legte den Kopf schief.

»Moment mal, hast du schon vergessen, dass ich in meinem zweiten Leben ein begnadeter Eismacher bin?«

»Stimmt, das hatte ich tatsächlich vergessen. Dein zweites Leben ist so geheim, dass man beinahe an seiner Existenz zweifeln könnte. Deshalb habe ich wohl nicht mehr daran gedacht.« Er wollte Einspruch erheben. »Lass mich überlegen, ich glaube, Maxi und ich sind zweimal in den Genuss selbst gemachter Eiscreme gekommen. In einem Jahr.«

»Besser als nichts.«

»Stimmt, ich möchte keinen Löffel missen. Trotzdem gehört die Maschine eindeutig in die Küche. Du willst doch hier oben nicht mit Sahne und Obst hantieren. Oder wolltest du hier einen zusätzlichen Kühlschrank aufstellen?«

»Okay, hast ja recht. Aber meine Bücher und mein Lesesessel würden sich hier gut machen. Das ist mein Zimmer und basta«, erklärte er bestimmt.

»Und nebenan ist dann meins, oder wie?«

»Klar! Dann hast du ein eigenes Arbeitszimmer im Haus. Zumindest so lange, bis wir uns noch ein Kind anschaffen.« Er warf ihr einen kurzen Seitenblick zu.

Wiebke schnappte nach Luft. »Das ist hoffentlich nicht dein Ernst.«

»Warum nicht? Ist kein Muss, aber wir können es doch drauf ankommen lassen. Wenn's passiert, passiert's eben.« Er zuckte mit den Achseln.

Wiebke bemerkte ein hauchzartes Flattern im Bauch. »Ach was, dafür bin ich nun wirklich zu alt. Ich glaube, dir bekommen die niedrigen Temperaturen nicht.«

Als sie drinnen alles gesehen hatten, gingen sie über den schmalen Weg, der sich stolz Allee nannte, in den kleinen Garten. Er war in zwei schmalen Terrassen angelegt, auf der unteren stand eine kleine Bank. Stockrosen und Margeriten waren in voller Blüte, es duftete nach Zitronenmelisse und Thymian. Obwohl an diesem Tag ein unangenehm kalter Wind über die Insel fegte und der Himmel voller grauer Wolken hing, nahm dieses Idyll einen sofort gefangen. Wiebke stellte sich vor, wie Tamme und sie am Abend auf der Bank saßen, ein von ihm selbst gemachtes Eis genossen und den Kindern beim Spielen mit Janosch zusahen. Dem Kind, korrigierte sie sich in Gedanken.

»Hier ist das Exposé«, sagte die Maklerin, die sich die ganze Zeit dezent im Hintergrund gehalten hatte. »Darin finden Sie alle technischen Daten, die Grundrisse, Fotos und natürlich den Preis. Wie ich Ihnen schon sagte, ist das ein absolutes Schnäppchen. In der Liebesallee wird nur ganz selten etwas angeboten, dann meist zu Höchstpreisen, weil die Straße eben beliebt ist.« Ja, das hatte sie bereits mehr als einmal erwähnt. »Sie wissen ja: Lage, Lage, Lage!« Professionelles Lächeln. »Schlafen Sie eine Nacht darüber, besprechen Sie sich, und dann melden Sie sich bitte, ja? Ich habe eine lange Interessentenliste, das Objekt wird ganz schnell weg sein.« Auch das war keine Neuigkeit. Und keine besonders originelle Aussage für eine Maklerin. Sie verabschiedete sich und stöckelte davon.

Wiebke und Tamme schlenderten Hand in Hand zum Ende der Straße, wo auf einem kleinen Platz das Liebesschlössergitter stand.

»Guck mal, Julia und Peer, 30.06.2018 und zwei Schmetterlinge. Hübsch«, sagte Wiebke verträumt.

»Gleich daneben Bianca und Thorben nur einen Tag später, am 01.07. Oh, aber deutlich früher: 2005.«

»Hier, am 09.06. N. und O., am 21.07. S. und O. Hoffentlich nicht der gleiche O.« Wiebke zog schmunzelnd eine Augenbraue hoch. »Alle heiraten im Sommer. Ich würde im Winter heiraten.«

»Da bleibt dir gar nichts anderes übrig.«

»Wieso?«

»Na, im Sommer habe ich dafür wirklich keine Zeit.«

»Dein Selbstbewusstsein möchte ich haben.«

Er sah sie verständnislos an. »Wir haben gerade gemeinsam ein Haus besichtigt. Sollten wir es kaufen, ist das mindestens eine so feste Bindung wie durch einen Trauschein. Ich bin also nicht selbstbewusst, ich bin nur logisch. Aber davon versteht ihr Frauen ja nichts.«

»Macho!«

»Nö, Realist.« Er griente. »Guck mal, das ist doch mal ein gutes Datum: Iris und Hannes, 11.12.13. So einen Hochzeitstag kann man sich wenigstens merken.«

Wiebke betrachtete weiter die Schlösser. »Zur Erinnerung an Carolina. 12.12.1999«, las sie. »Sie ist bestimmt gestorben«, sagte sie leise.

»Ja, vermutlich ist sie von Süderoog durchs Watt gelatscht.«

»Das ist nicht witzig.«

»Sehe ich genauso.«

»Na endlich, ich dachte schon, ich bekomme meine Standpauke nie.« Wiebke schnaufte.

»Von mir kriegst du auch keine. Du bist ein erwachsener Mensch, noch dazu meistens ein ziemlich kluger. Ich vertraue dir. Du hast Fehler gemacht, okay, aber du hast Entscheidungen nach bestem Wissen getroffen. Und was hältst du nun von dem Haus?«, wechselte er abrupt das Thema.

Wiebke musste schlucken. Als sie sich gegen die elterliche Spedition und für ein Medizinstudium entschieden hatte, war da immer das Gefühl gewesen, sich rechtfertigen zu müssen. Das Gleiche als alleinerziehende Mutter. Es tat ihr gut, sich nicht erklären zu müssen. *Ich vertraue dir.* Sie seufzte.

»Es ist schön. Wir sollten ernsthaft durchrechnen, ob wir uns das leisten können.«

»Wie? Ich dachte, ich angle mir eine Ärztin, dann bin ich aus dem Schneider.« Er legte ihr den Arm um die Schultern, während sie durch die Liebesallee zurückgingen. »Ich wollte eigentlich demnächst aufhören zu arbeiten.«

»Du könntest doch gar nicht ohne deine Badegäste und deine geliebte Filtertechnik sein.«

»Das mache ich dann nur noch als Hobby und gehe Linus mächtig auf die Nerven.« Er blieb kurz stehen und sah sie an. »Dann bist du gar nicht reich?«

Wiebke setzte eine zerknirschte Miene auf. »Nein, tut mir leid. Um ehrlich zu sein, habe ich mir einen Schwimmmeister geangelt, um immer kostenlos baden zu können, weil ich mir keinen eigenen Pool leisten kann.« Sie gingen weiter. »Tja, reingefallen. Ärzte schwimmen genauso wenig im Geld wie Schriftsteller.«

»Wie kommst du denn jetzt darauf?«

»Ach, nur so.«

Mittwochvormittag besuchte Wiebke Renate im *Bücherfuchs*.

»Das ist aber eine nette Überraschung.« Füchslein strahlte sie an.

Wiebke sah sich im Laden um, er wirkte irgendwie geräumiger. »Du hast die Möbel umgestellt.«

»Rausgeschmissen«, korrigierte Renate. »Es gibt nur

noch einen Lesesessel, dadurch kann immer nur einer meine Kaffee- und Teevorräte plündern«, flüsterte sie.

»Gute Idee.« Wiebke war heilfroh, dass Füchslein nicht mehr so schicksalsergeben war wie vor einem Jahr, als sie sich kennenlernten. Sie wollte diese Buchhandlung und kämpfte um ihr wirtschaftliches Überleben.

»Könnten Sie mir mal bitte helfen?« Eine Frau stand vor der Wolle und den Stricknadeln. Sie knabberte einen Müsliriegel.

Das war doch ... Natürlich, jetzt fiel es Wiebke ein. Das war die Frau, die auf Hooge ihren Müll auf den Boden geschmissen und dann noch Maxi und zwei andere Mädchen dafür angemeckert hatte, dass die sie auf ihr Fehlverhalten hingewiesen hatten.

»Ich muss mir unbedingt ein Hobby zulegen, das mich beruhigt«, hörte Wiebke sie sagen. »Bloß nichts Kompliziertes. Ich habe da draußen das Schild gesehen. Meinen Sie, Norwegerpullover stricken wäre etwas für mich?«

»Vielleicht sollten Sie mit einem Anfängerkurs starten«, wandte Füchslein vorsichtig ein. »So ein Norwegerpulli mit mehreren Farben und Zopfmuster ist eine echte Herausforderung.«

»Nein, die brauche ich ganz und gar nicht. Ich bin wegen Burn-out in Behandlung.«

Sie sagte das mit einem Stolz in der Stimme, den Wiebke ziemlich unpassend fand. Ja, klar, das war die Frau, die auch im Bad ihren Müll liegen ließ und Tamme täglich mit neuen Fragen oder Ansprüchen nervte. Wiebke musste sich zusammenreißen, ihr nicht die Meinung zu geigen. Menschen wie sie, die sich aufführten, als müssten alle springen, wenn sie pfiffen, und obendrein ihre Erkrankung als Rechtfertigung für ihre Unverschämtheit vorschoben, schadeten denen, die unter Burn-out litten. Wiebke hatte einige Fälle beobachtet und wusste, wie einem diese Krankheit die Lebensqualität rauben und den Boden unter den Füßen wegziehen konnte. Deshalb ärgerte es sie, wenn sie zu hören bekam: Alles Quatsch, so etwas gab es früher auch nicht. Doch diese Müsliriegel-Tante nährte eine solche abfällige Einstellung.

Um sich abzulenken, las Wiebke, was in schönster Handschrift auf einer Tafel geschrieben stand: »Alle Bücher, die Sie im *Bücherfuchs* entdecken, dürfen Sie auch kaufen! Das müssen Sie natürlich nicht. Nur, wenn Sie sie lesen möchten. Kurz blättern gerne erlaubt, lesen, kopieren oder das Entfernen einzelner Seiten nicht erwünscht.« Das war unmissverständlich. Frau Müsliriegel verabschiedete sich. Ohne Wolle. Dafür hatte sie ein Buch gekauft: *Stress – Was er mit mir macht, wenn ich nichts mache.*

Füchslein ging zu Wiebke zurück. »Und, funktioniert's?«, fragte die und deutete auf das Schild.

»Ja, ganz gut, glaube ich. Einige haben mich schon angesprochen und gesagt, sie finden das super. Alles Leute, die nie etwas kaufen.« Sie zog ein Gesicht. »So richtig beschwert hat sich aber keiner.«

»Ist das mit dem Entfernen einzelner Seiten nicht etwas überzogen?«

»Ich hatte neulich einen Kunden, der wollte den Eiffelturm aus Streichhölzern nachbauen und hat mich allen Ernstes gefragt, ob er nicht die ganzseitige Abbildung aus dem Paris-Bildband heraustrennen dürfe. Das ganze Buch bräuchte er schließlich nicht.«

Wiebke blieb die Spucke weg. Sie unterhielten sich noch kurz über die Strick- und Häkelkurse, die Füchslein neuerdings anbot.

»Die Anfängerkurse kann ich während des laufenden Betriebs geben. Das ist leicht verdientes Geld, und die Teilnehmer kaufen bestimmt auch Musterbücher und Material bei mir. Workshops für Fortgeschrittene biete ich nach Ladenschluss an.«

»Auch noch«, stellte Wiebke streng fest. »Du hast doch schon so viel zu tun.«

»Dafür habe ich Tamme gesagt, dass das mit dem Putzen nicht mehr weitergeht. Ich muss mich voll auf mein eigenes Unternehmen konzentrieren.«

»Guter Plan.«

»Ich habe noch mehr Ideen«, berichtete sie mit roten Wangen. »Du wirst staunen, was ich alles auf die Beine stelle.«

»Ich habe nie daran gezweifelt.« Wiebke freute sich wirklich. »Wäre schön, wenn du trotz all deiner Ideen mal wieder Zeit finden würdest, in die Praxis zu kommen, deine Werte kontrollieren lassen.«

»Krieg ich hin, Doc.«

»Sehr schön.«

»Wie geht's Janosch?«

»Hervorragend. Gestern hat er gerade entdeckt, dass ein Sofakissen aus 138.000 Einzelteilen besteht.«

»Das tut mir leid«, entgegnete Füchslein zerknirscht.

»Ist okay, war ein altes.« Wiebke drehte sich um und stieß mit einem kleinen Jungen zusammen, der offenbar gerade den Laden betreten hatte. »Oje, entschuldige bitte. Ich habe dich nicht gesehen.«

»Sie haben hinten ja auch keine Augen.« Er sah fröhlich zu ihr auf.

»Wenn das nicht der Emil ist«, schaltete sich Füchslein ein.

»Ist er«, erklärte der Knirps ernsthaft. »Ich wollte Ihnen erzählen, wie mir das Buch gefallen hat, das Sie mir am Erich-Kästner-Tag geschenkt haben.«

Wiebke und Renate wechselten amüsierte Blicke.

»Ich muss dann mal los«, sagte Wiebke.

»Grüßen Sie Ihre Tochter von mir.« Emil setzte sein unwiderstehliches Lächeln auf.

»Mach ich, danke«, antwortete Wiebke verblüfft.

Der Steppke konnte sich doch tatsächlich noch an sie und Maxi erinnern.

Kapitel 8

Mittags setzte Wiebke Maxi im Schwimmbad ab.

»Max ist gar nicht mehr hier, das finde ich boll flöd«, gab Maxi zum Besten und gackerte los.

»Sehr traurig klingst du aber nicht.«

»Bin ich aber wohle. Trotzdem ist boll flöd lustig.«

Die neuen Öffnungszeiten brachten Tamme in die Klemme. Das Schleier-Schwimmen, wie Tamme es augenzwinkernd nannte, wenn Musliminnen, die es nach Pellworm verschlagen hatte oder die hier zur Kur waren, Schwimmunterricht bekamen, hatte immer mittwochvormittags stattgefunden. Dann war für andere Badegäste geschlossen gewesen. Nun mussten sie sich das Becken teilen. Auch mit Männern. Eine echte Herausforderung für Frauen dieses Kulturkreises. Glücklicherweise hatte sich noch nicht herumgesprochen, dass Pellworms Schwimmbad seit Neuestem schon vormittags geöffnet hatte, weshalb sich der Andrang noch sehr in Grenzen hielt.

Was noch wichtiger war: Bauer Jensen und andere männliche Stammgäste hatten noch keinen Wind davon bekommen. Sobald das der Fall war, hatte Tamme ein Problem. Da die Frauen sich vor einem Mann nicht freizügig zeigen durften oder wollten – und ein Burkini war für sie freizügig, obwohl er sie verhüllte –, hatte bisher Marieke von der DLRG den Kurs übernommen. Aber das war nun dank Penkwitz vorbei. Glücklicherweise kannten die meisten der Musliminnen Tamme und hatten sich an ihn gewöhnt. Also kamen sie trotz männlicher Anleitung in den Kurs. Damit war Schluss, wenn parallel normaler gemischter Badebetrieb lief, dessen war Tamme sicher.

Die Damen stiegen gerade aus dem Wasser. Tamme drehte ihnen den Rücken zu und beschäftigte sich mit irgendetwas. Zwar hätte er sowieso keine nackte Haut gesehen, doch er wollte ihnen wohl möglichst viel Sicherheit vermitteln.

Eine Schwimmmeisterin wäre eine gute Idee gewesen, dachte Wiebke.

»Hallo, Tamme!«, brüllte Maxi.

»Geht's auch ein bisschen leiser? Sonst mache ich noch eine Sirene für meinen Kati aus dir.«

Die Musliminnen liefen tuschelnd und kichernd in Richtung der Duschräume.

»Na endlich. Kamma jetzt auchma ins Wasser, ja?« Frau Müsliriegel erhob sich von einer Liege. Wiebke hatte sie gar nicht gesehen. Die Gute hatte den Extrazugang zum Bad genutzt. Wiebke traute ihren Augen nicht. Die Möglichkeit, bereits im Badeanzug aufzutauchen, hatte sie dagegen nicht genutzt. Stattdessen zog sie gerade in dem Moment blank, als die verhüllten Frauen auf ihrer Höhe waren. Einige von ihnen rissen die Augen auf, andere wandten sich sofort ab und liefen eilig weiter, wieder einige kicherten noch mehr als zuvor.

Tamme marschierte sofort zu seinem Dauerärgernis Nummer zwei, das auf einem guten Weg war, Linus inklusive Penkwitz den ersten Platz streitig zu machen.

»Geht's noch?«, fuhr er sie an. »Können Sie mal ein bisschen Rücksicht nehmen?«

»Auf mich nimmt auch keiner Rückschicht«, nuschelte sie.

Tamme rümpfte die Nase. »Sie haben getrunken«, stellte er eisig fest.

»Na und? Ich soll's mir gut gehen lassen, mich erholen. Da wird doch ein Sektchen erlaubt sein.« Sie hickste. »Huch, jetzt hab ich auch noch Schluckaus.« Sie prustete los.

Wie es aussah, hatte sie nicht nur ein Sektchen getrunken, sondern eher ein Literchen.

»Mami, das ist die blöde Kuh, die uns auf Hooge so doof angemacht hat, die, die ihr Papier nicht aufheben wollte.«

»Ich weiß, Spatz, das ist sie«, erwiderte Wiebke leise.

»Die ist hackevoll!«, rief Maxi entsetzt.

Tamme und Frau Müsliriegel starrten zu ihr herüber.

»Schade, dass nicht noch mehr Badegäste da sind, dann hätte sich deine Durchsage noch mehr gelohnt«, presste Wiebke zwischen den Zähnen hervor.

Frau Müri, wie Wiebke sie der Einfachheit halber nannte, wollte Maxi gerade aus der Ferne anpöbeln, nur war Tamme schneller: »Hackevoll. Ich hätte es nicht schöner sagen können. Und wenn irgendetwas nicht zusammenpasst, dann ist das Alkohol und Wasser.« Da war etwas dran, im doppelten Sinn.

»Nun schtelln Sie sich mannich so an«, maulte sie mit schwerer Zunge. »Ihr Kollege is viel lockerer. Den habe ich angeprostet, der hat nix gesagt.«

Tammes Kieferknochen mahlten. »Der Kollege ist hier neu«, sagte er leise. »Und wenn er so weitermacht, dann wird er hier auch nicht alt.« Dann wurde er wieder lauter. »Und jetzt ziehen Sie sich an und machen den Abflug. Solange ich hier der Anlagenleiter bin, kommt Alkohol in diesem Bad nur einmal im Jahr vor, nämlich beim Saisonabschlussfest.«

»Mann, sind Sie spießig. Is doch gar nix los, ich kann schließlich schwimmen.« Sie wankte einen Schritt auf Tamme zu und sah aus, als könnte sie nicht mal mehr gehen.

»Jetzt passen Sie mal auf, gute Frau, es gibt Schwimmer, und es gibt Treibholz. Zu Gruppe Nummer eins gehören Sie nicht.«

Maxi lachte los, und auch Wiebke konnte sich ein Grinsen nicht verkneifen. Frau Müri dagegen war mit ihrem Latein am Ende und trat den geordneten Rückzug an. Vermutlich würde sie ihren Rausch ausschlafen und dann nachlesen, was sie mit ihrem Stress machen sollte.

»Jetzt muss ich mir Linus schon wieder vorknöpfen«, sagte Tamme erschöpft. »Ich wäre besser dran, wenn ich ganz alleine arbeiten würde.«

»Kannst du nicht wenigstens für das Schleier-Schwimmen Hilfe anfordern? Penkwitz muss doch einsehen, dass dafür eine Frau gefragt ist.«

»Das habe ich ihm sofort gesagt, als er angekündigt hat, mir alle Rettungsschwimmer und Aushilfen zu streichen. Er will darüber nachdenken.« Tamme schnappte sich Maxi und drehte sie einmal durch die Luft. Sie kreischte vor Überraschung und Vergnügen. »Jetzt geht's mir wieder besser«, sagte er, nachdem er sie wieder auf die Füße gestellt hatte und die beiden ihre Fäuste aneinandergelegt hatten wie echte Gangster-Rapper. »Ich kann den Kurs doch nicht auf Eis legen, bis der fertig ist mit Nachdenken. Für die Frauen ist das ein ganz wichtiger Termin. Sie kommen raus, haben Spaß. Du müsstest die hören, wie sie lachen und schreien.« Tamme atmete tief ein. »Einige von ihnen sind mit Nussschalen oder Schlauchbooten über das Mittelmeer gekommen. Die hatten Todesangst. Eine ist dabei, deren Boot gekentert ist. Die hat Kinder ertrinken sehen. Kannst du dir vorstellen, wie tief ihr die Angst vor dem Wasser in den Knochen steckt? Aber die wollen alle schwimmen lernen. Die haben verstanden, dass ihnen das das Leben retten kann. Und die soll ich vertrösten?« Seine Augen waren ganz dunkel vor Zorn.

»Nein, sollst du nicht, du hast völlig recht.«

»Das ist voll schlimm«, sagte plötzlich ein sehr dünnes Stimmchen. »Ich hab das im Fernsehen gesehen, dass da ganz viele ins Wasser fallen. Ein Baby ist sogar tot an den Strand getrieben worden.« Maxi konnte kaum weitersprechen. »Dabei wollen die doch nur irgendwohin, wo sie nicht erschossen werden.«

Tamme nahm sie auf den Arm und drückte sie an sich. »Du bist das klügste Kind, das ich kenne. Und weißt du, wenn alle so denken würden wie du, dann könnten ganz viele Menschen in Sicherheit leben.« Er drückte ihr einen quietschenden Kuss auf die Wange, der ihr ein Kichern entlockte. »Was hältst du davon, wenn ich jetzt die Rutsche anmache? Nur für dich alleine!«

»Au ja!«

»Dann bin ich hier ja wohl überflüssig«, gab Wiebke sich beleidigt. Sie küsste Tamme. »Ich fahre jetzt noch mal rüber nach Hooge. Dieses Mal nehme ich das Taxiboot, ich bin also nicht allzu spät zu Hause, denke ich.«

Die alte Hansen hielt sich relativ gut.

»Nu hab ich auch noch Durchfall«, verriet sie Wiebke keuchend. »War wohl 'n büschen Blut mit bei.«

Wie viele ältere Herrschaften hatte sie es nicht mehr so mit verschämtem Drumherumreden. Gut, so wusste Wiebke Bescheid. Blutigen Durchfall musste sie unverzüglich dem Gesundheitsamt melden. Sie wollte aber auch nicht die Pferde scheu machen.

»Ach Mensch, Frau Hansen, Sie rufen aber auch immer hier, wenn Beschwerden verteilt werden, was?«

Frau Hansen lachte. »Nee, eigentlich bin ich man eher der bescheidene Typ.«

»Ich möchte Sie bitten, eine Stuhlprobe hier hinein zu geben.« Wiebke griff in ihre Tasche.

»Jetzt gleich? Nu kann ich aber grad nich.«

»Kein Problem. Erledigen Sie das einfach, wenn Sie das

nächste Mal können«, erwiderte Wiebke und gab ihr ein Plastikröhrchen, in dem ein kleiner Stab steckte.

»Ob ich das schmale Ding treffe, weiß ich nich.«

Wiebke wollte etwas entgegnen, doch da kicherte Frau Hansen und musste gleich darauf husten.

»Ihren Humor haben Sie noch, das ist gut. Entnehmen Sie eine Probe, das muss gar nicht viel sein. Und dann geben Sie das bei Volker ab.« Die Hansen sah sie mit großen Augen an. »Bei dem Krankenpfleger«, erklärte Wiebke darum.

»Ja, Deern, weißt das denn nich? Der Volker liegt doch auch auf der Nase.« Das war keine gute Nachricht.

Wiebke nahm allen Patienten, die unter Husten, Fieber, Gelenkschmerzen und zum Teil Ausschlag litten, Blut ab. Bei keinem hatten die Medikamente, die einen grippalen Infekt hätten bekämpfen sollen, nennenswerte Besserung gebracht. Falls es doch einen bakteriellen Auslöser gab, konnte sie mit Antibiotika behandeln.

Zuletzt stattete sie Volker einen Besuch ab, der in einer kleinen Wohnung auf Mitteltritt wohnte. Zu ihrer Überraschung öffnete er ihr vollständig bekleidet. Es sah nicht so aus, als hätte er im Bett gelegen, wenn er auch ein wenig blass wirkte und sich sehr langsam bewegte.

»Moin, Hallig-Doc! Wir waren doch nicht verabredet, oder?« Er kniff die Augen zu und stöhnte.

»Nein, waren wir nicht. Dir geht's nicht gut?«

»Nee! Jetzt sag nicht, das hat sich schon bis nach Pellworm rumgesprochen.«

»Ich war gerade bei der alten Hansen. Die sagte, du liegst flach.«

»Ach so.« Er lachte, hörte aber sofort wieder auf und fasste sich an die Schläfe. »Komm rein!« Er deutete auf einen Sessel in dem kleinen Wohnzimmer. »Ich spiele doch jetzt Theater, in der Speeldeel.« Wiebke runzelte die Stirn. »Meine erste Rolle. Hinterher gehen wir manchmal noch etwas trinken. Gestern auch.« Er setzte eine Leidensmiene auf. »Ich hatte nur drei Friesengeist. Einen vierten wollte Ela mir partout nicht ausschenken«, erzählte er kleinlaut. »War wohl ganz gut so. Solange ich in der T-Stube saß, war noch alles in Ordnung. Aber als ich an die frische Luft kam ...«

»Gott sei Dank!«

»Wie bitte?«

»Du hast also nur einen ausgewachsenen Kater. Keinen Husten, kein Fieber, keinen Ausschlag?«

»Ach so, nee, alles gut. Bis auf meine Birne. Heute leide ich noch, aber morgen bin ich wieder fit.«

Wiebke atmete auf. »Dann sorge bitte dafür, dass es auch so bleibt, hörst du? Dieser Infekt oder was immer das ist, breitet sich leider ziemlich flott aus.«

»Jo, hab ich auch schon gemerkt. Ich pass auf.«

Am Donnerstag war ein eingewachsener Fußnagel Wiebkes schwerster Notfall.

»Womit die Leute zum Arzt rennen«, meinte Corinna kopfschüttelnd, als sie Feierabend machten.

»Der gute Mann hatte eben Schmerzen.«

»Und zwei gesunde Hände und bestimmt eine Nagelschere im Haus. Wenn er sich ein bisschen früher darum gekümmert hätte, wäre er mit dem Problem doch wohl alleine fertiggeworden.«

»Apropos, kommt Crischi noch immer mit euren Urlaubern klar?« Wiebke sah sie an.

»Ja, ja, alles gut. Sind ja nur zwei Wohnungen. So viel ist da auch nicht zu tun.« Sie stemmte die Hände in die Hüften. »Du, wir haben gerade eine junge Frau zu Gast. Die hat als Beruf It-Beraterin angegeben. Ich wusste gar nicht, dass es da jetzt schon Beraterinnen gibt.«

Wiebke war irritiert, vor allem davon, wie Corinna das Wort aussprach. »Wieso, die gibt's doch schon lange.«

»Habe ich gar nicht so mitgekriegt. Ich kannte nur diese It-Girls.«

Es dauerte eine Sekunde, ehe bei Wiebke der Groschen fiel. »Ich glaube, du bringst da gerade etwas durcheinander. It-Girls haben von IT eher keine Ahnung, nehme ich an. Ich denke, euer Gast wird eine Beraterin im Computerbereich sein.«

»Ach so«, sagte Corinna. Sah nicht so aus, als hätte sie genau verstanden, was Wiebke meinte. Schon im nächsten Augenblick lächelte sie wieder fröhlich. »Jedenfalls habe ich das Gefühl, je mehr mein Crischi auf dem Zettel hat, desto mehr läuft er zur Hochform auf. Der hat in letzter Zeit Möbel gebaut, das glaubst du nicht. Traumschön! Er hat ja auch eine Menge Anfragen, seine Naturholz-Möbel kommen echt gut an«, erzählte Corinna voller Stolz.

»Schön, freut mich. Dann brauche ich kein schlechtes Gewissen zu haben, dass ich dich in die Praxis geholt habe.«

»Überhaupt nicht«, sagte Corinna im Brustton der Überzeugung. »Ich finde das traum...haft.« Ihr Gesicht sagte gerade etwas anderes.

»Guckst du immer so zerknirscht aus der Wäsche, wenn du etwas schön findest?« Sie traten aus dem Haus, und Wiebke verriegelte die Tür.

»Ach, Wiebke, seit der Sache mit Saskia neulich ... Ich weiß auch nicht. Vielleicht hätten Crischi und ich nicht so jung heiraten sollen.«

Huch, das waren ungewöhnliche Töne aus ihrem Mund.

»Wie bitte? Ich höre wohl nicht richtig. Er ist deine Jugendliebe.«

»Und ich bin seine.« Corinna seufzte. »Aber eben auch die einzige. Wir hatten beide nie einen anderen Partner.« Wiebke musste sich eingestehen, dass sie das auch ein bisschen ungewöhnlich fand. »Was ist denn, wenn einem von uns jemand über den Weg läuft, jemand, der so ganz anders ist und mich reizt? Äh, oder Crischi, also, einen von uns, du weißt schon.«

»Ich hatte ein paar Beziehungen«, sagte Wiebke zu ihr. »Die waren alle nicht doll und auch nicht lang. Dann kam Nick, Maxis Vater. Mit ihm hätte ich mir eine Zukunft vorstellen können, aber seine Reaktion auf die Nachricht, dass ich schwanger bin, war sehr viel übler als eine kalte Dusche. Danach hatte ich genug von den Männern.«

»Jetzt hast du Tamme. Ihr seid so ein schönes Paar«, schwärmte Corinna.

»Es läuft gut zwischen uns, ja. Nur wie lange? Meine Erfahrungen sagen mir, dass Beziehungen scheitern.« Wiebke dachte kurz nach. »Ganz ehrlich, ich weiß nicht, ob mir etwas fehlen würde, wenn ich diese Erfahrungen nicht gemacht hätte. Außer Maxi natürlich, die würde mir fehlen.« Sie lachte.

»Du meinst, es ist auch okay, wenn der Erste gleich der für immer ist?«

»Unbedingt!« Corinna sah noch immer nicht ganz überzeugt aus. »Dass da plötzlich jemand auf der Bildfläche erscheint, der einen reizt, das kannst du immer haben, auch bei der zwanzigsten Beziehung. Das Prickeln ist irgendwann weg. Immer. Von da ab wirst du anfällig.« Wiebke wollte sich schon verabschieden, da fiel ihr noch etwas ein. »Meine Großmutter war eine sehr kluge Frau. Sie hat immer gesagt: Ein Flirt ist wie Champagner. Egal, was die Leute sagen, am Ende gibt's nur 'n sauren Magen. Die Liebe dagegen ist wie heißer Kakao mit Sahne, wenn man durchgefroren aus dem Regen kommt.«

»Traumschön!«

»Und vor allem richtig. Irgendwann haben wir alle mal Lust auf Champagner. Aber auf Dauer?« Wiebke rümpfte die Nase.

Corinna drückte ihr einen Kuss auf die Wange und ging.

Der Himmel über der Insel war grau, stellenweise sogar schwarz. Die Temperatur war auf sechzehn Grad gefallen, dazu nieselte es, und es wehte ein kräftiger Wind mit stürmischen Böen. Es pfiff und toste und zog immer mehr zu. Wer esoterisch angehaucht war, konnte die aufziehenden Wolken und das Peitschen des Sturms für ein böses Vorzeichen halten. Wiebke war alles andere als abergläubisch. Im

Gegenteil, sie war allergisch gegen jegliches Gefasel über zweites Gesicht, Übernatürliches und Co. Diese tiefe Abneigung rührte aus ihrer Kindheit her. Sie erinnerte sich noch zu gut, dass ihre Großmutter, eine promovierte Physikerin, sich zunächst schwer damit getan hatte, einen Seniorenkreis zu besuchen. Sie hatte sich dafür immer zu jung und zu agil gefühlt. Doch dann war sie hingegangen und stellte fest, dass sich dort sehr viele nette und ebenfalls durchaus unternehmungslustige Leute trafen. Sie schloss sich dem Kreis an, fuhr mit ins Theater, unternahm Ausflüge. Wiebke würde nie vergessen, wie ihre Großmutter, die nach dem Tod ihres Mannes zu vereinsamen drohte, aufblühte. Alles ging gut, bis sich eine der Damen, die ihr intellektuell unterlegen waren, bloßgestellt fühlte. Sie erzählte herum, Wiebkes Großmutter habe den bösen Blick und würde seltsame Dinge tun. Als Wiebkes Oma das nächste Mal zum Seniorentreff kam, steckten Nadeln neben der Eingangstür, ein Schutz gegen bösen Zauber, erklärte ihr jemand, ohne zu erwähnen, von wem der wohl ausgehen sollte. Offenkundig freie Stühle waren angeblich reserviert. Für jemanden, der nie kam. Immer mehr der alten Herrschaften wandten sich von ihr ab, und sei es nur, um nicht auch von der Gemeinschaft gemieden zu werden. Also ging Wiebkes Großmutter nicht mehr hin und nahm an keinem Ausflug mehr teil. Sie fiel in ein tiefes Loch und starb völlig unerwartet an Herzversagen. Wiebke war sich sicher, dass die Dummheit der Herren, aber vor allem der Damen, die von einer zur anderen Minute vor lauter Angst nichts mehr mit ihr zu tun haben wollten, ihrer Großmutter das Herz gebrochen hatte. Das war der Grund, warum sie Astrid Jessen in der Bäckerei so deutlich gesagt hatte, was sie von deren Geschichten hielt. Die Flut zieht die Kinder heraus, hatte die ernsthaft behauptet und gemeint, dass schwangere Frauen wie durch Zauberhand, zack, ihre Kinder zur Welt brachten, nur weil das Wasser kam. Flut gab es an der Nordsee ständig, und es existierte keine Statistik darüber, ob mehr Kinder bei Ebbe oder bei Flut geboren wurden.

Nein, Wiebke war nicht abergläubisch und freute sich trotz bedrohlich aufgetürmter schwarzer Wolken auf das Wochenende. Falls es nicht ununterbrochen regnete, würde sie den Garten auf Vordermann bringen. Außerdem hatte sie sich mit Tamme verabredet, um eine Kalkulation für das Haus aufzustellen. Immer öfter erwischte sie sich dabei, wie sie in Gedanken schon die Zimmer einrichtete. Das Geld, das sie für ihre Doppelhaushälfte sparte, sollte mit der Miete, die Tamme für sein Haus nehmen konnte, eine hübsche Summe ergeben. Sie hatte keine Ahnung, ob und wie viel Tamme auf der hohen Kante hatte, aber ihr Festgeldkonto wies einen ganz anständigen Betrag auf. Es war also realistisch und Wiebke in Hochstimmung.

Wiebkes Dienst begann turbulent. Notfall am Anleger. Sie sprang in ihren Kati und fuhr los. Nach wenigen Minuten hatte sie die Straße erreicht, die ein gutes Stück in die Nordsee ragte. Sie fuhr am fast würfelförmigen Bau der Pellwormer Dampfschifffahrtsgesellschaft vorbei, mit den beiden golden glänzenden Schiffsschrauben davor. Auf dem Platz mit den Fahrspuren für Pkw und Lkw sah sie eine Menschentraube. Sie stieg eilig aus dem Wagen, ihren Notfallkoffer fest im Griff.

»Würden Sie mich bitte durchlassen. Gehen Sie doch mal zur Seite!« Sie konnte es nicht leiden, wenn die Leute nicht halfen, sich aber nicht rührten, sondern auch noch den Weg versperrten. Das Murren ignorierte sie. Nachdem sie sich ihren Weg durch die Menge gebahnt hatte, sah sie Momme, Pellworms einzigen Polizisten, und das leuchtende Orange des Rettungskreuzers. Dessen Vormann Thies stand bei einem in eine Decke gewickelten Mann, unter dem sich eine Pfütze gebildet hatte.

»Moin, Wiebke, heute wieder als Notärztin im Einsatz und nicht als Hilfsbedürftige?«

»Moin, Thies! Das höre ich mir wohl noch an, bis ich grau und faltig bin, was?« Seine Antwort war ein verschmitztes Grinsen. »Moin, ich bin Wiebke Klaus. Haben Sie ein Bad genommen?« Sie sah den in die Decke gewickelten Mann an.

»Nicht freiwillig. Na ja, eigentlich schon.« Er erzählte, dass er etwas von der Fähre in seinen Transporter hatte umladen wollen. Dabei war ein Karton aufgerissen, und diverse Teile für eine Kühlanlage waren ins Meer gerollt.

»Ich bin hinterher, dachte, ich kriege die noch«, erklärte er. »Im Wasser hab ich dann einen Krampf im Bein gekriegt. Da ging nix mehr.«

»Wir waren glücklicherweise sowieso gerade unterwegs und ganz in der Nähe«, sagte Thies. »Lange hätte der sich nicht mehr am Dalben festhalten können.«

»Ich nehme Sie am besten mal mit«, meinte Wiebke.

»Nicht nötig, ich ziehe mir was an, und dann ist es gut.«

Es wurde höchste Zeit, dass er in trockene Klamotten kam.

»Wie lange waren Sie im Wasser? Und haben Sie häufiger mit Krämpfen zu tun?«

»Bei Kälte kommt das schon mal vor. Ehrlich, Frau Doktor, mir fehlt nichts. War nur der Schreck. Ihre Kollegen waren aber ganz schnell da. Keine Ahnung, vielleicht waren es zehn Minuten, vielleicht ein bisschen mehr.«

»Jo, wir sind dann auch ganz schnell mal wieder weg.« Thies verabschiedete sich. Auch die Schaulustigen sahen ein, dass es hier nichts Spektakuläres zu erwarten gab. Es lohnte sich nicht, länger bei diesem Wetter auszuharren, die Ansammlung löste sich auf.

»Sie haben Glück, dass es ein paar Tage so warm war«, meinte Wiebke. »Die Nordsee hat schon neunzehn Grad. Nicht gerade Badewanne, aber man kann es aushalten.«

»Glück? Das waren alles Spezialteile, die da abgesoffen sind. Die kann ich jetzt neu bestellen.«

»Das Wichtigste ist doch wohl, dass Ihnen nichts passiert ist. Und jetzt ziehen Sie sich bloß was Trockenes an.« Sie wollte ihm noch einmal anbieten, mit ihr zu kommen, als ihr Pieper sich schon wieder meldete. »Was ist denn heute los?« Notfall im Schwimmbad. Wiebke schluckte. »Sind Sie sicher, dass Sie klarkommen, oder soll ich Sie auf dem Weg irgendwo absetzen?« Sie war bereits an ihrem Wagen.

»Hauen Sie mal ab. Ich bin motorisiert.« Ja, klar, der Transporter.

Sie sprang in den Kati, wendete mit quietschenden Reifen und raste schneller, als es gut war, in Richtung Ostersiel.

In der Uthlandestraße angekommen, machte sie sich nicht die Mühe, vernünftig einzuparken. Sie ließ ihr Fahrzeug auf dem Vorplatz stehen und rannte los. In der Halle schlug ihr der warme Chlorgeruch entgegen, nach der kalten, klaren Luft draußen ein Schlag mit dem Hammer, der ihr kurz den Atem raubte. Den nächsten Hieb versetzte ihr der Anblick, der sich ihr in der Halle bot. Es war voll. Hätte sie sich denken können, dass die erweiterten Öffnungszeiten sich flott herumsprachen. Dazu noch das beinahe frühherbstliche Wetter ...

Wiebke sah ein paar Frauen, darunter auch Frau Müri mit ihrer Tochter, die die Köpfe zusammensteckten und tuschelten. Linus saß mit geröteten Augen auf einer Liege, eine Dame, unter deren Blümchen-Badekappe graue Haare hervorlugten, kümmerte sich um ihn. Tamme war nirgends zu sehen. Wiebke spürte, wie ihr die Angst den Nacken hinaufkroch. Tamme hatte so viel mit schweren Ventildeckeln, unhandlichen Säcken voller Chlortabletten und vor allem mit Chemikalien zu tun, die böse Verätzungen und Schlimmeres auslösen konnten. Was ihr vor allem Sorge bereitete, war der Rückspülabwasserspeicher, der hin und wieder gereinigt werden musste. Tamme hatte mehrfach davon gesprochen, dass er endlich ein Messgerät haben wollte, das ihn vor Faulgasen warnte, doch in der Verwaltung vertröstete man ihn seit Jahren. Und da eben in all den Jahren nichts passiert war, hatte man in der Behörde den Eindruck gewonnen, ein solches Gerät sei teurer Spielkram. Es wäre nicht das erste Mal, dass jemand in einem Abwasserspeicher ums Leben kam, weil er die fehlende Atemluft erst bemerkte, wenn es bereits zu spät war, um sich aus eigener Kraft in Sicherheit zu bringen.

Wiebke musste die Nerven behalten.

»Was ist passiert?«, rief sie Linus zu. Der starrte sie nur an.

»Mönsch, dat war so 'n feiner Kerl. Da blutet einem das Herz«, sagte Bauer Jensen und tätschelte Wiebke den Arm. War? Ihre Kehle schnürte sich zu, sie bahnte sich ruppig ihren Weg durch die Schaulustigen. Zum zweiten Mal an diesem verflixten Freitag.

Dann sah sie, was los war. Tamme hockte am Beckenrand. Sie wäre ihm am liebsten um den Hals gefallen, so froh war sie, ihn wohlbehalten vorzufinden. Die Erleichterung war von kurzer Dauer. Auf den Fliesen lag ein kleiner Junge. Höchstens vier Jahre alt, die typische Zielgruppe bei Ertrinkungsunfällen. In der Altersklasse zwischen einem Jahr und fünf Jahren war Ertrinken eine der häufigsten, wenn nicht die häufigste unnatürliche Todesursache. Deshalb konnte sie beim besten Willen nicht verstehen, wenn Eltern sich nicht um eine frühzeitige Wassergewöhnung und um Schwimmunterricht kümmerten.

Tamme neigte sein Gesicht dicht über den Mund des Jungen. Er war blass. Nicht einmal damals, als er mit Jugendlichen irgendein Kraut geraucht hatte, hatte Tamme so elend ausgesehen.

»Er atmet wieder.«

»Gut, ich übernehme.« Tamme warf ihr einen dankbaren Blick zu und rannte los, um eine Decke zu holen.

Wiebke blickte kurz auf. Linus war noch immer nicht zur Stelle. Zwanzig, vielleicht sogar dreißig Frauen und Männer, Mädchen und Jungs standen noch immer unverschämt dicht um sie und den bewusstlosen Knirps herum und reckten die Hälse.

»Könnten Sie bitte aufhören zu gaffen und vielleicht mal Ihre Kinder wegbringen. Ich möchte nicht auch noch einen Schock behandeln müssen«, herrschte sie die Leute an.

»Kommt denn nicht die Polizei?«, wollte Müri ein wenig enttäuscht wissen. »Sie brauchen doch bestimmt Zeugen.«

»Was wir hier brauchen, ist Ruhe!«, fauchte Wiebke. Auf Autobahnen wurden heutzutage Sichtschutzwände aufgestellt, um Unfallopfer vor den Blicken und den Handys der Gaffer zu schützen. Unfassbar, dass so etwas wirklich nötig war. Doch in diesem Augenblick hätte Wiebke sich eine solche Wand gewünscht. Sie legte die Decke über den Jungen, die Tamme ihr reichte.

»Mensch, Herrschaften, nun haltet doch mal Abstand. Oder wollt ihr unbedingt aus nächster Nähe sehen, wie so ein Dreikäsehoch um sein Leben kämpft?« Tamme sah in die Runde. Das hatte gesessen. Die Leute trollten sich.

»Blutdruck neunzig zu sechzig«, flüsterte Wiebke. »Komm, Kleiner, ich will, dass du atmest. Und zwar schön tief und regelmäßig. Na, mach schon!«

Die Haut des Jungen schimmerte bläulich, besonders die Fingernägel und die Lippen.

Während sich die anderen Schaulustigen verzogen, war

eine Frau stehen geblieben. Sie hielt ein Handy umklammert und starrte durch Wiebke und das Kind hindurch.

»Sind Sie die Mutter?«, fragte Tamme sie. Keine Reaktion. »Hey, Sie, ist das Ihr Sohn?«

»Das ist Leo, wie Leonardo di Caprio«, antwortete sie entrückt.

»Kommen Sie, ruhen Sie sich am besten ein bisschen aus«, schlug Tamme sanft vor und führte sie zu den Liegen. »Mein Kollege Linus unterstützt inzwischen die Notärztin«, sagte er laut und in einem Ton, der keinen Widerspruch duldete.

Wiebke schaute kurz auf und sah, wie Linus sich für seine Verhältnisse flott von der Liege hochrappelte, der Mutter des Jungen Platz machte und zu ihr kam.

»Was muss ich denn machen?«

Er hatte die gleiche Ausbildung wie Tamme, er sollte es eigentlich wissen. »Holen Sie mir bitte den Defi her. Nur zur Sicherheit, falls der kleine Kerl uns noch mal abhaut.« Linus nickte, blieb aber stehen. »Jetzt!« Wiebke hob die Stimme. Nett und ruhig funktionierte bei ihm anscheinend nicht.

»Wo ist denn der?« In dem Moment begann Leo zu husten. Schaum trat auf seine Lippen. Seine Lider flatterten, er öffnete kurz die Augen, doch die Augäpfel drehten sich unkontrolliert weg.

»Linus!« Das war Tamme.

Linus ging in aller Ruhe zu ihm hinüber. Tamme hatte Leos Mutter hingelegt und ihre Füße hoch gelagert. Linus brauchte nur bei ihr zu bleiben und ruhig mit ihr zu sprechen. Eine Aufgabe, die selbst ihn nicht überfordern würde.

So war Tamme frei und konnte Wiebke assistieren. Leos kleiner Körper krampfte, dann erbrach sich der Junge heftig.

»Wie lange war er weg?«, fragte Wiebke leise.

»Wenn ich das wüsste. Ich hatte Linus alleine gelassen, es war nicht viel los. Erst, aber dann wurde die Hütte plötzlich voll, und der Typ holt mich nicht. Ich komme in die Halle und denke, mich trifft der Schlag.« Er strich dem Kleinen behutsam die nassen Haare aus der Stirn. »Und der steht da und klönt seelenruhig mit einer jungen Dame. Ja, und dann ruft jemand um Hilfe, und ich sehe den leblosen Körper am Boden des Beckens.« Er atmete tief durch.

»Das wird definitiv ein Nachspiel für deinen Kollegen haben«, raunte sie. »Der hat seine Aufsichtspflicht geradezu mit Vorsatz verletzt.«

Sie kontrollierte, ob Erbrochenes in Leos Rachen festsaß. Das war glücklicherweise nicht der Fall.

»Die Mutter auch, die hätte ihren Sohn im Auge haben müssen.« Tamme holte zitternd Luft. »Ich hab trotzdem Schuld. Das ist mein Bad, ich bin verantwortlich.«

»Das sehe ich anders. Linus ist schließlich auch Meister, oder? Der trägt genauso …«

Leo öffnete die Augen wieder und beendete damit die Debatte. Dieses Mal schien er seine Umgebung wahrzunehmen.

»Moin, junger Mann, schön, dass du wieder bei uns bist.« Wiebke lächelte ihn an.

»Schätzchen, was machst du denn für Sachen?« Seine Mutter stand auf einmal neben dem Jungen.

»Geben Sie ihm noch etwas Zeit, ganz zu sich zu kommen«, bat Tamme freundlich. »Wo ist denn mein Kollege? Der sollte doch bei Ihnen bleiben.«

»Mir geht's gut. Ihr netter Kollege brauchte mich nicht länger zu bemuttern. Der wollte auf den Schreck eine rauchen. Ist schon in Ordnung.«

Wiebke und Tamme wechselten einen raschen Blick. Das war alles andere als in Ordnung.

Der kleine Patient bekam wieder eine normale Hautfarbe, begann nun aber heftig zu zittern.

Wiebke zog ihm vorsichtig die nassen Sachen aus. »Ich bin Wiebke, und wie heißt du?« Seine blauen Augen fixierten sie, doch er sagte nichts. »Du bist Leo, oder?« Wieder keine Antwort. Wiebke wickelte den bebenden Körper in eine trockene Decke. Sie kontrollierte erneut seinen Blutdruck. »Na, das gefällt mir schon besser. Er ist vorerst stabil«, sagte sie.

»Gott sei Dank!« Die Stimme der Mutter war brüchig. »Ich weiß gar nicht, wie das ... Ich habe die ganze Zeit nach ihm gesehen. Auf einmal war er verschwunden. Wie vom Erdboden verschluckt. Da waren aber auch so viele Menschen. Ich habe beim besten Willen keine Erklärung ...«

»Jetzt messen wir noch die Sauerstoffsättigung«, erklärte Wiebke dem Kleinen. »Guck mal, dieses lustige Ding kriegst du an den Finger. Keine Angst, das tut nicht weh.«

»Soll ich den Rettungshubschrauber rufen?« Tamme guckte noch immer aus der Wäsche, als hätte er um ein Haar den Tod eines Kindes verschuldet. Wiebke nickte.

»Ich denke, er ist stabil, haben Sie eben gesagt.« Leos Mutter nestelte ständig an der Decke herum, in die ihr Junge gewickelt war. »Dann kann ich ihn doch mitnehmen. Wir sind hier in der Mutter-Kind-Klinik. Mein Mann auch. Also, der ist zu Besuch. Wir können uns um Leo kümmern«, beteuerte sie. Den Eindruck hatte Wiebke nicht.

»Hören Sie, Leo hat kurzfristig unter Sauerstoffmangel gelitten. Wir wissen nicht, wie lange. Das kann folgenlos bleiben, aber es können ebenso gut Komplikationen auftreten.«

»Was denn für Komplikationen?«

»Einige Organfunktionen könnten beeinträchtigt worden sein.«

»Christoph ist auf dem Weg«, sagte Tamme kurz und kniete sich wieder neben den kleinen Patienten. »Du bist ein zäher Bursche, stimmt's? Du steckst das weg und wirst wieder ganz gesund. Versprochen?« Seine Stimme verriet, wie aufgewühlt er war. Wiebke ging es nicht besser.

»Aber er atmet doch wieder. Was soll denn da beeinträchtigt sein?«

»Es gibt verschiedene Möglichkeiten, Frau ...?«

»Hausmann.«

»Frau Hausmann, ich will Sie nicht beunruhigen, aber Folgen des Sauerstoffmangels machen sich in einigen Fällen erst später bemerkbar, nach vierundzwanzig, manchmal sogar erst nach achtundvierzig Stunden. Selbst bei Kindern, die zunächst gar keine Symptome gezeigt haben. Deshalb kommt Leo zur Beobachtung ins Krankenhaus. Wie Herr Tedsen schon sagte, Ihr Sohn ist bestimmt ein zäher kleiner Bursche, der Ihnen bald wieder auf der Nase herumtanzt. Wenn es keine Komplikationen gibt, wovon wir erst mal ausgehen wollen, können Sie ihn in zwei bis spätestens drei Tagen wieder abholen.«

Doktor Nonnenmacher kam in seiner gewohnt schwungvollen und fröhlichen Art in die Halle. Wiebke fragte sich, wie er es anstellte, dass die Leute, die ihr eben noch gnadenlos im Weg herumgestanden hatten, von ganz allein zur Seite traten, sobald er auf der Bildfläche erschien. Sie musste an ihre erste Begegnung denken, als er sich ihr mit einem Scherz vorgestellt hatte: »Udo Nonnenmacher. Ich habe weder Töchter, noch bin ich ein so schlechter Liebhaber, dass Frauen meinetwegen reihenweise ins Kloster laufen. So, damit hätten wir das. Sollten Sie einen originellen Spruch über meinen Namen auf Lager haben, bin ich ganz Ohr.« Inzwischen stellte sich die Frage nach Witzchen bezüglich seines Nachnamens nicht mehr, denn sie waren längst per Du.

»Moin, Udo, gut, dich zu sehen.« Wiebke setzte ihn über ihr Vorgehen ins Bild.

»Moin, Wiebke! Und wen haben wir hier? Du bist Leo, stimmt's?« Udo schenkte dem Kleinen sein ansteckendes Lächeln. »Hast du Lust, mal mit einem Hubschrauber zu fliegen?«

Der Junge war zwar bei Bewusstsein, aber seine Reaktionen entsprachen nicht denen eines gesunden Vierjährigen. Das mochte der Schock sein, Wiebke fürchtete allerdings, dass dieses Kind bleibende Schäden davongetragen haben könnte. Hoffentlich nicht, flehte sie insgeheim und dachte dabei nicht nur an den Jungen.

Sie begleitete Leo und Udo nach draußen. Auch vor dem

Hallenbad hatte sich eine Menschentraube gebildet. Natürlich, ein Rettungshubschrauber versprach aufregende Unterhaltung, und man konnte später in geselliger Runde aus erster Hand berichten.

Wiebke atmete tief durch. Nicht aufregen. Etwas abseits stand Linus und rauchte. Sie ging zu ihm herüber, nachdem sie sich von Udo Nonnenmacher verabschiedet hatte.

»Sie sind gerade erst eine Woche hier«, fauchte Wiebke ihn an. »Ich habe Verständnis dafür, dass Sie noch nicht funktionieren wie ein alter Hase. Aber Sie sind kein Berufsanfänger, Mann! Denken Sie nicht, das da drinnen ging Sie etwas an? Sie hatten die Aufsicht, als der Junge ins Wasser gefallen und untergegangen ist. Sie! Und jetzt stehen Sie hier und rauchen?« Sie war laut geworden, das war nicht ihre Absicht gewesen, aber sie konnte einfach nicht länger an sich halten.

»Das … war alles so … furchtbar«, stammelte er, »mein erster Ertrinkungsunfall. Und Sie waren doch da.«

»Ja. Und Tamme Tedsen war da, der sich auf Sie verlassen hatte. Mann, Mann, Mann!« Sie pustete sich eine Strähne aus der Stirn. »Tamme hat dem Jungen das Leben gerettet, aber es ist nicht gesagt, dass der Knirps keine dauerhaften Schäden davongetragen hat. Wir können nur gemeinsam beten, dass es nicht so ist.« Damit ließ sie ihn stehen.

Bis zum Feierabend hing Wiebke fast durchgehend am Telefon. Zumindest fühlte es sich für sie so an. Zuerst rief Arne an.

»Ich weiß, du darfst nichts sagen. Ärztliche Schweigepflicht und so. Ich will auch nur wissen, wie es Tamme geht. Kommt er klar? Soll ich vorbeikommen? Wir könnten quatschen, von Mann zu Mann.«

»Das ist sehr lieb von dir. Sollte ich das Gefühl haben, dass er dichtmacht, dass ein Männergespräch ihm helfen könnte, melde ich mich.« Sie bat ihn, Tamme etwas Zeit zu geben. Wenn der erste Schock überstanden war und es Nachrichten aus dem Krankenhaus gab, würde er sich bestimmt über einen Anruf freuen.

Kaum hatte sie aufgelegt, war Max an der Strippe. Er drückte sich unbedeutend anders aus, sagte aber so ziemlich das Gleiche. Wiebke war gerührt, wie sich die Jungs um Tamme sorgten.

Der nächste Anrufer war Momme.

»Du, äh, Wiebke, äh, ich hab gehört, der Notarzt war im Hallenbad, der Nonnenmacher?«

»Das ist richtig.«

»Müsste ich was wissen, äh, Doc?«

»Nein, Sheriff, ich denke nicht.« Sie schilderte, was geschehen war, ohne auf die Einzelheiten einzugehen. Bloß keine schlafenden Hunde wecken. Obwohl ... Tamme traf wirklich keine Schuld. Er hatte einen ausgebildeten Kollegen in der Aufsicht gehabt, und die Mutter des Kindes war dabei, als der Unfall passierte. Die Anwesenheit von Fachpersonal entband sie nicht von ihrer Aufsichtspflicht, wenn viele Leute auch anderer Meinung waren.

»Denn ist gut. Aber, äh, du meldest dich, wenn da doch was zu sagen wäre, oder?«

»Geht klar, Momme.«

Sie war vollkommen erledigt, als sie endlich die Praxis zuschließen konnte. Auch mit Tamme hatte sie noch telefoniert. Er hatte versprochen, zum Essen zu ihr zu kommen.

»Ich kann dir nicht genau sagen, wie spät es wird, ist das okay? Ich möchte vorher noch alleine eine Runde drehen. Ein paar Schritte zum Leuchtturm oder so.«

»Klar, kein Problem.«

Wiebke fuhr rasch zum Supermarkt. Sie würde eine Tomatensuppe kochen und Zwiebelbrot dazu in den Ofen schieben. Suppen wärmten die Seele, fand sie. Bei dem Wetter konnte man etwas Warmes brauchen, und eine Tomatensuppe passte sowieso zu jeder Jahreszeit.

Natürlich war der Badeunfall bereits Inselgespräch.

»Schrecklich, so ein kleiner Wurm. Vielleicht bleibt der für immer ein Pflegefall. Man muss sich mal vorstellen, was das für die Eltern bedeutet«, sagte die Kundin vor Wiebke gerade zur Kassiererin. »Bin mal gespannt, wer Schuld hat.«

»Das kann man manchmal doch gar nicht sagen«, murmelte die Kassiererin, die Wiebke gesehen hatte. »Es passieren nun mal schlimme Dinge, Unglücke, die keiner wollte und die auch keiner verhindern konnte.« Sie lächelte Wiebke scheu zu.

»Nein, nein, nein«, plusterte sich die Kundin auf, »so einfach ist das nicht. Da hat doch ganz klar jemand geschlafen und seine Aufsichtspflicht verletzt. Für ein Kleinkind ist immer jemand verantwortlich«, erklärte sie und hatte leider recht.

»Der Herr Tedsen hat bestimmt nichts falsch gemacht«,

beeilte sich die Kassiererin zu sagen. »Der ist absolut zuverlässig.«

»Na, da wäre ich mir nicht so sicher. Wenn die Tochter von seiner Freundin da ist, kümmert er sich doch nur um die.«

Aha, das war ja interessant!

Die Kassiererin wurde rot und versuchte, ihre Kundin mit Blicken zum Schweigen zu bringen. Ohne Erfolg.

»Außerdem habe ich gehört, dass der getrunken haben soll.«

Wiebke holte tief Luft. Lass es, sagte sie sich, du weißt, wie immer gleich geredet wird. Eine Diskussion mit jemandem, der Gerüchte sofort für bare Münze nahm, hatte einfach keinen Sinn. Schon gar nicht, wenn man selbst emotional derartig betroffen war. Sie schwieg.

Die Kundin hatte unterdessen kapiert, was die Kassiererin ihr mimisch und mit vermeintlich unauffälligen Gesten zu verstehen geben wollte. Selbst jemand mit fünf Dioptrien hätte diese Pantomime erkannt.

»Ich will nichts gesagt haben«, meinte die Kundin laut. »Auf jeden Fall würde ich mir gut überlegen, ob ich da noch zum Schwimmen gehen würde.«

»Ich habe mir gleich im März eine Jahreskarte gekauft«, erzählte die Kassiererin munter.

»Gehen Sie denn da so oft hin, dass sich das lohnt?« Die Kundin hob die Augenbrauen.

Wiebke wünschte sich, sie würde ihren Großeinkauf lieber zackig auf das Band stapeln, statt ein ausgedehntes Schwätzchen zu halten.

»Nö, ich war erst zweimal da.«

»Dann ist das doch rausgeschmissenes Geld. Ich meine, Sie haben die Karte schließlich bezahlt.«

»Ja und?« Die Kassiererin zuckte mit den Achseln. »Mein Sofa habe ich doch auch bezahlt. Wäre ja auch rausgeschmissenes Geld, wenn ich nicht drauflegen würde.«

Wiebke fühlte sich schlecht. Bilder tauchten auf. Ihr Vater am Küchentisch, die Hände vor das Gesicht geschlagen. Nachbarn, die schnell in ihre Häuser flüchteten, sobald ein Mitglied der Familie Klaus die Terrasse oder den Garten betrat. Leute auf dem Wochenmarkt, die zwischen Obst und Gemüse, am Wagen mit den Käsespezialitäten und beim Landschlachter tuschelten und sich gegenseitig anstießen, wenn Wiebke oder ihre Mutter in der Nähe waren. Auch damals hatte es ganz schnell geheißen, Wiebkes Vater habe Alkohol getrunken, als der Unfall passierte. Und auch die kleine Claudia wurde schon als Pflegefall bezeichnet, ehe überhaupt klar war, wie schwer ihre Verletzungen waren und ob sie wieder ganz gesund werden könnte. Sie ist nicht mehr gesund geworden, und Wiebkes Vater hatte Alkohol im Blut gehabt.

Als sie später zu Hause vom Fahrrad stieg, war sie noch immer tief in Gedanken.

»Moin, Wiebke!«, rief Margit. »Das ist vielleicht ein Wetter, was? Wie im Herbst.«

Sie war die einzige von Wiebkes Nachbarinnen, die sich meist auf einen Gruß von Weitem beschränkte. Für einen Klönschnack fehlte ihr fast immer die Zeit. Ausgerechnet heute schien das anders zu sein. Bestimmt hatte sie auch schon von dem Unfall gehört und war neugierig. Sie kam über die Straße auf Wiebke zu.

»Ja, ganz schön ungemütlich, aber ab morgen soll es angeblich wieder wärmer werden.« Wiebke seufzte.

»Warten wir's mal ab.« Margit lachte.

Na komm, frag schon, dachte Wiebke erschöpft und suchte nach einem Weg, sich schnell zu verabschieden, ohne Margit vor den Kopf zu stoßen. »Das mit Saskia und Jost ist ein Ding, oder?«, begann Margit leise.

Aha, daher wehte der Wind. Es ging gar nicht um den Unfall. »Corinna hat's mir erzählt. Im Vertrauen. Dir auch, sagte sie.«

»Ja.« Die liebe Corinna zog anscheinend alle ins Vertrauen. Es konnte nicht mehr lange dauern, bis Saskia das spitzkriegte.

»Also, ich war richtig geschockt. Da wohnst du jahrelang so eng nebeneinander, hast einen guten Kontakt und merkst gar nichts. Ich hätte Haus und Hof verwettet, dass bei den beiden alles gut läuft, so paartechnisch gesehen.«

»Ja, sie wirken sehr harmonisch.« Wiebke mochte nicht länger über die Beziehung ihrer Nachbarn reden. Was auch immer sie sagte, konnte in unabsichtlich veränderter Form zu denen gelangen, um die es hier ging. Und das endete nie gut.

»Man kommt echt ins Grübeln«, sagte Margit und seufzte. »Pit und ich zumindest.«

Erst Corinna, jetzt auch noch Margit und Pit. Die Krise

von Saskia und Jost schlug Wellen wie ein Stein, den man in einen spiegelglatten Teich warf.

»Wir hatten gestern ein langes Telefonat und haben unsere Ehe auf den Prüfstand gestellt«, fuhr Margit fort. Wiebke zog die Stirn kraus. »Hätte ich lieber gemacht, wenn er hier ist, wenn wir uns gegenübersitzen, aber dieses Wochenende schafft er es nicht auf die Insel. Die haben morgen Vormittag einen wichtigen Kunden, und dann lohnt sich's nicht mehr.« Sie verzog das Gesicht. »So geht das echt nicht weiter. Ich habe beschlossen, mich von ihm zu trennen.« Wiebke blieb die Spucke weg. »Also von meinem Verein zum Erhalt des alten Kirchturms«, fügte Margit schnell hinzu und lachte. »Nicht, dass du was Falsches denkst.«

»Hatte ich schon, um ehrlich zu sein. Du kannst einen aber auch erschrecken.«

»Wir haben einfach zu wenig Zeit für uns. Ich habe mir zu viel aufgehalst, und wenn Pit am Wochenende hier ist, wälze ich alles auf ihn ab. Ist doch Mist! Den Theaterverein mache ich weiter. Erst mal. Den Garten gestalten wir so um, dass er möglichst wenig Aufmerksamkeit und Pflege braucht. Und Pit will sehen, dass er so schnell wie möglich die Arbeitszeit reduziert und bis zur Rente stufenweise immer mehr abbaut.« Sie sah Wiebke unsicher an. »Was hältst du davon?«

»Finde ich gut. Wenn Pit das auch wirklich möchte, natürlich. Er spricht nicht viel über seine Arbeit, ich kann nicht einschätzen, wie viel sie ihm bedeutet.«

Margit machte eine wegwerfende Handbewegung. »Der

hängt nicht an seinem Job. Das ist reiner Broterwerb. Der Vorschlag mit dem Kürzertreten kam ja von Pit.«

»Na dann ... Ich drücke euch die Daumen, dass seine Firma mitspielt.« Wiebke wollte reingehen, es war wirklich ungemütlich.

»Ich bin echt froh, dass du das so siehst.« Wieder lachte Margit unsicher. »Du bist immer so besonnen und vernünftig, so was wie der ruhende Pol hier in der Straße. Ich wollte das unbedingt mit dir besprechen.«

Damit hatte Wiebke nicht gerechnet. »So ruhend empfinde ich mich selbst eher nicht. Und jetzt muss ich wirklich ... Mal sehen, was Maxi und Janosch wieder angestellt haben.«

Am Wochenende verzogen sich die Wolken, die Temperaturen stiegen leicht an.

Tamme war am Vorabend spät aufgekreuzt. Trotz Regen war er lange durch die Gegend gelaufen. Im Gegensatz zu Sylt oder mancher Ostseeinsel konnte man das auf Pellworm selbst in der Hochsaison nahezu überall, ohne dass einem ein Mensch begegnete. Als er dann endlich auftauchte, war er vollkommen durchgefroren. Die Tomatensuppe war goldrichtig gewesen. Genau wie Corinnas Idee, Maxi und Janosch über Nacht zu sich zu holen, und Wiebkes Schweigen, was den Unfall betraf. Sie wartete, bis er von alleine davon anfing.

»Ich habe gründlich nachgedacht. Es ist nicht meine Schuld.«

»Gute Erkenntnis.« Wiebke fiel ein Stein vom Herzen.

»Nicht einmal Linus trägt die Verantwortung, sondern ausschließlich Frau Hausmann.«

»Ist das so? Hatte er nicht die Aufsichtspflicht und trägt somit auch ein Stück der Verantwortung? Von Schuld will ich ja gar nicht reden.«

Er sah abgespannt aus. »Nein, und ich hoffe, die Schuldfrage wird sich auch nicht stellen«, entgegnete er düster.

»Davon ist kaum auszugehen.« Wiebke stellte ihm als Nachtisch heißen Kakao mit Sahne hin.

»Danke.« Sie sahen sich kurz in die Augen, ein warmes Gefühl durchströmte Wiebke. Sie hatte diesen Mann so gern, es tat weh, ihn so bedrückt zu sehen. Gleichzeitig war es schön, diesen Zusammenhalt und das Vertrauen zu spüren. Was auch immer geschah, sie hatten einander und waren keiner Situation allein ausgeliefert.

»Man weiß es nie«, sagte Tamme. »Falls es Komplikationen gibt und die Eltern von einem Tag auf den anderen ein behindertes Kind haben, suchen sie ganz bestimmt nach dem Schuldigen. Die wollen garantiert einen an den Pranger stellen, um da nicht selbst stehen zu müssen.«

»Das würde heißen, sie müssten jemanden anzeigen.« Wiebke pustete in ihre Tasse. »Linus.«

Tamme zog eine Braue hoch, sagte aber nichts.

»Habt ihr über den Vorfall gesprochen?«

»Was denkst du denn?«

»Und?«

»Scheißsituation.« Er fuhr sich durch das schwarze Haar und rieb sich über das Gesicht. »Der kleine Leo ist in den zwölf Jahren Berufspraxis, die Linus auf dem Buckel hat, der erste Ertrinkungsunfall. Der hat bisher richtig Schwein gehabt.« Er sah sie ernst an. »Du kannst hundertmal gelernt und wiederholt haben, wie du dich im Notfall zu verhalten hast, passiert's dann, ist das etwas völlig anderes. Dann weißt du erst, wie gut du funktionierst. Das kennst du doch aus deinem Job nur zu gut.«

»Einerseits, aber andererseits stellt sich ein gewisser Automatismus ein, wenn du bestimmte Abläufe oft wiederholst. Falls er also regelmäßig seine Erste-Hilfe-Übungen aufgefrischt hat, hätte er wenigstens ein paar Handgriffe hinkriegen müssen.«

»Darüber müssen wir nicht diskutieren. Auch nicht darüber, dass er Frau Hausmann alleine gelassen hat, um eine rauchen zu gehen.«

Tamme verzog das Gesicht. Die Frau sich selbst zu überlassen war nicht zu rechtfertigen, selbst wenn Linus einen besseren Grund gehabt hätte, Zigaretten waren der denkbar schlechteste Grund. Tamme hasste Nikotin. »Das ging natürlich gar nicht.«

»Sieht er das wenigstens ein?«, wollte Wiebke wissen.

Tamme dachte nach, ehe er antwortete. »Ich denke schon.« Wieder schwieg er eine ganze Weile.

Plötzlich hatte Wiebke den Satz der Supermarktkundin im Ohr: Herr Tedsen hatte getrunken. Sie hatte die Erfahrung gemacht, dass in den meisten Gerüchten wenigstens ein Körnchen Wahrheit steckte. Sie wollten offen und ehrlich miteinander sein. Immer. Sollte sie ihn also darauf ansprechen? Das war ja Unsinn. Sie war doch vor Ort gewesen und hatte ihn erlebt. Er hatte vollkommen umsichtig und sicher agiert. Gerochen hatte sie auch nichts. Außerdem war bei Tamme Alkohol im Bad ein Tabu. Manchmal war an einem Gerücht eben doch nichts dran, und sie würde einen Teufel tun, ihm mit dem dummen Gerede zusätzlich Sorgen zu bereiten.

»Könntest du dich morgen nach Leo erkundigen?«, fragte er leise. »Dir als Kollegin geben die Ärzte doch Auskunft, oder?«

»Davon gehe ich aus. Ich rufe auf jeden Fall gleich morgen früh an. Ich will schließlich auch wissen, wie es dem kleinen Patienten geht.«

»Danke.« Er drückte ihre Hand. »Ich weiß nicht, wie ich ohne euch klargekommen bin, ohne Maxi und dich.«

»Du hattest Glück, es ist kein schwerer Unfall passiert.« Sie lächelte ihn an.

»Du weißt genau, was ich meine.« Er blieb ernst. »Ich bin ein Familienmensch, war ich schon immer. Ihr seid meine Familie. Ich kann mir gar nicht mehr vorstellen, auf euch zu verzichten.«

Entgegen Wiebkes Bedenken ging Tamme am Samstag zum Dienst.

»Was soll ich denn machen? Es ist sonst schließlich keiner da. Linus hat das Wochenende frei.«

»Du stehst von zehn bis acht Uhr abends im Bad? Alleine?«

»Zehn Stunden, das ist gerade noch erlaubt.«

»Aber nicht ohne Pause. Nach vier Stunden darfst du, nach sechs musst du eine machen, wenn ich mir das nicht falsch gemerkt habe.« Er hob nur kurz die Schultern. »Tamme, du musst mit Penkwitz sprechen. Entweder Aushilfen oder kürzere Öffnungszeiten oder noch ein Kollege, eine Teilzeitkraft vielleicht.«

»Ich rufe ihn an«, versprach er.

Aus der Klinik in Husum erfuhr Wiebke, dass Leos Zustand sich nicht verbessert hatte. Er war bei Bewusstsein, aber nicht wirklich ansprechbar. Zumindest reagierte er nicht, nicht einmal auf seine Eltern, hieß es.

»Die gute Nachricht ist, dass sein Zustand sich nicht verschlechtert hat«, sagte Wiebke. Mehr Trost konnte sie Tamme nicht geben. Sie konnte und wollte ihm nichts vormachen. Sie mussten einfach weiter abwarten und hoffen. Wiebke dachte an ihre Stunden im Watt, daran, wie gering ihre Aussicht auf Rettung gewesen war. Trotzdem war alles gut ausgegangen. Auch für Leo konnte alles gut enden.

Am Nachmittag nutzten Wiebke und Maxi das schöne Wetter für eine große Runde mit Janosch. Maxi hielt seine Leine, als hinge am anderen Ende ein Kleinbus, der sich jederzeit in Bewegung setzen könnte, was es zu verhindern galt. Sie übte tapfer mit ihm sämtliche Kommandos. Zu Wiebkes Freude machten beide Fortschritte. Maxi kapierte, worauf es ankam: klare Ansagen, konsequentes Durchsetzen, im richtigen Moment loben. Der Hund verstand, dass Gehorchen gar nicht so blöd war. Es gab eine leckere Belohnung, die Ohren wurden einem gekrault, und irgendwie war die Stimmung deutlich besser, als wenn man seinen Menschen auf der Nase herumtanzte.

Wieder zu Hause, wollte Maxi sofort in ihr Zimmer spielen gehen.

»Willst du nicht erst einmal dein Beet sauber machen?«

»Nö, keine Lust.«

»Das Unkraut hatte aber Lust zu wachsen, fürchte ich.«

»Darf es ruhig. Traue keinem Ort, an dem kein Unkraut wächst!«

Wiebke lachte. »Woher hast du denn die Weisheit?«

»Steht auf einem Schild, das Margit an ihr Gartenhäuschen gehängt hat.«

Margit machte offenbar ernst mit ihren Veränderungen. Wiebke musste schmunzeln.

Sie kochte sich einen Kaffee und setzte sich mit dem Exposé auf die Terrasse. Sie könnte alleine durchrechnen, ob sie eine Finanzierung für das Haus schultern konnten. Nein, keine halben Sachen. Sie brauchte Tammes Zahlen. Wiebke griff zum Telefon und rief Volker an.

»Entschuldige, dass ich dich am Wochenende störe.«

»Ach was, wir sind doch immer im Dienst.«

»Bist du deinen Kater gut losgeworden?«

»Jo! Und ich hab ihm gesagt, dass er zu mir nich mehr kommen brauch.«

»Na, hoffentlich nimmt er sich's zu Herzen. Du weißt, Kater sind störrische Tiere.«

»Und was gibt's sonst?«

»Ich wüsste gerne, was der Krankenstand auf der Hallig macht.«

»Ein neuer Fall. Bei den alten noch keine Besserung.«

»Bin wirklich gespannt, ob die Blutproben uns schlauer machen. Die Ergebnisse sollten am Montag da sein. Frau Hansen hat dir hoffentlich schon eine Stuhlprobe abgeliefert?«

Ein höchst eigenartiges Geräusch drang durch die Leitung. »Hat sie«, sagte Volker dann. »Mit den Worten: Mehr hat nich reingepasst.«

Wiebke konnte sich das Lachen nicht verkneifen. »Dabei hatte ich ihr extra gesagt, dass wir nicht viel brauchen. Wann ist es denn ins Labor gegangen?«

»Donnerstagvormittag. Ergebnis direkt zu dir, hab ich gesagt.«

»Sehr gut, Volker, ich danke dir.«

»Sachst mir aber Bescheid, was rausgekommen is, ne?«

»Klar, mach ich.«

»Denn schönes Wochenende noch. Erst mol!«

»Jochen fragt, ob wir mit ins Funkloch kommen. Jochens Schwester hat akute Personalnot, deshalb hilft er mal wieder aus.«

Wiebke rechnete nicht damit, dass Tamme für den Vorschlag zu begeistern war. Sie behielt recht.

»Sei nicht böse, aber ich bin platt. Bin froh, wenn ich die Füße hochlegen kann.«

»Ich will auch nicht lange bleiben. Nur eine Kleinigkeit essen, und dann verschwinden wir wieder.«

»Geh du ruhig, ich habe keinen Hunger. Ich bleibe bei

Maxi.« Er zwinkerte ihr zu. »Wir schmeißen uns zu dritt aufs Sofa und ziehen uns eine Tüte Chips rein.«

»Kommt überhaupt nicht infrage. Erst keinen Hunger haben und dann nach Chips schreien.« Sie setzte eine strenge Miene auf.

»Ich weiß, die sind schrecklich ungesund. Fett, Geschmacksverstärker, Acrylamid.« Er grinste. »Lecker!« Als sie theatralisch seufzte, fragte er: »Was gibt es im Funkloch noch mal? Currywurst, Hamburger …«

»Bauernfrühstück. Dagegen ist nichts einzuwenden.«

»Nur wirst du dir keins bestellen.« Sie waren erst ein Jahr zusammen, und er kannte sie schon in- und auswendig.

»Wehe, ich entdecke auch nur ein einziges Hundehaar auf dem Sofa, wenn ich wiederkomme.«

»Mensch, schön, dass du gekommen bist.« Jochen stellte ihr den Teller mit Currywurst und Pommes hin.

»Ich hatte dich so verstanden, dass Lulu auch kommen wollte.«

»Ganz ehrlich? Das war auch meine Absicht.« Er lachte sein jungenhaftes Lachen.

»Wie soll ich das denn verstehen?«

Er polierte ein Glas, als würde er für ein Sterne-Lokal arbeiten, das gerade von einem Gourmetkritiker besucht wurde. Das Funkloch war alles andere als das. Es lag irgendwo im Nirgendwo zwischen Waldhusen und Alte Kirchchaussee und war nur über einen Schleichweg zu erreichen. Wiebke war sich nicht sicher, ob sie die Kneipe je betreten hätte, wenn sie nicht wüsste, dass Jochens Schwester sie mit viel Liebe führte.

»Wie sage ich das jetzt? Also«, druckste er herum, dann fasste er sich ein Herz: »Wenn ich gesagt hätte, dass ich mich freuen würde, wenn du kämst, möglichst ohne Tamme, hätte das doch wohl 'n büschen komisch ausgesehen. Oder?«

»Ja, allerdings. So hatte ich das auch nicht verstanden, ich habe Tamme gefragt, ob er mitkommen will.«

»Darauf hab ich's ankommen lassen. Glück gehabt.« Er griente wie ein Honigkuchenpferd.

Wiebke wurde die Sache unheimlich. Am liebsten hätte sie sich postwendend verabschiedet, nur hatte sie Hunger, war eine langsame Esserin, und die Portionen im *Funkloch* waren riesig. Sie saß in der Falle. »Irgendwie hat mich das mit Saskia und Jost echt nachdenklich gemacht«, begann er. »Hast du mitgekriegt, oder?«

Wiebke nickte. Sie hoffte, dass er nicht die ganze Geschichte mitgekriegt hatte, nämlich dass Jost Lulu nicht von der Bettkante stoßen würde. Ernst gemeint oder nicht, das konnte Jochen nicht gefallen. Was sollte sie sagen, falls er sie darauf ansprach? Das tat er nicht. »Ist schon komisch, man hat sich irgendwann mal verliebt, kommt zusammen, und dann steckt man so mittendrin im Beziehungsalltag, ohne sich zu überlegen, ob man das so überhaupt noch alles will«, meinte er.

»Ist doch ein gutes Zeichen, wenn man seine Partnerschaft nicht hinterfragt«, wandte Wiebke vorsichtig ein.

»Findest du? Ich weiß nicht.« Er schnappte sich das

nächste Glas. Wenn Wiebke nicht irrte, hatte er das eben schon in der Mangel gehabt. »Sollte man das nicht sogar ganz bewusst tun, die Beziehung hinterfragen und sich dann immer wieder neu füreinander entscheiden?«

»Na ja, ja, das ist sicher nicht verkehrt.« Sie schob sich eine Gabel Pommes in den Mund und hoffte, damit erst einmal aus dem Schneider zu sein.

»Eben. Und wenn man dann merkt, dass man eine andere Frau für etwas bewundert, das die eigene so gar nicht hat.«

In Wiebke keimte ein böser Verdacht auf. Vor einer Woche beim Grillen hatte es diesen dämlichen Streit zwischen Saskia und Corinna gegeben. Seitdem gerieten offenbar alle Feldweg-Beziehungen in eine Krise oder wurden zur Inspektion angemeldet. Nur Tamme und sie waren sich ihrer Liebe ganz sicher. Sie seufzte zufrieden.

»Dann muss man etwas ändern, richtig?«, brachte Jochen seinen Gedanken zu Ende.

»Wenn es sich nicht nur um ein Strohfeuer handelt, dann ja«, nuschelte Wiebke mit einem viel zu großen Stück Wurst im Mund. Sie wollte so schnell wie möglich nach Hause.

»Is klar.« Er hatte zwischendurch ein Bier gezapft. Jetzt lehnte er sich über den Tresen, an dem Wiebke saß, legte ihr eine Hand auf den Arm und sah ihr in die Augen. Sie machte noch immer dicke Backen, hörte aber vor Überraschung auf zu kauen. »Du bist echt 'ne tolle Frau, Wiebi, weißt du das?« Sie schluckte und musste husten. Das Stück Wurst war eindeutig zu groß, um im Ganzen verschlungen zu werden.

»Oje, ich hoffe, du hast dich nicht vor Schreck verschluckt.« Jochen lächelte zerknirscht. Warum wohl sonst?

»Was willst du mir sagen?«, fragte sie, als sie wieder Luft bekam.

»Ich habe über Lulu und mich nachgedacht. Ich find's super, dass sie sich mit dem Senioren-Dienst selbstständig gemacht hat, ehrlich, das macht sie auch erste Sahne. Wirklich toll, wie sie mit den alten Leutchen umgeht. Aber irgendwie hatten wir das gar nicht richtig besprochen. Sie hat das einfach entschieden. Finde ich nicht okay.« Da lag also der Hase im Pfeffer. Wiebke atmete auf. »Ich würd's gut finden, wenn Tom einen Bruder oder eine kleine Schwester bekäme. Aber wie soll das gehen, wenn wir beide so viel unterwegs sind? Wenn wir noch lange warten, ist es aber auch doof, dann ist der Altersunterschied zwischen Tom und einem Geschwisterchen zu groß.« Er wirkte erleichtert, seine Überlegungen laut ausgesprochen zu haben. »Mann, Wiebi, was mach ich denn jetzt?«

»Mit deiner Frau reden, zum Beispiel.«

»Das ist ja das Problem. Lulu kann echt so stur sein. Über einige Dinge redet sie nicht mit mir, sondern da stellt sie mich vor vollendete Tatsachen.«

»Machst uns noch vier Bier. Und dazu vier Lütte, oder wie sagt man hier in Nordfriesland?«, bat ein Mann, der am Tresen lümmelte.

»Korn sagt man, wenn man Korn will«, gab Jochen nüchtern zurück. »Wenn man Sambuca will, sagt man Sambuca. Will man Ouzo, sagt man ...«

»Ist gut, ich hab's kapiert. Dann nehmen wir vier Bier und vier Ouzo.«

»Ouzo ham wir nich.«

Nachdem sie sich auf Aquavit geeinigt hatten, wandte sich Jochen wieder an Wiebke, die gerade ihren leeren Teller von sich schob.

»Ich fürchte, ich platze.«

»Brauchst auch einen Aquavit?«

»Nein danke, lieber einen Sambuca. Oder, nee, lass mal. Ich radel gleich nach Hause, das ist besser für die Verdauung als jeder Schnaps.« Er wollte widersprechen. »Vor allem sicherer, falls mein Pieper sich heute noch meldet.«

»Stimmt allerdings.« Er seufzte. »Weißt du, was mich echt an Lulu nervt? Sie kann so bockig sein. Nicht nur mir gegenüber. Wenn sie meint, dass sie etwas besser kann oder weiß, dann ist da nichts dran zu rütteln. Ich sage immer: Mäuschen, der andere könnte recht haben. Das musst du immer bedenken, der andere könnte recht haben.«

»Kluger Satz. Wenn den jeder ständig im Kopf hätte, wäre viel gewonnen.«

Jochen schlug mit der flachen Hand auf den Tresen. »Siehste, das meine ich auch. Das finde ich so gut an dir, Wiebi, du hast 'ne Meinung und 'ne Haltung und bist trotzdem offen für Argumente der Gegenseite.«

»Danke für die Blumen! Ich bin eben älter als Lulu und habe dazugelernt.« Sie schmunzelte. »Früher konnte ich auch richtig bockig sein.« Nach einem kurzen Moment fragte sie: »Habt ihr über ein zweites Kind gesprochen?«

»Ja, ist aber schon länger her. Und auch nicht so konkret, sondern eher grundsätzlich.«

»Dann wirst du sie wohl noch mal ganz konkret ansprechen müssen.« Er sah nicht überzeugt aus. »Jochen, wenn ihr ein zweites Kind wollt, findet ihr eine Lösung. Aber nur gemeinsam und aktiv.« Sie rutschte vom Barhocker. »Was ihre Sturheit betrifft, würde ich eine Situation abwarten, in der sie klar falschgelegen hat. Und in einer ruhigen Minute führst du ihr dann vor Augen, dass offenbar auch mal andere recht haben oder etwas besser können als sie. Ob sie das allerdings verinnerlicht?« Sie zuckte mit den Achseln.

Als Wiebke auf ihrem Rad den Heimweg-Slalom zwischen unzähligen Schlaglöchern hindurch bewältigte, musste sie schmunzeln. Alle Paare im Feldweg hatten so ihre Probleme. Ganz normal. Wahrscheinlich war es das Glück von Wiebke und Tamme, dass ihre Beziehung noch so frisch war. Durch die rosarote Brille sah man die Macken des anderen und die kleinen Alltagsärgernisse eben nicht ganz so scharf. Sie hoffte von Herzen, dass sie sich ihre Liebe bewahren konnten, wenn die Gläser ihrer Brille die Tönung verlieren würden.

Kapitel 9

Schon während der Dienstbesprechung klingelte das Telefon.

»Ich gehe ran«, rief Corinna und rettete damit Sandra, die mit einer halben Mohnschnecke im Mund unmöglich hätte sprechen können.

»Inselpraxis Dr. Klaus, mein Name ist Corinna Jacobsen, wie kann ich Ihnen helfen?«

Die immer gleichen Worte in Kombination mit dem jedes Mal identischen Singsang hatten schon dazu geführt, dass ein Patient dachte, er sei mit dem Anrufbeantworter verbunden. Für Wiebke war die Hauptsache, dass Corinna mit einem Lächeln an den Apparat ging, was man ihrer Meinung nach am anderen Ende hörte. Eine Forderung, die man bei Corinna gar nicht erst zu erwähnen brauchte. Dass Wiebke ihr die Inselpraxis nicht abgewöhnen konnte, musste sie dann wohl billigend in Kauf nehmen.

»Ja, ich verstehe. Von Hooge, genau. Aha, ja, klar. Gut, vielen Dank für den Anruf, ich gebe es sofort weiter.« Corinna lauschte kurz. »Natürlich meine ich mit sofort auch sofort. Dachten Sie, ich warte bis Weihnachten?« Sie lachte fröhlich. »Nein, das ist nicht lustig, finde ich auch. Sollte es auch nicht sein. Und wenn Sie mich jetzt nicht länger aufhalten, kann ich Frau Dr. Klaus die Information auch direkt weitergeben, wir sind nämlich gerade in der Dienstbesprechung.« Sie sah den Hörer irritiert an und murmelte: »Ihnen auch noch eine angenehme Woche.« Dann legte sie kopfschüttelnd auf.

»Bei der Hansen von Hooge ist kein bakterieller Auslöser nachzuweisen, dafür allerdings eindeutig blutiger Stuhl. Sie sagen, du sollst auch von den anderen Patienten, deren Blut du eingeschickt hast, Stuhlproben entnehmen lassen. Falls es noch ein positives Ergebnis gibt, musst du das Gesundheitsamt informieren.«

»Schon klar.« Wiebke fiel sofort die erhöhte Blutungsneigung von Frau Hansen ein, die sie bei ihrem ersten Besuch festgestellt hatte. Auch bei Konni hatte sie die beobachtet. In deren Fall konnte ein Zusammenhang zur Heparintherapie bestehen. Was, wenn nicht?

»Gibt's noch etwas?« Wiebke sah von einer zur anderen. »Gut, dann mal los! Sandra, kümmere dich bitte darum, dass alle Betroffenen unserer geheimnisvollen Infektion Stuhlproben abgeben. Ich möchte, dass die schnellstmöglich ins Labor gehen.«

»Wird erledigt, Frau Dr. Klaus.« Sandra war mit dem alten Inselarzt nie per Du gewesen und konnte sich bei Wiebke nur schwer daran gewöhnen. Sie wechselte zwischen »Sie, Frau Dr. Klaus«, »Du, Wiebke« und »Du, Frau Wiebke« permanent hin und her.

Ehe sie ihren ersten Patienten hatte, rief Wiebke in der

Klinik in Husum an. Sie wollte sich nach dem kleinen Badegast erkundigen, der um ein Haar ertrunken wäre.

»Keine guten Neuigkeiten«, erklärte ihr der behandelnde Kollege. »Der Junge hat ein Hirnödem.« Wiebke schloss kurz die Augen. »Wir versorgen ihn mit Sauerstoff, haben seine Körpertemperatur gesenkt und ihm Kortison gegeben.« Pause. »Es gäbe vielleicht eine Möglichkeit, die ist allerdings alles andere als konventionell.« Erneute Pause. »Ich bin leidenschaftlicher Taucher, müssen Sie wissen. Darum beschäftige ich mich viel mit Tauch- und Überdruckmedizin.«

Wiebke wurde hellhörig. »Ich habe erst kürzlich gelesen, dass es in den Staaten einen ziemlich dramatischen Unfall gab, dessen Folgen auf diesem Wege in erstaunlichem Maß gemindert wurden.«

»Man darf nicht zu viel erwarten, und ich bin mir natürlich voll bewusst, dass Beinahe-Ertrinken keine Indikation für die hyperbare Therapie ist. Trotzdem, so wie dieser ganz spezielle Fall liegt, hege ich die Hoffnung, dass Leo davon profitieren könnte.«

»Haben wir denn hier in der Nähe überhaupt ein Institut mit der entsprechenden Einrichtung?«

»Kiel«, antwortete der Kollege. »Das Marine-Institut war Vorreiter in der Überdruckmedizin. Ich habe bereits Kontakt aufgenommen und, sagen wir mal, nicht gerade offene Türen eingerannt. Man ist dort verständlicherweise sehr zurückhaltend.«

»Das heißt?«

»Ich glaube, es ist einen Versuch wert. Wenn der Junge

dort eine Sauerstofftherapie in der Kammer bekommt, sind seine Chancen, gesund zu werden, meines Erachtens am größten. Ich erwarte jeden Augenblick die Eltern, denen ich eine Therapie in der Druckkammer vorstellen möchte. Ihre Zustimmung ist die zwingende Voraussetzung. Ich gehe davon aus, die zu bekommen. Dann müssen wir noch ein paar bürokratische Hürden überwinden, sonst brauche ich gar kein zweites Mal in Kiel vorzusprechen.«

»Jede Sekunde zählt, richtig? Bürokratische Hürden gehören nicht gerade zu den Dingen, die sich schnell aus dem Weg räumen lassen.«

»Ich muss es versuchen«, erklärte er, »sonst mache ich mir ewig Vorwürfe.« Er schien wirklich sehr überzeugt zu sein.

Wiebke war froh, dass Leo in so guten Händen war. Sie drückte fest die Daumen, dass der Kollege sich durchsetzen konnte. Und zwar schnell.

»Wie schätzen Sie seine Lage ein, falls er diese Therapie nicht bekommt«, wollte sie wissen. »Oder wenn sie nicht so gut anschlägt, wie Sie hoffen? Wie stark werden seine Einschränkungen bleiben?«

»Liebe Kollegin, Sie wissen, dass niemand eine seriöse Aussage darüber treffen kann. Hirnschäden sind unberechenbar. Die Schwellung ist nicht extrem stark ausgeprägt. Ich habe berechtigte Hoffnung, dass wir die negativen Folgen für den Knirps gering halten können. Zumindest was die kognitiven Fähigkeiten betrifft, er reagiert inzwischen auf seine Eltern, erkennt sie ganz eindeutig. Und er brabbelt erste Worte. Koordinativ macht er uns allerdings noch Sorgen, da könnten Mängel nachbleiben. Wie gesagt: Das sind nur Mutmaßungen, zu verbindlichen Aussagen lasse ich mich ganz sicher nicht hinreißen.«

»Verstehe, vielen Dank, Herr Kollege! Ach, eine Sekunde noch. Könnten Sie mich bitte zu dem behandelnden Arzt durchstellen, der für Konstanze Müller zuständig ist?« Wiebke hatte schon einmal nach Konnis Befinden gefragt, aber nur eine Krankenschwester erreicht, die sie auf später vertröstet hatte. Später hatte Wiebke dann so viel um die Ohren gehabt, dass es jetzt wirklich höchste Zeit war, Konkretes in Erfahrung zu bringen. Der Kollege verabschiedete sich, es knisterte im Hörer, dann ertönten Walgesänge, begleitet von Wellenrauschen. Nach einer gefühlten Ewigkeit meldete sich eine Frauenstimme. Wiebke erklärte der Kollegin, dass sie diejenige war, die Konni hatte ins Krankenhaus bringen lassen.

»Haben Sie das Gesundheitsamt informiert?«, kam es barsch durch die Leitung.

»Nein, noch bestand kein Anlass«, verteidigte Wiebke sich.

»Kein Anlass? Halten Sie es etwa für Zufall, dass zwei Patienten aus einer Region mit den gleichen Symptomen eingeliefert werden und einen ähnlichen Verlauf aufweisen?«

»Ich hatte bisher keinen konkreten Hinweis auf eine meldepflichtige Infektion. Und über den Verlauf bin ich nicht informiert worden«, sagte Wiebke in einem Ton, der ihrer Kollegin klarmachen sollte, dass sie Vorwürfe für absolut unangebracht hielt.

»Warum auch?«, kam es knapp zurück. »Das sind nicht mehr Ihre Fälle.«

»Aber ich soll das Gesundheitsamt informieren? Bei allem Respekt, entweder oder. Entscheiden Sie sich mal, ob ich nun zuständig bin oder nicht.«

»Bei beiden Patientinnen ist die Blutgerinnung gestört. Bisher konnten wir noch keinen bekannten Erreger nachweisen. Wir tappen im Dunkeln«, gab die Ärztin zu. »Haben Sie eine Idee, wo es Parallelen geben könnte, wo eine Ansteckung erfolgt ist?«

»Ich werde darüber nachdenken«, erwiderte Wiebke. »Wir haben hier einige Patienten mit den gleichen Anfangssymptomen. Ich habe bereits angeordnet, dass alle auf blutigen Stuhl getestet werden. Meines Wissens ist bisher eine Patientin positiv.«

»Die beiden hier sind es definitiv.«

Dann hätte auf jeden Fall das Gesundheitsamt informiert werden müssen. Wiebke seufzte. Warum war das nicht geschehen? Wieso erwartete man das von ihr?

»Geben Sie im Amt Bescheid, oder soll ich es tun?«

Nach dem Gespräch rief sie sofort bei Volker auf Hooge an und bat ihn, sich um Stuhlproben sämtlicher Patienten zu kümmern, die unter den Grippesymptomen litten. Dann brachte sie ihn auf den neuesten Stand.

»Lass die Proben bitte notfalls mit dem Taxiboot aufs Festland bringen«, bat sie ihn schließlich.

»Oha, isses so ernst? Hast mir noch nich alles erzählt?«

»Ist nur so ein Gefühl. Wir dürfen auf keinen Fall Panik

verbreiten. Die kommt früh genug, wenn die Herrschaften vom Amt hier alles auf links drehen.«

»Ich darf gar nicht dran denken.« Volker seufzte hörbar.

»Geht mir genauso. Auf der anderen Seite können wir froh sein, wenn wir Unterstützung bei der Suche nach der Quelle bekommen. Wir zwei sind damit überfordert.«

Nele war in dieser hektischen Zeit die Rettung. Sie ging mit Janosch Gassi, machte Maxi etwas zu essen und spielte am Nachmittag mit ihr und ihrer Freundin Hilke. So konnte sich Wiebke voll auf ihre Arbeit konzentrieren. Neben dem kräftigen Sonnenbrand eines jungen Mannes, der das reflektierende Wasser ebenso komplett unterschätzt hatte wie die Temperaturen, musste sie sich um starken Husten und um eine Magenverstimmung kümmern. Dann rief auch noch eine Mitarbeiterin der Mutter-Kind-Klinik an, in der Oma Mommsen ihre Reha verbrachte.

»Sie sagt, Sie sollen sofort kommen«, richtete die Frau Wiebke aus. Ihr Ton ließ ahnen, dass sie eine lange Diskussion mit Oma Mommsen hinter sich und verloren hatte.

»Geht's ihr nicht gut?«

»Im Gegenteil. Wenn Sie mich fragen, könnte die auch nach Hause gehen. Ein bisschen Physiotherapie, und gut isses. Hier strapaziert sie doch nur unsere Nerven.«

»Sie würde sich freuen, das zu hören«, sagte Wiebke und musste schmunzeln. »In Ordnung, ich komme nachher vorbei. Nachher«, wiederholte sie, »nicht sofort. Sagen Sie ihr das mit schönen Grüßen.«

»Ich werde mich hüten, ihr Zimmer heute noch einmal zu betreten.«

Wiebke hütete sich nicht, sondern stattete der alten Dame in der Mittagspause kurz einen Besuch ab. Als sie gerade aus dem Auto stieg, liefen ihr Opa Tüdelig und Holger über den Weg. Ein seltener Anblick, denn Holger leitete in Leipzig eine Werbeagentur und besuchte seinen Vater nur sehr selten.

»Guten Tag, Frau Doktor!«, rief er.

»Woll'n Sie Fisch kaufen?«, fragte Opa Tüdelig sie. »Is ganz frisch. Mein Jung hier kann Ihnen was einpacken.«

In seinen wässrig blauen Augen blitzte sein alter Charme auf und verglomm in der nächsten Sekunde wieder. Hinnerk Boll fuhr schon lange nicht mehr mit seinem Kutter raus, aber manches Mal verschlug es ihn wieder in die Zeit zurück, in der er jeden Morgen Makrelen und Dorsch aus dem Wasser geholt hatte.

»Die Frau Doktor ist doch Vegetarierin«, erklärte Holger ihm, um das vermeintliche Verkaufsgespräch sanft im Keim zu ersticken, doch er erntete nur einen verständnislosen Blick seines Vaters.

»Mein Sohn versteht da nich viel von«, entschuldigte sich Hinnerk. »Meinen Fisch können Sie ohne Bedenken essen.«

»Ich guck mal, dass ich ihn heil nach Hause kriege«, sagte Holger mit gedämpfter Stimme, hakte sich bei seinem Vater ein und führte ihn in die Richtung, aus der die beiden gekommen waren. »Schönen Tag noch!«

Nachdenklich betrat Wiebke die Klinik. Wie lange würde

es noch gut gehen, dass Opa Tüdelig mit seiner schrägen Alten-WG in seinem Haus blieb? Vielleicht hätte sie mit seinem Sohn darüber reden sollen.

Ihre Überlegungen wurden jäh unterbrochen, kaum dass sie Oma Mommsens Tür öffnete.

»Da bist ja endlich«, rief die in einem Ton aus, als wartete sie dringend darauf, dass Wiebke ihr die Sterbesakramente verlieh. »Ich dacht schon, du kommst gar nich mehr.«

»Guten Tag, liebe Oma Mommsen, ich freue mich auch, dich zu sehen.«

»Jaja«, machte die und winkte ungeduldig ab.

»Wie geht's der Hüfte?«

»Allerbest, is fast wie neu.« Sie kicherte, ihre Augen verschwanden in einem Meer aus Fältchen. »So, nu komm wir aber man zur Sache, Doktorchen.« Sie humpelte, auf einen Stock gestützt, an den kleinen Tisch, der am Fenster stand. »Ich hab ja nich ewig Zeit.«

»Du hast keine Zeit?« Wiebke hob eine Augenbraue. »Ist klar. Ich habe Gott sei Dank den lieben langen Tag nichts zu tun.«

»Du bist noch jung, du hast mehr Zeit als ich«, erwiderte sie energisch, dann strahlte sie. »Aber dass du nich viel um die Ohren hast, is prima.«

»Das war ironisch, Oma Mommsen.«

»Ich hab mich mal um so einiges gekümmert. Du, dat gifft heutzutag plietsche Sachen.« Ihre Augen glänzten vor Aufregung. »Staat-Ab. Hast da schon mal was von gehört?«

»Ich fürchte, nein.« Wiebke hatte keine Idee, wovon Frau Mommsen sprach.

»Ich denk, du hast Medizin studiert. Da muss man doch klug für sein. Aber die hellste Kerze auf der Torte bist man nich. Oder kriegst du nur nich so viel aus der Geschäftswelt mit?«

»Wahrscheinlich Letzteres. Hoffe ich.«

Oma Mommsen wedelte mit einer Hand in der Luft herum, was wohl eine Aufforderung war, sich hinzusetzen. Wiebke folgte brav.

»Pass auf, nu kommt's. Bei diesem Staatdings geht's um Firmengründungen. Junge Unternehmen, kapiert?«

Wiebke atmete einmal durch. »Start-up. Ist es das, wovon du sprichst?«

Oma Mommsen zog die Stirn kraus. »Sag ich doch.« Sofort lachte sie wieder. »Ganz jung bin ich man nich mehr, muss ich auch gar nich sein, Hauptsache, dat Unternehmen is noch jung«, klärte sie Wiebke auf. »Dat gibt nämlich Geld!«

»Förderprogramme«, vermutete Wiebke.

»Bist doch kein Dummerchen.« Oma Mommsen kicherte. »Wusst ich doch, dass du dat nich auf dir sitzen lässt, sondern nu mal 'n büschen mitdenkst.« Sie setzte eine Brille auf.

»Du trägst eine Brille? Die habe ich ja noch nie an dir gesehen.«

»Is nur 'ne Lesehilfe. Gibt's am Kiosk für vier neunundneunzig. Das is schon die erste Ausgabe. Nach dem Zeichenblock und den Stiften natürlich.«

»Muss man die Förderung nicht erst beantragen, ehe man anfängt, Kosten zu produzieren?«

»So isses, Deern, aber das Risiko geh ich ein.« Ein Risiko von insgesamt lumpigen zehn Euro war wirklich zu verschmerzen.

Oma Mommsen hatte nicht nur irgendetwas aufgeschnappt oder sich über einen einzelnen Aspekt informiert, sie war umfassend im Bilde, was Möglichkeiten anging, sich bei einer Unternehmensgründung Hilfe zu holen. In jeder Form. Die alte Dame referierte souverän über Finanztöpfe für strukturschwache Regionen.

»Na, wenn wir nich strukturschwach sind, wer dann?«, meinte sie. Der ländliche Raum sei immer schwierig und stünde daher ganz oben bei den Ansprüchen auf Hilfe. »Wir sind sozusagen eine einzige Problemzone«, ließ sie Wiebke wissen. »Überleg mal, wie lange das her is, seit Pellworm das letzte Mal wirtschaftlich von sich reden gemacht hat. Ach, kannst ja gar nich wissen. Bist ja grad erst hier angekommen.« Sie lächelte Wiebke so liebevoll an, dass der das Herz aufging. »Is 'ne Ewigkeit her, kann ich dir sagen. Damals sind die aus aller Welt gekommen. Sogar einer aus der Südsee, aus Tonga«, verkündete sie stolz, als hätte sie das Solarfeld, das damals der Anziehungspunkt war, höchstpersönlich entwickelt und aufgestellt. »Da kommt heute noch manchmal einer. Aus Tonga, mein ich, aber nur noch privat, so aus alter Freundschaft. Früher sind die gekommen, um sich bei uns was abzugucken.«

»Denkst du nicht, dass das auch bei der neuen Ferienhausanlage passieren könnte? Die zwischen Westerweg und

Kaydeich, meine ich. Häuser aus Lehm mit Schafwolle gedämmt, mit Bioölen behandelte Vollholzmöbel, da können sich die meisten Anbieter eine Menge abgucken.«

»Jo, da hast recht, Deern. Nu überlech nur mal, wie viel Urlaub die Leute haben. Meine Mode brauchst du immer. Einmal klein und faltig, immer klein und faltig, für den ganzen Rest deines Lebens.« Dem war nichts entgegenzusetzen. »Siehst, und darum gibt dat auf Pellworm nu bald wieder was zum Lernen für die ganze Welt!« Sie sah Wiebke erwartungsvoll an.

»Mode für besonders kleine und schrumpelige Menschen?«, fragte Wiebke vorsichtig.

»Genauso isses. Die gibt's schließlich überall auf der Welt. Vor allem in Asien. Hab ich im Fernsehen gesehen. Du, und in Asien leben sowieso die meisten. Was meinst, was dat für 'n Geschäft wird, wenn die meine Mode kaufen?«

An dieser rüstigen und einfallsreichen Person konnte sich wirklich so mancher junge Mensch ein Beispiel nehmen. Oma Mommsen war es mit der Angelegenheit absolut ernst. Wie sollte man ihr klarmachen, wie schwierig eine Gründung war, was alles damit zusammenhing?

»Liebe Oma Mommsen, ich bin zutiefst beeindruckt von deinem Elan und deinem Wissen, das du dir in den letzten Tagen angeeignet hast.« Weiter kam Wiebke nicht.

»Ich hab auch vorher schon Wirtschaftsnachrichten gehört und geguckt. Hat mich schon immer interessiert«, stellte sie richtig.

»Du bist bestimmt eine bessere Geschäftsfrau als so mancher hoch bezahlte Manager, davon bin ich überzeugt.«

Oma Mommsen strahlte. »Nur, weißt du, ein Produkt zu entwickeln, besser gesagt, eine ganze Modelinie, die neu im Markt zu platzieren und dann auch gleich global anbieten zu wollen, das ist eine ziemlich große Aufgabe.«

»Ich denke, ihr helft mir alle. Ich bin ja man nur die mit der brillanten Idee und der kreative Kopf. Den Rest müsst ihr machen.«

»Den Rest? Wir sprechen von der Produktion einer riesigen Menge Textilien, Anmietung von Lagern, ein Logo muss her und ... Wie soll deine Marke denn heißen, hast du schon eine Idee?« Gute Frage, damit würde sie Oma Mommsen zumindest ein bisschen aus dem Konzept bringen.

»Natürlich, das is doch mit das Wichtigste. Griffig muss es sein und emotional.« Sie betonte jeden Buchstaben einzeln und schlug die Mappe mit ihren Entwürfen auf. »Siehst, und das da is das Logo.«

Oma MOMO – Oma Mommsens Mode, stand in geschwungenen Lettern auf dem Blatt. Die Schrift hatte etwas Tatteriges und wirkte gleichzeitig vital. Im letzten O von MOMO saß eine winzige Figur mit faltigem Gesicht. Sie trug eine Hose und eine sehr pfiffige Bluse, die auch als Herrenhemd durchgehen würde. Wiebke hatte es die Sprache verschlagen.

»Nu bist platt!« Oma Mommsen freute sich diebisch.

»Zugegeben, das bin ich. Das ist großartig. Trotzdem. Du musst dir den Namen schützen lassen. Überhaupt, muss man in der Mode so etwas wie ein Patent anmelden? Ich habe keine Ahnung, aber du musst das wissen. Du willst doch nicht, dass die winzigen zerknitterten Asiaten deine wunderschönen Entwürfe kopieren.« Oma Mommsen sah kurzfristig nachdenklich aus. Also setzte Wiebke nach: »Du brauchst eine gigantische Marketingkampagne.«

»Anzeigen und so«, meinte Oma Mommsen nun schon etwas kleinlauter.

»Mit einer einfachen Anzeige kommst du heutzutage nicht mehr weit. Du brauchst Journalisten, die über dich berichten, Blogger. Ein Prominenter wäre gut, der als Gesicht für deine Produkte wirbt.«

»Schade, dass der Heesters nich mehr is«, überlegte Oma Mommsen laut. »Aber der war sowieso zu groß.«

»Wahrscheinlich bist du selbst die perfekte Besetzung für diese Aufgabe. Jetzt mal im Ernst, ehe Oma MOMO bekannt ist, vergehen Jahre.«

»Du meinst, denn bin ich schon beim Heesters?« Sie wiegte den Kopf und ließ die Schultern hängen. So sah sie geradezu winzig aus. »Jo, das wär dumm. Vielleicht bin ich ja wahrhaftig 'n büschen alt für die Geschäftsleitung.« Plötzlich straffte sie sich wieder. »Kann das nich eine von euerm Club machen? Die Frauen aus deiner Straße, die mit den Kappen.«

»Club der Blauen Kappen«, sagte Wiebke feierlich. »Na ja, die haben eigentlich alle was zu tun.«

»Da is eine dabei, die kümmert sich um unsern ollen Kirchturm. Dat macht die doch bestimmt aus Langeweile, oder?«

»Nein, das kann man so nicht sagen. Im Gegenteil, sie hat so viel um die Ohren, dass sie den Kirchturm in Zukunft seinem Schicksal überlässt.«

»Hm, schade. Weißt denn sonst jemand?«

Eine Frau mit einem Händchen für Gestaltung, die Lust hatte, etwas Eigenes auf die Beine zu stellen, und deren zweiter Vorname Mode war? Saskia! Manchmal regelte das Universum Probleme am allerbesten.

»Doch, ich glaube, da fällt mir jemand ein.«

»Die Maklerin hat heute übrigens in der Praxis angerufen«, erzählte Wiebke Tamme, nachdem eine völlig erledigte Maxi im Bett lag und ein nicht minder erschöpfter Janosch sich in sein Körbchen zurückgezogen hatte.

»Da siehst du mal wieder, wie die finanziellen Möglichkeiten eines Schwimmmeisters und einer Ärztin eingeschätzt werden.« Er räumte das Geschirr in die Spülmaschine und mixte seinen Tamme-Spezial, einen Cocktail aus Mineralwasser, Limetten, frischer Minze und einem Schuss eines geheimnisvollen Sirups, dessen Zusammensetzung er nicht preisgab. »Warum ruft sie wohl bei dir an und nicht bei mir?«

»Tja, wenn die wüsste … Sie hat's wieder mit der Sie-müssen-sich-schnell-entscheiden-ich-habe-jede-Menge-Interessenten-Masche versucht.«

»Dummerweise wird das stimmen. Sollten wir ablehnen, schlägt bestimmt ganz schnell ein anderer zu.«

»Na ja, schnell … So viele Menschen haben nun auch nicht das nötige Sümmchen für ein Haus in der Portokasse herumliegen.«

»Nö, aber jeder zweite Arzt in der Kaffeekasse.«

»Dann bin ich wohl Nummer eins oder drei.« Sie küsste

ihn. »Pech gehabt! Aber nicht nur. Du hast auch Glück, ich bin nämlich ein sparsamer Mensch.«

»Ist mir noch gar nicht aufgefallen. Ich dachte, du benutzt Plastikverpackungen als Müllbeutel und Überweisungsträger als Schmierzettel, um die Umwelt zu schonen.«

»Stimmt ja auch. Ich sagte, ich bin sparsam, nicht geizig. Deswegen hat sich im Laufe der Jahre ein Notgroschen angesammelt.«

Er wurde ernst. »Hast du den denn nicht für die Übernahme der Praxis gebraucht?«

»Das war ein anderer Notgroschen.« Sie sah in sein verblüfftes Gesicht und lachte. »Verlange bitte nicht von mir, dir die Finanzierung der Praxis im Einzelnen zu erklären. Das ist ein sehr kompliziertes Konstrukt.« Sie setzte sich an den Wohnzimmertisch. Durch die geöffnete Terrassentür kam frische Luft herein, die den Duft von Lavendel und Meer mitbrachte. »Ich verrate dir aber gerne, was ich monatlich dafür aufwenden muss.«

Sie schrieb ihre beiden Namen zweimal nebeneinander auf ein weißes Blatt Papier. Dann zog sie einen waagerechten Strich darunter und setzte jeweils zwischen Wiebke und Tamme einen senkrechten Strich.

»Pass auf, dass du dir nicht die Zunge abbeißt«, warnte er schmunzelnd. Sie hatte doch tatsächlich die Zungenspitze zu Hilfe genommen, um gerade Striche zu ziehen. Wie sollte die wohl dabei helfen? Das gehörte eindeutig zu den Körperreaktionen, die sie nie verstehen würde.

»Okay, was zuerst? Unser Guthaben oder unsere Ausgaben?«

»Zuerst die Ausgaben, damit wir nicht überschnappen.«

Sie listeten alles auf, was Monat für Monat feste Kosten erzeugte. Nicht gerade wenig. Dann waren endlich die Einkünfte an der Reihe und die Ersparnisse, die jeder von ihnen hatte. Auch da kam einiges zusammen. Als sie am Ende einen Strich zogen, den Preis des Hauses und den aktuellen Zins einkalkulierten, waren sie beide überrascht. Wiebke musste lachen, wie sie als Kind gelacht hatte, wenn sie ein Geschenk bekommen hatte, das sie sich ganz besonders gewünscht hatte. Zum letzten Mal war dieses unkontrollierte Lachen aus ihr herausgesprudelt, als sie das dritte Staatsexamen in der Tasche gehabt hatte.

»Das sieht ziemlich gut aus«, stellte Tamme fest, »hätte ich nicht gedacht.« Er sah sie an. In seinen Augen lag ein so zufriedener Glanz, dass ihr ganz warm wurde. Es fühlte sich richtig an. Kein Zögern mehr, kein Zweifeln. Wenn du dich nicht mit Haut und Haaren auf jemanden einlassen willst, dann solltest du gar keine Beziehung haben, sagte sie sich. Dann fiel ihr ein Vergleich ein, den Tamme ihr mal erzählt hatte. Sie hatten damals darüber gesprochen, dass sie sich mehr als einmal in ihrem Leben auf jemanden verlassen hatte und enttäuscht worden war.

Daraufhin hatte er gesagt: »Wenn du einem Floh sagst, spring, und er springt. Und dann reißt du ihm die Beine aus und sagst ihm wieder, er soll springen, aber er tut es nicht, was lernst du daraus? Dass ein Floh nicht mehr hören kann, wenn man ihm die Beine ausreißt.« Ein gutes Bild dafür, dass es immer mehrere Schlüsse gab, die man aus Erfahrungen ziehen konnte. Und nicht jeder Schluss war richtig. Bei der Erinnerung daran musste sie lächeln.

»Woran denkst du?«

»An Flöhe.« Er legte überrascht den Kopf schief. Wiebke sah ihm in die Augen. »Ich denke, wir sollten es tun. Wir sollten die Maklerin anrufen und ihr sagen, dass wir es nehmen.«

»Moment, nicht so schnell!« Wiebke schluckte. Sie war sich sicher gewesen, dass er das Haus auf jeden Fall wollte, mit ihr zusammen. »Erst schaffst du dir sogar einen Hund an, um nicht mit mir unter einem Dach leben zu müssen, und jetzt hast du es so eilig?«

»Der Trick mit dem Hund hat doch sowieso nicht geklappt.«

»Im Ernst, Wiebke, ich möchte am liebsten jetzt sofort bei dieser Immobilientante anrufen, aber je mehr Interesse wir zeigen, desto weniger geht der Verkäufer mit dem Preis runter.«

»Meinst du denn, es gibt noch einen Spielraum?«

»Klar, den gibt es immer.«

Sie nickte. Da war etwas dran.

»Ruf sie doch morgen an und bitte um einen zweiten Termin. Dann können wir gezielt nach Mängeln gucken. Auf dem Spitzboden waren wir noch gar nicht, ich will aber unbedingt das Gebälk sehen.«

»Du hast recht, so machen wir's. Du drückst den Preis noch ordentlich«, erklärte sie übermütig, »dann müssen wir uns finanziell nicht verausgaben.«

Er nickte. »Ja, super. Von unserer Kohle bleibt ganz viel übrig, und ich kann die Hände in den Schoß legen!«

»In meinen?«

»Pfui, Frau Doktor, wie unanständig!« Er zog sie zu sich und küsste sie.

»Nein, unanständig sind nur deine Gedanken«, murmelte sie. Sie streichelte seinen Nacken, genoss seine Hände auf ihrem Körper. Was genau sprach noch dagegen, für immer zusammenzuleben, womöglich sogar zu heiraten? Wiebke fiel beim besten Willen kein Argument ein. »Übrigens habe ich eine viel bessere Idee«, sagte sie zwischen zwei atemlosen Küssen.

»Ich wette, ich komme drauf.« Er schob ihr Kleid bis zu den Oberschenkeln hoch.

»Falsch, Tamme Tedsen. Damit hat meine Idee nichts zu tun. Obwohl ... Die gefällt mir auch ziemlich gut.« Sie hielt seine Hand fest und schob sie ein Stückchen höher, während sie ihm unverwandt in die Augen blickte.

»Okay, raus mit der Sprache, und dann ist Schluss mit Small Talk. Ich will auf der Stelle über dich herfallen.«

»ICH höre auf zu arbeiten!«, sagte sie verschmitzt.

Sein Gesicht war ganz dicht an ihrem gewesen, jetzt zog er sich etwas zurück und betrachtete sie aus zusammengekniffenen Augen. »Ist das dein Ernst? Also, ich meine, könntest du dir vorstellen, weniger zu arbeiten? Ich finde nämlich, wir sollten uns in unserem Haus auch ab und zu sehen. Wenn ich mir unsere Kalkulation anschaue, könnte es finanziell doch noch reichen, wenn du dir die Praxis teilen würdest.«

»Das Geld ist das eine«, erwiderte sie. »Erst mal musst du jemanden finden, dem das auch reicht und der sich auf Pellworm niederlassen will.«

Er rückte wieder näher an sie heran. »Könntest du dir das denn ernsthaft vorstellen? Würdest du deine Fühler nach einem Partner ausstrecken? Nach einem Geschäftspartner natürlich.«

Sie lächelte ihn an. »Nach einem Lebenspartner bestimmt nicht, ich könnte mich nur verschlechtern«, sagte sie leise.

Seine Antwort war ein langer, sehr zärtlicher Kuss.

»Dann ist das abgemacht, du hörst dich mal nach einem Kollegen oder einer Kollegin für die Praxis um, und ich kläre mit Blödwitz, dass ich meine Arbeitszeit verkürzen will. Wenigstens im Sommer, da ist ohnehin nicht viel los. In der Halle zumindest, und an die Badestelle darf ich ja nicht mehr«, stellte er gespielt beleidigt fest.

»Abgemacht!« Wiebke schlang die Arme um ihn und zog ihn an sich.

Tammes Handy brummte leise. Dummerweise hatte er es gehört.

»Kannst du das nicht ignorieren?«, flüsterte Wiebke. Sie war heilfroh, dass ihr Pieper ruhig war, und hatte große Lust, endlich Tammes nackte Haut zu spüren.

»Vielleicht ist es Nele. Ich seh nur kurz nach.« Wiebke seufzte. »Nee, ist nicht Nele, das ist Momme.« Er sah sie mit gerunzelter Stirn an. »Unser Inselsheriff, um die Zeit?«

»Tja, dann musst du wohl rangehen.« Sie brachte ihr Kleid in Ordnung und fuhr sich einmal durch die Haare.

»Lauf bloß nicht weg! Ich will genau da weitermachen, wo wir aufgehört haben.« Er zwinkerte ihr zu. Dann nahm er das Telefonat an.

Wiebke schloss die Terrassentür, der Abendwind war ziemlich kühl. Sie räumte ihre Ordner weg. Das Gespräch schien ziemlich einseitig zu sein, Tamme sagte kein Wort. Sie sah zu ihm hinüber. Seine Miene glich einer Maske, seine Züge waren vollkommen verspannt.

»Das ist doch 'n Witz«, knurrte er.

Sie würden nicht da weitermachen, wo sie aufgehört hatten, so viel stand fest.

»Danke für die Warnung.« Er lachte bitter. »Aber ich muss mir nun wirklich keine Sorgen machen.« Das klang beunruhigend. Mehr als das. Wiebke bemühte sich, ruhig weiterzuatmen, während sie ihn beobachtete. »Von wem hast du das gehört?« Stille. »Mann, Momme, wie lange kennen wir uns? Ja, hast ja recht, ja, klar weiß ich das. Ist in Ordnung.« Tamme holte tief Luft. »Jo, danke, dass du mir Bescheid gesagt hast. Dir auch einen schönen Abend.« Er ließ das Handy sinken. Wiebke sah ihn an. »Die Hausmanns wollen Anzeige erstatten.«

Sie ließ sich auf das Sofa fallen. »Wie bitte? Woher weiß er das? Gegen Linus?« Sie sprang wieder auf und ging zu ihm. »Frau Hausmann hat doch selbst noch gesagt, der nette Kollege brauche sich nicht mehr um sie zu kümmern, er könne ruhig eine rauchen gehen. Und jetzt ist er plötzlich nicht mehr nett, sondern schuldig?« In Tammes Gesicht lag die Antwort. »Sie wollen dich anzeigen?«

»Ich habe dir gesagt, sie werden jemanden verantwortlich machen wollen.« Er fuhr sich durchs Haar. Das war alles. Er lief nicht auf und ab, er begann nicht, sich schrecklich aufzuregen, er wirkte müde, aber ruhig. Sehr im Gegensatz zu Wiebke.

»Ein Unfall hat nicht immer einen Schuldigen. Und wenn es in diesem Fall einen gibt, dann ist es Frau Hausmann höchstpersönlich. Sie war mit ihrem Kind im Schwimmbad, sie hatte die Aufsichtspflicht, sie ganz allein«, eiferte Wiebke sich.

»Ich weiß. Kein Grund, sich aufzuregen.«

»Ich soll mich nicht …? Wie kannst du so gelassen sein? Ich meine, das ist doch kompletter Wahnsinn.«

»Eben. Ich kenne die Rechtslage. Wenn sie versuchen würden, Linus an den Karren zu fahren wegen grober Fahrlässigkeit oder Vorsatz, müsste in einem Verfahren geklärt werden, ob ihn tatsächlich eine Teilschuld trifft. Gegen mich haben die nichts vorzubringen, null Chance.« Er erzählte ihr von Fällen, die Berufskollegen erlebt hatten. Alle waren freigesprochen worden.

»Ich habe darüber noch nie nachgedacht«, sagte sie leise. »Wie war denn die Situation, als du noch einziger Schwimmmeister warst? Du hast oft genug alleine Dienst geschoben, ohne Rettungsschwimmer. Was wäre denn gewesen, wenn etwas passiert wäre, während du gerade ein Pflaster geklebt hast oder auf die Toilette musstest?«

»Dann ist das so. Es würde natürlich schon jemand hellhörig werden, wenn du eine Viertelstunde das Bad verwaist zurücklässt, weil du zum Beispiel rauchen gehst oder ein Telefonat erledigst. Das geht natürlich nicht. Der Gang zur Toilette ist selbstverständlich okay. Genau wie Arbeiten, die erfordern, dass du die Halle kurz verlässt. Du solltest möglichst einen Badegast bitten, ein Auge auf alles zu haben, um dich gegebenenfalls zu informieren. So einfach ist das.« Er nahm ihre Hand. »Ich stehe in meinem Job nicht ständig mit einem Bein im Knast«, sagte er ruhig. »Und darum werde ich mir auch keinen Anwalt nehmen, wie Momme mir empfohlen hat.«

Einen Tag später war es amtlich.

Tamme hatte seinen freien Tag. Wiebke und er hatten sich zum Mittagessen verabredet. Nele wollte für sie alle kochen.

Als Wiebke von der Praxis nebenan ins Haus kam, fing er sie ab. »Momme war heute bei mir. Der Fall Leo liegt bei der Staatsanwaltschaft Flensburg.« Er schüttelte den Kopf. »Es ist nicht zu fassen. Angeblich würde die Aussage von Frau Hausmann mich schwer belasten. Momme hat die Abschrift ihrer Behauptungen noch nicht vorliegen, er wollte mich nur schon mal warnen.«

Sofort fiel Wiebke wieder ein, was sie im Supermarkt gehört hatte: Er soll getrunken haben. Ob es das war, was die Mutter des Jungen zu Protokoll gegeben hatte?

»Wenn das mal nicht nach hinten losgeht und die gute Frau am Ende selbst was reingewürgt kriegt. Meistens lassen Staatsanwälte die Anklage fallen, weil Eltern ohnehin bis an ihr Lebensende bestraft sind, wenn sie ein Kind verlieren oder es so schwer verletzt ist. Das ist Härte genug. Wenn die mir aber einen Strick drehen will, obwohl sie selbst gepennt hat, dann würde ich mich auf so viel Nachsicht lieber nicht verlassen.« Jetzt war er aufgeregt. Kein Wunder, sie konnte es ihm nicht verdenken. »Du sagst gar nichts.«

Aus der Küche drang Geschirrklappern zu ihnen herüber und das Kichern von Nele und Maxi.

»Was ist los?« Er kam näher und stand jetzt dicht vor ihr. »Wiebke, was geht dir durch den Kopf? Du denkst doch nicht …?« Er konnte seinen Satz nicht zu Ende bringen, denn Maxi kam angesaust und fiel ihm um den Hals.

»Nele sagt, ihr sollt den Disch tecken«, krähte sie.

»Und wenn wir leine Kust haben?« Tamme sah sofort wieder völlig entspannt aus. Er wollte nicht, dass Maxi etwas von seinen Sorgen mitbekam.

»Leine Kust!« Sie lachte sich kaputt. »Ist ja kausomisch!«

»Nee, das ist woll vitzig!«, hielt Tamme dagegen.

Maxi bekam kaum noch ein Wort heraus. »Es gibt Göhrenmemüse mit Statoffelkampf.« Sie prustete los.

»Hm, das gört sich aber hut an«, gab Tamme zurück.

»Du meine Güte, wenn ihr so weitermacht, muss ich euch beide noch wegen verdrehter Hirnwindungen behandeln.«

»Wirnhindungen«, riefen beide wie aus einem Mund, klatschten sich ab und bekamen den nächsten Lachanfall.

Nele kam aus der Küche. »Was ist denn hier los?«

»Hat meine Tochter irgendetwas zu sich genommen, von

dem ich wissen sollte?«, fragte Wiebke sie mit gedämpfter Stimme.

»Nicht, dass ich wüsste. Kichererbsen vielleicht.«

»Komm, wir gehen den Tisch decken.«

Nach dem Essen zog Nele sich zurück. »Ich fahr zur Freizeithalle am Kaydeich. Die machen da ganz coole Sachen im Moment.«

»Kann ich mit?« Maxi setzte ihre gefürchtete Miene auf, der kaum jemand widerstehen konnte. Anscheinend hatte sie vergessen, dass sie Nele als Konkurrenz um Tammes Gunst betrachten und nicht so richtig mögen wollte.

»Nö, das ist nix für dich. Wir können noch was zusammen machen, wenn ich wiederkomme.«

Maxi setzte zum Schmollen an. Dann überlegte sie es sich anders. »Darf Hilke herkommen und mit mir und Janosch im Garten spielen?«

»Klar!« Wiebke lächelte.

»Supidupi«, rief Maxi und war auch schon weg.

»Ich muss noch mal rüber in die Praxis«, sagte Wiebke zu Tamme, als sie allein waren. »Ich habe einen Patienten, den ich nicht verlegen konnte. Außerdem will ich noch mal Leos Arzt anrufen. Bin gespannt, ob die schon mehr wissen, wegen der Therapie in der Überdruckkammer, von der ich dir erzählt habe.«

»Okay, dann gehe ich so lange nach Hause. Ich habe Nele versprochen, dass ich wenigstens einmal Eis mache, wenn sie hier ist. Kommst du rüber, wenn du fertig bist?«

»Ja.« Sie gab ihm einen flüchtigen Kuss und wollte an ihm vorbei, doch Tamme hielt sie fest.

»Was war vorhin los? Da war doch etwas mit dir, als ich dir erzählt habe, dass Frau Hausmanns Aussage mich angeblich so schwer belastet.«

Wiebke zögerte. Sie wollte ihn nicht unnötig aufregen. Andererseits hatten sie sich versprochen, immer aufrichtig miteinander zu sein.

»Hattest du Alkohol getrunken, als Leo ins Becken gefallen ist?«, fragte sie so gelassen, wie sie nur konnte.

Er ließ ihre Hände los, als hätte er sich daran verbrannt.

»Ich habe da so etwas gehört, ganz kurz nach dem Unfall«, erklärte sie, als hätte es keinerlei Bedeutung.

Er sagte noch immer kein Wort.

»Ich mache dir doch keinen Vorwurf.« Ihr wurde unbehaglich. Manchmal war Schweigen auch nicht schlecht. Zu spät, sie hatte davon angefangen, jetzt mussten sie darüber reden. »Ich möchte es nur wissen. Von vorneherein, dann kann ich mich darauf einstellen.«

»Wie bitte?« Seine Stimme war so leise und so eisig, dass sie erschauderte. »Du kennst mich, du kennst meine Einstellung zu Alkohol im Dienst.« Er war ein wenig lauter geworden, starrte sie aber noch immer maßlos enttäuscht an.

»Meine Güte, es ist doch kein Drama. Man kann ja mal eine Ausnahme gemacht haben.« Hätte sie doch bloß nichts gesagt. Doch sie konnte einfach nicht anders. Sie musste wissen, ob an dem Gerücht ein Funken Wahrheit war.

»Denkst du, weil ich einmal den Fehler gemacht habe, mit Jugendlichen etwas zu rauchen, betrinke ich mich auch ausnahmsweise mal im Dienst? Das darf doch nicht wahr sein! Warum vertraust du mir nicht, Wiebke?«

»Warum antwortest du mir nicht einfach?«, konterte sie. Es kam ihr alles so schrecklich bekannt vor. Ihr Vater hatte sich damals auch ewig lange darum gedrückt, es seiner Familie gegenüber zuzugeben. Schlimmer noch, er hatte sie angelogen, dabei kannte er das Ergebnis seiner Blutuntersuchung: 0,9 Promille.

»Wenn du diese Antwort wirklich brauchst, hat es keinen Sinn, dass wir weiter darüber reden.« Er blieb noch ein paar Sekunden stehen, sah ihr in die Augen, wartete. Sie dachte, er würde noch etwas sagen, doch er drehte sich einfach um und ging.

Die Tür klappte hinter ihrem Patienten zu, und Wiebke fragte sich, ob sie ein sinnvolles Gespräch mit ihm zustande gebracht hatte. Sie wusste es nicht. Sie konnte sagen, dass es um Asthma ging, ihre Spezialdisziplin, aber sonst? Mit ihren Gedanken war sie überall gewesen, nur nicht hier im Behandlungszimmer ihrer Praxis. Tamme würde angeklagt werden. Er brauchte jetzt ihren Rückhalt. In guten wie in schlechten Zeiten.

Wiebke wusste schon, warum sie nicht heiraten wollte. Mit den schlechten Zeiten war das nämlich so eine Sache. Sie erinnerte sich nur allzu deutlich daran, dass bei der letzten kirchlichen Trauung, bei der sie zu Gast gewesen war, die Paare sich mit verklärten Mienen an den Händen gehalten hatten, als in der Messe davon die Rede war, die Liebe würde keinen Egoismus kennen, keinen Neid und keine

Boshaftigkeit. Sie würde alles verzeihen, alles verstehen, alles erdulden. Wechsel der Ringe, Kuss, Glockengeläut und Blumenstreuen. Spätestens draußen vor der Kirche bekamen sich die gleichen Paare schon wieder in die Wolle. Von wegen verzeihen, verstehen und erdulden. Kaum war der sentimentale Moment verflogen, spielten Egoismus und Selbstsucht wieder die erste Geige.

Wiebke war keine Heldin in der Disziplin Selbstlosigkeit. Sie konnte nicht damit umgehen, wenn jemand den großen aufrechten Kerl markierte und hinter ihrem Rücken Mist baute. Tamme hätte es ihr doch nur sagen brauchen, dann wäre alles gut gewesen. Sie selbst war schließlich auch weit davon entfernt, fehlerlos zu sein.

In Berlin hatte sie in der Notaufnahme einmal mit einer Kollegin Sekt getrunken. Es war eine dieser spontanen Aktionen gewesen, die vollkommen unvernünftig waren und gerade deshalb so viel Spaß machten. Ihre Kollegin hatte auf dem Weg zur Spätschicht eingekauft, unter anderem eben Sekt. An dem Abend herrschte plötzlich gähnende Leere im Wartezimmer. Wo sich sonst eine gebrochene Nase neben einer Schnittverletzung, eine verprügelte Visage neben einem verdorbenen Magen drängelte, war Totentanz. Wiebke und ihre Kollegin hatten vorsichtig den Flur kontrolliert, ob überhaupt noch Menschen außer ihnen im Gebäude waren oder sie eine Evakuierung verpasst hatten. Sie waren immer alberner geworden, ein Wort hatte das andere gegeben, bis sie schließlich die zimmerwarme Flasche Sekt geköpft hatten.

Wiebke ertappte sich dabei, mit leerem Blick auf ihren

Schreibtisch zu starren. Sollte Tamme auch nur ein Schlückchen getrunken haben, hätte er es ihr sagen können. Und genauso, wenn nicht. Aber er tat so, als wäre es schon ein Verbrechen, diese Möglichkeit auch nur in Betracht zu ziehen. Das war kindisch und übertrieben. Ihr fiel das hübsche Haus in der Liebesallee ein. Sollte sie die Maklerin überhaupt noch anrufen? Welch ein idiotischer Gedanke, selbstverständlich würde sie das tun. Alles andere wäre genauso kindisch.

Aber erst wollte sie wissen, wie es Leo ging. Sie griff zum Hörer, doch im gleichen Augenblick klingelte ihr Telefon. Leos Arzt aus Husum.

»Das ist ein netter Zufall, ich wollte Sie nämlich auch gerade anrufen. Wie geht es dem Kleinen?«

»Unverändert. Die gute Nachricht: Er kann die Therapie in Kiel antreten.«

»Großartig. Wann?«

»Heute noch. Ich habe gerade Bescheid bekommen, und wir machen den Kleinen jetzt für den Transport fertig.« Sie konnte ihn förmlich voller Stolz strahlen hören.

»Das ist jetzt aber sehr flott gegangen. Wie haben Sie das hingekriegt?«

»Glauben Sie mir, das wollen Sie nicht so genau wissen.« Ein leises Lachen kam durch die Leitung, das auch ein wenig müde klang. »Ich rufe an, weil ich dachte, vielleicht möchten Sie oder der Bademeister dabei sein, wenn Leo in die Kammer kommt. Immerhin haben Sie ihm das Leben gerettet.«

»Schwimmmeister, Herr Tedsen ist Schwimmmeister«, korrigierte sie ganz automatisch. Während Tamme sich bereits daran gewöhnt hatte, ständig die falsche Berufsbezeichnung zu hören, konnte Wiebke es nicht leiden.

»Ja, von mir aus. Ich kann Ihnen die Adresse geben, wenn Sie mögen.«

»Das ist nett.« Das war es wirklich, und sie wäre tatsächlich gern dabei. Wenn sie sich ein Taxiboot bestellte und von Strucklahnungshörn das Auto nahm, konnte sie es schaffen. Die Strecke von Husum war nur unerheblich kürzer, der Krankenwagen hätte zwar Vorsprung, dafür würden die Untersuchungen und Vorbereitungen im Marine-Institut aber noch Zeit in Anspruch nehmen. Wiebke war unentschlossen. Nicht, dass Tamme am Ende wieder behauptete, sie sei abgehauen.

»Frau Dr. Klaus?«

»Ja, ich überlege gerade ...« Sie stockte wieder.

»Müssen Sie wissen, ich habe zu tun. Leos Eltern sind noch hier, die fahren aber auch gleich los.«

»In Ordnung, ja, das kann ich einrichten. Wie lautet die Adresse?«

Melf Harrsen war nicht nur erreichbar und mit seinem Taxiboot frei, er war auch noch bereit, die Tour so kurzfristig zu übernehmen. Das war ein kleines Wunder, denn der ehemalige Krabbenfischer, der sich vor einigen Jahren als Künstler selbstständig gemacht hatte, kreierte seine Treibselkunst auf höchst eigene Weise. Warten spielte dabei eine zentrale Rolle. Zuerst war er lange an Pellworms oder auch Hooges Ufern unterwegs und wartete darauf, dass ihn ein Stück Treibholz, ein alter Gummistiefel oder eine Scherbe ansprach. Dann marschierte er mit seinem Fundstück – es hat mich gefunden – in sein Atelier, wie er seine Küche nannte, legte es auf den Tisch und wartete, bis das Objekt ihm mitteilte, was es werden wollte. Am längsten wartete Melf wohl darauf, dass jemand eins seiner Werke kaufte und damit etwas Geld auf sein Konto spülte. Vermutlich war das der Grund für das Wunder.

Sie hatten sich am Hafen verabredet. Vor dem gelben Nationalpark-Haus hing ein Banner, das den alljährlichen Boots-Korso ankündigte. Wiebke ließ die Terrasse eines Fischlokals hinter sich und sah hinüber auf die andere Seite, wo das kleine Museum für eine Ausstellung über Seenotrettung Werbung machte. Der unscheinbare rote Bau konnte gut etwas frische Farbe brauchen. Vielleicht würden sich dann mehr Urlauber für sein sehenswertes Inneres interessieren.

Melf wollte auf Höhe des Hafenbüdchens festmachen. Hoffentlich war er pünktlich. Wiebke lief der Schweiß den Rücken herunter. Die Temperaturen waren nicht übermäßig hoch, doch die Luft war drückend. Dampfig, wie Bayer Hubert sagen würde, der seiner Heimat genau wegen solcher Wetterlagen den Rücken gekehrt hatte und nun Fahrkarten für die Hooge-Fähre verkaufte und kontrollierte, wenn er nicht mit dieser lästigen Infektion auf der Nase liegen würde. Die Kollegen vom Gesundheitsamt konnten nicht mehr lange auf sich warten lassen. Gott sei Dank!

Momentan schien zwar bei allen Patienten ein Stillstand eingetreten zu sein, keine Verschlechterungen, die sie auf Trab hielten, dummerweise brachten die Medikamente aber auch noch immer keine Verbesserung. Dass Volker auf Hooge und sie selbst mit ihren beiden Helferinnen hier auf Pellworm alle versorgen und betreuen konnten, war eine Sache. Die andere war: Wenn sich nicht bald ein Erreger identifizieren ließe, würde sich die Erkrankung ungebremst weiterverbreiten. Selbstverständlich hatten sie allen Betroffenen und deren Angehörigen ans Herz gelegt, es mit der Hygiene ganz besonders genau zu nehmen. Nur wusste Wiebke aus ihrer beruflichen Erfahrung, wie es in der Praxis aussah. Da wurde das Enkelkind geknuddelt. Es passiert schon nichts, und der Fratz war doch so niedlich. Die Kranken benutzten zwar eigene Handtücher, gingen ja bloß einmal auf die Gästetoilette, wo ein Handtuch für alle hing. Sie konnten sich einfach nicht vorstellen, wie tückisch manche Keime waren. Wenn man die sichtbar machen könnte, hätten mit einem Schlag neunzig Prozent der Menschen einen Waschzwang.

Wiebke ging auf und ab und wischte sich den Schweiß von der Oberlippe. Hoffentlich kam sie rechtzeitig. Ob Leo schon in die Druckkammer verfrachtet wäre oder nicht, beschäftigte sie weniger. Vor allem wollte sie die Hausmanns noch erreichen, um mit Frau Hausmann zu sprechen. Wiebke musste ihr klarmachen, in welche Situation sie mit der Anzeige vor allem sich selbst gebracht hatte. Für einen Rückzieher war es zu spät. Die Staatsanwaltschaft musste der an sie herangetragenen Information nachgehen, also ermitteln. Sollte Frau Hausmann jedoch eine neue Aussage machen, die ihre Vorwürfe aufhob, bräuchte Momme womöglich nur ein paar Fragen zu stellen und einen Bericht abzuliefern, und man würde das Verfahren einstellen.

Wiebke sah wieder auf die Uhr und dann zum Horizont. Endlich, der Fleck vor dem gelblichen Himmel konnte er sein. Sie spazierte zu einem der Kutter, an dessen Liegeplatz eine Tafel angebracht war. »Ausrüstung für Baumkurrenfischerei« stand darauf, und dass die überwiegend für den Krabbenfang genutzt wurde. Ob Melf das Taxiboot manchmal gern gegen seinen Krabbenkutter zurücktauschen würde?

In dem Moment kam er angetuckert. Er schaltete den Motor aus und legte routiniert an. Wie immer trug er eine lange Hose mit Hosenträgern über einem verwaschenen Shirt. Kurze Hosen hatte sie noch nicht an ihm gesehen, und nur bei frostigen Minus-Temperaturen trug er mal eine abgewetzte Cordjacke.

»Moin! Heiß, ne?« Huch, er war in Plauderstimmung.

»Moin! Kann man wohl sagen. Hoffentlich gewittert es heute noch. Das hält sonst ja kein Mensch aus.«

Seine Antwort war ein Knurren, das Zustimmung bedeuten mochte. Damit war seine Plauderlaune aufgebraucht.

Ein Handgriff, und der Motor schnurrte wieder. Wiebke blickte gen Himmel. Düstere Wolken ballten sich zusammen. Sah aus, als würde ihr Wunsch schon sehr bald in Erfüllung gehen. Schwer und bedrohlich türmten sie sich über der Nordsee auf, passten perfekt zu ihrer Seelenverfassung. Wiebke holte ihr Telefon hervor. Nichts, keine Nachricht von Tamme. Sie würde ihm eine schicken.

Musste kurzfristig aufs Festland. Sehen wir uns heute Abend?
Lieber Gruß, Wiebke

So, das war ja wohl ein erster Schritt, jetzt war er an der Reihe. Sie hatte absichtlich nichts von dem Grund ihres Ausflugs verraten. Umso größer würde die Überraschung sein. Wenn es ihr wirklich gelänge, Frau Hausmann zur Vernunft zu bringen … Ihr Herz hüpfte, wenn sie sich das ausmalte. Tamme hatte nichts zu befürchten, trotzdem wäre er überglücklich, wenn ihm ein Auftritt vor einem Richter erspart bliebe. Wiebke starrte auf das Meer. An einer Stelle rissen die Wolken auf, die Sonne malte einen blendend hellen Streifen auf die grauen Wellen. Er brachte das Wasser zum Leuchten, als zöge ein dichter Schwarm silberner Fischleiber vor dem Taxiboot her. Wiebkes Blick verfing sich darin und wanderte bald ins Nichts, weil das Auge keinen festen Punkt fassen konnte. Jede Wellenspitze, jedes Schaumkrönchen war da und schon wieder weg. Gut für das Gehirn, so hörte endlich jedes Grübeln auf.

Auf dem Weg von Nordstrand nach Kiel fuhren Wiebkes Gedanken dafür ständig Karussell. Sobald sie die bevorstehenden Untersuchungen durch das Gesundheitsamt und die möglichen Ergebnisse beiseitegeschoben hatte, war sie wieder bei Leo, der einfach wieder gesund werden musste. Das war die größte Chance, seine Eltern von ihrem verrückten Vorhaben eines Prozesses abzubringen. Schon waren ihre Gedanken wieder bei Tamme. Es war aber auch zu ärgerlich. War es denn so schwer zu verstehen, dass sie eine klare Antwort von ihm brauchte. Wie sollte sie ihm denn vertrauen, wenn er sich erst gar nicht äußerte? Wenn du diese Antwort wirklich brauchst, hat es keinen Sinn, dass wir weiter darüber reden, hatte er gesagt. War das nicht ein bisschen theatralisch? Nein, mein Lieber, damit machst du es dir zu einfach!

Doch da half alles Schimpfen nicht und auch nicht die Vorwürfe, die sie ihm im Stillen machte, immer wieder dachte sie an den Satz: Du musst immer bedenken, der andere könnte recht haben. Damit hatte Jochen im *Funkloch* den Nagel dermaßen auf den Kopf getroffen. Mehr als diese paar Worte brauchte es nicht, um Streit zu vermeiden oder beizulegen, wenn jeder nur die Möglichkeit in Betracht zog, sein Gegenüber könnte richtigliegen. Wiebke hätte sehr gern dementiert, dass das auch auf sie zutraf, bloß fiel ihr kein handfestes Argument ein. Tamme könnte recht haben. Er könnte ein Anrecht auf ihr Vertrauen haben, ohne irgendwelche Erklärungen. Nicht Tamme war ihr Gegner, die Geister ihrer Vergangenheit waren es, die einfach nicht von ihr ablassen wollten. Sie würde sie in die Flucht schlagen. Endgültig.

Wiebke fand einen Parkplatz im Schatten hoher Bäume. Irgendwo in der Nähe musste ein Gewitter niedergehen. Ganz entfernt hörte sie ein Grollen, während hier der Wind durch die Äste peitschte und Blätter über den Asphalt trieb. Mit zusammengekniffenen Augen und fest verschlossenen Lippen trotzte sie den durch die Luft wirbelnden Sandkörnern und lief eilig zum Haupteingang des Marine-Instituts. Dort sagte man ihr, der kleine Patient sei bereits eingeliefert und in die Druckkammer gebracht worden. Hoffentlich waren seine Eltern nicht gleich wieder gegangen. Sie lief schnell den Flur entlang, den die Dame am Empfang ihr gewiesen hatte. Linoleum quietschte unter ihren Gummisohlen.

»Herr Dr. Rogge?« Der Mann mit dem dünnen Haar, das er sorgsam über den Kopf verteilt trug, war eben aus dem Raum mit der Aufschrift *Druckkammer – Tauchmedizin* gekommen. Er drehte sich zu ihr um. »Wiebke Klaus, ich bin Inselärztin auf Pellworm und habe zusammen mit dem Schwimmmeister die Erstversorgung des Jungen übernommen, der heute zu Ihnen gebracht wurde.« Keine Reaktion auf die Erwähnung des Schwimmmeisters. Ein gutes Zeichen, redete sie sich ein. Hätten die Eltern Dr. Rogge bereits von irgendwelchen Schauergeschichten überzeugt, hätte er sich das sicher anmerken lassen.

»Guten Tag, Frau Kollegin.« Er setzte ein dienstliches Lächeln auf. »Sie sind mir avisiert worden. Tja, ist eine kleine Attraktion, dass hier ein Ertrinkungsopfer aufgenommen wurde. Ich bin jetzt dreißig Jahre hier. Das ist noch nicht vorgekommen.« Sie konnte nicht einschätzen, ob er überredet oder gar angewiesen wurde, den Jungen zu behandeln, seine Skepsis jedoch die Oberhand behalten hatte, oder ob die wissenschaftliche Neugier so groß war, dass die Begeisterung überwog. »Wie ich höre, haben Sie Interesse an der Therapie?«

»Absolut! Ich habe von den erstaunlichen Erfolgen gelesen, die damit zu erzielen sind. Um ehrlich zu sein, habe ich von einem Einzelfall gelesen. Aber wenn ein Kollege, der das Kind gründlich untersucht hat und etwas von Tauchmedizin versteht, diese Therapie mit Nachdruck vorschlägt, hat er mich auf seiner Seite.« Sie lächelte ihn an, was nicht erwidert wurde. »Leider hatte ich selbst noch nicht die Gelegenheit, mich näher damit zu befassen.«

»Kein Wunder, die Dinger stehen nicht gerade an jeder Ecke herum.« Sein Lachen klang wie ein Husten. »Soll ich Ihnen unsere Konservenbüchse zeigen?«

Wiebke war hin- und hergerissen. »Sehr gerne. Wenn Sie Zeit haben, natürlich nur. Warten Herr und Frau Hausmann nicht auf Sie? Sie werden doch sicher jede Menge Fragen haben.«

»Das erledigt meine Kollegin gerade.« Er deutete auf eine blaue Tür auf der anderen Seite des Flurs. »Kommen Sie, kommen Sie, aber seien Sie nicht enttäuscht. Sonderlich viel gibt es nämlich nicht zu sehen.«

Wiebke folgte ihm.

Dr. Rogge hatte nicht übertrieben. Der Raum war überraschend klein. Darin stand ein weißer Metallzylinder mit einem Bullauge. Am Fuß der Konservenbüchse, wie Rogge das Gerät genannt hatte, befanden sich mehrere Knöpfe und Hebel sowie ein Haufen verschiedener Anzeigen. Runde Zifferblätter mit Zeigern wechselten sich mit rechteckigen, hell leuchtenden Displays ab.

»Wenn ich richtig informiert bin, wissen Sie nicht, wie lange der Junge unter Wasser gelegen hat.« Rogge sah sie über den Rand seiner Brille an.

»Das stimmt.«

»Fakt ist, dass sein Gehirn von der Sauerstoffzufuhr abgeschnitten war«, stellte Rogge sachlich fest.

Wiebke sah durch die runde Scheibe auf den zarten Jungen, der da gerade um ein ganz normales gesundes Leben kämpfte. Sie hatte Maxi vor Augen, die als Frühchen ebenfalls die ersten Tage ihres Daseins auf medizinisches Gerät angewiesen gewesen war. Maxi hatte es geschafft und sich prächtig entwickelt. Du schaffst es auch, feuerte Wiebke den Knirps im Stillen an.

»Sie wissen ja, wie das läuft«, referierte Rogge. »Das Kleinkind geht zu nah an die Beckenkante, beugt sich vor, weil es vielleicht mit den Händen planschen will, verliert das Gleichgewicht – und klatsch, ist es passiert!« Sie sah ihn irritiert an. »Die Proportionen von Kopf und Körper stimmen einfach noch nicht. Außerdem kann von kontrollierten Bewegungen noch keine Rede sein. Dass die Nackenmuskulatur bei den Hosenscheißern nicht kräftig genug ist, den Kopf anzuheben, um Luft zu holen, dürfte in seinem Fall keine Rolle gespielt haben, was? Er ist aus einem tiefen Becken geborgen worden, oder?«

»Ja, das ist richtig.« Ein seltsamer Mann, dieser Rogge. Wiebke hatte angenommen, er würde ihr die Kammer erklären, stattdessen erzählte er ihr etwas über Ertrinkungsunfälle und damit nichts Neues. Womöglich wollte er demonstrieren, dass er über dieses Thema, das ja nicht zu seinem Fachgebiet gehörte, bestens im Bilde war.

Sie wollte ihn gerade nach Details fragen, als er fortfuhr: »Leo ist zwar der erste Beinahe-Ertrinkungsfall, den wir hier behandeln, aber ich lese die Zeitung. Im Sommer wird doch ständig darüber berichtet. Leider. Fast immer sind es Kleinstkinder. Die können eben noch nichts. Blöd wie eine

Hamburger Gehwegplatte, sagt man das nicht so?« Wieder das hustende Lachen. Wiebke wollte Einspruch erheben, doch er sprach weiter. »Die müssen auch nichts können. In dem Alter müssen die nur niedlich sein und wachsen. Damit sind die voll ausgelastet.« Zum ersten Mal lächelte er auch mit den Augen. »Deswegen kann ich Eltern nicht ausstehen, die solche Zwerge auf den Rand des tiefen Schwimmerbeckens setzen, damit sie die Beinchen ins Wasser baumeln lassen können. Ich bin doch dabei und passe auf. Wenn ich das schon höre! Was, glauben die, macht der Nachwuchs, wenn sie nicht dabei sind?« Wiebke war sprachlos ob seines Ausbruchs. »Richtig, die krabbeln an genau die Beckenkante.«

Das hätten exakt Tammes Worte gewesen sein können.

Rogge hüstelte und riss sich nun ganz offensichtlich zusammen. »Ich will niemandem etwas unterstellen, damit habe ich auch nichts zu tun. Eins weiß ich allerdings: Wenn so ein Hosenmatz ins Wasser fällt, ist er nie selbst dafür verantwortlich.«

Dann erklärte er ihr doch noch die Arbeitsweise der Kammer. Mithilfe des darin herrschenden Drucks konnte mehr Sauerstoff in den flüssigen Blutbestandteilen gelöst werden, als es unter normalem Außendruck möglich war.

»Vereinfacht gesagt, beschleunigt das den Stoffwechsel auch im schlecht durchbluteten Gewebe. Die Zellerneuerung und damit die Regeneration läuft schneller ab, sodass auch im Bereich des Gehirns eine Erholung erreicht werden kann.«

»Verstehe.« Auch das war ihr nicht neu, Wiebke interessierte eher die technische Seite. »Und hier überwachen Sie die Vitalfunktionen?« An der Wand des kleinen Raums stand ein Schreibtisch mit einem gewöhnlichen Computer.

»Nein, dafür haben wir die Anzeigen direkt am Gerät. Sehen Sie, hier!« Er setzte an, ihr endlich das zu erläutern, was sie schon die ganze Zeit wissen wollte. Wiebke sah verstohlen auf ihre Uhr. Wie lange war sie schon mit Dr. Rogge hier drinnen? Sie wollte die Hausmanns unter keinen Umständen verpassen.

»Das ist wirklich beeindruckend«, sagte sie mit ehrlicher Begeisterung. »Es ist ein Segen, dass das Institut nicht ausschließlich der Marine, sondern auch der Zivilbevölkerung zur Verfügung steht, wenn auch üblicherweise nicht für diese Indikation. Ich danke Ihnen, dass ich einen Eindruck gewinnen durfte, möchte Sie jetzt aber nicht länger aufhalten.«

Er sah nun auch auf die Uhr. »Lieber Herr Gesangsverein, die Zeit rennt aber auch.«

»Kann man wohl sagen.« Sie lachte. »Eine Sache noch: Sie sagten vorhin, es gehe Sie nichts an, wer die Verantwortung für Leos Unfall trägt. Aber Sie machen sich doch sicher Ihre Gedanken. Ich meine, es ist für Sie eine kleine Attraktion, wie Sie vorhin selbst sagten. Und obendrein ist jetzt auch noch die Staatsanwaltschaft eingeschaltet.«

In seinen Augen blitzte echte Überraschung auf. »Ist sie das?« Er legte die Stirn in Falten. »Das ist ein Ding. Ungewöhnlich. Ich dachte, das Kind war in Begleitung seiner Mutter.«

»Dem war auch so.«

»Dann verstehe ich nicht …«

»Sie haben nicht darüber gesprochen?« Wiebke gab sich irritiert.

Nachdem Dr. Rogge sich auf dem Flur von ihr verabschiedet hatte, dachte Wiebke darüber nach, wie sie am unauffälligsten in Erfahrung bringen könnte, ob die Hausmanns noch im Institut waren. An die blaue Tür klopfen, nachsehen und vorschieben, sie wäre auf der Suche nach Dr. Rogge. Guter Plan. Gerade hob Wiebke die Faust, als die Tür sich öffnete. Frau Hausmann lief Wiebke im wahrsten Sinne des Wortes in die Arme.

»Hoppla, Entschuldigung!« Wiebke lächelte freundlich. »Frau Hausmann, richtig?« Sie hatte sie sofort erkannt, wollte aber lieber den Eindruck erwecken, gar nicht mit ihr gerechnet zu haben.

»Wer sind Sie?« Ein Mann trat in den Flur, der ganz offensichtlich hinter Frau Hausmann das Besprechungszimmer hatte verlassen wollen. Herr Hausmann. »Was wollen Sie von meiner Frau? Sind Sie Journalistin?«

Das klang schon nicht mehr ganz so abweisend, sondern fast ein wenig erfreut. Sehr ärgerlich, dass Wiebke sich nicht als Reporterin der Lokalpresse ausgeben konnte. Er hätte ihr auf der Stelle alles erzählt, was seine Frau bei der Staatsanwaltschaft zu Protokoll gegeben hatte, daran hatte sie keinen Zweifel.

»Nein, ich bin Ärztin. Dr. Wiebke Klaus«, stellte sie sich vor und streckte ihm die Hand entgegen. Seine Miene wurde abweisend, er kniff die Augen zusammen und ignorierte ihre Hand.

»Ich nehme an, wir sehen uns vor Gericht wieder, wenn Sie Ihre Aussage zu den unhaltbaren Zuständen im Pellwormer Schwimmbad machen. Bis dahin gibt es nichts, worüber wir mit Ihnen reden wollen.«

Er legte den Arm um seine Frau, die noch keinen Ton von sich gegeben hatte. Es war keine liebevoll beschützende Geste, sondern grob und besitzergreifend. Zwei Minuten, und man wusste mehr über dieses Ehepaar, als einem lieb war.

»Ich würde durchaus gerne vorher mit Ihnen reden. In aller Ruhe. Vielleicht möchte Ihre Frau ...«

Er schnitt ihr so barsch das Wort ab, dass Wiebke unwillkürlich die Hände zu Fäusten ballte.

»Meine Frau möchte nicht! Ich sage Ihnen, was sie möchte. Sie will die beste Versorgung für unseren Jungen, damit er es trotz seiner Behinderung gut hat. Trotz einer Behinderung, die ausschließlich durch Unfähigkeit, mangelndes Verantwortungsgefühl und katastrophales Fehlverhalten verursacht wurde«, schrie er.

Frau Hausmann stand mit hängenden Schultern und gesenktem Kopf neben ihm. Ihr war jegliche Energie abhandengekommen. Wiebke fragte sich, wann das geschehen war. Nach dem Unfall oder schon lange vorher? Doch ehe sie etwas erwidern oder einen weiteren Versuch unternehmen konnte, die Frau zum Reden zu bringen, öffnete sich die blaue Tür erneut.

Eine Ärztin mittleren Alters machte einen Schritt in den

Flur. »Sie sind noch da, das ist schön«, sagte sie unbekümmert, als hätte sie von dem Theater nichts mitbekommen. »Da wäre noch etwas, das ich Ihnen gerne zeigen würde, Herr Hausmann.«

Sie nahm den verblüfften Mann beim Arm und warf Wiebke einen kurzen Blick zu. War das ein Zwinkern gewesen? Hausmanns Protest half ihm nicht, die Ärztin ließ ihn nicht zu Wort kommen, sondern schloss die Tür zwischen ihm und seiner Frau.

»Frau Hausmann, ist Ihnen klar, was Sie da tun?«, kam Wiebke sofort auf den Punkt. Sie wusste, dass ihr nicht viel Zeit blieb. »Wenn Sie jemanden beschuldigen wollen, bitte schön! Aber Sie werden diejenige sein, die bestraft wird. Sie hatten als Erziehungsberechtigte die Aufsichtspflicht. Niemand sonst«, sagte sie eindringlich. Frau Hausmann hob den Kopf und sah Wiebke aus weiten Augen an. »Herr Tedsen hat Ihrem Jungen das Leben gerettet«, fügte Wiebke leise hinzu. »Was haben Sie dem Staatsanwalt über ihn erzählt?«

»Ich ... Es war nicht meine Schuld«, erwiderte sie mit einer Stimme, der jegliche Durchsetzungskraft fremd war.

»Was haben Sie ausgesagt?«, wiederholte Wiebke.

In dem Moment ging die Tür auf, und Herr Hausmann trat zu ihnen. Die Ärztin hinter ihm zog kurz die Schultern hoch und bedachte Wiebke mit einem entschuldigenden Blick, ehe sie sich wieder zurückzog.

»Dann wünsche ich Ihnen und vor allem Leo das Allerbeste«, sagte Wiebke. »Die Erstversorgung am Unfallort war vorbildlich.« Sie sah der Mutter in die Augen, ehe die wieder den Kopf senkte. »Das ist der einzige Grund, warum Ihr Sohn noch lebt und überhaupt Chancen hat, wieder gesund zu werden. Ich hoffe, das ist Ihnen klar.«

Sie ging ohne einen Gruß.

Kapitel 10

»Moin, Wenke!« Wiebke prustete erschöpft in den Hörer.
»Äh, nee, Wiebke, mein ich. Grad noch die Kurve gekriegt.« Lutz lachte. »Du, segg mol, hier is grad 'n Arzt vom Kontinent gelandet. Der sagt, der is vom Gesundheitsamt.« Er sprach das letzte Wort bedeutungsvoll aus.

»Ah, ist schon jemand da, das ging jetzt aber flott«, gab sie zurück.

»Will der dir auf die Finger gucken, oder was?«

»Nein. Na ja, vielleicht ein bisschen.« Sie klärte ihn darüber auf, dass das Eingreifen des Gesundheitsamtes ein völlig normaler Vorgang war, wenn bei einem Patienten blutiger Stuhl auftrat, dessen Ursprung nicht auf Anhieb erklärt werden konnte.

»Ürrgs«, machte Lutz.

»Stuhl, Kot, Ausscheidungen, Lutz, das ist etwas völlig Normales. Wie Blut übrigens auch.«

»Ja, is gut, Mord is auch normal, da will ich trotzdem nix von wissen.«

»Es ließe sich darüber diskutieren, ob das normal ist,

wenn einer einen anderen tötet«, gab sie zu bedenken. »Hat der Mann vom Amt nach mir gefragt?«

»Nee, aber ich dachte, du willst bestimmt wissen, dass der da is.«

»Stimmt, danke.«

»Willst nich rüberkommen?«

Sie stutzte. »Warum? Hast du den Eindruck …? Der kommt doch bestimmt auch noch zu uns nach Pellworm, oder nicht?«

»Jau, das will er. Also, der hat nich direkt nach dir gefragt«, antwortete er zögernd.

»Aber? Lutz, spuck's aus, ehe du dran erstickst!«

»Wir ham natürlich gesagt, dass wir hier 'ne Halligärztin haben, die zuständig is und die auch dafür gesorgt hat, dass die Blutproben ordnungsgemäß eingeschickt wurden. Da is auch irgendwann dein Name gefallen.«

»Sicher nicht von dir«, wandte sie schmunzelnd ein.

»Nee!« Er lachte. »Auf jeden Fall hat der da ganz komisch geguckt.«

»Aha! Und deshalb soll ich kommen«, stellte sie wenig überzeugt fest. Wiebke dachte kurz nach. Tamme hatte nicht auf ihre SMS reagiert. Sie hatten sich am Abend nicht gesehen. Das war natürlich auch eine Antwort. Nichts, nur stures Schweigen von ihm. Dazu kam die Enttäuschung, dass sie bei Frau Hausmann nichts erreicht hatte, zumindest nichts, womit sie bei Tamme für bessere Laune sorgen konnte. Sie hatte ihm bei ihrer ersten großen Krise versprochen, nicht mehr wegzulaufen. Wenn sie ehrlich zu sich war, stand ihr der Sinn dummerweise gerade sehr nach einer Flucht. Nach Hooge zu fahren war ja nur eine kleine.

»Ist vielleicht wirklich eine gute Idee«, sagte sie. »Wenn das so weitergeht, kaufe ich mir ein Motorboot.«

»Hast denn 'n Bootsführerschein?«

»Nö, aber einen für Zehntonner. Da werde ich doch so einen kleinen Kahn steuern können.«

»O haua haua ha, Hallig-Doc, das machst aber nich wirklich, oder?«

»Bis nachher, Lutz.«

Als Wiebke Hooge erreichte, wurde ihr wieder einmal bewusst, wie viel Normalität Pellworm ihr bot. Gut, auch die Insel war schon ziemlich wenig Land in ziemlich viel Nordsee, doch die Halligen waren noch einmal etwas völlig anderes. Hier war alles besonders. Selbst die Tatsache, dass man neuerdings Bargeld an der Supermarktkasse abheben konnte – auf dem Kontinent eine Selbstverständlichkeit –, wurde auf Hooge zur Attraktion. Wiebke war gerne hier. Vor allem, wenn sie es einrichten konnte, über Nacht zu bleiben. Waren die Tagesgäste weg, kehrte eine ganz eigentümliche Stimmung ein. Eine Mischung aus eingeschworener Gemeinschaft, Zusammenhalt, Gefangensein und echter Ruhe. Sie freute sich jetzt schon auf den Winter. Dann waren ihre Hallig-Sprechstunden etwas wunderbar Spezielles. Manches Mal begegnete ihr keine Menschenseele, wenn sie von Landsende gegen den schneidenden Wind zur Hanswarft stapfte. Wiebke seufzte. Jetzt war Sommer. Sie musste vom Asphalt auf den Grünstreifen ausweichen, weil eine

Gruppe Radfahrer nicht verstanden hatte, dass man auch hintereinander gemeinsam ans Ziel kam. Ein Hund, dessen Temperament Janosch hätte erblassen lassen, sofern das bei einer Hundeschnauze möglich wäre, kam angerannt und sprang an Wiebke hoch.

»'tschuldigung, der will nur …«, rief eine dralle Frau, die keuchend hinter dem Vierbeiner herstolperte.

»Sagen Sie jetzt bloß nicht, der will nur spielen«, entgegnete Wiebke gereizt. Wenn man sein Tier schon nicht im Griff hatte, dann doch bitte wenigstens die Leine.

»Nein, nein.« Sie lachte. »Küsschen geben will er. Der hat halt Menschen so lieb.«

»Nur haben dummerweise nicht alle Menschen eine nasse Nase lieb, die tief in Pferdeäppeln gesteckt hat, ehe sie einen hingebungsvoll knutscht«, brummelte Wiebke und erntete dafür von der Hundehalterin ein unbekümmertes Lachen. Wie konnte man ein Tier nur so vermenschlichen? Von wegen Küsschen! Hatte die noch nie gehört, dass Welpen andere Hunde ableckten, damit die vorverdaute Nahrung herauswürgten?

Auf Hanswarft schob sich Wiebke zwischen Grüppchen hindurch, die sich anschickten, den Souvenirshop und den Lebensmittelladen zu stürmen, oder vor dem Sturmflutkino auf die nächste Vorstellung warteten.

Volker und Lutz standen auf dem Podest vor dem Gemeindebüro. Bei ihnen war ein Mann, vermutlich der Kollege des Gesundheitsamtes. Das passte ja bestens. Er drehte ihr gerade den Rücken zu. In den Glasbausteinen neben der Eingangstür spiegelte sich sein Gesicht nicht, Wiebke sah nur krauses rotes Haar und einen drahtigen Körper von hinten, etwa einen Kopf größer als sie. Trotzdem, das Äußere und diese schlaksigen Gesten waren ein ganz und gar nicht fremder Anblick.

Volker sagte etwas zu ihm und blickte in Wiebkes Richtung. Der Mann wandte sich um. Ansgar Jensen. Ein Strahlen breitete sich auf seinem Gesicht aus. Er sprang die Rollstuhlrampe, die neben der Treppe vom Haupteingang auf den Weg führte, mit zwei Sätzen herunter.

»Wiebke Klaus! Als ich gehört habe, dass du drüben auf der Insel eine Praxis hast, konnte ich's nicht glauben.«

»Und dich schickt das Gesundheitsamt?« Sie sah ihn ungläubig an. Dann fielen sie sich in die Arme.

»Oha, das is mal 'ne innige Umarmung. Keine zehn Minuten, und das is auf Pellworm Gesprächsthema. Das wird Tamme Tedsen aber gar nich gefallen«, murmelte Lutz, hielt sich eine Hand vor den Mund und verzog sich in sein Gemeindebüro.

»Du hättest vorgewarnt sein müssen«, meinte Wiebke fröhlich. »Mein Name stand doch sicher in den Unterlagen, die du bekommen hast.«

»Die habe ich nur überflogen. Du kennst mich doch, ich lese nur die spannenden Stellen.«

Er hatte sich kein bisschen verändert, schien nicht einmal älter geworden zu sein. Wie lange war das jetzt her?

»Wann haben wir uns eigentlich das letzte Mal gesehen?«, fragte sie ihn.

»Ach je, lass mich nachdenken. Nein, lieber nicht. Du siehst gut aus. Wie geht es dir?«

»Danke, du siehst auch gut aus. Kann es sein, dass du im Gegensatz zu mir nicht gealtert bist?«

Sie mussten Urlaubern Platz machen, die ins Tourismusbüro gehen wollten.

Und Volker nutzte die Gelegenheit, sich in Erinnerung zu bringen, sie hatten ihn vollkommen vergessen. »Werde ich eigentlich gebraucht, sonst würde ich mal nach Sintjes Lüttem gucken. Sie sagt, der hat letzte Nacht angefangen zu husten.«

»Nein, bitte nicht der Kleine.« Wiebke seufzte tief. »Meine erste Amtshandlung im letzten Jahr war, Sintjes Nachwuchs auf die Welt zu helfen«, erklärte sie Ansgar. Sofort wandte sie sich wieder an Volker: »Sonst noch welche der bekannten Symptome?«

»Weiß ich noch nicht, würde ich aber gerne wissen.« Er lächelte schief.

»Dann gehen Sie mal. Ich habe jetzt ja Frau Dr. Klaus an meiner Seite.« Ansgar griente. »Kann es übrigens sein, dass sich hier alle duzen? Finde ich für eine reibungslose Zusammenarbeit immer ganz angenehm. Also ... ich bin Ansgar.« Er streckte Volker die Hand hin. »Wenn das okay ist.«

»Volker.« Er schüttelte die Hand ein bisschen zu heftig. Wahrscheinlich hatte ihm der Gedanke, jemanden vom Amt auf seiner Hallig zu haben, gewaltig auf dem Magen gelegen. Es sah jedenfalls verdächtig nach großer Erleichterung aus. »Gut, ich bin dann auf Ockens. Erst mol!«

Ansgar machte große Augen.

»Ockens ist die Warft da hinten, im Süden. Und erst mol bedeutet hier so viel wie tschüs, servus, bis später. Alles auf einmal.« Wiebke lachte. »Hast du schon einen Plan, wo du mit deinen Recherchen anfangen willst? Ich kann dich begleiten, und wir klönen auf dem Weg über die gute alte Zeit.«

Sie freute sich riesig über das Wiedersehen. Ansgar war ein Studienfreund gewesen, mit der Betonung auf Freund. Sie waren sich von Anfang an extrem sympathisch gewesen, ohne dass einer von beiden je mehr gewollt hätte. Die erotische Anziehung ging gegenseitig gegen null. Dafür hatten sie zusammen gelernt, waren joggen gegangen, hatten die gleichen Filme gesehen und beide viel gelesen. Wie oft hatten sie völlig die Zeit vergessen, weil sie sich gegenseitig den Inhalt von Büchern erzählten oder über einen Titel, den sie beide gelesen hatten, debattierten, bis der Morgen graute!

»Gegenvorschlag: Ich könnte einen guten Tee brauchen. Über alte Zeiten klönen wir nach Feierabend. Jetzt wäre ich dir erst mal dankbar, wenn du mich auf den aktuellen Stand bringen würdest. Wie gesagt, ich habe nur die spannenden Stellen gelesen und auch die eher überflogen.«

Sie fanden einen Platz vor der T-Stube. Kinder krakeelten, ein Mädchen mit einem riesigen Fisch auf dem T-Shirt schien nur eine Lautstärke zu kennen: maximale Dezibel. Tagesgäste, die sich ihre Zeit auf der Hallig gut einteilen mussten, klapperten mit Besteck und Geschirr, während sie Labskaus und Porrenpann, eine friesische Krabbenpfanne, hinunterschlangen.

»Entschuldige mal kurz, ich gehöre zwar nicht zu den Menschen, denen diese Dinger an der Hand festgewachsen sind«, sagte sie, während sie ihr Handy hervorholte. Keine Nachricht von Tamme. »Aber ich muss meinen Kapitän-

Chauffeur anrufen und fragen, bis wann er heute Lust hat zu arbeiten. Wenn du auf einer der Halligen oder Inseln hier im nordfriesischen Wattenmeer lebst, kannst du nicht so einfach so spät nach Hause kommen, wie du willst. Hier gibt es noch so etwas wie Sperrstunde, danach kommst du nicht mehr von A nach B.«

»Hast du kein eigenes Boot?«

»Witzig, dass du das fragst. Ich habe vorhin gerade mit Lutz darüber gesprochen. So einfach ist das nicht. Du musst sehr viel beachten. Auf Hooge gibt es beispielsweise keine Tankstelle, du müsstest also immer einen anständigen Vorrat an Treibstoff im Tank oder in Kanistern dabeihaben. Und dann die Pegelstände. Die Zufahrt zum Seglerhafen der Hallig fällt bei Ebbe regelmäßig trocken. Steigt das Wasser zu hoch, werden die Schleusentore geschlossen, um kein Landunter zu riskieren. In Robben- und Vogelschutzgebieten gibt es zudem Einschränkungen. Du musst ganzjährig oder zum Beispiel in der Zeit der Jungtiere Abstand halten.« Sie zuckte mit den Achseln. »Einfach so ein Boot kaufen und durch die Gegend düsen ist nicht. Und das ist auch sehr gut so. Wo bei Flut eine Bundeswasserstraße ist, liegt bei Niedrigwasser eine überlebenswichtige Ruhezone für Tiere. Wenn du da mit deinem Kahn hängen bleibst, ist was los.«

»Du lieber Himmel, und ich habe gedacht, hier draußen herrscht noch so etwas wie Anarchie, aber das klingt nach einer Menge Regeln. Schränkt deine persönliche Freiheit ganz schön ein, oder?« Der Wind spielte mit seinen Locken. »Dann auch noch dieses ungeheure Freizeitangebot!« Er verdrehte die Augen. »Ich würde die Krise kriegen. Nicht nur, dass du von der Insel nicht runterkommst, du kannst darauf doch echt nichts machen.«

»Vorsicht!« Sie warf ihm einen warnenden Blick zu. »Hooge ist keine Insel, sondern eine Hallig. Mit dem Deich drum herum stimmt das zwar nicht mehr so ganz, aber die Hooger würden dich trotzdem zu einer Lokalrunde verdonnern, falls du etwas anderes behaupten solltest.« Sie dachte kurz nach. »Du hast schon recht, hier zu leben, ist eine Herausforderung. Drüben auf Pellworm, wo ich wohne, gibt es immerhin ein paar Lokale, die ganzjährig geöffnet haben. Es gibt mehrere Geschäfte, Ateliers, Friseur, Bank, Vereine.«

»Wow, klingt nach einer echten Metropole. Ganz ehrlich, Wiebke, warum tust du dir das an, wenn ich mal so direkt fragen darf? Die Liebe?«

»Nein.« Wiebke zögerte. »Na ja, doch. Die Liebe zu meiner Tochter.«

»Du hast ein Kind? Gratuliere!«

»Danke. Schön, dass du nicht gesagt hast: Na, herzlichen Glückwunsch!« Sie mussten beide lachen. »Zu Maxi kann man mir wirklich gratulieren, ist ein tolles Mädchen. Das sage ich nicht nur, weil ich ihre Mutter bin.« Sie wurde ernst. »Maxi hat Asthma. Darum bin ich mit ihr aus der schlechten Luft Berlins in die jodhaltige Luft der Nordsee gezogen. Wir sind erst ein Jahr hier, aber sie ist jetzt schon wie verwandelt. Maxi kommt ohne Medikamente aus, tobt herum, ohne Rücksicht auf Verluste. Wie ein ganz normales gesundes Kind eben.« Leo kam ihr in den Sinn. Man konnte gar nicht oft genug dafür dankbar sein, ein gesundes Kind zu haben und auch selbst gesund zu sein. Es war so dumm, sich über Kleinigkeiten zu streiten, sich überhaupt zu streiten. Stattdessen sollte man lieber jeden Tag genießen. Von einer Sekunde auf die andere konnte es mit dem unbeschwerten Leben vorbei sein. Wiebke spürte plötzlich ganz deutlich, wie viel Wahrheit in dieser altbekannten Erkenntnis lag. Man musste sich einfach immer wieder daran erinnern. »Was ist mit dir, hast du Kinder?«

»Gott bewahre! Du kennst mich doch, ich bin ein unruhiger Geist. Ich muss alles ausprobieren, muss überall hinreisen. Es gibt etwa zweihundert Länder auf dieser Erde, ich habe noch nicht einmal die Hälfte gesehen.«

»Was? Du Langweiler!«

»Sowieso, immerhin arbeite ich jetzt beim Amt.« Er verzog das Gesicht, als hätte er in eine saftige Zitrone gebissen. »Ach nein, das heißt inzwischen Abteilung Gesundheitsdienste. Klingt doch gleich viel weniger nach Beamten-Mikado, oder?«

Wiebke musste lachen. »Ganz im Ernst, Ansgar, wenn man dich kennt, weiß man, dass die Bezeichnung keine Rolle spielt. ›Wer sich zuerst bewegt, hat verloren‹ gibt's bei dir doch erst, wenn du tot bist.« Er nickte, dass seine Locken nur so wippten und im Licht der Sonne aussahen, als stünde sein Kopf in Flammen. »Wolltest du nach dem Studium nicht in den Süden gehen?« Sie erinnerte sich dunkel, dass sie beide nicht in Berlin hatten bleiben wollen. Wiebke hatte geplant, sich in der Nähe ihrer Eltern im Teutoburger Wald niederzulassen. Aus rein praktischen Gründen, um immer einen Babysitter für Maxi zu haben. Ansgar wollte nach München, war dann aber irgendwo in der bayerischen Provinz gelandet.

»Ja, genau, ich bin ganz runter an den südlichsten Zipfel der Republik. Eins muss ich echt sagen, du verdienst da unten gut, brauchst aber auch deutlich mehr Kohle für die Miete. Das Beste sind die Freizeitmöglichkeiten.«

»Waren die nicht der Hauptgrund für deine Entscheidung, in den Süden zu gehen?«

»Klar. Du kannst in den Bergen unendlich viel machen: Gleitschirm fliegen, Ski laufen, auf den Seen surfen oder segeln. Es gibt super Klettersteige, und du kannst etwas mit einem Treckingrad anfangen. Auf diesem platten Eiland ginge wahrscheinlich auch ein Dreirad.«

»Jetzt hör mal auf zu lästern«, beschwerte sie sich. »Du wohnst doch jetzt auch im Norden und musst ohne deine geliebten Berge klarkommen.«

»Zum Fahrradfahren sind die Steigungen in Flensburg noch Herausforderung genug«, verteidigte er sich lachend.

»Und warum bist du nicht in Bayern geblieben, wenn's da so toll ist?«

»Ist es ja nicht. Also, einiges war für mich nicht so toll. Ich bin mit der Mentalität nicht klargekommen. Irgendwie muss da alles nach außen adrett und hübsch sein. Weißt schon, Geranien am Fenster, der Hof immer blitzsauber gefegt, sonntags Kirchgang. Aber hinter den Kulissen sieht's spießig und hier und da auch mal braun aus, und man fragt sich, wo sie ist, die Nächstenliebe. Ich will das nicht verallgemeinern, so habe ich es in meinem Kaff eben erlebt. Also habe ich beschlossen, wenn's im Süden nicht klappt, dann gehe ich in den Norden.«

»Von der österreichischen Grenze zur dänischen.« Sie schmunzelte. »Viel weiter nördlich wäre in der Tat nicht gegangen, wenn du nicht gleich nach Skandinavien hättest auswandern wollen.«

»Was ist jetzt eigentlich mit deinem Taxi?«, erinnerte er sie. »Ich würde liebend gerne stundenlang mit dir plaudern, aber ich möchte jetzt auch mal die Arbeit erledigen.«

Wie auf ein geheimes Stichwort meldete Wiebkes Handy einen Anruf. Nele.

»Entschuldige bitte, da muss ich kurz rangehen.« Sie stand auf und ging ein paar Schritte, vorbei an einem reetgedeckten Haus, in dem ein Atelier untergebracht war. Auf dem Kopfsteinpflasterstreifen davor stand eine ehemalige steinerne Viehtränke, in der heute Ringelblumen und Akeleien für hübsche Farbtupfer sorgten. Das Ungewöhnlichste an diesem Künstlerort war aber mit Abstand ein zweistöckiges Regal, das sich links von der Haustür an der gesamten Front entlangzog und bis knapp unter die Sprossenfenster reichte. Unzählige Paare alter Schuhe stapelten sich darauf. Wiebke hatte schon immer fragen wollen, ob die alle angespült oder von Urlaubern vergessen worden waren.

»Moin, Nele, was gibt's? Alles gut bei euch?« Eine Faust legte sich um ihr Herz. Bloß keine schlechten Neuigkeiten im Fall Hausmann.

»Hi, Wiebke. Tut mir leid, wenn ich dich störe. Hier ist alles bestens. Ich dachte nur … Ich wollte nur sagen, dass du dir wegen Papa keine Sorgen machen musst. Der berappelt sich schon wieder. Der steht sich gerade mal wieder selbst im Weg.«

»Soll heißen?«

»Das müsstest du doch wissen.« Nele lachte, wurde aber still, als Wiebke nicht reagierte. »Sagt Papa jedenfalls. Dass man sich manchmal selbst im Weg ist, weil man nicht über seinen Schatten springen kann, und dass man sich damit das Leben schwerer macht als nötig.« Sie holte Luft. »Über deine SMS hat er sich total gefreut.«

»Ja, das habe ich gleich an seiner Reaktion gemerkt.« Wiebke konnte sich den ironischen Ton nicht verkneifen.

»Das meine ich ja. Er hat sich gefreut, weil du nicht auf stur geschaltet, sondern ihm ganz schnell ein Friedenssignal gesendet hast. Bloß war ihm das im ersten Moment zu wenig. Er meinte, das sei wieder typisch, du bist weg, sagst nicht mal, wo du bist. Und er hätte wohl eine Entschuldigung erwartet.«

»Per SMS?«

»Das fand er im Nachhinein ja selbst doof, aber da war der Abend ja schon vergangen, ohne dass er auch nur einen Ton von sich gegeben hätte.«

»Warum sagt er mir das eigentlich nicht selbst?«

»Ach, Wiebke! Mann, du kennst ihn doch! Der wartet, bis du vor ihm stehst, damit er dich mit seinen griechischen Kulleraugen zum Schmelzen bringen kann. Versöhnung garantiert, sag ich mal.« Sie lachte, wurde aber sofort wieder ernst. »Wiebke, mein Vater hat schon mal vor Gericht gestanden.« Wiebke schluckte. Warum hatte er ihr das nicht sofort gesagt? »Nur als Zeuge«, führte Nele weiter aus.

»Überhaupt kein Drama. Da war damals eine Frau, die ist auf den Fliesen ausgerutscht und hat sich ein Knie aufgeschlagen. Daraus wollte sie richtig Kohle ziehen. Schmerzensgeld, entgangene Urlaubsfreude, das ganze Programm. Der Knackpunkt war der Richter. Der hat Papa wie einen Schwerverbrecher behandelt. Darum schlägt ihm die Verhandlung jetzt so auf den Magen. Und darum liegen eben seine Nerven blank. Du musst darüber hinwegsehen, wenn er mal pampig ist oder kurz angebunden. Okay?«

Wiebke war über die Warftkante hinausgegangen und genoss den Blick über die Fennen und den Wind, der ihr die Haare zerzauste. Sie spürte, wie die Faust ihr Herz losließ und alles leicht wurde.

»Wenn er bloß nicht immer alles mit sich ausmachen, sondern mir zur Abwechslung mal gleich reinen Wein einschenken würde«, sagte sie seufzend. »Danke, dass du angerufen hast, Nele. Klar, werde ich deinen Vater mit Samthandschuhen anfassen.«

»Danke. Der ist nämlich echt nicht auszuhalten ohne dich.« Wiebke schossen Tränen in die Augen. Sie lächelte. In dieser Sekunde wünschte sie sich nichts mehr als ein eigenes Boot. »Wobei ... Stimmt schon, dass er viel mit sich alleine ausmacht. Das braucht der irgendwie. Erst mal. Der muss jetzt alles für sich alleine in seinem Kopf sortieren. Du brauchst also nicht wieder nachts durchs Watt zu rennen, um zu ihm zu kommen.« Sie dachte kurz nach und fragte dann: »Wo bist du denn überhaupt?«

»Auf Hooge.« Wiebke erklärte mit wenigen Worten, was los war.

»Alles klar. Dann könnte es länger dauern, oder? Soll Maxi bei uns bleiben über Nacht?«

»Na ja, wenn das okay für euch ist. Und wenn sie will.«

»Wart mal, ich frag sie.« Neles Stimme wurde leiser.

Kurz darauf hörte Wiebke die Stimme ihrer Tochter, die ein lang gezogenes »Jaa!« brüllte und dann hinzufügte: »Das ist toll, dann esse ich auch bei euch. Du kochst so lecker.«

»Ich habe das gehört«, rief Wiebke. »Ach, es ist doch ein schönes Gefühl, vermisst zu werden. Dann viel Spaß mit dem kleinen Monster. Und, danke, Nele!«

»Alles in Ordnung?«

»Mehr als das.« Wiebke setzte sich wieder zu Ansgar an den Tisch. Es war mittlerweile leerer geworden. Aufbruchsstimmung der Tagesgäste. »Das Taxiboot habe ich abbestellt. Ich bleibe über Nacht.«

»Kriegst du denn in der Hauptsaison so kurzfristig ein Zimmer? Ich könnte dich bei mir unterbringen, aber es gibt nur ein Doppelbett. Wie ich hörte, spricht sich hier alles schnell rum. Keine Ahnung, ob dein Mann damit klarkommt.«

Wiebke lachte. »Schnell ist gar kein Ausdruck. Wenn du auf Hanswarft jemandem etwas erzählst, weiß ein Dritter davon, ehe du es bis Ockenswarft geschafft hast. Ein sehr liebes Angebot, aber ich kann auf der Sani-Liege im Gemeindebüro schlafen. Das mache ich öfter. Ach ja, einen Mann zu dem Kind gibt es übrigens nicht. Aber das ist eine längere Geschichte, dafür haben wir vielleicht heute Abend beim Essen Zeit.«

»Sehr schön, ich freue mich.« Seine Augen blitzten. »Okay, und jetzt an die Arbeit. Am besten erzählst du mir ganz genau, wie es angefangen hat. Wer hatte die Symptome zuerst, wie hat sich der Erreger ausgebreitet? Damit meine ich nicht, auf welchem Wege, das müssen wir ja erst herausfinden.«

»Schon klar. Du meinst die Ansteckung, von wem zu wem.« Er nickte und sah jetzt vollkommen konzentriert aus. »Volker wurde benachrichtigt, weil es einem Herrn auf der Fähre nicht gut ging. Fall Nummer zwei ist Hubert. Er kontrolliert die Fahrkarten auf der Fähre.« Sie warf Ansgar einen bedeutungsvollen Blick zu.

»Haben die da vielleicht das Gleiche gegessen oder getrunken? Ist sonst noch jemand erkrankt, der an Bord war?«

»Ich schätze, das müssen wir herausfinden. Der erste Patient ist Herr Pogita, er wollte längst rüber nach Pellworm, ist aber noch hier auf Ockenswarft. Und Hubert lebt auf Mitteltritt.« Ansgar griente breit. »Das habe ich mir nicht ausgedacht, die Warft heißt so.«

»Welche ist näher dran?«

»Beide gleich, eine in die Richtung, die andere in die.« Sie hielt die Daumen in die Höhe. »Wir können uns aufteilen.«

»Nö. Dich kennen sie, das schafft Vertrauen.«

Kurz darauf erfuhren sie, dass Graham Pogita nicht mehr auf der Hallig war. Er war allen Warnungen und Bitten, nicht zu reisen, zum Trotz nach Hamburg gefahren. Vermutlich glaubte er, in der Großstadt die bessere medizinische Versorgung zu bekommen. Gut möglich, dass er in seine

Heimat zurückkehren wollte, sobald er dazu in der Lage war. Bei Hubert hatten sie mehr Glück, und er hatte Interessantes zu berichten.

»Der Fahrgast, dem's so schlecht ging, der hat Kontakt zu einer Gruppe Schülern g'habt, die ihre Klassenfahrt g'macht ham.« Der Bayer klang gar nicht gut, seine Stimme war matt, er krächzte. »Da war was mit seinem Porsche, da ham die dran g'standen.«

Konni! »War zufällig ein Mädchen mit Rastazöpfen dabei?« Wiebke sah ihn konzentriert an.

»Ja, genau.«

»Konstanze Müller, die Nichte unserer Lehrerin auf Pellworm«, setzte sie Ansgar in Kenntnis. »Sie ist nach der Klassenfahrt von hier zu uns rüber auf die Insel gekommen.«

»Haben Sie auf der Fähre etwas zu sich genommen?«, wollte Ansgar von Hubert wissen.

»Na, i hab nur an Kirschlolli g'lutscht. Mach i immer.« Er musste husten. Hubert sah erbärmlich aus mit fahler Haut, auf der Schweißtropfen glänzten, und mit blutunterlaufenen Augen. Nicht gerade beruhigend, fand Wiebke.

Offenbar hatte Ansgar den gleichen Eindruck. »Das gefällt mir gar nicht. Ich dachte, wir isolieren ein Bakterium, das sich vom Essen in die Patienten geschmuggelt hat, verabreichen ihnen Antibiotika, und gut ist es. Wenn die anderen auch alle so übel dran sind, müssen wir uns womöglich ziemlich beeilen«, sagte er auf dem Rückweg. Er sah sie von der Seite an. »Meinst du, die sind bei diesem Volker in guten Händen? Ich frage nicht, weil er nicht Medizin studiert hat. Nicht nur.« Er schmunzelte, doch nur kurz. »Hat er hier überhaupt die Möglichkeiten, eine Betreuung zu gewährleisten, wenn die Symptome schlimmer werden? Oder sollen wir alle Betroffenen vorsorglich nach Husum oder Niebüll bringen lassen?«

Wiebke ließ sich Zeit mit ihrer Antwort. »Mir wäre es am liebsten, du würdest das für jeden Einzelfall entscheiden. Wenn wir die halbe Hallig evakuieren, kannst du sicher sein, dass das bei irgendeinem Lokalredakteur auf dem Kontinent landet.« Sie bemerkte seinen fragenden Blick. »Auf dem Festland«, erklärte sie. »Hooge lebt von seinen Gästen. Wenn erst einmal das Gerücht die Runde macht, hier hat sich jemand mit einem mysteriösen Erreger angesteckt, dann bleiben die weg. Das ist so zuverlässig wie die Flut nach der Ebbe. Und jeder packt noch ein bisschen Drama obendrauf. Ich wurde jetzt schon darauf angesprochen, dass ein Mädchen angeblich in Lebensgefahr schweben soll, nur weil ich Konni per Rettungskreuzer habe aufs Festland bringen lassen. Von Lebensgefahr konnte natürlich keine Rede sein.«

»Ist gut«, erklärte Ansgar, »dann entscheide ich morgen, nachdem ich die anderen gesehen habe.«

»Moin«, rief Lutz gedehnt, als sie den Friesenpesel betraten, und lief mit einem vollen Tablett zu einem Tisch. »So, ein Düsteres, ein Weizen, zweimal Weinschorle für die Damen. Zum Wohl!«

Dann kam er zu ihnen herüber. »Hab schon gehört, dass du über Nacht bleibst, als du das selbst noch nich wusstest«, sagte er zu Wiebke und lachte.

»Bist du dein Zwillingsbruder, oder arbeitest du sowohl im Gemeindebüro als auch hier?«, wollte Ansgar leicht verwirrt wissen.

Lutz' Augen hinter seiner knallroten rechteckigen Brille blitzten. »Ich bin vielseitig, du, das kannst aber wissen. Ich spiel auch noch Theater, bin im Chor, und Origami kann ich auch.« Er lachte wieder. »So, 'n lauschiges Plätzchen für euch zwei Hübschen?«

Wiebke und Ansgar setzten sich an einen kleinen Tisch weit von der Eingangstür entfernt, Lutz brachte ihnen sofort zwei dunkle Bier. »Zwei Düstere, denn man prost!« Er flüsterte Wiebke zu: »Bist du dein Zwillingsbruder? Er ist aber auch 'n Scherzkeks.«

»Lustiger Typ, ist der immer so aufgedreht?« Ansgar beobachtete Lutz, der von einem Tisch zum anderen sauste, immer gut gelaunt, immer einen lockeren Spruch auf den Lippen.

»Meistens. Der typische Clown, glaube ich. Bringt alle zum Lachen, selbst wenn ihm zum Heulen ist. Aber so gut kenne ich ihn nun auch wieder nicht. Und Psychologie ist nicht gerade mein Spezialgebiet.«

Schon waren sie mittendrin in der schönsten Plauderei. Wiebke erzählte von ihrer Beziehung und der Enttäuschung darüber, dass Maxis Vater nie Interesse an seiner Tochter gezeigt hatte. »Ich finde es traurig. Wenn ich mir vorstelle, dass ich mit diesem Menschen beinahe mein Leben verbracht hätte, und dann stellt sich heraus, dass er so wenig Empathie hat. Oder woran liegt es, wenn einem das eigene Fleisch und Blut völlig wurscht ist?« Ansgar wiegte nur mit dem Kopf. »Auf der anderen Seite ist es wahrscheinlich am besten so. Ich hätte auf keinen Fall gewollt, dass er sich in Maxis Leben oder in meine Erziehung einmischt. Ganz oder gar nicht.«

»Er hat sich für gar nicht entschieden und ist konsequent. Ist doch eigentlich in Ordnung.«

»Hast recht. Die Vorstellung, dass jemand das so eiskalt übers Herz bringt, finde ich trotzdem befremdlich.«

»Du sagst, du hast keinen Kontakt mehr zu ihm. Schon lange nicht. Wer weiß, vielleicht leidet er darunter.«

Sie lachte auf. »Nie im Leben.« Der andere könnte recht haben, schoss ihr sofort durch den Kopf, doch sie wollte nicht weiter darüber nachdenken. Stattdessen fragte sie Ansgar nach seinem Leben und erzählte dann vom Alltag auf Pellworm. Zu fortgeschrittener Stunde kassierte Lutz ab und setzte sich auf einen Absacker zu ihnen.

»Du, segg mol, was macht Füchslein denn für'n neumodschen Kram?«

»Was ist denn an Strickkursen so unglaublich modern?«

»Strickkurse? Nee, ich red von dieser Bibliotherapie!«

»Wovon?« Wiebke hatte keinen Schimmer, was er meinte. Dann fielen ihr Füchsleins Worte ein, sie habe noch so einige Ideen.

»Bibliotherapie! Nie gehört, Frau Kollegin?«, zog Ansgar sie auf. Wiebke schüttelte den Kopf. »Ist in Deutschland auch nicht sehr verbreitet«, gab er zu. »Was ich wirklich schade finde.« Er stutzte. »Wie, und hier auf Hooge gibt es eine Therapeutin, die das anbietet? Also habt ihr doch Mediziner dauerhaft auf eurer Hallig.«

»Nein, Füchslein lebt nicht auf Hooge, sondern bei uns auf Pellworm. Und sie ist auch keine Therapeutin, sondern eine umtriebige Frau, die eine kleine Buchhandlung eröffnet hat.«

»Ach, du Schreck!« Ansgar schaute skeptisch drein. »Das ist kein Hokuspokus, sondern eine seriöse Kreativtherapie. Das muss jemand machen, der eine entsprechende Ausbildung hat. Diese umtriebige Dame sollte da sehr vorsichtig sein.«

»Die macht das ja nich alleine«, klärte Lutz die beiden auf. »Ich glaub, sie hat sich mit einer Psychotante aus der Klinik zusammengetan.« Ihm fiel sein Ursprungsgedanke wieder ein. »So, und was is das nu für'n Nich-Hokuspokus?«

»Ganz einfach gesagt, lernen Menschen aus Prosa etwas für ihre aktuelle Lebenssituation. Du hast ein psychisches Problem, das eine Behandlung braucht, und linderst oder heilst es sogar mithilfe der Kraft der Texte.«

»Klingt interessant«, stellte Wiebke fest.

»Ich weiß nich. Ich geb einer Magersüchtigen *Die kleine Raupe Nimmersatt*, und die fängt an zu futtern?« Lutz legte die Stirn in Falten.

Ansgar lachte leise. »Wäre einen Versuch wert. Aber ich habe ein Beispiel für dich: Nach dem Erscheinen von Goethes *Werther* stieg die Zahl der Suizide stark an.« Ehe jemand etwas einwenden konnte, sagte er selbst: »Ja, ich weiß, ein Zusammenhang oder direkter Einfluss ist nie bewiesen worden, aber er lag immer nahe.«

»Das nenne ich mal 'ne tolle Therapie!«, rief Lutz fröhlich. »Vor allen Dingen für die Rentenkassen.«

Wiebke fiel ein, wie oft sie Leute in Füchsleins Laden gesehen hatte, die sich in Lebenshilfe-Bücher vertieft hatten. Wenn solche Menschen eine individuelle Beratung und vor allem qualifizierte Begleitung hätten und statt der Ratgeber Literatur konsumieren würden, die über die Seele viel mehr erreichen konnte als ein Sachbuch über den Intellekt, wäre das eine ziemlich gute Sache.

»Okay, war wohl kein so gutes Beispiel«, gab Ansgar zu. »Aber es zeigt, dass erzählende Texte einen extrem starken Einfluss auf Menschen haben können, das müsst ihr zugeben.«

Während Wiebke ihren Gedanken nachhing, fragte Ansgar Lutz nach dem Leben auf einer Hallig aus.

»Hochwasser und selbst Sturmfluten sind nich das Problem«, erklärte Lutz ihm gerade. »Na ja, und Einschränkungen … Wenn ich ins Theater will oder in ein Konzert, dann mach ich das. Ich muss eben auf'm Kontinent übernachten. Is viel schöner, als wenn du nach einem kulturellen Highlight wieder in deine Bude gehst, wo sich der Abwasch stapelt.«

»Okay, also, die Naturgewalten sind es nicht, die Einschränkungen sind es auch nicht. Was ist dann das Problem am Leben auf einer Hallig?«

Wiebke wäre jede Wette eingegangen, dass sie die Antwort kannte: Es gibt keins! Wette verloren.

Lutz sah ihn an, als würde er überlegen, ob er darauf antworten wollte. »Du kannst hier fünfmal geschieden sein«, begann er dann, »oder Buddhist, du kannst 'ne andere Hautfarbe haben als die meisten oder mit mehreren Partnern rummachen, is alles kein Thema. Bloß wenn du keinen Stammbaum auf Hooge nachweisen kannst, wenn du nich mindestens drei Generationen auf Kirchwarft unter der Erde liegen hast, denn bleibst immer 'n büschen außen vor.«

»Trifft das denn nicht auf die Mehrzahl der Leute hier zu? Ich meine, so echte Einheimische gibt es doch gar nicht mehr so viele, oder?«

»Stimmt, bloß is das für die Hooger kein Argument.« Lutz lächelte verschmitzt. Wiebke fand, dass seine Augen dabei ungewohnt traurig aussahen. Gut möglich, dass Lutz schon heftig gegen eine Wand der Skepsis und Ablehnung gerannt war, obwohl er seit Jahren so viel für die Hallig und ihre Menschen tat und unmöglich wegzudenken war. Das konnte bestimmt ziemlich frustrierend sein.

»Ist das nicht ein bisschen kurzsichtig?«, hakte Ansgar nach. »Ihr braucht doch Leute, die das Leben auf diesem Fitzelchen Land überhaupt in Gang halten. Ich habe zum Beispiel gesehen, dass ein Restaurant dauerhaft geschlossen hat. Da bleibt nicht mehr viel übrig für eure Gäste. Ich bin gerade mal hier angekommen, hatte aber vorhin schon Gelegenheit, das eine oder andere Gespräch aufzuschnappen. Nicht jeder ist begeistert, wenn er im Urlaub die Wahl zwischen fünf Lokalen hat, von denen eins nur ein Café und ein zweites ein Schnellrestaurant ist.«

»Und eins schreibt auf seiner Website: Manchmal einen Tag geschlossen!« Lutz gluckste. »Weißt Bescheid?« Er rieb sich über die müden Augen. »Um die Gäste mach ich mir weniger Sorgen, ganz ehrlich, die kriegen wir schon alle satt. Aber die Köche und Servicekräfte. O haua haua ha!« Er fuchtelte mit der rechten Hand in der Luft herum wie die Queen im Zeitraffer. »Die müssen im Jahr bummelig neunzigtausend Tagestouris abfüttern. Die meisten davon kommen im Sommer. Kannst dir ausrechnen, wie viele das am Tag sind. Plus die Übernachtungsgäste. Die versorgen sich auch längst nich mehr alle alleine, so wie früher. Da gehen einige jetzt schon auf dem Zahnfleisch, und die Saison is noch lang.« Er musste gähnen. »Ich bin auch 'n büschen platt. Denn schlaft man schön, ihr zwei Hübschen«, sagte er lachend und stand auf. »Aber in getrennten Betten, ne? Nich, dass mir Klagen kommen!« Er schlug sich in der für ihn so typischen Manier die Hand vor den Mund. »O nee, ich hab nix gesagt.«

Es war ein perfekter Morgen. Wiebke war wach, noch ehe ihr Handy sie mit seinem Weckton nerven konnte. Trotz der zwei dunklen Biere und des Schnapses, den Lutz auf Kosten des Hauses serviert hatte, fühlte sie sich erholt und munter wie schon lange nicht mehr. Die Sonne strahlte von einem blauen Himmel, der hier und da mit weißen Wölkchen dekoriert war, und entfaltete ihre wunderbar wärmende Kraft, ohne einem gleich die Haut zu verbrennen. Hinzu kamen Brisen, die nach sämtlichen Mineralien des Meeres schmeckten. Wiebke gönnte sich ein Frühstück im Blauen Pesel auf Backenswarft, wo es Hausgebackenes und den besten Kaffee gab. Alles in Bio-Qualität, serviert in einem Minigarten, der als Paradies durchgehen konnte. Jedenfalls, wenn man so gut gelaunt war wie Wiebke an diesem Morgen.

»Na, ordentlich Stress momentan, Hallig-Doc?«, wollte die Betreiberin wissen. »Bist andauernd hier.«

»Manchmal kann Medizin eben auch Detektivarbeit sein«, gab Wiebke ausweichend zurück. »Und ich habe gerade eine heiße Spur.«

»Na, wenn das das einzig Heiße is, was du hast, denn is ja gut, ne?« Wiebke wusste genau, worauf die Wirtin anspielte, ging aber nicht darauf ein. »Ich müsste auch mal wieder zu dir kommen, hab da was mit dem großen Zeh. Hab ich aber schon lange.« Sie winkte ab. »Der wird schon nich abfallen.« Sie lachte so plötzlich aus ihrem unbeteiligten Gesicht heraus, wie nur sie es zustande brachte. So spontan wie die Erheiterung da war, so schnell war sie auch wieder verschwunden. »Ich warte mal, bis deine Sprechstunde wieder ruhiger is, ne?« Schon war sie am Nachbartisch. »Moin, was soll's sein?«

Vom Boot aus rief Wiebke Nele an. »Guten Morgen! Du, ich wollte mal hören, ob Krümel pünktlich in der Schule war? So kurz vor den Ferien ist zwar wahrscheinlich sowieso nichts mehr los, aber trotzdem.«

»Selbstverständlich, dafür habe ich gesorgt. Ich habe mir Janosch geschnappt und ihn am Fahrrad mitlaufen lassen. So ist der auch gleich ausgepowert. Maxis Mitschüler waren hin und weg von dem Hund und sie natürlich stolz wie Bolle.«

»Danke, das hast du super gemacht. Musst du nächste

Woche wirklich schon wieder fahren? Ich finde, du könntest auch gut ständig auf der Insel leben.«

»Nee, lass mal, das wäre mir zu langweilig.« Sie dachte kurz nach. »Noch. Vielleicht später mal, wenn ich eine Familie gründe. Jetzt freue ich mich erst mal auf ein Schuljahr in Italien.«

»Kann ich verstehen. Finde ich auch gut. Sieh dir jetzt etwas von der Welt an, solange du ungebunden bist. Ich bin sicher, davon profitierst du dein ganzes Leben.« Klang sehr reif und erfahren, dabei war Wiebke noch nie länger als drei Wochen von Deutschland weg gewesen. »Du wirst uns trotzdem schrecklich fehlen.«

»Ihr mir auch. Aber ein paar Tage habe ich ja noch.«

»Ich bin gerade auf dem Weg zurück auf die Insel und wollte kurz bei euch vorbeischauen, ehe ich in die Praxis gehe.«

Nele hatte am Vortag zwar gesagt, Tamme brauche noch etwas Zeit, um alles alleine in seinem Kopf zu sortieren, trotzdem hielt Wiebke einen kurzen Besuch für eine gute Idee.

Kurzes Zögern am anderen Ende, dann: »Ist gerade schlecht. Momme ist hier. Dem liegt jetzt die schriftliche Aussage der Mutter vor.«

Mit Wiebkes strahlender Laune war es schlagartig vorbei. Sie hätte Tamme wahnsinnig gern gesehen, um sicher sein zu können, dass zwischen ihnen alles wieder in Ordnung kam. Überhaupt, er fehlte ihr so sehr, dass es ihr manchmal Angst machte. Dann auch noch die geheimnisvolle Aussage von Leos Mutter. Wiebke hätte zu gerne gewusst, was genau die Frau zu Protokoll gegeben hatte. Sie musste ihre Neugier dummerweise noch zügeln. Was die Laborergebnisse der Stuhlproben anbelangte, wurde ihr Wissensdurst schneller gestillt, als ihr lieb war. Sandra überfiel sie geradezu damit, kaum dass Wiebke über die Schwelle der Praxis trat.

»Moin, Frau Dr. Wiebke!« Das war mal eine ganz neue Anrede in Sandras Repertoire. »Alle Ergebnisse sind positiv«, teilte sie ihr mit Leichenbittermiene mit. »Ogottogott, wenn Holzi mal nicht demnächst einiges zu tun kriegt.«

Heinz Holzmann, genannt Holzi, war Besitzer des größten Tischlereibetriebes der Insel. Er hatte quasi das Monopol auf Särge und kümmerte sich auch gleich um die gesamte Bestattung.

»Kiste und Konzept aus einer Hand«, wie er gern scherzte. Wiebke fand, dass schon die Aufschrift auf seinem Lieferwagen der Kundschaft eine Menge schwarzen Humor abverlangte. Jedenfalls, wenn Holzi damit in der Funktion des Bestatters vorfuhr und in fröhlichem Gelb auf blauem Grund sein Slogan strahlte: *Heinz Holzi – alles aus Holz. Für ein lebendiges Wohngefühl.*

»Nun übertreib mal nicht«, ermahnte Wiebke sie. »Sosehr ich Holzi Umsatz gönne, meine Patienten kriegt er noch lange nicht.«

Als Corinna endlich zum Dienst erschien, standen Sandra und Wiebke bereits unter Hochspannung.

»Wo steckst du denn?«, fragte Wiebke sie gereizt und sah auf ihre Uhr. »Wir wissen schon nicht mehr, wo uns der Kopf steht.«

»Heute ist doch Donnerstag«, gab Corinna zurück, als wäre damit alles klar. War es nicht. Also fügte sie hinzu: »Wir hatten doch besprochen, dass ich heute später komme, weil ich für unsere Feriengäste Frühstück machen muss. Crischi ist heute auf dem Festland beim Swinger Golf.«

»Golf im Swinger Club, oder was?« Sandra verzog spöttisch das Gesicht.

»Nee, er schnuppert da nur mal rein. Im Club ist er noch nicht«, erwiderte Corinna verunsichert.

»Ich an deiner Stelle würde aufpassen, wo er wie tief seine Nase reinsteckt«, meinte Sandra anzüglich und reichte Wiebke die Krankenakten der Patienten, die sich für den Nachmittag angekündigt hatten.

»Entschuldige, Corinna, hatte ich ganz vergessen. Mein Fehler«, sagte Wiebke. »Kannst du bitte kurz mitkommen?«

Corinnas Strahlen war sofort zurück. Sie folgte ihr fröhlich in das Behandlungszimmer. »Es heißt übrigens Swingolf, soviel ich weiß. Alles andere könnte zu Gerüchten führen, die ihr beide nicht brauchen könnt.« Wiebke zwinkerte ihr zu.

Corinna sog laut die Luft ein. »Jetzt kapier ich das erst. O nee!« Sie musste kichern. »Ist aber auch ein dämlicher Name. Ich weiß überhaupt nicht, was das sein soll.«

»Das wird dein lieber Mann dir heute Abend verraten, nehme ich an.« Dann ging Wiebke zum Fachlichen über: »Könntest du bitte Frau Wiemer übernehmen? Sie hat sich an der Fritteuse verletzt und braucht einen neuen Verband.«

»Klar, mach ich.«

»Elvira kommt nachher auch noch. Sie ist im Garten gestürzt.« Corinna seufzte. »Das ist schon vor etwa zwei Wochen passiert, aber die gute Frau hielt es nicht für nötig, sich untersuchen zu lassen. Weil die Schmerzen im Knie aber nicht weggehen, meint sie, nun lässt es sich wohl nicht mehr vermeiden, mal in die Praxis zu kommen.« Wiebke verdrehte vielsagend die Augen. »Bei der Gelegenheit könntest du bitte gleich mal einen Blick auf ihren Ruhetremor haben. Ich hatte in letzter Zeit den Eindruck, das Zittern wird stärker. Vielleicht müssen wir ihr nahelegen, mal wieder einen Neurologen aufzusuchen.«

»Wird gemacht, Chef!«

»Danke, Corinna! Spätestens morgen kommt Dr. Jensen her. Er ist der Arzt, der für das Gesundheitsamt ...« Mehr brauchte sie nicht zu sagen.

»Der blutige Stuhl. Schon klar. Du warst gestern mit diesem Jensen essen. War's denn nett?«

Wiebke schüttelte leicht den Kopf. Hier wusste wirklich jeder alles, noch ehe es passiert war.

»Es war sogar ausgesprochen schön, ja. Bevor du dir Fragen stellst oder Lulu, der Luchs, etwas spitzkriegt: Dr. Ansgar Jensen ist ein Studienfreund von mir. Ich hatte keine Ahnung, dass er jetzt in Flensburg lebt. Das war eine echte Überraschung.« Sie lächelte.

»Traumschön!«, rief Corinna aus. »Dann bin ich ja doppelt gespannt, ihn kennenzulernen. Und jetzt an die Arbeit«, verkündete sie und hatte damit perfekt in Wiebkes Blick gelesen. Noch ehe sie die Tür hinter sich geschlossen hatte, klingelte Wiebkes Handy.

»Hallo, Ansgar, na, wie sieht's aus?«

Er fasste die Ergebnisse seiner Hausbesuche zusammen, die er am Vormittag erledigt hatte. »Ich habe den Kollegen in Flensburg schon Bescheid gegeben, dass die sich um den Rest der Schulklasse kümmern, die es möglicherweise auf der Fähre erwischt hat. Außerdem versuche ich, ein paar Namen von weiteren Fahrgästen zusammenzukriegen. Dürfte allerdings nicht viel werden, es wird schließlich niemand namentlich erfasst. Diejenigen, die ihr Ticket online gebucht oder ein Auto dabeihatten, sind zu ermitteln. Darüber hinaus bin ich auf die Aussagen der beiden Hafenmeister hier und auf dem Festland, des Kapitäns und von Hubert angewiesen. Vielleicht habe ich Glück, und die erinnern sich an jemanden, der an Bord war. Könntest du dich bei euch schon ein bisschen umhören?«

»Klar, das mache ich. Ich rufe auch mal Fenja Nicolaisen an. Will sowieso hören, wie es ihr geht. Dann kann ich sie gleich fragen, ob sie auf Hooge oder dem Festland war, ehe es bei ihr losging. Von den Besuchern auf Süderoog hatte niemand so starken Husten, Schnupfen oder Ausschlag, dass es ihr oder ihrem Mann Fiete aufgefallen wäre.«

»Alles klar, gute Idee. Ich komme dann morgen zu euch rüber.«

»Gut, Ansgar, bis dann.«

»Ach, Wiebke? Ich war heute übrigens auch schon bei Sintje. Der Nachwuchs ist wieder quietschfidel. War wohl nur ein typisches Kleinkinder-Fieber. Bisschen viel Aufregung, viel getobt, und dazu das belastende Wetter ... Es besteht jedenfalls kein Grund zur Sorge.«

»Gott sei Dank! Lieb, dass du mir Bescheid gesagt hast.«

Kapitel 11

In der Mittagspause hielt Wiebke es nicht länger aus und wählte Tammes Nummer.

»Tedsen«, meldete er sich schroff.

»Du bist nicht im Bad. Ist das ein schlechtes Zeichen?«

»Das ist gar kein Zeichen. Linus ist da und hat Verstärkung. Penkwitz ist heute Morgen angereist.« Er verhohnepipelte den Namen des Mannes, den man ihm vor die Nase gesetzt hatte, nicht, das war dann aber doch ein schlechtes Zeichen.

»Oje, Linus und der Werksleiter. Deine armen Badegäste!« Ein kläglicher Versuch, ihn wenigstens ein bisschen aufzuheitern.

»Um die brauchst du dir keine Gedanken zu machen«, kam es frostig zurück. Sie wollte gerade wissen, wie das gemeint war, doch das hatte sich im nächsten Augenblick erübrigt. »Woher wusstest du, dass mir Alkoholkonsum im Dienst unterstellt wird?«

»Das wusste ich nicht.« Ihr war klar, wie unglaubhaft das klingen musste. »Ich habe nur etwas gehört, und deshalb habe ich dich ja auch darauf angesprochen.«

Verteidigungshaltung. Sie hatte sich ganz fest vorgenommen, Engelsgeduld aufzubringen. Was hatte Nele gesagt? Tammes Nerven lagen blank. Und ohne Wiebke war er nicht auszuhalten. Zumindest Letzteres erschien ihr gerade ziemlich an den Haaren herbeigezogen zu sein. Und was die Nerven anbelangte, waren ihre auch nicht gerade im Hängematten-Modus.

»Etwas gehört, Wiebke«, polterte er auch schon weiter, »du weißt, was es bedeutet, wenn ein Gerücht erst einmal in der Welt ist. Selbst wenn nichts dran ist, wie in diesem Fall. Es bleibt immer was hängen. Von wem hast du es gehört?« Wiebke holte schon Luft für eine Antwort, doch da sagte er: »Mist, ich muss auflegen! Hat gerade geklingelt.«

Wiebke fiel die Kinnlade herunter. Konnte er nicht mit dem Telefon an die Tür gehen oder das Klingeln einfach ignorieren? Erwartete er Momme noch einmal, oder hatte er sich einen Anwalt genommen, der ihn aufsuchen wollte? Wahrscheinlich war es nur der Scherenschleifer, der zweimal im Jahr auf Pellworm seine Runde machte. Oder mal wieder ein Urlauber, der fragen wollte, wo man in der Nähe eine Tasse Kaffee und ein schönes Stück Kuchen kriegen konnte. Für ihn aber offenbar Grund genug, das Telefonat abrupt zu beenden.

»Vielleicht können wir heute Abend reden?« Das klang versöhnlich. Jedenfalls ein ganz kleines bisschen.

Nur war Wiebke wegen seines Tons leider schon eingeschnappt. »Tut mir leid«, sagte sie darum ungewollt spitz, »heute Abend habe ich schon etwas vor …« Mann, du wolltest ihn mit Samthandschuhen anfassen, Wiebke Klaus, nicht mit einer Kneifzange. »Tut mir wirklich leid, aber es lässt sich nicht verschieben«, fügte sie schnell hinzu und fragte sich, warum sie weiter log. Sie hatte doch gar nichts vor.

»Ja, klar. Ich muss dann. Tschüs!«

Gerade hatte Wiebke noch Hunger gehabt, jetzt hatte sie keinen Appetit mehr. Sie stand auf und ging in ihrem Behandlungszimmer auf und ab. Wenn du im Moment nichts für Tamme tun kannst, dann geh wieder an die Arbeit, dachte sie. Genau, sie würde Fenja anrufen, aber erst mal wählte sie Mommes Nummer.

»Moin, Polizeistation Pellworm, der Momme hier«, kam es tief und mit aller Zeit der Welt durch die Leitung.

»Wiebke Klaus«, meldete sie sich betont förmlich. »Sag mal, Momme, meinst du nicht, es könnte einen Anrufer irritieren, dass sich der Momme hier meldet? Mein Vertrauen in die Kompetenz und Seriosität wäre ziemlich begrenzt, wenn ich einen Notfall bei der Polizei melden wollte und das zu hören kriegen würde.«

»Ja?«, fragte er gedehnt. »Nö, mein ich nicht.« Schweigen. Das war's. Er wartete ab.

»Ähm, ach so, weshalb ich anrufe«, stammelte sie. »Du warst heute bei Tamme. Bitte, Momme, ich muss wissen, was genau in der Aussage von Frau Hausmann steht.«

»Du weißt, dass ich dir das nicht sagen darf.«

»Eigentlich nicht. Andererseits kannst du es mir anvertrauen und mich auf meine ärztliche Schweigepflicht festnageln. Dann kann ich unter keinen Umständen an irgendjemanden auch nur ein Sterbenswörtchen weiterplappern.«

Ziemlich dämlicher Versuch. Sie hoffte, dass er sich trotzdem darauf einließ.

»Wieso fragst du nicht Tamme? Dem liegt das Schreiben vor.«

Mist, Mist, Mist! »Das wäre das Einfachste, da hast du recht, und er würde es mir mit Sicherheit auch zum Lesen geben, das weißt du. Bloß habe ich wegen dieser Krankheit, die sich auf den Halligen und Inseln ausbreitet, so wahnsinnig viel zu tun. Ich habe eben versucht, Tamme telefonisch zu erreichen, aber er ist nicht rangegangen«, erzählte sie mit hinter dem Rücken gekreuzten Fingern. »Ich hatte noch ein paar Minuten, ehe ich gleich zum nächsten Patienten muss und dachte, ich frage dich einfach. Weißt du«, sie schlug nun einen sanften Ton an, »ich wollte mich einfach darauf einstellen, damit Tamme heute Abend, wenn er sich gerade ein bisschen beruhigt hat, nicht wieder über das Protokoll der Staatsanwaltschaft reden muss. Dann regt er sich nur wieder auf. Und wer weiß, womöglich höre ich etwas oder kann hier und da ein paar unauffällige Fragen stellen, wenn ich unterwegs bin. Ich treffe ja immer viele Leute. Das würde dir doch sicher auch helfen, wenn ich zum Beispiel einen Zeugen finden würde, der eine Aussage widerlegen kann.«

»Oder bestätigen«, meinte Momme ungerührt.

»Was?« Sie fasste sich schnell wieder. »Klar, das würde dir natürlich auch helfen.«

»Jo.« Die Pause war so lang, dass Wiebke nicht wusste, ob Momme eingenickt war oder darüber nachdachte, ob er ihr etwas verraten konnte und wie viel. »Ich sag nix, kein

Wort erfährst du von mir aus dem Protokoll.« Er holte tief Luft. »Wenn du sowieso Leute triffst, die zur fraglichen Zeit am fraglichen Ort waren, dann kannst du dich gerne 'n büschen umhören. Mich interessiert, ob jemand gehört hat, wie Tamme den Neuen, Linus, in die Pause geschickt hat. Nur wenn der nämlich offiziell Pause hatte, ist Tamme überhaupt zuständig gewesen, ne?«

»Stimmt!«

»Tja, dann wäre auch noch interessant, ob jemand gesehen hat, wie Tamme der Frau Hausmann mehrfach aufmunternd zugelächelt hat. Und zwar, als das so richtig voll geworden ist im Bad, dass sie ihren Knirps nicht mehr sehen konnte. Also, das muss so 'n Machen-Sie-sich-keine-Sorgen-ich-habe-Ihren-Leo-im-Auge-Blick gewesen sein. Also, nicht Augenblick, sondern so 'n Blick, wie …«

»Habe ich verstanden, Momme«, unterbrach sie ihn. »Sonst noch etwas, wonach ich mich umhören könnte?«

Der Insel-Sheriff gewährte ihr gerade auf seine Weise Akteneinsicht. Er musste unbedingt auch damit rausrücken, was Frau Hausmann zum Thema Alkohol zu Protokoll gegeben hatte.

»Jo, das ist ein büschen heikel. Da soll wohl jemand gewesen sein, mit dem Tamme sich einen Kurzen hinter die Binde gekippt hat.«

»Das kann ich mir nicht vorstellen. Wer behauptet das?«

»Na, wer wohl, wenn's in der Aussage von der Hausmann steht?« Die Stille war hörbar, als hätte jemand mit Mommes letztem Wort auch jegliche Hintergrundgeräusche abgeschnitten.

»Gut, Momme, die Pflicht ruft. Finde ich super, dass Dienstgeheimnisse bei dir sicher sind«, sagte sie mit einem Lächeln, das er hoffentlich hören konnte. »Ich melde mich, falls ich zufällig etwas hören sollte.«

Der Anruf bei Fenja deprimierte sie zusätzlich. Der kernigen sportlichen Frau ging es schlecht. Körperlich und seelisch, denn sie wollte einfach nur zurück nach Süderoog.

»Wie soll Fiete denn alles alleine schaffen? Ja, er hat Hilfe«, sagte sie gereizt und hustete, dass es einen Stein hätte erweichen können. »Aber das ist nicht das Gleiche. Ich weiß, was zu tun ist. Wolfgang ist willig, aber du musst ihm sagen, was er machen soll.« Tiefer Seufzer.

»Ich sage es ungern, Fenja, aber du wärst deinem Mann im Moment keine Hilfe, sondern eine zusätzliche Belastung.«

»Mann, Hallig-Doc«, kam es verzweifelt vom anderen Ende der Leitung, »was ist das denn bloß für ein olles Virus? Ich war topfit, und es zerreißt mich dermaßen. Das ist doch nicht normal.«

»Um ehrlich zu sein, genau wissen wir das leider noch nicht. Wir sind aber dabei herauszukriegen, welcher Erreger für die heftigen Symptome verantwortlich ist. Darum ist es auch sehr wichtig, alle Informationen zu sammeln. Warst du ein paar Tage, bevor es bei dir losgegangen ist, auf dem Festland, hier bei uns oder auf Hooge? Wo könntest du dich angesteckt haben?«

»Ja, auf Hooge war ich«, erwiderte sie kraftlos. »Wir hatten eine Besprechung im Wattenmeerhaus. Es ging um dieses Projekt, bei dem Kinder und Jugendliche Plastikmüll an den Küsten und im Watt sammeln, Kunst daraus machen, darüber berichten und so. Ist 'ne super Sache, und wir wollen alle gerne, dass das auch über die zwei Jahre weiterläuft.« Sie keuchte und fügte dann hinzu: »Dafür müssen wir neue Fördergelder beantragen.«

»Das ist sehr spannend, Fenja, aber du solltest deine Kräfte schonen und dich kurzfassen.«

»Stimmt.« Sie keuchte erneut. Wiebke dachte schon, dass sie das Gespräch später fortsetzen mussten. »Wart mal«, brachte Fenja dann heiser heraus. »Rieke hat ein paarmal geniest. Das weiß ich, weil wir noch so gelacht haben. Immer wenn Jonas einen Vorschlag gemacht hat, musste sie niesen. Wir haben ihn damit aufgezogen, dass er seine Ideen noch mal überdenken soll. Die seien so schlecht, dass Rieke allergisch drauf reagiert.« Rieke. Die lag auch flach.

Wiebke spielte mit dem Gedanken, Fenja nach den Teilnehmern zu fragen, entschied sich dann jedoch dagegen. »Danke, Fenja, du hast mir sehr geholfen. Wenn ich es irgendwie einrichten kann, komme ich dich mal besuchen. Ruh dich gründlich aus, und hör bitte auf meine Kollegen! Damit tust du Fiete den größten Gefallen.«

Fenja murmelte etwas, das wohl widerwillige Zustimmung sein sollte. Dann legten sie auf.

Anschließend rief Wiebke Jonas an. Er war der Leiter des Wattenmeerhauses auf Hallig Hooge. Seit Jahren schon, wahrscheinlich eher seit Jahrzehnten. Er war eine Institution.

»Moin, Jonas, Wiebke hier.«

»Die Halligärztin. Moin, was kann ich denn für dich tun?«

»Ihr hattet eine Besprechung Mitte Juni, richtig? So um den Fünfzehnten vielleicht oder Sechzehnten? Es ging um ein Jugendprojekt.« Mehr brauchte sie nicht zu sagen.

»Den Tag weiß ich nicht mehr. Warte, ich schau mal eben nach. Am vierzehnten Juni.«

»Das war die Besprechung, bei der Fenja Nicolaisen auch war, stimmt das?«

»Ja, das ist richtig. Sag mal, bist du jetzt bei der Polizei? Nicht mehr Hallig-Doc, sondern Hallig-Cop?«

»Nein, ich werde mich hüten. Da schicke ich euch lieber Momme vorbei.«

»Ach, lass mal! Ehe der *Halt, stehen bleiben!* gerufen hat, ist der Gangster auf dem Kontinent. Und zwar per Ruderboot.« Er feixte. »Geht's um Fenjas Krankheit? Ist wohl keine Sommergrippe, oder?«

»Nein, leider nicht. Um ganz ehrlich zu sein, tappen wir noch im Dunkeln. Hat es irgendeinen Sinn, wenn ich dich bitte, das nicht unbedingt weiterzutragen?«

»Klar, hat es. Wenn du mich bittest, halte ich die Klappe.«

»Das wäre super, Jonas. Du weißt, wie das ist, wenn aus einer Mücke ein Elefant gemacht wird. Das kann ich gerade nicht brauchen. Apropos, was ich dagegen dringend brauche, ist eine Liste der Teilnehmer des Treffens.«

»Kein Problem, kann ich dir durchgeben. Kann's losgehen?«

»Moment!« Wiebke schnappte sich Notizblock und Stift. »Okay, bin so weit.«

Jonas diktierte ihr sechs Namen. Na wunderbar, außer Fenja war jemand von Langeneß dort gewesen, je einer von Oland, Föhr und Amrum sowie zwei von Sylt. Wiebke würde ihre Kollegen benachrichtigen und sie auffordern, die Personen zur Untersuchung einzubestellen.

»Geht es dir gut, oder hast du irgendwelche Beschwerden?«, wollte sie von Jonas wissen.

»Mir fehlt nix.«

»Das höre ich gern. Du wirst vielleicht nicht so gern hören, dass du dich trotzdem untersuchen lassen musst. Dr. Ansgar Jensen ist heute noch bei euch. Der kümmert sich um alles. Melde dich einfach bei Volker, der weiß Bescheid.«

»Widerstand ist zwecklos, nehme ich an?«

»Völlig zwecklos.«

»Alles klar, ich kümmer mich gleich drum.«

»Gab es während der Besprechung etwas zu essen? Oder vielleicht einen besonderen Cocktail?«

»Wir hatten Rohkostsalat, total lecker mit frischen Sprossen und Weißkohl.«

»Woher hattet ihr die Zutaten?«

»Den Kohl von Ingrid aus dem Supermarkt, die Sprossen, Schlangengurken und Radieschen ziehe ich selber.«

»Womit düngst du?«

»Meine Herren, du bist ja schlimmer als die Polizei. Mein Garten ist heilig, da kommt nur organischer Dünger zum Einsatz, keine Pestizide, kein ...«

»Womit, Jonas?« Sie hielt die Luft an.

»Mist von Jans Viechern und 'n paar Pferdeäppel. Gibt's hier ja genug. Ich sag dir, was Besseres kriegst du nicht. Mein Gemüse wächst wie Hecke.«

Sie betrachtete die mickrige Eibenhecke, die das Praxisgrundstück einfasste. Von der war wohl eher nicht die Rede.

»Gut, dann weiß ich Bescheid. Du gehst bitte sofort zu Volker, versprich mir das!«

»Ja, hab ich doch gesagt.« Er klang mürrisch, aber vor allem klang er zutiefst beunruhigt.

Bis jetzt war Wiebke sicher gewesen, dass der Erreger nicht im Essen steckte. Sie hatte auf eine Verbreitung per Tröpfchenübertragung beim Husten und Niesen getippt. Jetzt hatte sie urplötzlich enterohämorrhagische Escherichia coli im Sinn, EHEC. Jans Viecher waren Schafe. Außerdem hatte er Rinder über den Sommer auf seinen Fennen stehen, die sich quasi als vierbeinige Urlauber das leicht salzige Gras schmecken ließen. EHEC-Bakterien tummelten sich im Darm von Wiederkäuern. Während die Tiere putzmunter bleiben konnten, waren die Gifte, die das Bakterium produzierte, für Menschen lebensgefährlich. Bei der letzten EHEC-Epidemie hatten Menschen sich den Keim durch verunreinigte Lebensmittel eingefangen, die Übertragung von Mensch zu Mensch war dann in Form einer Schmierinfektion erfolgt. Mangelnde Hygiene, ein Problem, das in einem hochindustrialisierten und angeblich so zivilisierten Land nicht existieren dürfte. Tat es aber. Leider reichten bei Bakterien wie EHEC winzige Spuren, die ein bereits Erkrankter nach dem Toilettengang an den Händen hatte, um bei nächster Gelegenheit den Besitzer zu wechseln und für einen weiteren Erkrankten zu sorgen. Sie würde sich mit Ansgar abstimmen müssen. Vielleicht war es sinnvoll, strenge Hygienevorschriften herauszugeben. Wiebke schüttelte verständnislos den Kopf. Das sollte einfach nicht nötig sein, und doch wusste sie genau, wie wichtig dieser Schritt war. Sie rief ihn auf der Stelle an, um ihn auf Jonas vorzubereiten.

»Das ist interessant, vielleicht sind wir auf der richtigen Fährte«, sagte Ansgar aufgeregt. »Hubert ist nämlich eingefallen, dass er an Bord doch etwas gegessen hat. Außer dem Kirschlolli.«

»Ach ja?«

»Ja, und zwar Salat.« Er ließ die Nachricht wirken. »Ela hat dem Kapitän eine Schüssel gemacht und Hubert eine Gabelvoll in den Mund geschoben. Zum Probieren.«

Ela war Servierin in der T-Stube. Sie stammte ursprünglich aus Polen und hatte schnell kapiert, dass man es überall an der Nordsee zu etwas bringen konnte, wenn man nur Ideen hatte und die Arbeit nicht scheute.

»Gute Köche sind begehrt wie Mondstaub«, pflegte sie zu sagen. »Habe ich zwar nicht gelernt, kochen, kann ich aber trotzdem von meine *matka*. Hat sie mir gezeigt, wie geht.« Also kochte sie und kreierte kalte Speisen, die sie großzügig verteilte. Irgendwann sollte der *Seehund* schließlich wieder einen Betreiber bekommen. Klug, wie Ela war, wollte sie schon eine ansehnliche Fangemeinde um sich geschart haben, wenn die Gemeinde den Nachfolger aussuchte.

»Ich habe schon an EHEC gedacht«, sagte Wiebke.

»Übelkeit und Erbrechen passen und natürlich die blutigen Durchfälle. Die Blutgerinnungsstörungen, die bei einigen auftreten ...« Sie zögerte.

»... würden auf das hämolytisch-urämische Syndrom hindeuten, eine Komplikation, die uns böse unter Zeitdruck setzen würde.«

»Fieber ist bei EHEC eher ungewöhnlich. Und Husten und Schnupfen? Beides komplett untypisch, aber alle haben es.«

»Sehe ich auch so, weshalb wir EHEC wohl doch eher ausschließen können. Ich werde diesem Jonas trotzdem sagen, dass er vorerst die Finger von jungem Gemüse lassen muss.« Sie konnte ihn schmunzeln hören, doch Wiebke war nicht heiter zumute. »Wir lassen seinen Stuhl vorsichtshalber auf enterohämorrhagische Escherichia coli prüfen, den von Hubert auch. Nur um das auszuschließen.«

»Gute Idee.«

»Ach, und, Wiebke? Hygieneschulung ist das eine, Verstärkung bei der Suche nach dem Erreger das andere. Nach dem, was du mir erzählt hast, und nach meinen bisherigen Ergebnissen hier handelt es sich um eine ziemlich große Zahl von Menschen, denen wir wenigstens Fragebögen schicken müssen, wenn sie nicht sogar untersucht werden sollten. Ich würde mir als Einzelkämpfer, der mit seiner charmanten Studienfreundin von damals alleine die Welt rettet, zwar sehr gut gefallen, nur kommt das im echten Leben nicht vor. Leider. Ich bin gewissermaßen nur die Vorhut und werde jetzt in Flensburg Bescheid geben, damit die betroffenen Landesgesundheitsämter informiert werden. Wir müssen uns gründlich absprechen und alle zusammenarbeiten, damit wir schnellstens herausfinden, was hier Fieses unterwegs ist.«

»Klingt vernünftig.«

»Mami, ich muss ganz doll dringend zu Frau Füchslein«, rief Maxi zur Begrüßung, kaum dass Wiebke völlig erledigt zur Tür hereinkam. Janosch sprang an Wiebke hoch, als hätten sie sich Jahre nicht gesehen. Wie gewöhnte man einem Hund das bloß ab?

»Guten Tag, Tochter. Hallo, Hund«, sagte Wiebke.

»Hallo, Mami! Du siehst müde aus. Musst du mal zur Kosmetikerin?«

Wiebke wollte dem Früchtchen, das dummerweise ihr eigenes Fleisch und Blut war, gerade die Leviten lesen, wusste bei einem Blick in Maxis Gesicht aber sofort, dass dieser Kommentar ausnahmsweise nicht frech gemeint, sondern vollkommen unbedarft war.

»Vielleicht müsste ich mich wirklich mal um einen Termin kümmern. Im nächsten Leben.« Wiebke lächelte.

»Wieso? Du hast doch nur eins.«

»Das, mein Kind, weiß man nie. Und deshalb sollte man auch immer sehr lieb zu allen Menschen, insbesondere zur eigenen Mutter sein. Wer weiß, sonst wirst du vielleicht als Grashüpfer wiedergeboren oder als Kauknochen von Janosch.«

»Knochen werden nicht geboren«, belehrte Maxi sie. »Oder?«

»Kannst du mir bitte verraten, was du so Wichtiges bei Füchslein zu erledigen hast?«, wechselte Wiebke das Thema.

»Frau Sommer-Lucht hat uns ein Buch aufgegeben. Das sollen wir in den Ferien lesen.«

»Die Ferien fangen erst nächste Woche an, Schatz. Das bedeutet, dir bleibt noch ganz viel Zeit. Ich habe heute leider gar keine, deshalb werden wir den Bücherkauf verschieben. In Ordnung?« Maxis Gesicht verzog sich bedrohlich. Nicht in Ordnung.

»Menno, das ist bald wieder so schlimm wie in Berlin«, beklagte sie sich. Ihre gemeine Allzweck-Argumentationswaffe. Vor dem Umzug hatte Wiebke ihr versprochen, dass sie auf Pellworm viel mehr Zeit füreinander haben würden. Das war auch ganz eindeutig der Fall. Trotzdem kam das kleine Scheusal damit immer um die Ecke, wenn sie etwas durchsetzen wollte. Und trotzdem erwischte sie damit auch prompt Wiebkes wunden Punkt, ihr schlechtes Gewissen.

»Das ist es nicht, und das weißt du auch«, verteidigte sich Wiebke schwach.

»Wohle, gestern warst du sogar über Nacht auf Hooge und hast mich nicht mitgenommen.«

»Worüber du sehr erfreut warst, weil du bei Tamme und Nele sein durftest und Nele so lecker kocht.« Wiebke verschränkte ihre Arme. Punkt für sie.

»In Berlin war ich auch immer gerne bei meinen Babysittern. Aber noch lieber bin ich bei meiner Mami.« Perfekter Augenaufschlag kombiniert mit zarten Ärmchen, die sich um Wiebkes Hüfte schlangen. Punkt, Satz und Sieg für Maxi.

»Ach, Spatz, es ist heute wirklich schlecht.« Sie wollte ihre Tochter auf morgen vertrösten, hatte aber nicht den Hauch einer Chance.

»Ich verrate dir auch, was Nele in der Freizeithalle macht.«

»Und wenn ich das gar nicht wissen will?« Sie sah triumphierend auf Maxi herunter.

»Alle gehen heute hin. Dann ist das Buch nachher ausverkauft, und ich kann erst später anfangen zu lesen als alle anderen.« Maxis Unterlippe begann zu zittern.

Mist, sie fühlte sich wirklich vernachlässigt. Wenn Psychologie auch nicht Wiebkes Stärke war, kannte sie ihre Tochter doch gut genug, um zu kapieren, dass es nicht um das Buch ging, sondern um viel mehr. Sie musste sich wirklich mal wieder Zeit für Maxi nehmen. Hatte sie nicht Tamme vorhin erzählt, dass sie schon etwas vorhatte? Jetzt war es keine Lüge mehr, sie würden einen Mutter-Tochter-Abend machen. Der war wirklich längst überfällig.

»Also schön, du hast mich überzeugt.«

Maxi brach in Freudengeheul aus, schob Wiebkes Bluse hoch und knutschte ihr geräuschvoll auf den Bauch.

Wiebke lachte. »Hilfe, ein Walross!« Sie drückte Maxi an sich. »Jetzt musst du mir aber auch verraten, was Nele so Geheimnisvolles treibt.«

»Ich dachte, das interessiert dich gar nicht.« Maxi kostete ihr Wissen voll aus.

»Stimmt. Gut, ich rufe kurz Tamme an, dann gehen wir. Aber nur kurz, in Ordnung? Wir haben keine Zeit zu stöbern.«

»Klaro! Nele baut so ein Schloss«, platzte es dann aus Maxi heraus. »So eins für diese komische Gitterwand, glaube ich. Darfst du aber nicht weitersagen!«

»Lass mich raten: Du hättest es auch nicht weitersagen sollen.«

Maxi setzte die niedlichste Unschuldsmiene auf, die sie im Repertoire hatte, und sauste davon. Was die umgehende Weitergabe von Geheimnissen anbelangte, war dieses Kind perfekt für das Leben auf Pellworm geeignet.

Wiebke bekam nur Nele ans Telefon. »Dein Vater hat vorhin versucht, mich zu erreichen, aber ich war wohl gerade auf dem Festnetz im Gespräch.«

»Jetzt ist er im Dienst.«

»Verstehe. Sagst du ihm bitte, dass ich angerufen habe? Wir haben vorhin kurz gesprochen, das war ein bisschen unglücklich«, erklärte sie hastig. »Er hat gefragt, ob wir uns heute Abend sehen können.«

»Oho, mein Vater hüpft endlich über seinen Schatten. Wurde ja auch Zeit.«

Wiebke lachte matt. »Blöderweise habe ich Maxi einen Mädelsabend versprochen. Nur sie und ich. Ich kann sie nicht schon wieder vertrösten.«

»Kannst du wirklich nicht. Maxi kann froh sein, dass sie so eine tolle Mutter hat.« Das klang ungewohnt hart. »Meine hatte nie Bock auf ihr Kind und hat es lieber dem Vater aufgedrängt.«

»Du weißt, dass es so nicht war.«

»Stimmt, es war noch schlimmer. Sie musste mich ihm nämlich gar nicht aufdrängen, weil er der Einzige war, der mich wollte. Wäre es nach ihr gegangen, wäre ich erst gar nicht auf die Welt gekommen.« Starker Tobak.

Wiebke schluckte. »Du hast das noch nie so direkt gesagt, Nele«, begann sie vorsichtig.

Maxi war zurück und zupfte an ihrem Ärmel. »Ich denke, wir wollen los!«, zischte sie. Janosch gefiel die Idee, an Wiebkes Ärmel zu zerren, und er machte sich auf der anderen Seite zu schaffen.

»Nee, weil Papa meistens in der Nähe ist. Er sagt immer, es fällt auf mich zurück, wenn ich schlecht über meine Austrägerin rede.« Das klang trotzig. »Leider fällt mir nichts Gutes über sie ein.«

»Zu deiner Mutter kann ich nichts sagen, aber dein Vater hat recht, finde ich.«

Wiebke versuchte Janosch abzuschütteln, was ihr nicht gelang. Er hielt das offenbar für ein Spiel, und es machte ihm riesigen Spaß.

»Schon klar.« Nele seufzte. »Anderen gibt er immer super Ratschläge. Nur wenn's um seinen eigenen Kram geht, weiß er nicht weiter. Er kapiert einfach nicht, wieso du das mit dem Alkohol schon wusstest, ehe Momme mit dem schriftlichen Protokoll angetanzt ist.«

»Mami!«, drängelte Maxi.

»Gleich, Maxi. Hast du den Zettel mit dem Buchtitel denn schon?« Ein schwacher Versuch, Zeit zu schinden. Maxi wedelte augenblicklich mit einem Stück Papier herum. »Dann hol mal mein Portemonnaie und nimm Janosch schon mal an die Leine!« Das verschaffte ihr wenigstens zwei Minuten.

»Nele, ich bin auf dem Sprung. Leider. Ich habe an dem Tag des Unfalls im Supermarkt eine Frau reden hören. Sie sprach davon, dass der Schwimmmeister getrunken haben soll. Keine Ahnung, wer die war. Sicher keine Urlauberin, aber niemand, den ich kenne. Auf Pellworm leben ungefähr eintausendeinhundert Menschen. Alle waren noch nicht in meiner Praxis.«

»Das war alles?«

»Ja. Deswegen habe ich Tamme danach gefragt. Ich weiß ja, dass er gegen Alkohol im Dienst ist, aber manchmal macht man doch eine Ausnahme.«

»Nicht mein Vater, nicht bei dem Thema«, gab Nele entschlossen zurück. »Na gut, du musst los. Dann erkläre ich dem Herrn Dickschädel mal, woher du etwas wusstest. Ach so, soll Papa nach eurem Mädelsabend vorbeikommen? Wär vielleicht nicht blöd, wenn ihr auch mal wieder direkt miteinander sprecht.«

»Das wäre sogar ziemlich gut«, stimmte Wiebke zu.

Das Mädchen hatte eine erstaunliche Reife. Wiebke musste schmunzeln. Nele baute ein Liebesschloss. Sie hatte ihr Herz also doch schon verloren, ohne ein Sterbenswörtchen zu sagen.

Für das hochsommerliche Wetter herrschte in der kleinen Buchhandlung ordentlich Betrieb. Füchslein hob nur kurz die Hand zum Gruß, als Wiebke und Maxi eintraten, eilte dann zum Regal, um einer Kundin drei Romane hinzulegen, die etwas für ihren Geschmack sein könnten, und anschließend zur Kasse zu laufen, wo ein älterer Herr und ein Mädchen darauf warteten, bezahlen zu dürfen. Renate Fuchs brauchte Verstärkung, wenn das hier keine Ausnahmesituation war. Trotzdem sah sie blendend aus, stellte Wiebke erfreut fest.

In dem Moment begann ihr Handy zu schnurren.

»Guck doch mal, ob du das Buch alleine findest«, ermunterte Wiebke ihre Tochter, während sie ihr Telefon aus der Tasche zog. Lulu.

»Hast du schon gehört?«, begann die sofort. Wiebke konnte diesen Satz grundsätzlich nicht leiden, jetzt schon gar nicht. Glücklicherweise erwartete Lulu keine Antwort. »Oma Mommsen hat sich selbst entlassen und kommt am Wochenende nach Hause.«

»Wie bitte? Das kann nicht ihr Ernst sein.«

»Wieso? Sie sagt, die machen sowieso nichts mit ihr, sondern lassen sie immer alleine im Zimmer hocken. Würde sie sich an die Anweisungen halten, dann läge sie ständig im Bett, sagt sie. Dabei muss sie sich bewegen.« Das war nicht von der Hand zu weisen. »Mit ihren Krücken durch die Gegend laufen kann sie zu Hause mindestens so gut wie in der Klinik, und zu den Physio-Anwendungen fahre ich sie«, erklärte Lulu zufrieden.

»Tja, wenn Oma Mommsen das so entschieden hat, kann sowieso niemand etwas dagegen tun. So klein sie ist, so groß ist ihr Dickkopf.« Wiebke lächelte.

»Das ist richtig. Ist auch kein Problem, sie ist in Zukunft ja sowieso kaum alleine.«

»Warum, kriegt sie Besuch?«

»Nö, nicht direkt. Aber soviel ich weiß, ist ihre gute Stube ab morgen Nähstube.«

»Ist nicht dein Ernst.«

»Meiner? Nee, der von Oma Mommsen. Sie hat das mit Saskia besprochen. Kann es sein, dass du der Mommsen sogar selbst vorgeschlagen hast, Saskia deswegen anzuheuern?«

Ganz so war das zwar nicht gewesen, aber vollkommen unbeteiligt war Wiebke an der Entwicklung tatsächlich nicht.

»Na, dann werde ich demnächst mal bei ihr vorbeischauen. Danke für die Info, Lulu. Schönen Abend noch!«

Füchslein war noch immer beschäftigt. Wiebke sah sich nach Maxi um und entdeckte sie in der Kinderbuchabteilung. Neben ihr stand Emil. Wiebke ging zu den beiden hinüber.

»Hallo, Emil! Du bist aber oft hier, was?«

»Guten Tag! Ja, ich bin jetzt Stammkunde.« Sein hübsches Gesicht strahlte weniger, als Wiebke es von ihm kannte. Gerade schaute er sogar noch eine Spur betrübter drein. »Leider habe ich heute sehr schlechte Laune. Die habe ich immer, wenn ich Hunger habe«, erklärte er ernsthaft.

Nur wenige Sekunden später stand Füchslein bei ihnen. »Habe ich richtig gehört? Gegen Hunger muss man unbedingt sofort etwas tun.« Sie streckte ihm einen Apfel hin, augenblicklich ging auf seinem Gesicht die Sonne auf.

»Danke schön!«

»Möchtest du auch einen, Maxi?«

»Nö danke«, piepste sie. Sie hatte rosafarbene Wangen und himmelte Emil an. Wiebke musste schmunzeln.

»Ich werde mir heute ein Buch über Leuchttürme kaufen«, erklärte Emil gerade, biss in den Apfel, den er in ein Taschentuch gewickelt hatte. Er passte peinlichst auf, dass kein Apfelsaft auf die Bücher tropfte, und wischte sich ständig die Finger ab. »Nach den Ferien komme ich nämlich in die dritte Klasse und darf ein Referat darüber halten. Ich werde an einer Leuchtturmführung teilnehmen. Möchtest du mitkommen?«

Maxis Wangen färbten sich noch etwas dunkler. »Weiß nicht«, murmelte sie. Wer war das Kind, das aussah wie ihre Tochter?, fragte Wiebke sich.

»Das ist aber eine nette Idee.« Wiebke lächelte Emil an und sah dann zu Maxi. »Du liegst mir doch schon seit Ewigkeiten in den Ohren, weil du endlich mal an einer Besichtigung teilnehmen willst.«

Wiebke hätte nicht für möglich gehalten, dass das Gesicht ihrer Tochter sich noch dunkler färben konnte. Über zwei Kirschwangen schossen Blitze aus Kinderaugen, die auch Chucky, der Mörderpuppe, gehören könnten. Vielleicht hätte Wiebke sich lieber raushalten sollen.

»Ich gebe dir am besten meinen Namen und meine Adresse«, schlug Emil sehr diplomatisch vor und holte Stift und einen alten Einkaufsbon aus der Tasche. Das Datum der Führung schrieb er auch noch dazu. Dieser Knirps dachte wirklich an alles. Er schenkte Maxi noch einen letzten Herzschmelzblick, ehe er das sauber abgenagte Kerngehäuse in das Taschentuch wickelte und in den Mülleimer warf, das Buch bezahlte und sich formvollendet verabschiedete.

Emil hielt noch Frau Müsliriegel die Tür auf, ehe er aus Maxis schmachtendem Blick verschwand.

»Er hat das Buch für mich gefunden, das ich für die Schule brauche«, hauchte sie.

»Prima, dann können wir ja zahlen und uns auf den Heimweg machen. Janosch wird draußen schon ungeduldig.«

»Ihr hättet ihn ruhig mit reinbringen können«, sagte Füchslein halbherzig.

»Besser nicht. Du weißt doch, einmal Designerhund, immer Designerhund.«

»Stimmt.« Sie lachte. »Dabei gefällt mir mein Laden im Moment ganz gut.«

Sie entschuldigte sich, um Frau Müri nach ihren Wünschen zu fragen. Die stand gerade unschlüssig vor den Kochbüchern und betrachtete einen Wälzer mit dem Titel *Schluss mit Low Carb, vegan, fettfrei – Her mit der Spaßküche!* Nachdem Füchslein ihr ein paar Bücher gezeigt hatte, kam sie zurück zur Kasse.

»Du, Renate, der Lutz von Hooge hat über dein Bibliotherapie-Angebot gesprochen«, begann Wiebke.

»Das ist so eine tolle Sache!« Füchsleins Augen leuchteten. »Ich habe etwas darüber gelesen und dachte, mich trifft der Schlag. Nach Harrys Tod habe ich mich nämlich vor allem mit Büchern getröstet. Ich hatte so ein Gefühl, als ob einige Texte mir gar nicht guttun. Die habe ich instinktiv zur Seite gelegt. Andere dagegen waren wie Offenbarungen.

Die haben mir genau das gegeben, was ich in dem Moment brauchte. Komisch, oder?« Wiebke überlegte, doch Füchslein schwärmte schon weiter: »Das hört sich jetzt erst mal vielleicht gar nicht so besonders an, aber als ich dann diesen Artikel las, habe ich verstanden, dass ich mir mit den Büchern sozusagen selbst eine Therapie verpasst habe.« Sie lachte, sah im nächsten Moment jedoch sehr niedergeschlagen aus. »Kein Buch dieser Welt kann den Verlust wettmachen. Mein Harry ist nicht zu ersetzen. Aber weißt du, irgendwie haben mich wohl die richtigen Romane gefunden. Sonst hätte ich auch nie die Idee gehabt, den *Bücherfuchs* zu eröffnen. Was mir geholfen hat, soll auch anderen helfen, darum biete ich die Bibliotherapie jetzt an.«

Wiebke wollte gerade Bedenken äußern, da mischte sich Frau Müri ein: »Ach, äh, entschuldigen Sie bitte, ich habe das grade mitgehört. Wann sind denn diese Kurse, und kann ich daran auch teilnehmen?«

Füchslein reichte ihr einen Flyer. »Natürlich. Lesen Sie sich das am besten in Ruhe durch. Da steht eigentlich das Wichtigste drauf.« Sie sah Frau Müri freundlich an.

Die lächelte nicht. Hatte sie noch nie, außer damals im Bad im angeschwipsten Zustand, fiel Wiebke auf.

»Ich bin zur Kur hier und kriege schon einige Therapien«, berichtete Frau Müri frei von der Leber weg. »Aber so richtig funktioniert da nichts.« Ihre Augen wurden groß, Panik flackerte darin. »Wenn ich in drei Wochen nach Hause fahre, geht der ganze Wahnsinn doch wieder von vorne los.« Füchslein und Wiebke wechselten besorgte Blicke, Maxi verkrümelte sich auf den Sitzsack in der Kinderbuchecke. »Ich hatte einen Zusammenbruch, verstehen Sie?« Ihre Stimme klang bedrohlich brüchig. »Das ganze Leben ist so kompliziert geworden. Allein das hier!« Sie zeigte auf die Kochbücher, die verschiedenste Ernährungskonzepte vorstellten, bei denen mal das eine, mal das andere, mal fast alles weggelassen werden sollte. »Was ist denn da richtig? Vor allem für mein Kind? Und dann die ganze Technik. Bin ich weg vom Fenster, wenn ich WhatsApp nicht nutze? Muss ich twittern und bei Instagram sein? Ich brauchte neulich ein neues Telefon. Ha!« Ihr Blick wanderte immer schneller von einem zum anderen. »Dachte ich. Am Ende hatte ich einen Receiver und bekomme jetzt Fernsehen über das Internet und einen Router für zehn Rufnummern. Aber ich habe doch nur eine!«, rief sie. Füchslein setzte an, etwas zu sagen, doch sie kam nicht zu Wort. »Am schlimmsten sind die Einkäufe. Ist der Bio-Apfel besser, obwohl er aus Chile kommt, oder dann doch lieber der aus konventionellem deutschen Anbau? Und die ganzen Verpackungen!« Sie kicherte mit weit aufgerissenen Augen. »Ich habe bei uns im Supermarkt fast Hausverbot bekommen, weil ich meine Glasschalen über die Wursttheke gereicht habe. Aber das ist doch Wahnsinn! Vier Scheiben Schinken in beschichtetem Papier, Plastik drum, zusammen mit Fleisch, das eingeschweißt ist, noch mal in eine Tüte. Und zu Hause muss man das dann entsorgen. Bloß wie geht das richtig? Bei Teebeuteln zum Beispiel. Die habe ich getrennt nach Papier, Heftklammer und Biomüll. Da wird man doch nicht fertig!«

Oder völlig fertig, dachte Wiebke und blickte Frau Müri nach, die, den Tränen nahe, den Laden verließ.

»Ich glaube, die braucht eine Einzeltherapie«, war Füchslein überzeugt.

Wiebke schnappte sich einen Flyer, bezahlte und verließ mit Maxi den Laden. Janosch begrüßte sie mit einer Freude, als würden sie ihn tagelang ohne Wasser und Futter vor Geschäften anbinden. Wiebkes Handy piepte.

»Was ist denn heute bloß los?«, raunte sie. Die Maklerin, die hatte Wiebke völlig vergessen. Oder eher verdrängt?

»Wiebke Klaus, hallo! Ach so, ja. Natürlich. Nein, es ist nett, dass Sie anrufen. Es war so viel zu tun, wir sind noch gar nicht dazu ... Ja, verstehe.« Wiebke dachte nach. Sie hatten besprochen, einen zweiten Termin zu vereinbaren, jetzt setzte ihr diese Immobilien-Schönheit die Pistole auf die Brust. Dummerweise klang es dieses Mal nicht nach einer leeren Drohfloskel. Sie hatte offenbar Anfragen von ernsthaften Interessenten. »Sagen Sie, könnten Sie das Haus für uns reservieren?« Sie hielt den Atem an. »Wir würden es gerne noch einmal ansehen, vor allem das Dach, und Ihnen dann ein Angebot machen. Grundsätzlich sind wir sehr interessiert, ja.« Sie wartete gespannt. »Das ist sehr nett von Ihnen. Wir melden uns auf jeden Fall. Vielen Dank!«

Wiebke fiel ein Stein vom Herzen. Kurz blitzte der Gedanke auf, dass Tamme es vielleicht nicht mehr wollte. Womöglich hatte ihn ihr mangelndes Vertrauen so sehr gekränkt. Nein, das durfte einfach nicht sein. Und wenn, dann müsste Wiebke eben einen deutlich höheren Kredit stemmen. Maxi und sie, das war die Konstante in ihrem Leben, auf die sie sich immer verlassen konnte. Und genau dafür wollte sie das Haus.

Kapitel 12

»Hast du dich schon bei Emil gemeldet?« Wiebke sah ihre verschlafene Tochter über den Frühstückstisch an. »Ich finde ihn sehr nett.«

»Wann denn?«, brummelte Maxi.

Alles, was vor zehn Uhr war, gehörte eindeutig nicht zu Maxis Lieblingszeiten. Das Kind hatte natürlich recht. Gestern Abend hatten sie gemütlich gegessen, dann ein Spiel gespielt, bei dem Maxi ihre Mutter haushoch geschlagen hatte. Zum Abschluss waren sie noch eine große Runde mit Janosch spazieren gegangen und hatten Stöckchen geworfen, bis Hund und Kind müde genug waren, um ins Bett und Körbchen zu fallen.

»Letzter Schultag«, sagte Wiebke fröhlich. »Vielleicht siehst du ihn. Es wäre doch toll, wenn du mit ihm zusammen den Leuchtturm besichtigen könntest.«

»Mami, ich traue mich nicht«, gestand sie zerknirscht. »Ich glaub, ich bin eher untermütig.«

»Du bist, was?« Wiebke hätte sich fast an ihrem Kaffee verschluckt.

»Höchstens mütig, aber übermütig bin ich auf keinen Fall.«

Jetzt musste Wiebke lachen. »Vergiss bitte nicht zu essen, mein mütiges Kind, sonst kommst du zu spät. Das muss auch am letzten Schultag nicht sein. Und untermütig gibt es nicht.«

»Wieso denn nicht? Wenn es übermütig gibt, muss es doch auch …«

»Nein, über oder gar nicht«, erklärte Wiebke bestimmt.

»Würdest du mitkommen? Zum Leuchtturm, meine ich. Und Tamme muss auch mit. Und Nele«, setzte sie leise hinzu.

Wiebke brachte Maxi ausnahmsweise mit dem Kati zur Schule und holte bei der Gelegenheit gleich Ansgar vom Anleger ab.

»Morgen müssten bei dir und Volker Fragebögen in der Post sein«, setzte er sie sofort in Kenntnis. »Die soll jeder ausfüllen, der mit einem Erkrankten Kontakt hatte. Ein Merkblatt mit Hygienevorschriften liefern die Kollegen auch gleich mit. Das müsste an sämtliche Pensionen, Hotels, Lokale etc. verteilt werden. Auch an öffentliche Einrichtungen, wie diese Mutter-Kind-Klinik, die Schule. Na, das volle Programm eben.«

»Die Schule können wir uns sparen. Ab morgen sind Ferien.«

»Umso besser.«

»Sag mal, hast du gestern zwei bis vier Friesengeist zu viel gehabt?«, neckte Wiebke ihn, als sie an der Praxis ankamen. »Du klingst ein bisschen heiser, als wärst du versumpft.«

»Ja, ist mir auch schon aufgefallen. Das kenne ich schon. Ist eine natürliche Schutzfunktion meines Körpers, glaube ich.« Er griente. »Da die Lippen nicht ausfransen können, reagiert er eben mit Halskratzen, wenn ich den ganzen Tag über sabbeln muss.«

»Wundere dich übrigens nicht, wenn du gleich sehr aufmerksam angesehen wirst«, warnte Wiebke ihn vor, ehe sie die Praxis betraten. »Bevor ich zurück auf der Insel war, wusste jeder hier, dass ich mit dem Kollegen aus Flensburg essen war und dann auf Hooge übernachtet habe. Alles klar?«

»Verstehe!« Seine Augen blitzten frech. »Dann werde ich mir mal alle Mühe geben, sämtliche Gerüchte zu befeuern.«

»Untersteh dich!« Sie lachte.

»Guten Morgen, die Damen!« Er strahlte Sandra und Corinna an, die ihn, wie erwartet, taxierten, als wollten sie ihn käuflich erwerben.

Wiebke erledigte die Vorstellungsrunde und brachte ihre beiden Mitarbeiterinnen auf den aktuellen Stand. Belustigt beobachtete sie, dass Sandra ein zuckersüßes Dauerlächeln im Gesicht hatte und ständig an ihrem Oberteil herumnestelte, als könne sie die Rettungsringe darunter irgendwie kaschieren. Ansgars offene, positive Art und seine auffällige Erscheinung mit dem roten, lockigen Haar und dem sportlichen Körper konnte man einfach nicht übersehen. Auch Corinna nahm seine Ausstrahlung wahr, das blieb Wiebke nicht verborgen. Ob sie noch immer unsicher war bezüglich ihrer Ehe mit Jugendliebe Christian? Hoffentlich hatte sie nicht weiterhin den Eindruck, sie müsse unbedingt noch mit anderen Männern Erfahrungen sammeln. Wenn sie es auf eine Affäre anlegte, war eine Katastrophe garantiert.

»Wir haben übrigens zwei neue Fälle«, sagte Sandra gerade und strahlte Ansgar dabei an, als würde sie ihm mit jedem weiteren Kranken ein persönliches Geschenk machen. »Frau Wiemer war gestern wegen ihrer Fritteusen-Verbrennung hier. Sie hatte erhöhte Temperatur und Schnupfen. Außerdem hat Konrad angerufen. Seine Frau Roswitha habe Nasenbluten und einen ganz heißen Kopf.« Wiebke und Ansgar wechselten einen Blick. »Vielleicht könntet ihr, könnten Sie … also, jemand sollte vielleicht nach ihr sehen. Die hat schon wieder zugenommen«, fügte sie in einem Ton hinzu, der keinen Zweifel daran ließ, was Sandra von dieser Disziplinlosigkeit hielt. Passend zu dem Tonfall zog sie ihren Bauch so sichtbar ein, dass Wiebke sich ein Schmunzeln nicht verkneifen konnte. Sandras Wangen färbten sich zartrosa. »Und sie ist ja sowieso schlecht zu Fuß.«

»Das schauen wir uns gleich mal an, was?« Ansgar sah kurz zu Wiebke, dann wandte er sich wieder Sandra zu: »Übrigens, ich bin Ansgar. Auf Hooge sind wir Kollegen auch gleich zum Du übergegangen, arbeitet sich doch besser, oder?«

»Auf jeden Fall!« Sandra nickte so heftig, dass ihr blondes, kinnlanges Haar wippte. »Ist hier auch so üblich.«

Corinna zog die Augenbrauen hoch, beherrschte sich jedoch gerade noch.

»Super, dann ist das geklärt.« Ansgar warf den beiden

Arzthelferinnen noch ein unwiderstehliches Strahlen zu, ehe Wiebke und er sich in ihr Sprechzimmer zurückzogen.

Die beiden gingen noch einmal sämtliche Symptome durch und überlegten, ob ihnen nicht doch ein Virus einfiel, das als Auslöser infrage käme.

»Wenn wir bloß eine Idee hätten«, sagte Wiebke grübelnd, »dann könnten wir gezielt eine PCR durchführen. Ich weiß noch, wie fasziniert ich damals war, als wir bei dem Blutspendedienst, bei dem ich gejobbt habe, den ersten Thermocycler bekamen. Pack eine winzige DNA-Probe hinein, starte die Polymerase-Kettenreaktion, und du erhältst innerhalb von Stunden die millionenfache Menge DNA.« Sie strich sich eine Strähne hinter das Ohr. »Und zack, kannst du einen Erreger nachweisen, der vorher im Verborgenen geschlummert hat.«

»Vorausgesetzt, du weißt, wonach du suchst.«

»Ja, das ist der Punkt. Heute ist dieses Verfahren Standard. Das war es damals längst nicht, zumindest nicht in einem kleinstädtischen Blutspendezentrum. Besonders ist mir ein Mann in Erinnerung geblieben. Er kam zum Spenden, sein Blut wurde im Thermocycler untersucht, wie es neue Vorschrift war. Sofort konnte man sagen, dass er nicht an Influenza erkrankt war. Stattdessen stellte sich heraus, dass er HIV-positiv war. Der ist uns fast aus den Latschen gekippt, weil er bis dahin keinen Schimmer von der Infektion hatte. Der Mann hat als völlig gesund gegolten. Doch die PCR hat den Erreger bis über die Nachweisgrenze vervielfältigt. «

»Das war bestimmt ein Schock, aber natürlich auch Glück für den Kerl.«

Sie nickte. »Klar. Der hat sofort einen Fachmann aufgesucht, vermutlich gleich Medikamente bekommen, die dafür sorgen, dass sich der Erreger nicht vermehrt. Damit kann er steinalt werden.«

»Influenza und HIV sind im Blutspendezentrum Standard. Dummerweise kommen wir damit nicht weiter. Wir haben keinen Schimmer, auf welches Virus wir testen sollen.« Ansgar holte tief Luft, drehte sich von Wiebke weg und nieste dreimal hintereinander. »Hoppla!« Er putzte sich die Nase, seine Augen tränten.

»Ansgar, du hast aber schon sorgfältig gearbeitet und aufgepasst, dass du dich nicht ansteckst, oder?« Wenn diese Frage bei irgendjemandem überflüssig war, dann bei ihm. Er war Fachmann durch und durch und in seiner speziellen Funktion geradezu auf Ausbreitungsmechanismen gedrillt. Sie kam sich dämlich vor, wäre aber erstickt, wenn sie ihren Gedanken nicht hätte aussprechen können.

»Eigentlich schon«, gab er schniefend zurück.

»Ansgar, was heißt eigentlich?«, hakte sie nach.

»Ich war gestern unter anderem bei Rieke. Gerade als ich den Mundschutz abgenommen und mich verabschiedet habe, hat sie geniest. Spontaner Niesangriff sozusagen.« Er lachte. »Ich hatte mich ihr just in dem Moment noch einmal zugewandt, und sie hatte den Kopf auch in meine Richtung gedreht.« Er wischte sich die Tränen aus den Augenwinkeln. »Gestern, Wiebke. Erste Symptome innerhalb von vierundzwanzig Stunden, das wäre sehr flott.«

»Du behältst das im Blick«, forderte sie ihn auf.

»Ja, ja«, knurrte er. »Also, die Symptome passen zu einer Gastroenteritis«, kam er dann auf ihre gemeinsamen Überlegungen zurück. »Bakterien konnten wir bei keinem Patienten nachweisen. Und eine Lebensmittelvergiftung können wir ausschließen. Dann wären alle zeitgleich erkrankt und würden sich nicht gegenseitig anstecken.«

»Ich habe an eine Darmparasitose gedacht. Was meinst du?«

»Giardiasis ist selbst in unseren Breitengraden gar nicht so selten. Der Verlauf ist von Fall zu Fall unterschiedlich, das würde erklären, warum die Symptome zeitlich versetzt zu beobachten sind«, überlegte er laut. »Klar, der Salat könnte mit dem Parasiten kontaminiert gewesen sein. Aber wenn wir die Übertragung von Mensch zu Mensch ausschließen, müssten alle Betroffenen den Salat gegessen haben.«

»Davon ist nicht auszugehen«, erwiderte Wiebke. »Etwas anderes aber vielleicht. Wenn die Parasiten im Mehl waren, oder im Salz. Irgendein Produkt, das alle verwenden.«

»Das ist nicht ganz von der Hand zu weisen, allerdings sehr unwahrscheinlich.« Ansgar sah sie an. »Das wäre nur denkbar, wenn ein Grundlebensmittel eines Herstellers, der die Halligen und die Inseln beliefert, verunreinigt wäre.« Er schüttelte den Kopf. »Nein, dann schon eher das Trinkwasser. Die Leitungen kommen alle vom Festland, richtig? Wenn das kontaminiert wäre …« Er führte den Gedanken nicht zu Ende. Wiebke weigerte sich, ihn zu Ende zu denken.

»Parasiten kamen mir in den Sinn, weil die eine Darminfektion auslösen könnten«, sagte sie zögernd. »Viel weiß ich allerdings nicht darüber, hatte bisher noch nie konkret damit zu tun.«

»Du hast schon recht, die Symptome könnten passen. Dass bei einigen Menschen eine Besiedelung unbemerkt bleibt und von alleine wieder verschwindet, bei anderen ein gefährlicher Verlauf eintreten kann, passt ebenfalls zu unserer Situation. Was die Virulenzfaktoren dieser Einzeller angeht, wissen wir noch nicht sehr gut Bescheid, da ist noch reichlich Forschung zu erledigen.« Wieder schüttelte er den Kopf. »Wir können darauf testen. Ich halte eine Darmparasitose dennoch für höchst unwahrscheinlich. Wie sollten die Erreger in die Wasserleitungen gelangt sein? Vor allem: Müssten dann auf dem Festland nicht längst auch massenweise Fälle bemerkt worden sein? Davon haben die Kollegen aber nichts gesagt.«

»Wir sind also immer noch bei null«, stellte Wiebke frustriert fest.

»Nicht ganz. Ich hatte nämlich eine Idee. Dieser Graham Pogita. Woher stammt der ursprünglich?« Wiebke dachte nach. Sie hatte ihn gefragt, woher er komme, doch er hatte sie falsch verstanden oder falsch verstehen wollen und gesagt, dass er aus Hamburg sei. Aber irgendjemand hatte ihr später das Heimatland genannt.

»Das ist doch zum Verrücktwerden, ich komme nicht drauf. Irgendetwas mit T, glaube ich. Tansania? Nein. Togo!« Sie zögerte. »Nein, auch nicht, glaube ich.«

»Thailand?«, tippte er.

»Nein, das war irgendetwas weniger Bekanntes, kein klassisches deutsches Reiseziel. Mann!« Sie fuhr sich durch die Haare. Sie musste sich doch erinnern. Aber es war weg. Einfach weg.

»Nicht so wichtig, wir haben von seiner Vermieterin auf Hooge die Hamburger Adresse, die er in den Meldezettel geschrieben hat. Ich habe die Kollegen schon zu ihm geschickt.«

»Hast du einen konkreten Verdacht?«

»Nein. Aber wenn jemand aus einem exotischen Land im Spiel ist, muss man immer damit rechnen, dass er etwas eingeschleppt hat.« Sie nickte.

Nach einer Weile fragte sie: »Habe ich einen Fehler gemacht? Hätte ich ihn sofort isolieren und auf Tropenkrankheiten untersuchen lassen müssen?«

»Quatsch! Du bist davon ausgegangen, dass er eine Sommergrippe oder Ähnliches hat. Vor allem wusstest du doch gar nicht, wie lange der nicht mehr zu Hause war. Du kannst doch nicht jeden, der nicht so eindeutig deutsch aussieht wie ich, sicherheitshalber isolieren.«

Sie musste lächeln. »Siehst du vielleicht deutsch aus!«, meinte sie spöttisch. »Du gehst eher als Ire oder Schotte durch.«

»Ach, echt? Höre ich zum ersten Mal.« Sein Lausbubengrinsen tat gut. Ernst fügte er hinzu: »Wir checken das mit den Parasiten. Und ich werde den Kollegen sagen, sie sollen herausfinden, mit welchem Flug Pogita gekommen ist. Dann sollen sie sich die Passagierliste besorgen, damit wir alle ausfindig machen können, mit denen er Kontakt hatte, seit er sein Heimatland verlassen hat.«

»Guter Plan.«

Roswitha klagte über Appetitlosigkeit, bei ihr ein sehr ernstes Zeichen, und hatte noch immer leichtes Fieber. Wiebke nahm ihr sofort Blut ab und verlangte schnellstmöglich eine Stuhlprobe. Wie ihr Mann, gegen den ein Maulwurf Adleraugen besaß, die Hygienevorschriften umsetzen sollte, war ihr rätselhaft. Sie bat Elvira, ihm auf die Finger zu sehen und ihn tatkräftig zu unterstützen. Sofort hatte Wiebke ein schlechtes Gewissen. Elvira hatte mit sich und ihrer Parkinson-Erkrankung schon genug zu tun. Sie könnte Hilfe brauchen, anstatt um Hilfe gebeten zu werden. Andererseits blühte sie geradezu auf, wenn sie sich auf eine Aufgabe stürzen konnte, vor allem eine, die mit Sauberkeit und Ordnung zu tun hatte. Hinnerks Garten hatte sie im Griff. Jeder Grashalm stand stramm, wenn sie über den Rasen wackelte. In den Beeten blühten Hortensien, Stockrosen und Rhododendren, dazwischen nichts als krümelige Erde. Kein Unkräutchen weit und breit. Zuerst hatte Hinnerk sich dagegen gewehrt, doch anscheinend hatte er resigniert. Auch im Haus war ihre Handschrift nicht zu übersehen. Ehe sie in die etwas ungewöhnliche Wohngemeinschaft gezogen war, hatte Wiebke bei ihren Besuchen schon hier und da mal eine Socke im Bücherregal, ein Geschirrhandtuch auf der Gardinenstange oder eine Gabel im Zahnputzbecher entdeckt. Es war davon auszugehen, dass Opa Tüdelig, wie Hinnerk liebevoll genannt wurde, nach wie vor Dinge an Plätze räumte, die nicht so recht passten, nur tippelte Elvira eben ständig hinter ihm her. So eingeschränkt sie körperlich auch war, so fit war sie im Kopf und so konsequent in der Durchsetzung ihres Willens. Sie war einfach die Richtige, um eine Ansteckung in der Alten-WG zu verhindern.

Der Feierabend an diesem Freitag kam schnell und mit ihm eine Enttäuschung. Wiebke hatte sich auf einen Abend mit Tamme gefreut. Nachdem er am Abend zuvor nicht mehr aufgetaucht war, ging sie fest davon aus, ihn nun endlich zu sehen. Von wegen.

»Du, Wiebke, ich wollte nur Bescheid sagen, dass ich auf dem Kontinent bin«, erklärte er ihr am Telefon. »Stefan und ich sind zusammen zur Meisterschule gegangen. Mir ist eingefallen, dass er mal wegen eines ähnlichen Falls angezeigt worden ist. Ich weiß auch nicht, aber irgendwie hatte ich das Gefühl, es könnte nicht schaden, mit ihm zu reden. Vielleicht kann Stefan mir einen Rat geben.«

»Tja, wenn du meinst«, sagte sie zögernd. »Ich kann das schwer beurteilen.«

»Ich doch selbst nicht!« Er klang, als hätte sein Nervenkostüm einige tiefe Risse bekommen. »Die können mir nichts. Ich habe mir nichts zuschulden kommen lassen«, polterte er los. Wiebke wollte ihm zustimmen, doch sie kam nicht zu Wort. »Bloß ist die Aussage von dieser Hausmann so raffiniert formuliert, dass ich echt in Beweisnot komme. Wäre alles so gelaufen, wie sie behauptet, hätte ich grob fahrlässig gehandelt, und dann wäre ich dran. Zu Recht!«

»Meinst du denn, Linus würde ihre falschen Behauptungen stützen, um seine Haut zu retten?«, fragte sie leise nach.

»Keine Ahnung. Ehrlich, Wiebke, ich kann ihn nicht einschätzen. Klar ist es dem lieber, die kriegen mich am Schlafittchen, als dass es ihm an den Kragen geht.«

»Der Laden war voll. Es müssen doch Stammgäste gewesen sein, die für dich aussagen würden. Was ist zum Beispiel mit Bauer Jensen?«

»Ich habe Momme alle aufgezählt, die mir eingefallen sind.«

»Natürlich.« Schweigen. Wiebke fragte sich, wie dieser Stefan helfen sollte. Vielleicht tat es Tamme auch einfach nur gut, mit einem Berufskollegen zu sprechen, der die Situation aus eigener Erfahrung kannte.

»Tut mir leid, dass ich gestern nicht mehr gekommen bin«, sagte er plötzlich.

»Ja, schade.«

»Ich schlafe im Moment nicht so gut. Bin auf der Couch eingepennt.«

»Das hast du dann auch gebraucht«, meinte sie. Er klang so hilflos, sie hätte ihn liebend gern in den Arm genommen.

»Den schiefen Hals habe ich aber nicht gebraucht, mit dem ich mitten in der Nacht aufgewacht bin. Tut jetzt noch weh«, knurrte er.

»Und ich kann dich nicht massieren.«

»Hm, blöd.« Wieder Schweigen. »Kommst du denn mit deiner komischen Inselseuche voran? Hab gehört, du hast Verstärkung bekommen.«

»Ja, Dr. Ansgar Jensen aus Flensburg, ein alter Studienfreund.«

»So alt sieht der gar nicht aus, habe ich mir sagen lassen.«

War ja klar, dass ihm schon jemand von Ansgar erzählt hatte.

»Alt im Sinne von ›den kenne ich von früher‹. Studienfreund eben«, erklärte sie lächelnd. Dann erzählte sie von den verschiedenen Möglichkeiten, die sie bezüglich des Erregers in Betracht ziehen mussten. »Weißt du schon, wann du nach Hause kommst?«, fragte sie, nachdem sie ihren Bericht beendet hatte.

»Morgen. Ist doch Neles letzter Tag. Da ist traditionell Papa-Tochter-Labskaus-Tag.«

»Ach ja.« Wiebke seufzte. »Das heißt, wir sehen uns auch morgen nicht.« Hoffentlich klang sie nicht beleidigt, sie war einfach nur so enttäuscht.

»Ich weiß nicht genau, wann ich wieder auf Pellworm bin. Und dann muss ich ja auch noch kochen. Vielleicht kann ich meine Tochter überreden, den Labskaus-Abend auf die ganze Familie auszudehnen.«

Die ganze Familie. Das klang gut. Trotzdem hatte Wiebke ein unangenehmes Gefühl im Magen.

»Lass mal«, sagte sie. »Keine Ahnung, wie lange Ansgar bleibt. Dann lade ich ihn eben zu uns zum Essen ein.«

»Willst du mich eifersüchtig machen?« Das klang nicht, als ob er lächelte.

»Ich glaube nicht, dass ich das könnte«, gab sie zurück. »Ansgar kennt hier niemanden. Warum soll er wohl alleine in seinem Zimmer hocken, während Maxi und ich auch alleine Abendbrot essen?«

»Du weißt genau, dass ich ein klein wenig eifersüchtig bin. Du machst doch keine Dummheiten, oder?«

»Und du? Außer diesem Stefan gibt es auf dem Festland vermutlich auch Frauen.«

»Ich weiß doch, dass zweieinhalb auf der Insel auf mich warten. Mit noch mehr komme nicht mal ich zurecht.«

Wiebke musste schmunzeln. Das unangenehme Gefühl im Magen ließ ein bisschen nach.

»Du fehlst mir, Tamme Tedsen. Tut mir leid, dass ich die Sache mit dem Alkohol im Dienst für denkbar gehalten habe. Ich finde noch immer, dass du überreagiert hast, aber es tut mir leid.«

»Du kannst dich nicht einfach entschuldigen, ohne mir eine Teilschuld aufzudrücken, oder?« Seine Stimme klang sanft. Sie hätte ihm jetzt gerne einen Kuss gegeben, seine warme Haut gespürt, seinen muskulösen Körper.

Sie seufzte. »Ich arbeite dran, okay?«

»Einverstanden.«

»Also dann, bis Sonntag, Tamme!« Sie legte auf.

Noch ein ganzes Wochenende ohne ihn! Einer plötzlichen Eingebung folgend, rief sie die Maklerin an. »Entschuldigen Sie die späte Störung! Es ist gerade ein bisschen turbulent, und jetzt ist mir ein Termin weggebrochen, da dachte ich, vielleicht könnte ich das Haus heute Abend spontan ein zweites Mal ansehen? Wirklich? Das ist wunderbar. Danke, bis gleich!«

»Raus aus den Federn, du Schlafmütze!« Wiebke schlug Maxis Decke zurück. »Ich bin schon eine riesige Runde mit Janosch gegangen.« Keine Reaktion. »Riechst du das? Im Ofen backen gerade Brötchen zur Feier des ersten Tages deiner ersten Sommerferien.«

»Hab keinen Hunger«, kam es kläglich zurück.

»Wie bitte?«

»Mir ist so heiß.«

»Ja, Spatz, heute ist es wirklich furchtbar. Bestimmt gibt es nachher noch ein Gewitter. Übrigens ist es im Bett besonders warm. Also, raus mit dir, und dann frühstücken wir.«

Ganz automatisch legte Wiebke ihrer Tochter kurz die Hand auf die Stirn. Sie glühte. Eiserne Finger legten sich um Wiebkes Herz und begannen es langsam zusammenzupressen.

»Sag mal, du hast doch wohl kein Fieber?« Natürlich hatte sie, daran bestand kein Zweifel.

»Mir ist heiß und schlecht. Ich will nicht frühstücken«, jammerte Maxi.

»Hm, hast du dich etwa bei jemandem angesteckt? Überleg mal, hatte Hilke in letzter Zeit auch Fieber, oder war ihr schlecht?« Maxi schüttelte den Kopf. »Jemand beim Schwimmtraining vielleicht? Nein, warte, es heißt ja Trimmschwaiming, oder?« Maxi lachte nicht. Wiebke schluckte. »Bin gleich wieder da, Spatz.« Sie holte das Fieberthermometer. »Erinnerst du dich, dass neulich irgendjemand doll gehustet hat oder geniest?«, wollte sie wissen, während sie die Temperatur kontrollierte.

»Nö, weiß nicht.« Es konnte überall passiert sein. Konni Müller, die Nichte der Lehrerin, war auf Hooge zur Klassenfahrt gewesen. Bevor die ersten Symptome aufgetreten waren, ist sie auf Pellworm zur Schule gegangen. Wenn nicht über diesen direkten Weg, konnte sich Maxi bei Frau Sommer-Lucht angesteckt haben. Die war bisher zwar gesund oder fühlte sich zumindest so, trug den Erreger aber möglicherweise auch längst in sich.

»Mami, neulich beim Training hat Max immer gesagt: Ich starte jetzt die Stoppuhr. Wieso heißt die denn nicht Startuhr?«

»Sehr gute Frage, mein kluges Kind. Man stoppt damit eben die Zeit, die …«

Sie hielt inne und schaute auf das Thermometer. 38,8 Grad! Das war ausgewachsenes Fieber. Nicht dramatisch, redete sie sich ein, Kinder hatten häufig mal erhöhte Temperatur. Eigentlich ein gutes Zeichen, weil der Körper sich aus eigenen Kräften gegen einen Erreger wehrte. Dass sie ebendiesen Erreger nicht kannte, beunruhigte sie jedoch zutiefst. Was, wenn Ansgar recht hatte und es sich um eine eingeschleppte Tropenkrankheit handelte?

»Ich hole dir mal ein frisches Nachthemd, das ist schon ganz nass geschwitzt. Und nachher bekommst du ein paar Wadenwickel, damit es dir schnell wieder besser geht.«

Janosch kam zur offenen Tür hereingesaust.

»Hallo, Janosch«, begrüßte Maxi ihn schwach und streckte ihm die Arme entgegen.

»O nein, Hunde haben in Schlafzimmern nichts zu suchen, das weißt du doch.«

»Das ist kein Schlafzimmer, das ist ein Kinderzimmer.«

»In dem ein Bett steht, in dem das Kind schläft. Also?«

»Menno. Aber ich bin doch krank!«

»Von einer Hundeschnauze voller Bazillen wirst du sicher nicht gesund. Außerdem willst du Janosch doch nicht anstecken, oder?«

»Nein!« Maxi sah sie erschrocken an. »Geht das denn?«

»Bei einigen Krankheiten kann das sein«, erklärte Wiebke vage. »Wir wollen lieber auf Nummer sicher gehen.« Sie packte Janosch am Halsband und schob ihn zur Tür. »Raus mit dir!«

Nachdem sie Maxi in ein frisches Nachthemd gesteckt und kurz gelüftet hatte, bereitete sie Tücher für den Wadenwickel vor. Kurz darauf klingelte ihr Telefon.

»Klaus!«

»Guten Morgen, Frau Dr. Klaus, Konrad hier.« Auch das noch. »Meiner Frau geht es gar nicht gut. Könnten Sie noch mal kommen?«

»Im Moment ist es schlecht. Ist ihr Fieber gestiegen?«

Nun klingelte es auch noch an der Tür. Wiebke ging öffnen, das Telefon in der Hand.

»Moin, ein Päckchen für dich!« Postbote Rolf streckte ihr das Gerät für die elektronische Unterschrift entgegen. An ihrem Ohr beschrieb Konrad aufgeregt seine Beobachtungen.

»Danke! Tschüs, schönes Wochenende«, flüsterte Wiebke.

»Jo, dir auch!« Rolf lief zu seinem gelben Auto zurück, nicht ohne auf Wiebkes Hortensien zu zeigen, die ihre Blätter hängen ließen. »Bei dem Wetter musst du wässern, ist ja nicht auszuhalten sonst«, rief er ihr zu. Wiebke nickte ihm zu, wobei ihr beinahe das Telefon weggerutscht wäre.

»Wie gesagt, Konrad, es ist im Moment ganz schlecht, ich habe schon einen Patienten. Aber ich sage gleich Dr. Jensen Bescheid, in Ordnung?«

»Mami, mir ist schlecht!«, kam es jämmerlich aus dem Kinderzimmer. Wiebke verabschiedete sich von Konrad, schaltete den Ofen aus, in dem die Brötchen schon braun waren, brachte Maxi sicherheitshalber eine Schüssel ans Bett und rief Ansgar an. Während sie ihrer Tochter den Schweiß von der Stirn tupfte, informierte sie ihn über Roswithas Zustand.

»Ich gehe gleich mal hin, kein Problem. Du hast zu tun?«

»Maxi geht es nicht gut.« Wiebke bemühte sich um eine feste, ruhige Stimme. »Ich würde sie ungern alleine lassen.«

»Nicht weggehen, Mami!«

»Nein, Spatz, ich gehe nicht weg, das verspreche ich dir.«

»Sind die Fragebögen und Hygiene-Merkzettel gekommen?«

»Ja, der Briefträger hat sie gerade gebracht.«

»Dann komme ich kurz bei dir vorbei, wenn es dir recht ist.«

»Klar, bis gleich.« Wiebke kontrollierte Maxis Temperatur. Sie war konstant. Wenn es in einer Viertelstunde noch immer so war, konnte sie einen Wadenwickel anlegen.

Ansgar stand nach wenigen Minuten vor der Tür. »Dieser Pogita ist spurlos verschwunden«, begann er sofort. »Dafür ist in Hamburg ein Fall aufgetreten, der zu unseren passen könnte. Gestörte Blutgerinnung, Fieber, Unwohlsein.«

»Das spricht für Pogita als Überträger.«

»Volker hat heute Morgen schon angerufen. Den Patienten geht es schlechter. Wenn sich die Entwicklung fortsetzt, müssen alle ins Krankenhaus gebracht werden.«

»Genau wie hier also. Den Trend haben wir gestern auch schon festgestellt.«

»Und jetzt noch diese Hitze!« Er rieb sich über die Augen. Wie Tamme, wenn der sich Sorgen machte. Wiebke versuchte, die Sehnsucht zu ignorieren. »Ich dachte, bei euch auf den Inseln weht immer eine noch frischere Brise als bei uns.«

»Stimmt auch meistens. Leider spielt das Klima auch hier verrückt. Nachdem wir letzten Sommer in einigen Wochen abgesoffen sind, herrscht jetzt Dürre.« Sie seufzte. »Apropos, ich stelle dich mal meiner Tochter vor. Könntest du sie kurz ablenken? Dann kann ich wenigstens schnell etwas Wasser auf die Beete gießen, ehe meine Pflanzen absterben.«

»Gerne.«

»Mir ist langweilig«, verkündete Maxi, kaum dass sie über die Schwelle traten. »Du hast ja lustige Haare.«

»Danke, und du hast einen lustigen Namen. Müsstest du nicht eigentlich Mini heißen?« Ansgar strahlte sie an.

»Dafür, dass ich als Zufrühchen auf die Welt gekommen bin, bin ich ganz schön groß«, antwortete sie stolz.

Wiebke legte ihr eine Hand auf die Stirn. »Dir geht es anscheinend schon wieder besser, was?« Fühlte sich noch immer heiß an, immerhin stieg die Temperatur nicht.

»Außerdem heiße ich in Wirklichkeit Maximiliane, aber das ist viel zu lang und klingt voll blöd.«

»Ich finde, das klingt sehr schön«, verteidigte Wiebke sich. »Außerdem habe ich als junges Mädchen Romane von Christine Brückner gelesen, in denen die Hauptfigur Maximiliane hieß. Das war ein ganz tolles Mädchen und später eine starke Frau. Darum habe ich den Namen ausgesucht.«

»Mann, Mami, das war doch nur ausgedacht!« Maxi verdrehte die Augen.

»Ich habe übrigens auch einen besonderen Namen. Ich bin Ansgar«, begann er und verwickelte Maxi in ein Gespräch, sodass Wiebke schnell ihre Blumen versorgen konnte.

Draußen traf sie Christian. »Moin!«, rief er und winkte fröhlich. Dann kam er über die Straße. »Sag mal, hast du deiner Mitarbeiterin eigentlich einen Nebenjob erlaubt? Ich meine, gerade jetzt, wenn ihr so viel mit dieser komischen Seuche zu tun habt?«

»Das ist keine Seuche, das ist …« Sie brach ab. Was hätte sie ihm sagen sollen? »Was denn für einen Nebenjob? Ich glaube, ich stehe auf dem Schlauch.«

»Wär blöd bei dem Wetter.« Er lachte. »Na, die Feldweg-Frauen sind doch alle bei Oma Mommsen und nähen irgendwelche ersten Modelle. Ich wusste gar nicht, dass die so schnell aus der Reha entlassen wurde.«

»Sie hat sich selbst entlassen«, murmelte Wiebke. »Wie, und Corinna ist auch im Schneider-Team dabei?«

»Jo, das kann sie ja. Hat für unser Haus und die beiden Ferienwohnungen doch alle Vorhänge und Kissen und so genäht«, sagte er stolz. »Ich muss dann auch wieder. Hab noch einiges auf dem Zettel. Heute ist Bettenwechsel.« Er verdrehte vielsagend die Augen. »Aber jetzt geh ich erst mal sprengen, sagte der Terrorist.« Er lachte und ging, um sich seinem geliebten Rasen zu widmen.

Als Wiebke zurück ins Haus kam, hörte sie ihre Tochter kichern. Gott sei Dank! Vielleicht war es doch nur ein ganz harmloses Fieber, das sich von alleine wieder verzog.

»Ich glaube, ich hab doch ein bisschen Hunger«, verkündete Maxi. »Kannst du mit uns frühstücken, Ansgar?«

»Ich fürchte, das wird nichts. Ich muss eine Patientin besuchen.«

»Komm doch heute Abend zum Essen, wenn du Lust hast«, schlug Wiebke vor.

»Danke, das ist nett, aber ich bin schon verabredet.« Er sah kurz ein wenig unsicher aus. »Sandra hat mich eingeladen. Ist doch okay, wenn ich hingehe, oder?«

Wiebke hatte Mühe, ihre Überraschung zu verbergen. »Ja, klar.«

Sie schloss die Tür hinter ihm, schon klingelte wieder ihr Telefon.

»Menno, ist doch Wochenende«, beschwerte Maxi sich.

Wiebke ging nicht darauf ein. »Wenn es dir wirklich besser geht, kannst du dir die Zähne putzen, und dann frühstücken wir.«

»Darf ich das Nachthemd anbehalten?«

»Darfst du.« Sie nahm den Anruf an. »Klaus! Guten Morgen!«

»Moin, Wilma, äh, Wenke, nee, ach egal, Moin, Hallig-Doc! Du, hier brennt echt die Hütte. Hubert geht es richtig dreckig, und die alte Hansen macht's nich mehr lange, wenn das so weitergeht.«

»Moin, Lutz. Hab schon gehört, dass es nicht besser wird.« Am liebsten wäre sie sofort nach Hooge gefahren, nur dass es um ihre Pellwormer auch nicht erfreulicher stand. »Warum ruft Volker mich nicht an, sondern du?«

»Der is bei der alten Hansen und hat den Rettungskreuzer alarmiert. Er weiß nich, was er machen soll. O Mann, Hallig-Doc, da kannst echt Angst kriegen.«

»Sind die Merkblätter mit den Hygieneregeln schon angekommen?«

»Jo, hab ich gleich den Warft-Obmännern zum Verteilen gegeben. Und Obfrauen. Musst heutzutage ja dazusagen, sonst hast gleich Ärger.«

»Schon gut, Lutz, ich weiß ja, dass die meisten Obmänner bei euch Frauen sind.«

»Stimmt.« Er lachte. Glücklicherweise war es ihm noch nicht vergangen. »Jedenfalls soll ich dich fragen, ob du meinst, dass er die anderen auch gleich mit auf'n Kontinent fahren lassen soll. Hubert auf jeden Fall, meint Volker, das kann er nich verantworten, dass der auf der Hallig bleibt. Aber Rieke und Jan und so.«

Wiebke dachte nach. Vielleicht nicht die schlechteste Idee, dann waren alle gut versorgt und konnten niemanden mehr anstecken.

»Zähne sind sauber.« Maxi stand vor ihr und bleckte furchterregend das Gebiss.

»Was?«, kam es durch die Telefonleitung.

»Das war Maxi, das kleine Ungeheuer.«

»Hey, ich bin kein Ungeheuer«, protestierte sie. »Frühstücken wir jetzt, oder kann ich noch ein bisschen mit Janosch spielen?«

»Wir frühstücken. Bin gleich da, Schatz!« Wiebke fing an, den Tisch zu decken. »Lutz, kann ich dich in zwei Minuten zurückrufen? Ich würde mich gern mit Ansgar besprechen.«

»Jo, geht klar. Erst mol.«

Sie stellte Butter, Marmelade und Käse auf den Tisch. »Vorsicht, Spatz, die Brötchen sind noch heiß. Ich schneide dir schon eins auf, aber du musst noch warten, ja? Ich rufe ganz schnell Ansgar an, dann essen wir.«

»Okay.« Maxi kletterte auf ihren Stuhl und hielt die Hände hoch, damit Janosch nicht daran lecken konnte und sie sich noch einmal waschen musste. Normalerweise pulte sie auf der Stelle das weiche Innere von den Brötchenhälften. Das tat sie nicht, ihr Appetit schien nicht so groß zu sein wie üblich.

Wiebke ging in den Flur und wählte Ansgars Nummer. Plötzlich hörte sie ein Scheppern.

»Mami!« Wiebke war in zwei Schritten an der Küchentür. Maxi saß noch immer auf ihrem Platz wie erstarrt, ihr Blick war fest auf einen Punkt in dem Teil des Esszimmers gerichtet, den Wiebke nicht sehen konnte. Maxi sah erschrocken aus, aber nicht besonders ängstlich. Wiebke kam näher und sah um die Ecke. Dort stand Janosch in einer ähnlichen Schockstarre wie Maxi, das Fell zwischen seinen braunen Augen in kleine Falten gelegt. Er neigte den Kopf zur Seite. Keine gute Idee, denn dadurch stieß er mit dem Aufsatz des Schwing-Mülleimers, der wie ein Kragen um seinen Hals lag, gegen den Küchenschrank. Rückschlag und Lärm versetzten Janosch in Panik, die ihn sogar vergessen ließ, dass man ihn gerade dabei erwischt hatte, wie er den Abfall durchwühlt hatte. Er musste seinen Kopf durch die bewegliche Klappe geschoben und dann zurückgezogen haben, wobei er offensichtlich das gesamte Oberteil abgebaut hatte, das dann in seinen Nacken gerutscht war, wo es nun festsaß. Jetzt wollte er ins Wohnzimmer flüchten, stieß gegen einen Stuhl, der über die Fliesen polterte. Janosch schüttelte sich und versuchte, den Fremdkörper mit der Pfote loszuwerden. Keine Chance.

Wiebke und Maxi fingen an, Kommandos zu brüllen: »Sitz, Janosch! Platz!« Nein, Hinlegen war keine Lösung. »Sitz!« Wiebke pirschte sich vorsichtig an ihn heran, ehe er noch Möbel zerlegte. »Alles gut, ganz ruhig, keine Angst, Janosch! Mach Sitz!«

Mit ängstlich aufgerissenen Augen lief der Hund rückwärts und mähte dabei die Stehlampe um, die krachend zu Boden fiel. Es schepperte gewaltig, Maxi schrie, Janosch jaulte, dann stieß er mit den Hinterläufen gegen das Sofa und verhedderte sich mit dem Schwingdeckel zwischen Couch und Wohnzimmertisch. Nichts ging mehr vor oder zurück. Mit eingeklemmtem Schwanz und hängenden Ohren wartete er winselnd auf den Lauf seines Schicksals. Das kam in Person von Wiebke und befreite ihn von seinem außergewöhnlichen Halsschmuck. Kaum in Freiheit, kroch er unter den niedrigen Couchtisch, und Wiebke fürchtete schon, er könnte dort gleich wieder feststecken, doch er legte sich nur so platt, wie es eben ging, hin, die Schnauze auf dem Fliesenboden, und schnaufte herzergreifend.

»Jetzt sind die Brötchen kalt«, stellte Maxi fest.

Auf eine Minute kam es auch nicht mehr an, also rief Wiebke noch schnell Ansgar an und schilderte ihm die Situation. »Wenn von Oland oder Langeneß auch noch Hilferufe kommen, sind wir alle überfordert. Die Wege sind zu lang und zu kompliziert, wir können nicht so schnell bei den Patienten sein, wie wir müssten. Du hast es vorhin selbst gesagt, und ich wäre auch nicht unglücklich, wenn wir so viele wie möglich in Krankenhäusern unterbringen könnten.«

»Ich kläre das mit Flensburg.«

»Die arbeiten am Wochenende? Ich denke, das sind Beamte.«

»Witzig, Wiebke. Wenn's brennt, schwärmen die auch am vierundzwanzigsten Dezember aus. Ich melde mich.«

Wie befürchtet, knabberte Maxi lustlos an einer Brötchenhälfte. »Ich bin satt«, erklärte sie dann.

Wiebke fühlte noch einmal ihre Stirn. »Du hast noch immer erhöhte Temperatur. Ich denke, du verschwindest wieder ins Bett, hm?« Maxi hustete und nickte. »Komm, ich bringe dich hin.« Wiebke schnappte sich ihre Tochter. »Mann, bist du schwer geworden. Wann ist das denn passiert?« Maxi kicherte.

»Tamme trägt mich immer, dem macht das nichts aus.«

»Das ist auch ein starker Mann.«

»Wann kommt Tamme?«

»Morgen wahrscheinlich.«

»Erst? Habt ihr euch schon wieder gestritten?«

»Was heißt denn schon wieder?« Wiebke legte sie in ihr Bett. »Nein, aber du weißt doch, dass es im Schwimmbad einen Unfall gegeben hat. Tamme muss aufklären, was genau passiert ist, das heißt, wie dem Jungen das passieren konnte. Deshalb hat er so viel zu tun. Und ich muss mich um die vielen Kranken kümmern, damit bald alle wieder ganz gesund sind. Das möchtest du doch auch.«

»Ja, das ist wichtig«, bestätigte Maxi ernst. »Ich glaube, ich schlafe ein bisschen. Sind ja Ferien.«

»Stimmt. Mach das, mein Spatz.« Wiebke war froh. Schlaf war für Maxi schon immer die beste Medizin gewesen. Es fiel ihr schwer, ihrem Kind keinen Kuss zu geben, doch das war zu riskant, solange sie noch nicht wusste, womit sie es zu tun hatten. Ihr fiel ein, dass sie mit Tamme besprochen hatte, einen Kollegen in die Praxis zu nehmen, um mehr Zeit zu haben. Das war wirklich eine gute Idee. Als sie auf Pellworm angekommen war, hatte ihr Vorgänger Dr. Dethlefsen sie damit überrascht, sich nicht so schnell zurückziehen zu wollen, wie es im Vorwege verabredet gewesen war. Wiebke konnte sich noch gut daran erinnern, wie zornig sie dieses Verhalten gemacht hatte. Sie hatte fest damit gerechnet, nach einer kurzen Einarbeitungszeit ihre eigene kleine Praxis zu führen. Allein. Doch der alte Herr war stur gewesen und hatte plötzlich davon gesprochen, erst einmal sehen zu wollen, ob sie mit seinen Patienten überhaupt zurechtkäme. Nach anfänglicher Wut hatte Wiebke schnell die Vorzüge erkannt, denn sie hatten sich darauf geeinigt, dass jeder einen halben Tag Dienst tat. Noch nie vorher hatte Wiebke so viel Zeit für ihr Kind und auch für sich selbst gehabt. Als sie jetzt daran zurückdachte, musste sie sich eingestehen, wie sehr sie diese Wochen genossen hatte und wie sehr sie sich diesen Zustand zurückwünschte. Mit einem Partner in der Praxis konnte der Wunsch wahr werden. Vielleicht könnte sie nachmittags zu Hause sein, wenn Maxi aus der Schule kam, oder Dienstag als ihren freien Tag etablieren, wenn auch das Schwimmbad Ruhetag hatte.

Dummerweise war das nicht so einfach. Von der nicht unerheblichen Schwierigkeit abgesehen, jemanden für ein Leben auf einer sehr kleinen Insel fernab von den Verlockungen einer Großstadt zu begeistern, standen Wiebke allerhand bürokratische Hürden im Weg. Wollte sie ihre Praxis gewissermaßen teilen und eine Hälfte abgeben, müsste sie aufgrund der Zulassungsbeschränkung ein Ausschreibeverfahren einleiten. Deutlich unkomplizierter wäre es, einen Kollegen oder eine Kollegin einzustellen. Nur trug Wiebke dann das alleinige Risiko. Auch Ärzte wurden krank. Was, wenn sie jemanden einstellte, der dann für längere Zeit ausfiel? Dann arbeitete sie nicht nur so viel wie jetzt, sondern trug obendrein die Kosten. Kürzlich hatte sie in ihrer Fachzeitschrift etwas über Medizinische Versorgungszentren gelesen. Wenn sich Wiebke auf Atemwegs- und Hauterkrankungen konzentrierte und ihr potenzieller Partner den Schwerpunkt auf den Bewegungsapparat legte, wäre das eine gute Kombination. Eine Überversorgung war auf Pellworm sicher nicht zu befürchten.

Leider war für zwei Personen in einer Hausarztpraxis nur auch nicht allzu viel zu verdienen. Wiebke war klar, dass rund sieben- bis achthundert Patienten pro Quartal ideal für Auslastung und Einnahmen wären. Für einen Arzt. Auf Pellworm lebten gerade mal etwas mehr als tausend Menschen. Plus Touristen natürlich. Hätten ihre Eltern nicht selbst immer sparsam gelebt und ihr eine so großzügige Starthilfe spendiert, wäre Wiebke niemals in der Lage, über eine Arbeitszeitverkürzung inklusive der damit verbundenen Mindereinnahmen nachzudenken. Das war ihr klar. Und sie hatte einen Lebenspartner, der gut mit Geld umgehen konnte. Nur so war es möglich, sich gemeinsam ein Haus zu kaufen und mehr Freizeit zu gewinnen. Was sie bräuchte, war also jemand in einer ähnlichen Situation.

Wiebke dachte nach. Warum sollte es nicht jemanden geben, dessen Kinder vielleicht aus dem Haus gingen und der die letzten fünfzehn oder zwanzig Jahre, die bis zum Ruhestand blieben, mit weniger Stress auf einer hübschen kleinen Insel verbringen wollte? Oder eine junge Ärztin, die sich dem Horror einer Großstadtklinik nicht aussetzen wollte, die einen gut verdienenden Partner hatte. Die klare Mehrheit der Medizin-Absolventen war inzwischen weiblich, und Frauen legten mehr Wert auf Work-Life-Balance als Männer. Es musste nur eine sein, deren Partner seinen Job auch auf Pellworm ausüben konnte. Vielleicht sollte sie es mit einem Inserat in der Landarztbörse versuchen, überlegte sie. Sie war erst ein Jahr hier und konnte gut noch eine Zeit lang alleine durchhalten. Je eher sie sich allerdings darum kümmerte, desto größer die Chance auf einen Partner oder eine Partnerin in der Praxis und damit auf mehr Privatleben.

Sie öffnete leise die Tür zu Maxis Zimmer. Die Kleine schlief tief und fest. Sehr gut. Wiebke dachte kurz daran, ihr später Blut abzunehmen. Blödsinn! Das würde Pellworm nicht vor Montagmorgen verlassen. Es sei denn, sie orderte ein Taxiboot. Was sollte das bringen? Wiebke schloss die Tür vorsichtig. Bloß nicht die Pferde scheu machen. Erst wenn sie ein Virus in Verdacht hatten, war eine Blutentnahme wirklich sinnvoll.

Wiebke machte in der Küche Klarschiff. Durch das Fenster sah sie Nele kommen und lief zur Haustür, damit das Klingeln Maxi nicht weckte.

»Moin!« Nele trug ein weißes Kleid mit Spaghettiträgern, das über und über mit großen roten Mohnblüten bedruckt war. Zu ihrem langen schwarzen Haar und der gebräunten Haut sah es einfach atemberaubend aus. Hoffentlich erkannte ihr Schwarm, dass sie nicht nur bildhübsch, sondern auch ein sensibles, kluges Mädchen war.

»Moin, Nele!« Wiebke sprach leise. »Maxi schläft noch, besser gesagt, schon wieder. Sie hatte leichtes Fieber, als ich sie geweckt habe.«

»Ach Mensch, hoffentlich nicht diese ansteckende Krankheit«, sagte Nele sofort. Ihre hellblauen Augen blickten besorgt. »Ich wollte mich wenigstens noch verabschieden. Heute Abend ist traditionelles Labskaus-Tschüs-Essen mit Papa. Wir sehen uns also wahrscheinlich nicht mehr.«

Sie gingen auf die Terrasse.

Wiebke spannte einen Schirm auf. »Meine Güte, so heftig brennt die Sonne hier selten«, stöhnte sie.

»Hast du was von dem kleinen Jungen gehört, von diesem Leo?«

»Ich habe gestern eine Mail bekommen. Die Therapie schlägt gut an. Er wird bald nach Hause kommen.«

»Wird er gesund sein?« Nele sah sie ängstlich an.

»Das kann man noch nicht sagen. Ganz gesund wird er vermutlich nie mehr werden. Trotzdem hat er noch Glück gehabt. Die Kollegen meinen, mental sieht es gut aus. Die Unterversorgung hat vor allem das Zentrum erwischt, das für die Koordination zuständig ist. Vielleicht wird er immer ein bisschen humpeln, vielleicht Schwierigkeiten haben, etwas zielgerichtet zu greifen. Das wird sich zeigen.«

»Wenn du eine Pistole benutzen willst, brauchst du einen Waffenschein, wenn du Auto fahren willst, einen Führerschein«, erklärte Nele aufgebracht, »um einen Kampfhund zu besitzen, musst du die entsprechende Fähigkeit nachweisen, aber rumvögeln und Kinder in die Welt setzen darf jeder Depp.«

»Nele!« Wiebke schüttelte lächelnd den Kopf. Recht hatte das Mädchen schon. Nur, wie kam sie jetzt darauf?

»Ist doch wahr! Guck dir meine Mutter an.« Sie musste schmunzeln. »Ich meine, ich bin ja froh, dass sie wenigstens das hingekriegt hat, sonst würde es mich nicht geben. Aber stell dir mal vor, sie wäre mit so einem Vollpfosten in die Kiste gestiegen, der null Bock auf Verantwortung für ein Kind gehabt hätte. Was hätte sie gemacht? Mich abgetrieben oder weggegeben?« Sie pustete sich böse eine Strähne aus der Stirn.

»Sie hatte aber das Glück, an Tamme geraten zu sein«,

wandte Wiebke ein. »Jetzt erklär mir aber mal bitte, was deine Mutter mit Leos Schicksal zu tun hat.«

»Nichts. Außer dass der auch so eine Erzeugerin hat, die sich vermehrt und dann ihr Handy wichtiger findet als ihren Nachwuchs.«

Wiebke war wie vom Donner gerührt. »Wie kommst du denn darauf?«

»Habe ich im Supermarkt aufgeschnappt. Hat diese Tussi behauptet, die Papa bis aufs Blut nervt.«

»Frau Müri?«

»Keine Ahnung, wie die heißt.« Nele griente. »Müri, was ist das denn für ein Name? Kommt die aus der Schweiz?«

»Nein, das ist die Abkürzung für Müsliriegel. Damit stopft sie ihr Kind voll, das eigentlich abnehmen soll.«

»Ja, genau die!«

»Hast du deinem Vater gesagt, dass du das gehört hast?«

Sie schüttelte den Kopf. »Das war erst gestern, da war Papa doch bei seinem Kumpel auf dem Festland.« Sie sah Wiebke mit großen Augen an. »Ich dachte, Sheriff Momme hat alle befragt. Endlich mal ein paar Zeugenverhöre, das muss für ihn doch wie Weihnachten und Ostern zusammen sein.«

Maxi kam auf die Terrasse gestürmt. »Hallo, Nele! Wieso weckst du mich denn nicht, wenn wir Besuch haben?« Sie warf ihrer Mutter einen vernichtenden Blick zu und machte Anstalten, Nele um den Hals zu fallen.

»Halt! Keine Umarmungen. Du weißt doch, was ich dir über die Ansteckung erklärt habe.« Bevor Maxi maulen konnte, küsste Nele mit sehr spitzen Lippen und lustig verdrehten Augen in die Luft.

Maxi musste lachen. Wiebke kontrollierte gleich noch mal ihre Temperatur, das Fieber war zurückgegangen. Gott sei Dank!

»Papa müsste so in zwei Stunden nach Hause kommen, dann helfe ich ihm mit dem Labskaus. Aber bis dahin könnten wir noch etwas spielen. Hast du Lust?«

»Au ja, Schiffe versenken!«

»Das geht aber nur zu zweit.« Nele legte den Kopf schief.

»Ich wollte sowieso kurz bei Oma Mommsen vorbeischauen«, sagte Wiebke rasch.

»Super«, rief Maxi.

Wiebke versorgte die beiden noch mit Apfelschorle, ehe sie sich auf den Weg machte. Ihr ging nicht aus dem Kopf, was Nele erzählt hatte. Frau Hausmann hatte sich angeblich mehr um ihr Handy gekümmert als um Leo. Behauptet hatte sie aber, dass sie ständig nach ihm gesehen, ihn aber aus den Augen verloren habe, weil es im Bad so voll geworden sei. Und Tamme soll ihr signalisiert haben, dass er den Jungen im Blick habe. Von wegen. Zwei Dinge kamen Wiebke plötzlich in den Sinn: Frau Müri hatte sofort gefragt, ob denn keine Zeugen gebraucht würden. Und Frau Hausmann hatte mit hängenden Schultern in der Gruppe der Schaulustigen gestanden. Mit einem Telefon in der Hand.

Die Tür zu Oma Mommsens Häuschen war offen, wie üblich. Vollkommen unüblich war die Geräuschkulisse, die

Wiebke entgegenschlug. Da war ein Surren und Schnurren, ein Plappern und Lachen.

»Ach nee, das ist ja eine Überraschung!« Lulu zeichnete gerade Linien auf einer Stoffbahn an. »Corinna hat uns eben erzählt, dass du so viel zu tun hast.«

»Kann man wohl sagen. Trotzdem konnte ich mir doch nicht eine Besichtigung der Nähstube von Oma Mommsen nehmen lassen.«

Wiebke entdeckte Doreen unter den fleißigen Schneiderinnen. Sie stand alleine an einem Tisch – woher hatte Oma Mommsen plötzlich so viele große Arbeitsplatten? – und steckte gerade ein Papiermuster auf einem Stück Stoff fest.

»Dat is aber schön, dass du auch kommst«, begrüßte Oma Mommsen Wiebke. Ihre Wangen waren rosig, sodass die unzähligen tiefen Falten sich noch deutlicher abzeichneten. Ihre Augen blitzten voller Tatendrang.

»Du kannst gleich mitmachen«, kommandierte Saskia. »Die Chefin hat noch eine Nähmaschine übrig. Wir haben alle unsere eigenen mitgebracht.« Margit schob gerade etwas, das nach Ärmel aussah, unter der rasend schnell hoch- und runterfliegenden Nadel durch.

»Tut mir leid, ich bin euch sicher keine Hilfe.« Wiebke hob die Hände. »Ich kann maximal einen Knopf annähen. Eine Maschine habe ich noch nie benutzt, ich wüsste nicht einmal, wie man den Faden durch die tausend Ösen und Haken zieht.«

Ihre vier Nachbarinnen vom Club der Blauen Kappen sahen sie an, als hätte sie gerade ein Mordgeständnis abgelegt.

Nicht nähen zu können kam offenbar gleich nach sich nicht selbst die Schuhe zubinden können. Nur Doreen schenkte ihr ein freundliches Lächeln und arbeitete wortlos weiter.

Und Oma Mommsen sprang Wiebke bei. »Siehst, deshalb brauchte ich doch die Unterstützung. Ich hab zwar so 'n Ding rumstehen, hab ich mir als junge Ehefrau mal gekauft, weil ich dachte, dat musst können. Benutzt hab ich dat Ding nie nich. Da bin ich man lieber rausgegangen an die frische Luft und hab gemalt.« Sie bekam einen verklärten Blick. »Vor allem die Wolken und überhaupt den Himmel. Manches Mal, wenn ich bei meiner Schwester drüben zu Besuch war, hab ich nix anners gemacht, als den Himmel über der Hallig zu malen.«

»Oma Mommsen ist ein echtes Talent«, schwärmte Saskia.

»Ja, sie hat uns vorhin ihre Bilder gezeigt. Traumschön!«, stimmte Corinna zu.

»Saskia meint, wir könnten eins davon als Logo nehmen. Also im Hintergrund so 'n Wolkenbild und davor der Name mit der kleinen Figur im O«, erklärte Oma Mommsen ernst.

»Gute Idee.« Wiebke war platt, wie eifrig hier offenbar gerade die Firmengründung einer Irgendwas-über-Achtzigjährigen vorangetrieben wurde.

»Dat mit der globalen Vermarktung is wohl 'n büschen schwierig, da hast recht gehabt«, sagte Oma Mommsen zu Wiebke. »Aber regional und Handarbeit sind sehr angesagt, da liegen wir voll im Trend.«

»Stimmt«, mischte sich Doreen ein, »sogar Dessous aus

handgemachter Spitze sind gerade total gefragt. Dafür geben die Leute ein Vermögen aus.«

»Jo, deswegen nehmen wir trotzdem keine Schlüpper ins Programm«, stellte Oma Mommsen resolut klar. Die anderen kicherten. »Wir machen Mode für kleine, schrumpelige Nordfriesen. Erst mal. Und denn für ganz Norddeutschland, für Deutschland und immer so weiter.«

»Traumschön, und wir sind von Anfang an dabei.« Corinna seufzte.

»Ja, wer hätte gedacht, dass wir so eine große Mannschaft zusammenkriegen?«, warf Lulu ein und bedachte Doreen mit einem unmissverständlichen Seitenblick. Nicht gerade fair.

»Ist doch gut. Wir können jede helfende Hand brauchen«, meinte Margit.

»Genau«, pflichtete Corinna ihr bei und strahlte Doreen an.

Typisch Corinna. Sie nahm jeden erst mal mit offenen Armen auf. Doreen war sehr dankbar dafür, das sah man ihr an. Trotzdem, sonst redete sie viel mehr, kam nach spätestens fünf Minuten auf das Thema Dessousparty zu sprechen und unternahm äußerst lästige Versuche, Opfer für eine solche Verkaufsveranstaltung, die Jost mal als Tupper-Party mit Höschen und Push-ups bezeichnet hatte, zu rekrutieren. Heute schien sie still und in sich gekehrt zu sein. Sie stellte auch keinen Ausschnitt zur Schau, der selbst Lulu erblassen ließ, sondern trug eine für die Hitze fast zu hoch geschlossene Bluse zu leuchtend gelben Caprihosen. Gerade sah sie zum wiederholten Mal auf ihre Uhr.

»Das hier mach ich noch fertig«, sagte sie leise, »dann muss ich los.«

Oma Mommsen setzte Wiebke davon in Kenntnis, dass sie Saskia zu ihrer Geschäftsführerin machen würde. Die beiden Frauen waren sich anscheinend schon einig. Die Anfangsfinanzierung würde die alte Dame stemmen. Sie hatte sich im Laufe ihres Lebens einiges angespart.

»Dat Haus und die Entwürfe vererbe ich der Saskia. Denn kann sie hier die Nähstube lassen und hat gleich noch Lagerräume. Nachher muss sie natürlich Frauen fest einstellen. Aber für 'n Anfang geiht dat so. Und noch expandieren wir ja nich«, fügte sie im Tonfall einer langjährigen Managerin eines Börsenunternehmens hinzu.

»Wie ich sehe, läuft hier alles bestens, und dir scheint es ja schon richtig gut zu gehen. Du läufst herum wie ein junges Reh«, meinte Wiebke anerkennend.

»Eher wie so 'n alter Gaul.« Oma Mommsen lachte, wobei ihre Augen vollständig zwischen ihren Falten verschwanden.

»Im Ernst, du machst uns allen etwas vor mit deiner zähen Art und deiner Energie.« Wiebke bewunderte diese kleine alte Dame sehr.

Die machte bloß eine wegwerfende Handbewegung. »Ach was!« Schon schaute sie wieder den Schneiderinnen über die Schultern.

»Dann verabschiede ich mich mal.« Wiebke wandte sich zum Gehen.

»Warte, ich komme gleich mit.« Doreen räumte eilig ihren Arbeitsplatz auf. »Die Maschine kann ich doch hier stehen lassen, Oma Mommsen?«

»Nimm mal lieber mit«, ging Lulu dazwischen. »Wer weiß, ob du noch mal Lust hast, uns zu helfen.«

»Lust hätte ich schon«, gab Doreen unsicher zurück.

»Lass man stehen, Deern.« Oma Mommsen tätschelte ihr den Arm. »Kannst jederzeit kommen, ich freu mich.« Das kleine Runzelgesicht lächelte sanft.

»Echt, Lulu, das wäre nun wirklich Quatsch, wenn Doreen die Maschine hin und her tragen würde.« Saskia, ganz Geschäftsführerin in spe, dankte Doreen für ihren Einsatz und drückte ihr Interesse an deren weiterer Mitarbeit aus.

Sie radelten gemeinsam die Straße Tüterland herunter. Keine Einladung zu einer Dessous-Veranstaltung, kein Wort über Körbchengröße und String-Tangas. Schweigen.

Nach wenigen Minuten fingen sie gleichzeitig an zu sprechen.

»Arndt hat dir also verraten, wer er wirklich ist?«

»Hat sich dein Mann von unserem verunglückten Ausflug erholt?«

Beide lachten.

»Ja, er hat mir gestanden, dass er der Mensch hinter dem großen Alex Ziegler ist. Das war eine ziemliche Überraschung«, gab Wiebke zu. »Ich hatte den Eindruck, unsere Notsituation im Watt hat ihn ganz schön mitgenommen.«

Doreen nickte. »Da geht er einmal ungefragt auf jemanden zu, übernimmt die Verantwortung – und dann das.«

»Die Verantwortung habe ich selbst getragen. Es war

meine Entscheidung, sein Angebot anzunehmen.« Wieder fuhren sie einige Meter schweigend nebeneinanderher.

»Trotzdem.« Doreen holte tief Luft. »Er hat sich große Vorwürfe gemacht. Und sich schnell wieder in sein Schneckenhaus verkrochen«, fügte sie leise hinzu.

Wiebke lief der Schweiß. Nirgends Schatten. Sie wollte nur noch nach Hause. »Wir hatten verabredet, uns mal zum Essen zu treffen. Hat er dir davon erzählt?«

»Ja, an dem Abend hat er geredet wie ein Wasserfall. Ein sehr seltener Zustand.« Sie lächelte traurig. »Aus einem gemeinsamen Essen wird wohl erst mal nichts. Arndt ist … Er hat manchmal so düstere Stimmungen, dass einem angst und bange werden kann.« Mit einem Mal sprudelten die Worte von ganz allein aus Doreen heraus. »Zurückgezogen war er schon früher und menschenscheu. Aber es wird immer schlimmer. Manchmal spricht er ein paar Tage gar nicht, manchmal hat er aber auch Wochen keinen Kontakt zu einer Menschenseele. Selbst mit mir spricht er in diesen Phasen kaum. Ich dachte anfangs, er bräuchte das für sein kreatives Schaffen. Wenn er einen Roman schreibt, dann taucht er in diese Welt, die er beschreibt, völlig ein. Er verschwindet regelrecht darin.« Sie seufzte. »Ich habe mich so gefreut, als er von dir erzählte, dass wir uns doch mal treffen könnten. Jetzt mag ich kaum noch aus dem Haus gehen, weil ich befürchte, er könnte sich etwas antun.«

»War er mal bei einem Facharzt, habt ihr über eine Therapie gesprochen?«

»Einmal? Immer wieder. Nur will er davon nichts wissen, wenn es ihm gerade einigermaßen geht. Und in den schlimmen Phasen kann er gar nicht klar denken und ist komplett antriebslos.«

»Doreen, psychische Störungen sind nicht gerade mein Fachgebiet. Ich kann dir nur sagen, dass die Depression sich zu einer Volkskrankheit entwickelt hat. Das ist nichts, was man verstecken müsste. Im Gegenteil, unbehandelt wird es meist langsam schlimmer. Das beschreibst du ja auch. Dein Mann braucht Hilfe.« Ihr fiel etwas ein. »Hast du schon mal etwas von Bibliotherapie gehört?« Doreen verneinte. »Das könnte perfekt für ihn sein. Immerhin schreibt er selber, hat also sicher einen besonders guten Zugang zu literarischen Texten.« Wiebke sah Doreen von der Seite an. »Und dann bräuchte er vielleicht eine Aufgabe, eine Herausforderung, etwas, das ihn aus seinem Schneckenhaus zwingt.«

»Sein neuer Roman soll nächstes Frühjahr erscheinen. Seine Lektorin ruft mindestens einmal pro Woche an, weil sie wissen will, wie ihm der Coverentwurf gefällt, ob die Klappentexte so bleiben können. Vor allem hätte sie gern schon eine Leseprobe für die Programmvorschau. Er lässt sie am ausgestreckten Arm verhungern. Ich dachte, das wäre Herausforderung und Aufgabe genug.«

»Hm, klingt nicht gut. Wenn du willst, kann ich mal mit Arndt reden und ihm eine richtig gute Kollegin auf dem Festland empfehlen.«

»Das wäre schön.« Sie lächelte Wiebke beinahe scheu an. »Nur muss man erst an ihn herankommen. Im Moment starrt er nur vor sich hin.«

Im Feldweg angekommen, beeilte Doreen sich, zu ihrem

Mann zu kommen. Auch Wiebke wollte sofort nach ihrer Tochter sehen. Schon von Weitem hörte sie Lachen und Männerstimmen. Im nächsten Augenblick kam Jost ihr entgegen. Genauer gesagt, wankte er ihr entgegen. Es war gerade Mittagszeit, das war selbst für Feldwegverhältnisse ein sehr früher Schwips.

»Hey, Wiebi!«, rief er laut. Er war offenbar auf dem Weg von Christians Garage nach Hause.

»Moin, Jost! Sag nicht, ihr nutzt die Abwesenheit eurer Frauen für ein frühes GaBi.«

»Nun guck nicht so böse!« Sein weißblondes Haar war verwuschelt, als käme er gerade aus dem Bett. Wiebke erkannte eine ziemliche Menge Gel darin. Die freche Wuschelfrisur war volle Absicht. »Ich habe nämlich gerade eine gute Tat vollbracht.«

»Voll, glaube ich sofort«, sagte sie leise.

Er lachte auf. »Frau Doktor, Frau Doktor, du denkst zu schlecht von mir.« Er legte ihr einen Arm um die Taille. Eine Mischung aus Bier und Aftershave drang ihr in die Nase.

»Nur manchmal, Jost«, beruhigte sie ihn. »Was war das denn für eine gute Tat?«

Sein Gesicht kam ihrem ganz nah, der Blick aus seinen hellblauen Augen bohrte sich in ihre.

»Du wirst mich dafür lieben«, sagte er mit seiner dunklen Stimme. Wenn Wiebke nicht Tamme hätte, nicht wüsste, dass Jost verheiratet und zweifacher Vater war, und er in dieser Sekunde nicht betrunken gewesen wäre, dann hätte sie weiche Knie kriegen können. »Da war so ein Typ, ein Reporter«, erklärte Jost. »Der wollte zu dir wegen dieser Seuche.«

»Was? Von welchem Schmierenblättchen war der?«, fragte sie wütend. Vor allem, wer hatte da getratscht? Das war die interessantere Frage. Sie dachte nach. Nein, war sie doch nicht. Es hätte ihr klar sein müssen, dass früher oder später ein Urlauber oder ein Insulaner mit den falschen Leuten über die auffälligen Symptome sprach. Es war eher ein Wunder, dass noch niemand wegen Leo Hausmann auf der Matte stand.

»Niebrüller Anzeiger.« Er lachte. »Is 'n Brüller, oder?«

»Irre komisch, Jost. Und jetzt mal im Ernst: Der war vom Niebüller Anzeiger?«

»Jo!« Er nickte so heftig, dass er sich selbst beinahe von den Füßen riss, und hielt sich schnell an Wiebke fest.

Wiebke fing ihn auf. »Okay, und was genau war nun deine gute Tat?«

»Ich habe dem gesagt, dass er zu spät kommt. Du hast längst geklärt, was los ist, und hast alle mit Medikamenten versorgt. Alarm abgeblasen.«

»Damit wird der sich nicht zufriedengeben«, sagte sie mehr zu sich. »Der kommt bestimmt noch mal zurück und will wissen, was genau die Erkrankungen ausgelöst hat.«

»Glaub ich nich«, erwiderte er mit schwerer Zunge. »Ich hab dem nämlich einen ganz anderen Floh ins Ohr gesetzt.« Er grinste über das ganze Gesicht. »Ich hab dem von Oma Mommsen erzählt, von unserer Fashion-Oma. DAS ist die echte Knallergeschichte, hab ich ihm gesagt. Der war ganz aus'm Häuschen. Hat ja noch niemand drüber berichtet.«

Wiebke musste schmunzeln. »Das hast du wirklich ziemlich gut gemacht.«

»Sag ich doch. Dafür kriege ich einen Kuss!«

»Bestimmt kriegst du den. Und zwar von Saskia.«

»Die is ja nich da.« Gutes Argument.

Wiebke hatte ein besseres. »Dann wartest du, bis sie wieder zu Hause ist und du nüchtern bist.«

»Nein.« Er fuchtelte mit dem Zeigefinger herum. »Den Kuss kriege ich von dir, weil ich dir den Typ vom Hals gehalten hab.« Er sah sie triumphierend an.

»Hast du, einen Kuss kriegst du trotzdem nicht.«

»Och bitte, nur einen ganz kleinen«, drängelte er und tippte sich auf die glatt rasierte Wange.

Wiebke gab auf. »Na gut.« Reingefallen. In dem Moment, in dem sie ihm einen Kuss auf die Wange geben wollte, drehte er den Kopf, und ihre Lippen trafen sich. »Jost, was soll das? Du weißt genau, dass alle Fenster und Wände hier Augen haben. Wie lange, meinst du, dauert es, bis Saskia hört, dass du mit mir rumknutschst?«

»Na und!« Er wurde bockig wie ein Kind.

»Nix na und«, entgegnete Wiebke böse. »Ich habe nämlich überhaupt keine Lust, in euren Ehekrach hineingezogen zu werden.« Sie machte sich von ihm los. Sofort versenkte er die Hände tief in den Taschen seiner Leinen-Shorts. »Mann, was ist denn bloß los bei euch beiden?«, wollte Wiebke wissen.

»Saskia ist so ... Die ist einfach ...« Er suchte nach Worten. »Einfach perfekt«, kam es plötzlich aus ihm heraus. »Sie schüchtert mich total ein mit ihrer Art und den ganzen Begabungen. Die kann einfach alles, das ist doch unheimlich.«

»Wie bitte?« Das hatte Wiebke auch noch nicht gehört,

dass jemand sich streiten musste, weil er einen so perfekten Partner hatte.

»Saskia ist immer tiefenentspannt. Immer! Die Kinder legen die Küche in Schutt und Asche, sie zeigt ihnen, wie es besser geht, und räumt seelenruhig alles wieder auf. Wir sind auf dem Schiff, und sie sagt: Fallt bitte nicht so oft ins Wasser! Die regt sich null auf.«

»Du bist doch auch ziemlich locker.«

»Nee!« Er schüttelte den Kopf und taumelte kurz. Dann hatte er sich wieder im Griff. »Ich blaffe die Zwillis schnell mal an, wenn ich einen harten Tag hatte, oder ich reiße die gleich von der Reling weg. Ich habe immer so eine Panik, dass den Kindern was passiert. Und dann der ganze Stress im Job. Ich kriege das mit der langen Leine einfach nicht hin.« Er starrte auf die Straße, die in der Mittagshitze glühte. Seine Augen wurden glasig, das lag nicht am Alkohol. »Ich will, dass Katja und Kai mich genauso lieb haben wir ihre Mama.«

»Was redest du denn da?« Wiebke legte ihm eine Hand auf den Arm. »Das haben sie doch. Ganz sicher.«

Er sah sie lange an, dann holte er tief Luft und sagte leise: »Ich wollte Saskia provozieren. Darum habe ich gesagt, ich hätte mal Bock, was mit Lulu anzufangen. Das war überhaupt nicht ernst gemeint. Lulu ist süß, aber ich bin doch nicht bescheuert. Meine Frau ist Bombe! Ich wollte nur, dass sie sich nicht so verdammt großartig fühlt, wie ich sie finde. Das war richtig scheiße, oder?«

»Sagen wir mal so, eine Glanzleistung war es nicht gerade. Wie heißt es so schön? Einsicht ist der erste Weg zur

Besserung. Ist zwar nur ein Spruch, aber irgendwie ist viel Wahres dran, finde ich. Wenn du dir eingestehst, welchen Mist du gebaut hast, kannst du ihn auch in Ordnung bringen.« Sie lächelte. »Und übrigens, für den Satz kriegst du jetzt noch einen Kuss.« Sie küsste ihn auf die Wange.

»Für welchen?«

»Ich wollte nur, dass sie sich nicht so verdammt großartig fühlt, wie ich sie finde. Sag ihr genau das, dann kann sie dir gar nicht mehr böse sein.«

Mit einem Lächeln auf den Lippen ging Wiebke nach Hause. Toll, wie klug sie anderen Leuten Tipps geben konnte. Warum hielt sie sich eigentlich nie selbst an solche Weisheiten?

Kapitel 13

Wiebke wurde ganz langsam wach. Die Stimme war noch immer da. Also war es kein Traum gewesen.

»Maxi?« Sie setzte sich in ihrem Bett auf. Kein Zweifel, das war Maxis Stimme. Sie klang dumpf, sehr dünn und gleichzeitig doch ganz nah. Wo war das Kind?

»Mami!«, hörte Wiebke das verzweifelte Jammern. »Mami, wo bist du? Ich hab Angst!« Die Stimme war ganz schwach. Jetzt war Wiebke total wach. Sie brauchte die Nachttischlampe nicht einzuschalten, es war bereits hell. Halb sechs.

Mit einem Satz sprang sie aus dem Bett. »Maxi, ich bin hier! Du brauchst keine Angst zu haben. Wo steckst du denn?« Plötzlich hörte Wiebke ein Rascheln hinter sich. Sie fuhr herum. Hinter dem Kopfende ihres Bettes stand eine Wand, die an einer Seite bis unter die Schräge reichte. An der anderen Seite blieb ein Abstand von gut einem Meter, ein Durchgang, der als Tür in Wiebkes begehbaren Kleiderschrank diente.

»Hilfe, Mami, ich will nicht sterben!« Stimme und Rascheln kamen aus dem Schrank. Wiebke war mit einem

Schritt an der Tür und sah die Bescherung. Offenbar war Maxi schlaftrunken in Wiebkes Zimmer gekommen und in den Kleiderschrank geraten, anstatt das Bett zu erreichen. Nun wühlte sie hilflos zwischen Wiebkes Röcken und Hosen herum, als hätte sie sich in einem Maisfeld verfangen. Wiebke musste lächeln. In ein paar Stunden würde Krümel sich über die Geschichte kaputtlachen, Wiebke würde sie immer wieder erzählen müssen. Jetzt war sie allerdings der Panik nahe. Wiebke schluckte das Lachen herunter und packte behutsam Maxis Schultern, während sie leise mit ihr sprach: »Alles gut, mein Schatz, du wirst noch ganz lange nicht sterben. Komm her, du hast dich nur verlaufen.«

Sie drehte den kleinen schlotternden Körper sanft zu sich um. Maxis Gesicht glühte, das Haar klebte ihr an Stirn und Schläfen. Wiebke bekam einen Schreck. Die Ärmste musste richtige Albträume gehabt haben. Und dann noch der Horror im Schrank.

»Mach mal die Augen auf, Mäuschen!« Maxis Atem ging schnell, viel zu schnell. Wiebke wurde nervös. Wenn Maxi sich nicht gleich beruhigte, war ein Asthmaanfall so gut wie sicher. »Hey, junge Dame, es ist alles in Ordnung. Die bösen Träume sind vorbei. Komm, wir schlüpfen zusammen in mein Bett«, sagte sie lauter. In dem Moment sackte Maxi zusammen. »Um Gottes willen, Maxi!« Wiebke hob sie auf, manövrierte sie durch den schmalen Eingang heraus aus dem Kleiderschrank und legte sie auf ihr Bett. »Maxi, hörst du mich? Guck mich mal an!« Nichts, keine Reaktion. Maxis Puls raste, sie hechelte. Wiebkes Kehle schnürte sich zu. Wie in Trance brachte sie ihre Tochter in die stabile Seitenlage, stellte sicher, dass sie frei atmen konnte. Sie rannte los, um ihren Koffer zu holen. Dann hockte sie sich neben Maxi und kontrollierte die Temperatur. Über neununddreißig Grad!

»Maxi, kannst du mir bitte ein Zeichen geben, wenn du mich hörst?« Sie war erschrocken, wie brüchig ihre Stimme klang. Wieder keine Reaktion. Verdammt! Wiebke griff zum Telefon und rief die Leitstelle Nord an.

»Ich brauche sofort Christoph 5«, sagte sie atemlos. »Es geht um meine Tochter.« Automatisch gab Wiebke die benötigten Daten durch.

»Christoph ist gleich bei Ihnen, Frau Dr. Klaus.« Wieder kontrollierte sie Maxis Puls und Atmung und gab ihr eine Spritze, die den Kreislauf stabilisieren sollte.

»Wach doch auf, mein Schatz, bitte!« Sie streichelte die heiße Stirn, strich ihr sanft die vom Schweiß verklebten Haarsträhnen aus dem Gesicht. Maxis Lider flatterten, sie öffnete die Augen. »Hey, Krümelchen, da bist du ja.« Maxis Augäpfel drehten sich nach hinten, sodass nur noch das Weiße zu sehen war. Wiebke schauderte. »Nein, nein, nein, bleib bei mir, mein Schatz«, flehte sie. Wieder ein Flattern, dann ein Blinzeln. Endlich sah Maxi sie an. »Hey, was machst du denn für Sachen?« Wiebke spürte, dass ihr eine Träne über die Wange lief. Sie wischte eilig mit dem Handrücken darüber und lächelte ihre Tochter an. »Ist dir schlecht, tut dir etwas weh?«

»Bisschen schlecht«, flüsterte Maxi schwach.

Wiebke zog sich schnell etwas an, nahm Maxi auf den Arm und trug sie die Treppe hinunter. Janosch freute sich, dass seine Frauchen an diesem Sonntag nicht so lange schliefen. Fröhlich hüpfte er um sie herum.

»Nein, Janosch, aus!« Wiebke legte Maxi aufs Sofa und ließ den Hund in den Garten. Der fing sofort an zu bellen und forderte seine Frauchen zum Spielen auf. Am Sonntag, vor sechs Uhr morgens. Die Nachbarn würden sich freuen. Das würden sie ohnehin, denn mit dem Schlaf war es sowieso gleich vorbei. Wiebke konnte schon das gleichmäßige Knattern des Hubschraubers hören. Wie ein Maschinengewehr. »So, mein Spatz, gleich geht es los.«

»Fliege ich mit Christoph?«, wollte Maxi wissen. Wiebke konnte sie kaum verstehen, so leise sprach sie.

»Ja, genau.«

»Dann bin ich doll krank?«

»Das wollen wir doch nicht hoffen.« Wiebkes Stimme versagte, sie räusperte sich. »Ist nur zur Sicherheit und damit du auch mal mitfliegen darfst.« Sie lächelte.

In dem Moment klingelte es an der Tür.

»Moin, liebe Kollegin«, begrüßte Udo Nonnenmacher sie fröhlich. »Deine Tochter hat sich doch wohl nicht angesteckt?«

»Ich weiß es nicht, aber ich fürchte es.« Sie informierte ihn und Notfallsanitäter Kalle über Maxis Puls, ihre Temperatur und fasste kurz zusammen, was sich am Tag zuvor und am Morgen abgespielt hatte.

»Moin, Maxi! Gib's zu, du wolltest bloß mal mit im Hubschrauber fliegen, stimmt's?« Udo Nonnenmacher lachte sie an, als wäre sie ein putzmunteres Kind.

Maxi brachte ein Lächeln zustande, antwortete ihm aber

nicht. Noch immer raste ihr Herz, und sie atmete so schnell, dass Wiebke Sorge hatte, sie würde hyperventilieren.

»Hättest deine Mama mal lieber gefragt, anstatt ihr so einen Schrecken einzujagen«, sagte Nonnenmacher. »Wir veranstalten in Niebüll einmal im Jahr einen Tag der offenen Tür, da hätte ich dir den Heli in aller Ruhe gezeigt.«

Die Männer verfrachteten Maxi auf die Trage und machten sich auf den Weg.

»Sag mal, Wiebke, der kleine Junge, der fast ertrunken wäre, wie geht's dem eigentlich? Ich habe gehört, der ist in der Druckkammer?«, wollte Nonnenmacher wissen.

Sie liefen den Südermitteldeich entlang und dann in den Hunnenkoog, an dessen Ende Christoph 5 wartete.

»Ja, angeblich geht's ihm schon besser.« Wiebke hatte wenig Lust, ausführlicher zu berichten. Sie hatte jetzt wirklich andere Sorgen.

»Und seiner Mutter?«

»Wieso, wie soll es der schon gehen?« Wiebke hatte keine Ahnung, worauf er hinauswollte.

»Die hat sich doch so schwere Vorwürfe gemacht, weil sie mit ihrem Handy beschäftigt gewesen war, statt auf ihren Sohn aufzupassen.«

»Was sagst du da?« Sie wäre fast stehen geblieben. »Woher weißt du das? Sie ist doch nicht mitgeflogen.«

»Nee, für Begleitpassagiere haben wir noch immer keinen Platz an Bord.« Wiebke verabschiedete sich von Maxi, doch die bekam kaum etwas mit. Sie wirkte furchtbar schläfrig und instabil. »Leider. Ich hätte dich jetzt gerne eingeladen, uns zu begleiten.« Nonnenmacher lächelte. »Die hat mich angerufen, hat immer wieder gesagt, wie leid ihr alles tut. Mehrmals am Tag! Jedenfalls am Anfang. Sie wollte von mir wissen, wie es ihm geht. Ich weiß nicht, wie oft ich ihr erklärt habe, dass ich den Steppke nur eingesammelt habe, ehe sie das endlich kapiert und mich in Ruhe gelassen hat.«

Auf dem Weg nach Hause rief Wiebke Ansgar an und erklärte ihm, was passiert war. »Könntest du bitte einspringen, falls es einen Notfall gibt? Ich sage auch gleich Corinna und Sandra Bescheid, dass sie dich unterstützen sollen.«

»Kein Problem. Kümmere du dich um deine Tochter. Das ist jetzt das Einzige, was du zu tun hast.«

»Danke, Ansgar.« Als Nächstes bestellte sie ein Taxiboot. Corinna brauchte sie nicht anzurufen. Ihre Nachbarn hatten sich in dem kleinen Wendehammer versammelt. Sogar Doreen war dabei, nur von Arndt war nichts zu sehen. Jost sah etwas mitgenommen aus, er hatte vermutlich einen ausgewachsenen Kater. Wiebke schaute von einem zum anderen. Die besorgten Blicke zogen ihr den Boden unter den Füßen weg. Vor etwa einem Jahr hatte sie diese Menschen noch nicht einmal gekannt, jetzt waren es Freunde, die für sie da waren. In guten wie in schlechten Zeiten. Was für eine Ehe galt, galt für Freunde mindestens genauso. Sie musste schlucken.

»Maxi?« Lulu durchbrach das bleischwere Schweigen. Wiebke nickte.

»Wir holen Janosch rüber«, bot Christian sofort an und machte sich auch schon auf den Weg in Wiebkes Garten.

Corinna nahm Wiebke in den Arm und drückte sie fest an sich.

»Brauchst du sonst noch etwas, können wir noch etwas tun?« Als sie Wiebke wieder losließ, sah die die Tränen auf Corinnas Wangen.

»Nein, danke, ihr tut doch schon alles für uns.« Sie lächelte, schluckte gegen den Kloß an, der in ihrer Kehle aufwärtskroch. »Doch, da wäre noch etwas. Dr. Jensen, also Ansgar, übernimmt den Notdienst für mich. Wenn er Hilfe braucht ...«

»Wird er wahrscheinlich Sandra anrufen«, beendete Corinna den Satz. Ein freches Zwinkern misslang. »Aber ich stehe natürlich zur Verfügung.«

»Danke!«

»Soll ich dich zum Hafen fahren?« Jochen löste Corinna ab und drückte nun Wiebke an sich.

»Nein danke, Jochen, ich lasse den Wagen da stehen.«

»Quatsch, er fährt dich. Das wär doch bescheuert, wenn du dich jetzt hinters Lenkrad setzt«, beharrte Lulu, drückte sie ebenfalls und verbat sich jeglichen Widerspruch.

»Okay, danke, dann packe ich schnell etwas für ein oder zwei Nächte zusammen«, murmelte Wiebke.

Sie lief ins Haus, schmiss für Maxi und sich Wäsche in eine Tasche und war gleich darauf zurück. Sie waren noch immer alle da. Jeder drückte und herzte sie und hatte ein paar tröstende Worte parat. Du bist nicht allein, Wiebke Klaus. Was auch immer kommt, du hast Freunde, die dir zur Seite stehen, du musst nicht alles alleine schaffen. Dieses Gefühl tat unendlich gut.

Erst als Wiebke auf dem Boot saß, das Gesicht der Sonne zugewandt, wurde ihr wieder bewusst, wie drückend heiß es war. Der Fahrtwind wirbelte ihr Haar durcheinander und kühlte angenehm. Sie spürte ihre leichte Bluse am Rücken kleben. Die Nordsee reflektierte die Sonnenstrahlen so heftig, dass Wiebke trotz der schützenden Brille nicht aufs Wasser schauen konnte. Kleine Wellen klatschten an den Bug des Schiffes. Das Gedankenkarussell in ihrem Kopf ließ sich nicht stoppen. Wenn Maxi nur nicht von diesem unbekannten Virus befallen war, wenn es nur nicht ein tropischer Erreger war, der die Organe irreparabel schädigte, wenn nur ihr Asthma nicht für zusätzliche Komplikationen sorgte, wenn Maxi nur nicht von diesem unbekannten Virus befallen war ... Immer wieder hob sie mechanisch die Sonnenbrille an, um die Tränen wegzuwischen, die ihr über die Wangen liefen. Ich will noch nicht sterben, hatte Maxi gesagt, als sie zwischen Wiebkes Kleidern nach dem Weg aus dem Schrank gesucht hatte. Ob ein Mensch spürte, wenn es ernst um ihn stand, wenn es zu Ende ging? Unfug, es war nur die Angst, weil Maxi zu ihrer Mutter wollte, stattdessen jedoch gefangen war und nicht verstand, was mit ihr passierte. Wiebke musste sich solche Gedanken verbieten. Sie musste wieder anfangen logisch und klar zu denken. Vor allem musste sie Tamme informieren. Sie atmete tief die frische, würzige Luft ein und holte ihr Mobiltelefon hervor. In dem Moment kündigte ihr Handy einen Anruf an. Sie sah erschrocken auf das Display. Ansgar.

»Bitte entschuldige, dass ich dich jetzt störe. Wo bist du, wie geht es Maxi?«

»Christoph 5 hat sie abgeholt. Sie ist sicher schon in Niebüll. Ich bin auf dem Weg dahin.«

»Ist sie zu sich gekommen?«

»Ja, das ist sie, aber sie war sehr instabil.«

»Tut mir so leid.« Er räusperte sich. »Jetzt weißt du, warum ich nichts von festen Beziehungen und, noch schlimmer, von Kindern halte. Ich würde durchdrehen, wenn meiner Frau oder meinem Kind etwas zustoßen würde.«

»Ich bin auch kurz davor«, gab Wiebke leise zu. »Aber das Einzige, was noch schlimmer wäre, als Maxi zu verlieren, wäre, sie nie in meinem Leben gehabt zu haben.« Sie lächelte und musste schlucken. »Gibt's etwas Neues?« Hoffentlich!

»Meine Kollegen haben diesen Graham Pogita gefunden. Es sieht gar nicht gut aus. Blutiger Schweiß, blutige Tränen, nicht ansprechbar.« Oh, lieber Gott! Wiebke sog zischend die Luft ein. »Er liegt im Bernhard-Nocht-Institut für Tropenmedizin. Pogita braucht eine Bluttransfusion, aber eine passende Spende zu finden wird nicht leicht werden.«

Sie wusste sofort, wo das Problem lag. Damals im Blutspendezentrum hatte sie oft genug Anfragen von Krankenhäusern bearbeitet. Unterschiedliche ethnische Gruppen wiesen unterschiedliche Blutgruppen-Antigene auf. Das Risiko, dass Graham Pogita Antikörper gegen das Blut von Westeuropäern bildete, war hoch. Eine Spende war problemlos, nur wenn er dann mehr benötigte, konnte sein Körper bereits Antikörper gebildet haben. Dann wurde es eng. Er brauchte im Idealfall Spenden von Landsleuten. Verdammt, woher kam der Mann noch? Togo? Nein, aber so ähnlich. Es wollte ihr einfach nicht einfallen.

»Wir haben beschlossen, alle Erkrankten sofort in Kliniken auf dem Festland zu verlegen«, teilte Ansgar ihr ernst mit. »Außerdem werden wir mobile Labors auf Hooge und hier einrichten und eine Massenuntersuchung durchführen.« Er hielt kurz inne. »Sobald wir den Erreger identifiziert haben.«

»Kann ich irgendwie helfen?«

»Nein, Wiebke, deine Tochter braucht dich. Meine Kollegen und ich kümmern uns um das Problem hier. Aber melde dich, falls dir etwas einfällt. Und ich halte dich auf dem Laufenden, wenn du willst.«

»Ja, mach das bitte. Tschüs, Ansgar. Und danke!«

Das Gespräch hatte dafür gesorgt, dass Wiebke aus ihrem merkwürdigen tranceähnlichen Zustand erwacht war. Sie würde noch einige Minuten auf diesem Boot sitzen, Zeit, die sie nutzen konnte. Was hatte Udo Nonnenmacher gesagt? Kurz entschlossen rief sie Momme an.

»Moin, Momme, Wiebke hier. Ich brauche die Telefonnummer von Frau Hausmann. Es ist dringend. Ihre Handynummer!«

»Es ist Sonntag. Hast du mal auf die Uhr geguckt?«

»Es ist dringend, Momme! Verdammt, gib mir die Nummer, und dann leg dich wieder hin, um deinen einzigen Fall seit Jahren zu verpennen«, blaffte sie ihn an.

»Is ja gut.« Papier knisterte. Sie wusste, dass er ihr die gewünschte Nummer heraussuchte, während er ihr erklärte, warum er das auf keinen Fall tun dürfte.

»Danke, Momme!« Sofort tippte sie wieder ein paar Zahlen ein. Freizeichen. Es dauerte. Kein Wunder, Sonntagmorgen um noch nicht einmal sieben Uhr.

»Hausmann?«

»Guten Morgen, Frau Hausmann! Dr. Wiebke Klaus hier. Legen Sie bitte nicht auf! Ich muss dringend mit Ihnen sprechen. Ich weiß, dass Sie bei der Staatsanwaltschaft gelogen haben.«

Stille. Sie hatte nicht aufgelegt, ihr Atem war zu hören. Im Hintergrund ein paar Worte von ihrem Mann, die Wiebke nicht verstehen konnte.

»Meine Mutter«, sagte Frau Hausmann in einem Ton zu ihm, der auf ein schwieriges Verhältnis zwischen ihr und ihrer Mutter schließen ließ. »Schlaf weiter!« Wiebke hörte das Rascheln einer Bettdecke, dann nackte Füße auf Fliesen oder Laminat.

»Jetzt bin ich allein«, sagte Frau Hausmann schließlich leise. »Was wollen Sie von mir?«

»Sie haben ausgesagt, dass Sie Ihren Sohn ständig im Blick hatten. Aber das stimmt nicht, Sie waren permanent mit Ihrem Handy beschäftigt. Das haben Sie Herrn Dr. Nonnenmacher selbst gesagt.«

»Mein Mann ist auf die Idee gekommen«, gab sie unumwunden zu. »Er ist nicht Leos Vater, nicht der leibliche. Er hat ihn adoptiert und hält mir das ständig vor. Ich soll froh sein, dass er mich trotz Balg genommen hat.« Sie atmete einmal durch. »Stimmt doch auch. Männer, die sich kümmern und eine Frau mit Kind versorgen, gibt es doch heute gar nicht mehr. Außerdem habe ich gesehen, dass dieser Bademeister ein Fläschchen in der Hand hatte und jemandem zugeprostet hat. Das habe ich meinem Mann erzählt. Und da hatte er die Idee, dem Bademeister das anzuhängen, damit nicht mein Mann auf den Kosten sitzen bleibt. Für einen Rollstuhl oder so.«

»Herr Tedsen ist Schwimmmeister«, sagte Wiebke matt.
»Was?«

»Ach, vergessen Sie's! Tamme Tedsen, dem Sie das anhängen und die Kosten aufhalsen wollen, ist alleinerziehender Vater. Glauben Sie mir, es gibt durchaus verantwortungsbewusste Männer, die nicht nur ihr Vergnügen im Kopf haben«, konterte sie scharf.

»Wenn mir ein Teil der Schuld gegeben wird, dann müssen wir das doch alles alleine bezahlen. Dann kriege ich Ärger mit meinem Mann.«

Sie hatten den Hafen erreicht, und Wiebke musste das Gespräch beenden. Kein Problem, dachte sie, das war ein Geständnis. Die gute Frau würde ihre Anzeige zurückziehen.

»Frau Hausmann, wie ich hörte, geht es Leo ganz gut. Mit etwas Glück braucht er keinen Rollstuhl oder andere Hilfsmittel. Und Sie werden mit ziemlicher Sicherheit keine kostspieligen Umbauten vornehmen müssen. Den Ärger mit Ihrem Mann kann ich Ihnen nicht ersparen, aber Sie werden Tamme Tedsen den Ärger ersparen, vor Gericht erscheinen zu müssen. Blasen Sie den Unfug ab, dann müssen Sie nicht vor größerem Publikum wiederholen, was Sie mir gerade gesagt haben.«

»Sie können überhaupt nichts beweisen. Ich dagegen habe Zeugen für meine Version.«

Wiebke legte auf.

Wiebke stürmte in den klobigen roten Bau des Krankenhauses. Sie war im zurückliegenden Jahr immer mal hier gewesen, um einen Patienten zu besuchen, wenn sie ohnehin auf dem Festland zu tun hatte. Immer war da das Gefühl gewesen, dass hier kompetente Kolleginnen und Kollegen arbeiteten und ihre Insulaner oder Halligbewohner darum in besten Händen waren. Jetzt war alles anders. Hoffentlich gingen sie gut mit Maxi um, hoffentlich beachteten sie ihre Vorerkrankung, hoffentlich waren sie lieb zu ihr.

»Moin, Frau Dr. Klaus«, begrüßte die Mitarbeiterin am Empfang sie. »Hab schon gehört, Christoph hat Ihre Kleine gebracht.«

»Ist sie noch in der Notaufnahme oder schon auf Station?«

Zögern. Dann: »Sie ist auf der Intensiv.«

Wiebke rannte los Richtung Treppenhaus, sie hatte keine Geduld, auf den Fahrstuhl zu warten. Zwei Stufen auf einmal nehmend, hastete sie nach oben. Zweiter Stock, dritter, vierter Stock. Als sie im fünften ankam, keuchte sie, Schweiß lief ihr über die Stirn und durchnässte ihre Bluse.

»Dr. Bandixen!« Sie hielt den Chefarzt der Abteilung auf. »Was ist mit meiner Tochter?«

»Frau Dr. Klaus, ich grüße Sie. Wir haben Maxi in ein künstliches Koma versetzt.«

»Was, warum?«

»Nun beruhigen Sie sich erst mal, Frau Kollegin. Ich weiß, Sie sind in diesem Fall vor allem Mutter. Aber aufgrund Ihrer fachlichen Qualifikation wissen Sie natürlich, dass dies eine rein vorsorgliche Maßnahme ist, um den kleinen Körper zu entlasten.«

»Ja, schon, aber …« Dr. Bandixen hatte weißes Haar und einen weißen Bart und sah aus wie die Güte in Person. Wiebke vertraute ihm, trotzdem gelang es ihm nicht, seine Ruhe auf sie zu übertragen.

»Maxis Lunge ist stark beansprucht, und ihre Blutgerinnung ist gestört. Wenn wir ihr den Stress nehmen, stabilisiert sich ihr Kreislauf leichter wieder, und der Heilungsprozess wird gefördert. Aber das muss ich Ihnen ja eigentlich gar nicht erklären.« Er wartete einen Moment, ehe er fortfuhr: »Dr. Jensen hat uns darüber informiert, dass wir mit weiteren Patienten von den Inseln und Halligen zu rechnen haben. Er hofft, uns bald sagen zu können, welcher Erreger verantwortlich ist und wie wir ihn behandeln können.« Bandixen schüttelte müde den Kopf. »Dass dieser Herr, der vermutlich ein Virus eingeschleppt hat, aber auch nichts bei sich hatte, keinen Pass, keine Kontaktdaten.«

»Müsste man mit dem Namen denn nicht herausfinden können, woher er stammt?« Wieder schüttelte er den Kopf. »Kontaktdaten«, sagte Wiebke und hatte Mühe, an etwas anderes zu denken als an Maxi. »Er wollte auf Pellworm jemanden besuchen. Die ehemaligen Betreiber des Solarcafés.«

»Sehr guter Hinweis, Frau Kollegin. Mit dem Namen kommt man nicht weiter. Graham Pogita ist wahrscheinlich die europäisierte Version. Aber das mit den Leuten, die er besuchen wollte, gebe ich sofort an Dr. Jensen weiter.« Er sah sie mit diesem väterlich-freundlichen Blick an. »Sie sind ein bisschen blass. Haben Sie schon etwas gefrühstückt? Natürlich nicht«, gab er sich selbst die Antwort. »Gehen Sie in die Cafeteria. Holen Sie sich wenigstens einen Kaffee! Es hilft Maxi nicht, wenn Sie auch noch aus den Schuhen kippen.« Er drehte sich um, doch dann fiel ihm noch etwas ein: »Es gibt übrigens auch gute Nachrichten. Ich hörte, Leo Hausmann ist raus aus der Druckkammer. Es geht ihm deutlich besser. Er wird Einschränkungen in einigen Bewegungsabläufen behalten, aber keine wirklich beträchtlichen.«

Sie ist in guten Händen, du kannst nichts für sie tun. Kaffee war keine schlechte Idee. Nein, sie musste endlich Tamme anrufen. Auf dem Weg zur Cafeteria wählte sie seine Nummer.

»Tamme Tedsen! Moin!« Er klang entspannt und munter. Eine Welle wogte durch ihren Körper, die Schmerz mit sich brachte. Er fehlte ihr, sie würde ihn am liebsten bitten, sofort herzukommen. Aber er konnte nichts tun. Genau wie sie. Er sollte also lieber den letzten Abend mit seiner Tochter genießen.

»Wiebke hier. Tamme, ich habe ein paar Dinge über den Unfall herausgefunden. Es gibt Zeugen, die sicher wissen, dass Frau Hausmann nicht nach ihrem Sohn geguckt hat, sondern mit ihrem Handy beschäftigt war.«

»Das ist keine große Überraschung, was? Mann, diese Dinger verändern das Verhalten erwachsener Menschen«, schimpfte er. Dann kam die Erkenntnis: »Das heißt dann wohl, ich bin endgültig aus dem Schneider, oder?«

»Nicht ganz. Erstens leugnet Frau Hausmann und behauptet, sie könne Zeugen für ihre Version der Geschichte benennen. Sie denkt gar nicht daran, die Sache fallen zu lassen.«

»Die ist echt verrückt.« Er lachte.

»Zweitens steht noch immer der Vorwurf im Raum, dass du im Dienst Alkohol getrunken hast. Selbst wenn sie der Hausmann eine Mitschuld geben, könnten sie dir daraus einen Strick drehen. Wie bei einem Autounfall, in den man unschuldig hineingezogen wird. Da ist man auch mit dran, wenn man Promille im Blut hat. Sie behauptet, du hättest einen Flachmann oder so was in der Hand gehabt. Denk nach, Tamme, mit welchem Fläschchen könnte sie dich gesehen haben?«

Er pustete. »Keine Ahnung. Ich trage für gewöhnlich keine ... Moment mal, doch, ich hatte eine Küvette für Wasserproben in der Hand. Die Ähnlichkeit mit einem Flachmann finde ich zwar an den Haaren herbeigezogen, aber man kann die von Weitem schon für ein Fläschchen halten. Es gibt verschiedene Ausführungen«, erklärte er ihr. »Darum wollte ich Linus unsere zeigen, weil in dessen vorigem Bad andere verwendet wurden.«

»Kann es sein, dass du damit jemandem zugeprostet hast?« Wiebke atmete schwer, sie brauchte Luft. Anstatt zur Cafeteria ging sie hinaus ins Freie, wo die Hitze ihr den Atem nahm. Keine gute Idee.

»Ja! Max war ganz kurz da, hat mich mit der Küvette gesehen und eine Geste gemacht, als würde er aus der Ferne mit mir anstoßen. Das habe ich natürlich erwidert und die Küvette kurz angehoben.«

»Gott sei Dank, damit ist die Kuh vom Eis«, meinte Wiebke erleichtert.

»Was sind das für Geräusche bei dir? Wo bist du überhaupt?«

»In Niebüll. Maxi ist im Krankenhaus, auf der Intensivstation.«

»Was?« Irgendwie war es Wiebke bis zu dieser Sekunde gelungen zu funktionieren. Jetzt kam alles zusammen. Tammes Stimme, das Wort Intensivstation, die Erleichterung, dass er sich keine Sorgen mehr über juristische Konsequenzen des Unfalls machen musste, die Sorge um das Leben ihres Kindes. Die Gefühle prasselten auf sie ein und überwältigten sie. Wiebke schluckte wieder und wieder, wollte weiterreden, doch sie traute ihrer Stimme nicht. »Was ist los? Wiebke, um Gottes willen, sag doch bitte, was los ist!«

»Sie hat Fieber und etwas Husten.« Wiebke musste ständig Pausen machen, um sich zu fangen. Es brachte nichts, wenn sie völlig die Kontrolle verlor und nur noch ins Telefon schluchzte. »Es fing gestern an, wurde zum Abend aber etwas besser. Nachts, besser gesagt, heute am frühen Morgen hatte sie einen schweren Rückfall und hat das Bewusstsein verloren.«

»Und das erfahre ich erst jetzt? Ich mache mich gleich auf den Weg.«

»Nein, Tamme, du hast genug eigene Sorgen.«

»Wenn es Maxi nicht gut geht, dann ist das meine Sorge, meine ganz eigene, Wiebke. Kapierst du das nicht?«

»Doch, natürlich, so war das nicht gemeint«, stotterte sie. »Es ist nur ... ich kann doch auch nichts tun, außer hier herumzusitzen. Du kannst nichts tun, kannst nicht einmal zu ihr.«

»Aber ich kann zu dir kommen, bei dir sein. Willst du das nicht?«

Die Erleichterung war riesengroß. Nicht mehr allein mit dieser schrecklichen Angst.

»Doch, das wäre ... Ich vermisse dich so, Tamme.« Ihr liefen die Tränen, sie brachte kein Wort mehr heraus.

»Bis gleich!«

Wiebke kämpfte sich durch die Stunden wie durch einen Strom zähen Schlamms, in dem sie nur millimeterweise vorwärtskam. Sie pendelte zwischen der Intensivstation und dem Haupteingang, zwischen Maxi, die winzig klein aussah, wie sie da in diesem weißen Bett lag, an Geräte angeschlossen, und Tamme, nach dem sie Ausschau hielt, bis sie ihn endlich kommen sah. Das schwarze Haar zerwühlt, die dunklen Augen voller Sorge, ein schlichtes blaues T-Shirt ohne Spruch, dafür trug er es linksherum. Er musste Hals über Kopf aufgebrochen sein. Wiebke lief ihm entgegen, warf sich in seine Arme, die sie sofort umschlossen wie ein schützender Kokon.

»Wie geht es ihr?«

»Unverändert. Wenn wir nur wüssten, was sie krank macht. Ich verstehe überhaupt nicht, dass es so lange dauert, diesen Pogita ausfindig zu machen. Am meisten macht mich wahnsinnig, dass ich wusste, woher er stammt, aber es ist weg, einfach weg.« Tränen liefen ihr über das Gesicht, sie klammerte sich an Tamme fest.

»Es ist nicht deine Schuld. Deine Kollegen werden das schon herausfinden.«

»Was ist, wenn es dann zu spät ist? Ihr Asthma ... sie hält vielleicht nicht so lange durch. Was ist, wenn sie stirbt? Sie ist doch noch so klein!« Jetzt brachen auch die letzten Dämme, und Wiebke schluchzte haltlos.

»Sie wird nicht sterben. Sie wird groß und schleppt irgendwann einen jungen Mann an, der dir nicht gefallen wird. Dann wird sie auf dem Leuchtturm heiraten und mit ihrem Mann eine Rose vor dem Leuchtturm pflanzen, und du wirst wieder weinen, obwohl du das total kitschig findest.«

Wiebke hätte so gerne gelacht. Wenn sie sich nur sicher sein könnte, dass er recht hatte. Er ließ sie weinen, murmelte ab und zu ein paar Worte, streichelte ihr über das Haar.

Als sie sich ein wenig beruhigt hatte, sagte er: »Ist das die Hitze, oder hast du mein T-Shirt so nass geheult?«

»Darauf kommt's auch nicht mehr an. Ist dir aufgefallen, dass du es linksherum trägst?« Sie putzte sich die Nase.

Er senkte das Kinn auf die Brust, um an sich heruntersehen zu können. »Tatsächlich.« Auf der Stelle zog er das Shirt über den Kopf. Sie sah die glatte Haut, die sich über seine Muskeln spannte. Ein Anblick, der sie sonst zuverlässig lockte, jetzt jedoch gab er ihr ein Gefühl von Wärme und

Geborgenheit. Dieser Mann war ihr so vertraut. Und er war hier bei ihr.

Gemeinsam fuhren sie mit dem Fahrstuhl in den fünften Stock. Sie durften kurz zu Maxi ins Zimmer. Wenige Minuten nur, dann bezogen sie vor der Intensivstation Stellung.

»Ich glaube, ich könnte jetzt einen Kaffee brauchen. Ich habe heute noch nichts getrunken.«

»Ich hole dir einen.« Tamme sprang auf.

»Nein, ich habe schon so viel gesessen, das macht mich ganz kribbelig. Bleib du hier.«

Sie ging in die Cafeteria, bestellte zwei Kaffee und zwei Hörnchen.

»Dauert einen kleinen Moment, dafür bekommen Sie dann ganz frische Croissants«, verkündete die Mitarbeiterin gut gelaunt.

»Ja danke.« Wiebke nutzte die Zeit, um ihre Mails zu kontrollieren. Dann öffnete sie ihren Internet-Browser und rief gedankenverloren die Seite des Robert Koch-Instituts auf. Sie tippte auf *Aktuelles*.

»Subtyp des Marburgfiebers auf Tonga entdeckt.«

Die Überschrift sprang ihr geradezu ins Auge. Tonga! Das war es. Graham Pogita stammte aus der Südsee, von Tonga.

»Marburgfieber!«, sagte Wiebke leise, dann schrie sie: »Es ist Marburgfieber!«, und rannte los.

»Hey, der Kaffee und Ihre Hörnchen!«, hörte sie hinter sich.

Wiebke nahm wieder die Treppen, hastete ein Stockwerk

nach dem anderen nach oben. Ihr wurde schwindelig. Nichts gegessen und getrunken. Das rächte sich. Egal, sie musste nur Dr. Bandixen informieren. Danach konnte sie umkippen. Fünfter Stock. Sie riss die Tür auf, rannte den Flur entlang.

Tamme stand auf. »Was ist los?«

»Tonga, Pogita ist aus Tonga gekommen. Dr. Bandixen, es ist Marburgfieber!«

Kapitel 14

»Ihr habt echt Glück mit dem Wetter. Anfang Oktober, fühlt sich aber an wie Anfang September«, meinte Max.

Tatsächlich, der Herbst gab sich zwar schon zu erkennen. Er färbte die Blätter der Bäume gelb und tauchte die Insel in ein viel sanfteres Licht, als die Hochsommersonne es getan hatte. Doch an diesem Tag waren es milde zwanzig Grad.

Tamme hatte den Grill angeschmissen, nachdem Wiebke und er vom Notar zurückgekommen waren. Wiebke deckte den Tisch, stellte Salate, Soßen und Geschirr bereit. Maxi und Arne spielten mit Janosch, der sich jedoch immer weniger für die Menschen mit dem Ball, dafür aber umso mehr für den Teller mit Fleisch und Würstchen interessierte, den Wiebke Tamme gereicht hatte.

Max ging kurz ins Haus, und als er wiederkam, sagte er: »Ha, ich wusste es! Ihr heiratet doch!«

Wiebke sah Tamme irritiert an. »Wie kommt er denn darauf?«

Der zuckte mit den Achseln. »Keine Ahnung.«

»Ihr braucht gar nicht so unschuldig zu tun. Ich habe das

Schloss gesehen, das Liebesschloss. Das hängen nur Brautpaare an das Gitter.«

»Quatsch«, protestierte Wiebke. »Das kann jeder machen. Außerdem haben wir es nicht gekauft, sondern Nele hat es uns geschenkt. Es lag auf dem Küchentisch, als wir aus dem Krankenhaus zurückkamen.«

»Hat sie selbst gemacht«, ergänzte Tamme voller Vaterstolz.

»Die Gravur hat sie aber nicht selbst gemacht«, stellte Max fest.

Doch, hatte sie. Von wegen, Nele war verknallt und hatte in der Freizeithalle an dem Kurs teilgenommen, um einem vermeintlichen Liebsten ein Schloss zu gravieren. Sie hatte Wiebkes und Tammes Namen in das Metall geritzt, darunter den von Maxi und ihren eigenen, und ganz unten war sogar Janosch verewigt.

Wiebke lächelte bei dem Gedanken an den Tag, als sie Maxi aus Niebüll hatten nach Hause bringen dürfen. Das Schloss hatte auf Tammes Küchentisch gelegen, daneben ein Kärtchen: »Wenn ihr euch mal wieder im Weg steht oder den Weg zueinander versperrt, einfach aufschließen!«

Arne kam an den Grill und wollte von Tamme wissen, wie es mit dem Hauskauf gelaufen war.

»Hattest du mir nicht vor ein paar Wochen erzählt, das Schild sei weg, das von der Maklerin, und das Haus sei verkauft?«

Tamme griente über das ganze Gesicht. »Jo, war es auch. So gut wie. Weil Frau Dr. Wiebke Klaus nämlich ein verbindliches Angebot abgegeben hatte.« Wiebke brachte ihm gerade das Grillbesteck. Er zog sie an sich. »Ich liebe Frauen, die nicht lange fackeln.« Er küsste sie. Arne und Max tauschten belustigte Blicke. »Ich konnte mir zwar nicht mal den Dachstuhl ansehen. Aber ich werde derjenige sein, der sich darum kümmert, falls die Balken über uns zusammenbrechen. Immerhin hat sie mich mit unterschreiben lassen«, fügte er hinzu.

»Klar, das Haus gehört uns schließlich jeweils zur Hälfte. Und der Dachstuhl ist völlig in Ordnung«, ließ Wiebke die Jungs wissen, machte sich von Tamme los und ging hinein, das Brot holen.

»Also echt, Tamme Tedsen, wenn du mit ihr ein Haus kaufst, kannst du sie auch über die Schwelle tragen«, sagte Max, als Wiebke zurück auf die Terrasse trat.

»Worüber soll er Mami tragen? Die ist doch viel zu schwer, Tamme soll lieber mich tragen.«

Max stupste Maxis Nase. »Grundsätzlich ja, aber nicht über die Schwelle. Das sagt man, wenn zwei heiraten. Dann trägt der Mann seine Frau hinterher über die Türschwelle, also ins Haus.«

»Au ja, Mami«, rief Maxi begeistert, »ihr heiratet! Mit einem Kleid wie eine Königin!«

»Meinst du nicht, dass es komisch aussieht, wenn wir beide ein Kleid anhaben?«, fragte Tamme und machte ein ernstes Gesicht.

Sie kicherte. »Du doch nicht. Nur Mami!«

»Ach so!« Er beugte sich zu ihr herunter. »Von mir aus sofort, aber deine Mutter hat eine ausgewachsene Heiratsallergie. Sie will einfach nicht.«

»Sagt wer?«, fragte Wiebke. Sie hatte nicht darüber nachgedacht, war einfach ihrem Herzen gefolgt. Sie sah, wie Max und Arne einen Blick wechselten.

Tamme kam zu ihr. »Ach nee, das sind ja ganz neue Töne«, sagte er leise. Seine Augen glänzten fast schwarz, seine Stimme war tief und rau.

»Hast du das Fleisch im Blick?«, fragte sie. Schlechtes Ablenkungsmanöver.

»Es gibt Zeugen, Frau Doktor, aus der Nummer kommst du nicht mehr raus.«

»Aus welcher Nummer, Tamme? Ihr redet aber echt komisch heute«, beschwerte Maxi sich.

»Tja, Tamme«, warf Max ein, »du wirst ihr wohl einen ganz offiziellen Antrag machen müssen. Arne und ich werden auf jeden Fall Brautjungfern.«

Arne hatte gerade einen Schluck Bier genommen und prustete los.

»Ich wollte sowieso ein bisschen Bier über das Fleisch kippen«, meinte Tamme gelassen. Während Maxi kicherte, Janosch bellte und Max und Arne feixten, flüsterte er Wiebke leise zu: »Das Thema besprechen wir heute Abend alleine weiter.«

Sie lächelte ihn an und nickte. Wiebke hätte in seinen Augen versinken mögen. Da war kein Widerstand mehr in ihr, kein Zweifeln. Warum eigentlich nicht, warum sollten sie nicht heiraten? Eine kleine Familie mit Haus und Hund. Es war einfach perfekt. Wiebke sah zu, wie sich der Himmel über Pellworm rosa färbte. Total kitschig und wunderschön.

Vor drei Monaten hätte sie es nicht für möglich gehalten, dass sie je wieder so glücklich und im wahrsten Sinne sorglos sein könnte. Nachdem sie Dr. Bandixen auf die richtige Fährte gebracht hatte, begann ein Wettlauf gegen die Zeit. Ansgar und seine Kollegen veranlassten, dass allen Betroffenen Blut abgenommen und dieses in ein Spezial-Sicherheitslabor der höchsten Stufe geschickt wurde. Per PCR ließ sich das Virus innerhalb weniger Stunden nachweisen. Die schlechte Nachricht war, dass es keine Behandlungsmethode gab, mit der das Marburgfieber an sich, noch dazu ein vollkommen neuer unbekannter Subtyp, geheilt werden konnte. Positiv war, dass die zerstörerische Wirkung, die das Virus auf das Immunsystem hatte, durch gezielte Maßnahmen aufgehalten werden konnte. Die einzelnen Symptome wurden durch die intensivmedizinische Betreuung nach und nach gelindert und beseitigt, Infusionen sorgten dafür, dass der Flüssigkeits- und Mineralienverlust aufgefangen wurde, und Antibiotika schützten vor zusätzlichen bakteriellen Infektionen. Nicht zuletzt verdankten die Nordfriesen dem Umstand, dass es zwischen 2013 und 2016 zu einer starken Ausbreitung eines verwandten Virus in Westafrika gekommen war, die Entwicklung von Impfstoffen, die den Erreger teilweise neutralisieren konnten. Glücklicherweise schlugen diese Medikamente sehr gut an. Während sich die Patienten auf dem Festland erholen konnten, war man auf den Inseln und Halligen damit beschäftigt, Handtücher, Bettwäsche und Kleidung bei neunzig Grad zu waschen, und Toiletten, Türklinken und andere Gegenstände mit einer speziellen Lösung mit Essigsäure zu reinigen, um eine weitere Ausbreitung zuverlässig zu verhindern.

Hubert hatte es schlimm erwischt, er lag noch immer in Hamburg im Bernhard-Nocht-Institut für Tropenmedizin, wohin man ihn und die schwersten Fälle gebracht hatte, und kämpfte um sein Leben. Alle anderen Patienten waren wieder zu Hause. Einige mussten sich noch ein wenig schonen, andere waren wieder putzmunter. Wie etwa die alte Frau Hansen von Hooge, die es nicht leid wurde, sich zu wundern, wie man wohl eine Südsee-Krankheit kriegen konnte, wenn man sich *nie nich* von der Nordsee wegbewegt hatte. Allein für Graham Pogita war jede Hilfe zu spät gekommen. Das Virus hatte in seinem Körper so lange und schwer wüten können, dass die Organschäden nicht mehr reparabel waren. Ein Todesopfer zu viel, das stand außer Zweifel. Trotzdem. Zwischendurch hatte Wiebke schon die Befürchtung gehabt, Holzi würde eine Menge Arbeit bekommen und in seiner Tischlerei Möbel aus Holz herstellen müssen, die für ein lebendiges Wohngefühl deutlich zu spät kamen.

»Sag mal, und diese Frau Müri, wie ihr sie nennt, hat echt darauf gewartet, dass sie jemand bittet, eine Aussage zu machen?«, fragte Arne und riss Wiebke damit aus ihren Gedanken.

»So isses«, meinte Tamme und wendete die Steaks. »Wiebke hat sie gefragt, ob sie nicht mal auf die Idee gekommen ist, zur Polizei zu gehen?«

»Und was hat sie gesagt?«, wollte Max wissen.

»Mich hat doch keiner gefragt«, antwortete Wiebke.

»Genau das waren ihre Worte. Ihr Therapeut hätte ihr verordnet, sich nicht immer auch noch um Probleme zu kümmern, die gar nicht ihre sind. Er meinte, dass Frauen wohl dazu neigen würden, sich ständig einzumischen.« Die Männer setzten Unschuldsmienen auf und guckten durch die Gegend, wobei sie vermieden, Wiebke anzusehen. Fehlte nur noch, dass sie pfiffen. »Ihr seht ja, was passiert, wenn eine Frau beschließt, sich nicht mehr einzumischen«, fügte sie hinzu und musste selber lachen.

Frau Müri hatte ihre Lektion gelernt, aber machte es das besser? Es spielte keine Rolle mehr, nur das Ergebnis zählte. Und das hätte nicht besser ausfallen können. Tamme hatte mit dem Staatsanwalt gesprochen, der daraufhin einen gemeinsamen Termin mit ihm und Frau Hausmann anberaumt hatte. Er konfrontierte sie mit der schriftlichen Stellungnahme von Frau Müri, die zu Protokoll gegeben hatte, dass sie jeden Tag im Bad gewesen sei und Tammes unerbittliche Haltung zu Alkohol kenne und dass sie Frau Hausmann mit dem Handy beobachtet habe. Außerdem wusste sie zu berichten, dass Leos Vater nur einmal kurz im Bad aufgetaucht sei, lautstark über die schlechte Luft gejammert und seine Frau wie Dreck behandelt habe. Er konnte also gar nicht so viel über Tammes angebliche Arbeitseinstellung wissen, wie er zum Besten gegeben hatte. Die ebenfalls vorliegenden schriftlichen Aussagen von Dr. Udo Nonnenmacher und von Max musste der Staatsanwalt schon gar nicht mehr verlesen.

Frau Hausmann war in Tränen ausgebrochen und wiederholte, was sie Wiebke bereits am Telefon gestanden hatte: »Mein Mann hat gesagt, es schadet niemandem, wenn wir das Personal verantwortlich machen. Den jungen Mann wollten wir raushalten, der hatte doch gerade erst angefangen und war bestimmt noch in der Probezeit. Aber der Herr Tedsen hat doch eine Berufshaftpflichtversicherung, hat mein Mann gesagt, die alle Kosten übernimmt. Keiner hat einen Nachteil, hat er gesagt. Da habe ich zugestimmt. Ich wollte doch niemandem schaden.« Mitdenken war offenbar nicht ihre Stärke. Die Ermittlung wurde eingestellt, die Hausmanns kamen mit einem blauen Auge davon, weil sie durch die Angst um ihr Kind und die Vorwürfe, die zumindest Frau Hausmann sich ihr Leben lang machen würde, ohnehin genug gestraft waren. Inzwischen war sie mit Leo einmal im Bad gewesen, um sich zu entschuldigen und um Tamme aufrichtig dafür zu danken, dass er ihrem Sohn das Leben gerettet hatte. Der Knirps zog das rechte Bein nach und musste seine rechte Hand zu Hilfe nehmen, wenn er den linken Arm benutzen wollte, im Großen und Ganzen machte er jedoch einen ganz fröhlichen Eindruck. Vor allem weil er dank der Physiotherapie gute Fortschritte machte und hoffen durfte, dass seine Beweglichkeit sich noch verbessern würde.

»Apropos einmischen«, begann Max. »Was hat Penkwitz eigentlich dazu gesagt, dass du alle Rettungsschwimmer zurückgeholt hast?«

»Nachdem ich ihm gezeigt habe, wo der Frosch die Locken hat?« Tamme lachte. »Nix mehr. Er hat eingesehen, dass die längeren Öffnungszeiten nur zu machen sind, wenn Linus und ich eure Unterstützung haben. Vor allem habe ich dem mal erklärt, dass Januar und Februar nicht die attraktivsten Urlaubsmonate sind, jedenfalls nicht, wenn du nicht gerade auf Wintersport stehst oder in Länder fliegen willst, in denen es vor fiesen Viren nur so wimmelt.« Er verzog das Gesicht. »Es muss möglich sein, dass wir auch mal im Frühjahr oder Herbst Urlaub nehmen, und das geht eben nur, wenn einer von uns zusammen mit Rettungsschwimmern die Stellung hält.«

»Linus hat sich ganz gut eingelebt, oder?« Arne übernahm Tammes Job und spielte mit Maxi Flugzeug. Er hatte Bärenkräfte und konnte sich ganz entspannt unterhalten, während er sie an Hand und Fuß durch die Luft sausen ließ.

»Jo, hätte selbst nicht damit gerechnet, aber nachdem ich ihm gesagt habe, worauf es mir ankommt, hat der sich echt um hundertachtzig Grad gedreht. Jetzt ist der zu gebrauchen«, stellte Tamme zufrieden fest. »So, dann mal ran an den Tisch, das erste Fleisch ist fertig.«

Wiebke lächelte Tamme zu. Sie freute sich riesig darüber, dass er in seinem Bad endlich wieder das Sagen und in Zukunft mehr Zeit für sich hatte. Irgendwann würde sie das auch für sich hinkriegen. Sie hatte eine Anzeige in der Landarztbörse aufgegeben. Ein guter erster Schritt. Früher oder später würde sich schon jemand finden, mit dem sie sich die Praxis teilen konnte.

»Wo sind eigentlich eure versoffenen Nachbarn? Die fehlen doch nie, wenn es etwas zu feiern gibt.« Arne zog die Augenbrauen hoch.

»Die bereiten Oma Mommsens Fashion Release Party

vor«, antwortete Wiebke, als wäre es das Normalste von der Welt.

»Omas wat?«, fragten Arne und Max wie aus einem Mund.

»So heißt das heutzutage, wenn mit viel Tamtam eine neue Modemarke präsentiert wird. Sagt Jost«, erklärte Wiebke.

»Deshalb wollten wir doch so früh grillen, damit wir hinterher noch hingehen können«, meinte Tamme.

»Au ja, ihr kommt mit!« Maxi strahlte.

Der Laufsteg war vor der Neuen Kirche aufgebaut, die ihrem Namen zum Trotz bereits im Jahr 1622 in der Inselmitte errichtet worden war. Die kleine Allee, die zu dem Gotteshaus führte, wurde von unzähligen Windlichtern beleuchtet. Darüber wehte ein Banner leicht im Wind, das die Gäste bei Oma MoMo – Oma Mommsens Mode – willkommen hieß. Natürlich waren auch Scheinwerfer installiert worden, die die Models in unterschiedliche Farben tauchen konnten. Am Fuß der Allee hatte man eine Zuschauertribüne errichtet, sodass der Betrachter den roten Backsteinbau der Kirche mit dem Treppengiebel ständig als Kulisse vor Augen hatte. Maxi fand das alles ziemlich aufregend, doch sie verlor das Interesse in dem Moment, in dem sie Emil entdeckte, der mit seinen Eltern ebenfalls erschienen war. Maxi hatte an der Leuchtturmführung teilgenommen, zu der er sie eingeladen hatte, und seitdem hatten sie das eine oder andere zusammen unternommen, und sie war noch immer hin und weg, wenn sie ihn nur sah.

»Da seid ihr ja!« Saskia kam ihnen entgegen. Sie sah umwerfend aus in ihrem eleganten engen Rock, der gerade über die Knie reichte, und der Bluse dazu, die zwar etwas mehr Ausschnitt zeigte, als bei Oma Mommsens Kreationen eigentlich üblich, aber offenbar doch an ein Mommsen-Modell angelehnt war. Zarte Tücher umspielten Saskias Arme und konnten nach Wunsch um den Hals gewickelt und lässig über dem Dekolleté getragen werden.

»Ist das nicht der Hammer?« Sie deutete auf den Laufsteg, die Lichter, die mit Stoff bezogenen Stühle. »Hat alles Jost organisiert. Ich bin so stolz auf ihn.« Das war nicht zu übersehen. »Mein Mann ist echt der Knaller, oder? Der macht Gold aus Sch...okolade«, sagte sie grinsend mit Blick auf Maxi.

Wiebke sah das weißblonde Haar von Jost in einer Gruppe von Menschen, die mit Kameras und Notizblöcken ausgerüstet waren.

»Das ist ja ein Presseaufgebot wie in Hollywood«, stellte sie anerkennend fest.

»Du machst dir kein Bild, was in den letzten Tagen los war. Tausend Anfragen. Sowohl für Interviews als auch für die Klamotten. Es ist unglaublich!« Saskia leuchtete geradezu vor Freude. »Da vorne sind Plätze für euch reserviert«, sagte sie und wurde auch schon wieder überall gleichzeitig gebraucht.

Wiebke bemerkte, wie Corinna sich umdrehte. Als sie Maxi, Tamme, Wiebke und Max und Arne entdeckte, winkte sie so heftig, dass sie Lulu beinahe die Hochsteckfrisur ruiniert hätte.

Die Veranstaltung begann pünktlich mit dramatischer Musik, die Wiebke an irgendeinen Piratenfilm erinnerte.

Als Oma Mommsen mit ihrer Geschäftsführerin Saskia die Bühne betrat, brandete nicht enden wollender Applaus auf, Blitzlichter tauchten die Szene in grelles Licht.

»Na, nu is aber man wieder gut«, meinte Oma Mommsen, und Wiebke war nicht sicher, ob ihr bewusst war, dass ihr Mikrofon schon eingeschaltet war. »Ihr habt doch noch gar nix gesehen.« Sie lachte fröhlich. Dann dankte sie Jost, dem Bürgermeister und dem Pastor und schließlich ihren fleißigen Schneiderinnen. »Wat hockt ihr denn da im Publikum? Man rauf hier auf die Bühne, Mädels«, kommandierte sie.

Corinna hatte schon Tränen in den Augen, und auch Lulu kämpfte damit. Oma Mommsen verstand es perfekt, Emotionen zu wecken und den offiziellen Teil kurzweilig zu gestalten.

Schließlich begann die eigentliche Modenschau.

»Wo hat die ihre Models her«, flüsterte Tamme, »aus Wichtelhausen?« Tatsächlich liefen anstelle von dünnen Bohnenstangen unfassbar kleine Menschen mit mehr Falten, als Pellworm Einwohner hatte, über den Catwalk. Eine Dame hatte ihren Rollator dabei, ein Herr ging am Stock. Doch sie bewegten sich mit einer Eleganz und einem Stolz, dass auch Wiebke Tränen der Rührung und Bewunderung in die Augen stiegen. Und sie sahen großartig aus. Oma Mommsens Mode war einfach nur schick! Wieso hatte nicht längst jemand so etwas entworfen? Die Zahl der Modelle war noch begrenzt, die der passenden Models war es ebenfalls. Viele Bewohner hatte Wichtelhausen offenbar nicht. Um die Pausen fürs Umziehen zu überbrücken, trat mal die Trachtengruppe auf, dann wieder verzauberte ein Pantomime das staunende Publikum. Für das große Finale hatte Jost sogar ein Feuerwerk organisiert. Anschließend gab es Sekt und Häppchen. Es dauerte lange, ehe die Zuschauer und vor allem die Journalisten sich trollten und die kleine Feldweg-Gemeinschaft endlich alleine war.

Wiebke beobachtete Doreen und Arndt. Wie schön, es sah wirklich aus, als hätten die beiden Anschluss gefunden.

Doreen bemerkte ihren Blick und kam zu ihr. »Seit die wissen, was mein Mann beruflich macht und wer er ist, bin ich plötzlich akzeptiert«, flüsterte sie. »Na ja, ich verstehe das schon. Wir haben uns bisher ja wirklich ziemlich schräg verhalten.« Sie lächelte. Arndt trat zu ihnen.

»Du hast dein großes Geheimnis also gelüftet?«, fragte Wiebke ihn. »Finde ich gut.«

Er schnitt eine Grimasse. »Ich weiß noch nicht, ob ich das gut finden soll. Na ja, nun ist es raus. Aber wehe, einer sagt auch nur ein Wort zu den Reportern.« Er blickte drohend in die Runde. »Vielleicht bin ich ja nicht nur ein Schriftsteller, sondern außerdem noch ein Serienkiller. Wenn einer quatscht, muss ich ihn leider ...« Er strich sich mit dem Zeigefinger einmal schnell über den Kehlkopf und erntete schallendes Gelächter.

Oma Mommsen gesellte sich zu ihnen. Aus der Nähe betrachtet wirkte sie reichlich müde. Wurde Zeit, dass sie sich ein bisschen ausruhte. Sie schnaufte, und Saskia stellte ihr sofort einen Stuhl hin.

Die kleine alte Dame ließ sich mit einem langen Seufzer darauf nieder. »Ein neues Hobby is ja schön und gut«, erklärte sie, »aber ich wollt doch nich noch mal schuften auf meine alten Tage. Nee, dat soll in Zukunft man schön dat Jungvolk machen. Ich hab nur die Ideen und halt denn die Hand auf.« Sie lachte. »Außerdem kann ich schon wieder laufen. Ihr glaubt doch nich, dass ich meinen Garten länger dem jungen Gemüse überlasse?« Sie sah Jochen an. »Na, wenn ich's mir so überlege ... Rasen mähen darfst du auch im nächsten Jahr. Und denn baust du mir so 'n schönes Hochbeet. Aber 'n großes!«

Es war spät geworden, ehe Janosch endlich in seinem Körbchen lag und Maxi in ihrem Bett träumte. Wiebke fühlte eine angenehme Müdigkeit. Sie hatte ein Dauerlächeln im Gesicht. Erst hatten sie den Kaufvertrag für das Haus unterschrieben, dann entspannt mit Freunden gegrillt und zum krönenden Abschluss Oma Mommsens großartige Modenschau erlebt – mehr ging nicht.

Tamme zog sich gerade sein T-Shirt über den Kopf. »Kindheit ohne Handy – ich war dabei!« stand darauf. Er hatte es sich gekauft, nachdem die Ermittlungen gegen ihn eingestellt worden waren.

»So, Frau Doktor, wir haben noch etwas zu besprechen«, sagte er, als er zu ihr unter die Decke schlüpfte. »Du behauptest also, du hast keine Heiratsallergie mehr.«

»Ich bin Ärztin«, antwortete sie. »So etwas zu kurieren ist für mich eine Kleinigkeit.«

Er rückte näher und begann mit dem Finger über ihre Schulter zu streicheln. »Hört sich gut an. Verona soll sehr schön sein, und ich kenne jemanden, den wir da nächstes Jahr besuchen können. Eine Hochzeit in Italien …«

»Wie bitte?« Er zog seine Hand zurück und sah sie erstaunt an. »Kommt überhaupt nicht infrage. Wenn, dann will ich hier heiraten. Auf Pellworm. Im Leuchtturm. Und anschließend pflanzen wir unten vor dem Turm eine Rose.«

Er legte den Kopf schief. »Ist das nicht zu kitschig?«

»Doch«, sagte sie und musste lachen, »aber traumschön!«

Danksagung

Ein ganz besonderer Dank geht an meinen medizinischen Berater, einen der engagiertesten Ärzte, die ich kenne, und an meine Freundin Andra. Beide haben mir in medizinischen Fragen mit ihrem Fachwissen zur Seite gestanden. Ihre fundierten Antworten und auch ihre Geschichten aus der Praxis haben mir sehr geholfen und mich zusätzlich inspiriert.

Ein dickes Dankeschön auch an meinen Mann, der mir für diesen Roman Schwimmbadtechnik nähergebracht und den Alltag in Bäderbetrieben in bunten Farben geschildert hat.

Nicht zuletzt bedanke ich mich bei Oma Winzig, die stramm auf die Hundert zugeht und die mich auf die Idee mit der Mode für kleine schrumpelige Menschen gebracht hat.

Lena Johannson

Die Halligärztin

Roman.
Taschenbuch.
Auch als E-Book erhältlich.
www.ullstein-buchverlage.de

Sonne, Meer und ein neuer Anfang

Inselärztin auf Pellworm! Das klingt für Wiebke Klaus nach Sonne, Nordseestrand, Gischt und Wind. Nach dem perfekten Klima für ihre asthmakranke Tochter Maxi und nach einem Neustart, weit weg von Berlin. Doch nicht alle Einwohner sind davon begeistert, dass der alte Inseldoktor eine tatkräftige junge Nachfolgerin bekommt, die sich auch noch mit der Hebamme anlegt. Beinahe will Wiebke wieder die Koffer packen – doch da ist der Schwimmmeister Tamme, mit dem sich der Sommer plötzlich so leicht anfühlt … Kann Wiebke der spröden Insel noch eine Chance geben?

Brigitte Janson

Holunderherzen

Roman.
Taschenbuch.
Auch als E-Book erhältlich.
www.list-taschenbuch.de

Wilder Holunder, ein Hof an der Ostsee und eine Frau auf der Flucht vor der Liebe

Eigentlich sucht Anne bei ihrer Tante Tilly in erster Linie Ruhe. Der Öko-Hof an der Lübecker Bucht scheint der perfekte Ort für eine Auszeit von der Liebe zu sein. Doch Anne landet mitten im Chaos: Ihre sonst so schlagfertige Tante ist auffallend empfindlich, Tillys Mops eindeutig verzogen und der Hof völlig verwildert. Anne muss zupacken – und mit dem Schritt ins Leben kommt plötzlich ein sehr interessanter Mann ins Spiel ...

List

Åsa Hellberg

Mittsommer-
leuchten

Roman.
Aus dem Schwedischen von Katrin Frey.
Taschenbuch.
Auch als E-Book erhältlich.
www.list-taschenbuch.de

Dieses Buch macht glücklich!

Gloria dachte mit ihren 53 Jahren eigentlich, das Leben hätte keine Höhepunkte mehr zu bieten. Jetzt soll die schwedische Operndiva die Hauptrolle in »Carmen« übernehmen. Aber der Gedanke an die Proben versetzt sie in Panik – denn in den beiden männlichen Hauptrollen sollen ausgerechnet zwei ihrer alten Liebhaber auftreten. Glorias Schwester Agnes dagegen führt eine stabile Beziehung. Aber irgendwann hält sie so viel Stabilität und Ereignislosigkeit nicht mehr aus, trennt sich von ihrem Mann und flüchtet zu Gloria. Gemeinsam versuchen die beiden ungleichen Schwestern, das Gefühlschaos zu lichten …

»Ein lebendiger Beziehungsroman über Frauen im mittleren Alter, mit viel Stockholm-Atmosphäre und sehr gegenwärtig.«
Dagens Nyheter